G-AEML
1-40-B

Manuel Martínez Maldonado

El vuelo del dragón

Manuel Martínez Maldonado

El Vuelo del Dragón

-novela-

La historia de dos asesinos y sus familias en el marco de la Guerra Civil española, y el desarrollo político y militar de la isla de Puerto Rico en los años previos a la Segunda Guerra Mundial

Arte portada: Composición digital de Terranova Editores

ISBN: 978-1-935163-71-8
eISBN: 978-1-935163-61-9

Rastree con su teléfono inteligente el código que aparece a la izquierda y tendrá acceso directo a los recursos en línea relacionados con este título.

Impreso en Colombia
Printed in Colombia

Terranova Editores
20 Mayagüez, Oficina 8
Hato Rey, PR 00917

P.O. Box 79509
Carolina , Puerto Rico 00984-9509
Telefax: 787.791.4794
email: terranovaeditores@gmail.com
"Leer está de moda; regale un libro"

www.terranovaeditores.com • www.elvuelodeldragon.info

AGRADECIMIENTOS y ADVERTENCIA

El bosquejo de esta novela creció en mi mente en los años 90 del siglo pasado durante uno de mis frecuentes viajes a España. El tiempo libre que tenía en mis visitas profesionales a Madrid, lo pasaba en la biblioteca nacional leyendo los archivos de los años que antecedieron y coincidieron con los del conflicto, labor que me facilitó el personal de la sala de microfilm. Con la expansión de mi conocimiento y entendimiento, comencé a escribir en 1998, cuando me daba el tiempo (que no eran muchas las veces ni mucho el tiempo). No fue hasta mi regreso a Ponce en 2000, cuando comencé a repasar las memorias de Luis Muñoz Marín y de Pedro Albizu Campos y a leer artículos que ya existían en mis archivos, que se me ocurrió el cómo y el porqué emigrarían dos españoles de bandos opuestos a la Isla. Pero lo mejor estaba por llegar. Según mis notas y apuntes fueron creciendo, más capítulos tomando forma; aparecieron las memorias del Almirante Leahy, editadas por Jorge Rodríguez Beruff, conocí el artículo de José Buitrago sobre el vapor Siania en el Puerto Rico Ilustrado, y vi una entrevista de Gore Vidal (en PBS, creo), que me abrió los ojos. En el camino:

Cordelia Buitrago, me dio copia del artículo del Sinaia escrito por su padre para el Puerto Rico Ilustrado en 1938;

Jorge Rodríguez Beruff, conversó conmigo sobre Leahy y sobre Winship, y leyó el texto;

Matilde Albert, leyó el texto y me puso en contacto con Luis Ferrao, con quien conversé sobre los falangistas de Puerto Rico durante la guerra civil;

Mariano Feliciano leyó el texto y me hizo comentarios que me hicieron reescribir partes de varios capítulos;

Lilliam Moro, hizo correcciones y observaciones de gran valía al texto original;

Luis Rafael Rivera compartió conmigo algunos datos sobre Cecil Snyder y el juicio de Albizu;

Mi amigo y colega gallego, el doctor Francisco Valdéz, me regaló un invaluable libro sobre los niños españoles evacuados de España;

Mi mujer Nivia y mi nuera Esther Calvo criticaron y comentaron con certeza;

Arturo Echavarría, leyó la novela casi por entrega y su lectura minuciosa ayudó a que el texto y algunos hechos estuvieran más claros y precisos. A él, en particular, le debo mucho.

Le doy gracias también a Elidio La Torre Lagares por su respaldo a la novela y por la sugestiva portada.

A todos les doy gracias por el tiempo que me dedicaron, y les agradezco su amistad y ayuda, ya que mejoraron el producto final. Asumo, sin embargo, total responsabilidad por las deficiencias del libro.

La novela no hubiera sido posible sin los innumerables libros y revistas de los que obtuve información para la ambientación y el trasfondo histórico. A todos esos autores les debo mi gratitud.

Debe quedar claro que los acontecimientos históricos que aquí se relatan, incluyendo la explosión del polvorín y el incidente del Vita, ocurrieron, pero las acciones que se relatan y los pensamientos y palabras de los personajes reales y ficticios a través de la narración, son totalmente de mi invención.

Manuel Martínez Maldonado
Isla Verde; Diciembre 2010

...los mundos que crean los novelistas en sus ficciones, son, también, versiones, calas a diferentes niveles (psicológicas, fantásticas o míticas) de América Latina.

–Mario Vargas Llosa

The past is a chaos of events and personalities into which we cannot penetrate. It is beyond revival and it is beyond reconstruction.

–Arthur Schlesinger, Jr.

PRIMERA PARTE

Capítulo 1
Agosto de 1938, fin del verano

María Luisa vio a través de la ventana al perro que, en la luz agonizante de la tarde, rebuscaba en los escombros de la calle. Podía ver cada una de las costillas del animal, a pesar de la distancia que los separaba. Le sorprendía que aún quedara en Madrid un perro cuyas costillas no fueran parte de un guiso en alguna mesa; de sólo pensarlo sintió náuseas. Su vista dejó de posarse en el can para mirar el plato de lentejas y patatas que sostenía en sus manos. De ahí, sus ojos fueron a fijarse en el torso uniformado de su hermoso marido, Pedro González, quien, sentado a la mesa, leía las escasas páginas del periódico del 23 de agosto de 1938, mientras esperaba que le sirvieran la comida. En su pecho fornido y lampiño que una vez la había enloquecido de pasión, se imaginaba las costillas crujir con el lento vaivén de cada respiración, esa tarde calurosa y milagrosamente silenciosa que languidecía sobre la ciudad. También esperaba por su cena, cuchara en mano, José María, su hijo de siete años, el verdadero amor de su vida, que le parecía tan larga.

Tenía 28 años y ya no quería a su marido de la misma forma que antes. La primera vez que lo vio le deslumbró la belleza de su rostro, su perfil y su cuerpo; no se dio cuenta de su brazo deforme hasta más tarde. Según lo fue conociendo mejor, también le deslumbró su inteligencia, algo que nunca dejó de amar y admirar. Pero algo faltaba en el corazón de Pedro, algo que se había perdido hacía tiempo. El día que dio a luz a su único hijo: cuando salió del parto, su marido la besó y la abrazó con gran ternura, pero al hacerlo ella percibió en su cabello la fragancia de otra mujer. Fue un gran golpe que la hizo llorar desconsoladamente sin que él y los que estaban a su alrededor supieran qué la aquejaba.

Nunca le dijo nada sobre sus escapadas; de ahí en adelante supuso que continuaría teniéndolas. Él, sin embargo, jamás le mostró otra cosa que no fuera un gran amor y amistad. Aquel descubrimiento la hizo consciente de la vanidad de su marido y comenzó a notar que a veces había cierta crueldad en su mirada, sentimiento que era de esperarse que también existiera en su corazón. La crueldad y la vanidad hicieron que perdiera parte de su cariño. Al principio le confesaba al sacerdote estas nuevas emociones, pero los consejos del cura nunca le dieron resultado y, además, éste ya no podía ayudarla: había desaparecido de la ciudad al principio de la revuelta del 36, no se sabía si por temor a perder su vida o porque la había perdido ya. A muchos religiosos les habían dado el paseíllo al principio de la Guerra, y ahora, los sobrevivientes, vivían en las sombras de la clandestinidad, o se habían pasado a la España nacional. Desde que el cura se hizo sal y agua, María Luisa dejó de comprender la complejidad del abrupto cambio en sus sentimientos.

Aún le quedaba la pasión por Pedro, pues era muy sensual. En muchas ocasiones era ella la que en la oscuridad del aposento y la tibieza del lecho, sutilmente buscaba a su marido. No se avergonzaba de manifestar su deseo. Él era buen amante y, una vez que se excitaba, mostraba su gran fogosidad. Pero a pesar de su ardor, con frecuencia ella presentía que el pensamiento de él vagaba muy lejos, sepultado en otros problemas que le preocupaban. Pero la satisfacía completamente y, ya casi en el clímax simultáneo, la colmaba de frases amorosas que ella sabía que de verdad habitaban en su corazón. Una vez que terminaban, ella inmediatamente se lavaba con agua jabonosa y vinagre para evitar quedar de nuevo encinta. También se tomaba con regularidad sus píldoras Fortán, que en sus anuncios prometían períodos regulares. Hasta ahora esos métodos habían funcionado y, para su tranquilidad, había optado por no confesarlos al cura. No consideraba que fuera un pecado evitar el traer a este mundo descalabrado criaturas indefensas. Era evidente que Dios así también lo pensaba, pues de alguna forma la estaba protegiendo de quedar embarazada.

El amor apasionado que sentía por Pedro, la admiración por su inteligencia y el agradecimiento que le tenía por haber protegido a su familia cuando comenzó la guerra, hacían que se preocupara por él. Tanto así que las noches las pasaba insomne, no sólo por los ruidos de los obuses y el martilleo de las ametralladoras, sino pensando también en lo que sucedería en Madrid ahora que la comida escaseaba y que los nacionales avanzaban en el norte y habían separado en dos el territorio republicano. Soñaba a menudo con que el grito de «¡No pasarán!» había sido sustituido por el de «¡Han pasado!». Dormida o despierta, temía por la vida de su marido, aunque por su anomalía física (su antebrazo izquierdo estaba bastante atrofiado y terminaba en una mano de largos dedos curvos como una garra, a consecuencia de la irresponsabilidad de un obstetra borracho y propenso a usar mal el fórceps, pero amigo de la familia González) Pedro no había participado ni en los campos de batalla cerca de la ciudad ni en la resistencia en la Ciudad Universitaria. El temor de María Luisa estaba fundamentado en la obsesión de Pedro por la política, algo que para ella no tenía suficiente interés como para arriesgar la vida. Pensaba que la política era siempre pasajera, y que lo que de ella queda como historia no reconoce a los peones que murieron en el tablero de los hechos importantes, y Pedro era sólo un peón. Tampoco le interesaban las amistades de las que se jactaba su marido y ella no estaba tan segura de que fueran verdaderas amistades; ya no existían amigos en Madrid pues cada cual sólo pensaba en sobrevivir.

El fervor de su marido por el socialismo le parecía razonable, pero no así su relación con los rojos y su inscripción en el Partido Comunista español, lo que le producía una vergüenza secreta. Se cuidaba de no comentar a favor ni en contra los comentarios de Pedro;

hacía tiempo que no iban a lugares públicos ni se reunían con nadie, excepto con su hermana y su madre. Aunque no lo había hecho, le hubiese sido mucho más fácil decirle que no lo quería como él pensaba que expresarle su repudio por las izquierdas. Lo primero era un riesgo emocional; lo segundo, jugarse la vida. Hacerle partícipe de sus sentimientos políticos los podría poner en peligro en circunstancias en las que ninguno de los dos tenía el control de los acontecimientos. Si entraban las tropas de los nacionales en Madrid, la suerte que le esperaba a su marido y, por lo tanto, a ella y a su hijo, le parecía predecible, particularmente porque estaba segura de que Pedro era un oportunista. Su padre, ya muerto, había sido monárquico y anticomunista desde la punta de los pies hasta su cabeza, según daban fe los emblemas que había llevado en la solapa de su chaquetón.

Tres días después de comenzada la guerra, Pedro la llevó con José María a casa de su madre, doña María Isabel, y de Isabel, su hermana, y las obligó a deshacerse de todas las insignias monárquicas, de todos los emblemas religiosos, de los recortes de periódico y algunos libros del fallecido Ricardo Alcalá, su padre. Todo este material, además de las alhajas -excepto un collar de perlas muy valioso que guardaron- las vendieron y desecharon cualquier parafernalia que delatase el sentir ideológico y la posición social de la familia. Ese estado de miedo, de sobresalto, y los sucesos de 1936 y 37 llevaron a que María Luisa sospechara lo peor de algunas de las actividades de su marido. No eran pocas las veces que se percataba de que la gente del vecindario -en los tiempos antes de la guerra en que aún había vecindario- hablaba de ellos cuando iban por la calle, y escuchaba comentarios y alusiones indirectas de los vecinos sobre la posición política de Pedro. No sabía qué pensar, pues creía que su marido no tenía relación alguna con el mando del partido y, por lo tanto, sus alardes y el temor que parecían tenerle quienes antes habían sido conocidos y amigos, la alarmaban y confundían. Ella sospechaba que él llevaba una vida paralela a la cotidiana, fraguada de peligro e incertidumbre, de la que no la hacía partícipe, pero aunque nada bueno podía haber en ella, no creía que podía ser de gran importancia, por lo que demostraba muy poco interés en los secretos, creencias y vínculos políticos de su marido.

Pedro González era admirador de la Pasionaria y conocía, entre otros, a Francisco Antón, un comisario comunista que era amante de la Ibárruri. Su inscripción en el Partido Comunista -a pesar de ser realmente socialista- a principios de 1934, le había asegurado la enemistad de bastantes vecinos y amigos. Desde el comienzo del flirteo de Pedro con las izquierdas, María Luisa, su hermana y sus padres se preocuparon por su bienestar, pero él les decía que no tomaran en serio los comentarios del barrio, ya que muchos eran feroces sólo de boca para afuera; además, les aseguraba que los conocía desde hacía tiempo y ya él se cuidaría de que nada le pasara. No tardó mucho para que miembros del PCE aparecieran en solares vacíos y calles desiertas amontonados como bultos de ropa; otros desaparecían sin dejar rastro. Después de todo, eso pasaba también con republicanos, falangistas, anarquistas, socialistas, y muchos otros que ni siquiera estaban afiliados a movimientos políticos.

—¡Pero serán brutos los que dicen esas cosas, mujer! — le decía Pedro en el año previo a la guerra, minimizando las noticias de los asesinados; luego, al comenzar la contienda, le decía que lo más probable era que los desaparecidos se hubieran marchado al frente. En cuanto a los vecinos, al comenzar la guerra comentó que ya se les quitaría lo que fuera que tenían contra él cuando los rusos le pararan el caballo a Franco, y se impusiera la República. No fue necesario, sin embargo, esperar tanto: poco a poco, y según comenzó la persecución de todos los que se oponían a la República, los vecinos se fueron convirtiendo -al menos así lo parecía- a su forma de pensar, y muchos de los que no lo hicieron y que dejaban saber su oposición a las izquierdas, terminaron muertos en paseíllos o en las checas, que eran centros de tortura y ejecuciones sumarias.

No obstante, ya ella entendía demasiado bien lo que estaba sucediendo y había tomado una decisión. En su corazón batallaban el amor por su madre y su hermana, por Madrid y España, contra el deseo de salvar a su hijo de una gran adversidad. Los cuáqueros norteamericanos ofrecían ayuda para evacuar mujeres y niños de Madrid, llevarlos a Valencia o Barcelona, y de ahí, a través de Francia o Inglaterra, a América. Era la única salvación para ella y su hijo. En las peticiones de evacuación de aquellos que no estaban directamente involucrados en la defensa de Madrid, María Luisa había sucumbido a su amor por la ciudad y a las opiniones de su hermana y de su madre, de que sólo muertas se irían. Pero ya se estaba haciendo demasiado tarde. Ella se iría con o sin Pedro; lo había conversado con él, y aunque no sabía si lo dejarían ir, o si él verdaderamente quería irse, ella y José María podían estar a salvo en América hasta que acabara todo el follón. Además, le había prometido a su hermana Isabel que se llevaría a su hijo Antonio, de cinco años, y a quien quería tanto como si fuera también hijo suyo.

Isabel, dos años menor que María Luisa, cuidaba de la madre, enferma del corazón. Como su hermana, había renunciado a su ambición de completar los estudios doctorales en historia y lenguas para dedicarse a su familia. Madre e hija estaban decididas a no irse de Madrid pasara lo que pasara. Vivían a unos minutos de la casa de Pedro y María Luisa, y habían sufrido bombardeos cercanos. En junio, una bomba lanzada desde un *Junker* descuartizó a doce hombres, mujeres y niños diez casas más allá de la de Isabel. Desde entonces se confesaba casi todos los días en un servicio clandestino que cambiaba de sótanos y buhardillas casi con la misma frecuencia con que se escuchaban los sonidos de balas y morteros en el frente universitario a unas diez manzanas de su casa. De vez en cuando caminaba una buena distancia para llegar a la embajada noruega en la calle José Abascal, donde se decían misas clandestinas: quería estar lista para morir. Cuando regresaba a la casa, cada día por una ruta distinta para despistar a cualquier espía, y con el beneplácito del cura clandestino, le prestaba su estado de gracia a su madre, eximiéndola de todo pecado, para que también estuviera lista para entrar al Cielo en cualquier momento. Su marido, Miguel Torres, había desaparecido durante la rebelión del Cuartel de la Montaña, hacía poco más de dos años. No identificaron su cuerpo entre los muertos en el ataque, y aunque al principio se pensó que lo habrían llevado a un hospital en otro punto de la ciudad, no lo encontraron en ninguno de aquellos adonde fueron. Hubo cadáveres sepultados antes de ser identificados. Entre ellos, sin duda, se encontraría el de Miguel.

María Luisa puso el plato de lentejas frente a su hijo y fue por otro que colocó en el lugar en que siempre se sentaba su marido. Miró fijamente a Pedro y luego a José María, y un asomo de llanto le subió a los párpados. Sacrificó su doctorado en historia y filología en la universidad al casarse y quedar encinta inmediatamente: la criatura era una responsabilidad demasiado grande y sus padres la exhortaron a considerar, ante todo, el bienestar del recién nacido.

Recordó -y de inmediato cambió de estado de ánimo- su decisión de tener el bebé en su hogar sin importarle cuán doloroso fuera el parto, pues iba a ser muy feliz al recibir a la criatura que acarició sus entrañas durante nueve meses, y que le había hablado en esos susurros que ella percibía en cada latido de su corazón. Nada iba a evitar que ella le recibiera con una sonrisa amplia y un cariño tan enorme que, como decía, «jamás podrá el fruto de mi vientre hacer otra cosa que corresponderme con su amor». Su vida entera, sus mejores y más grandes esfuerzos serían dedicados a su hijo. Y así fue.

Pero sobre ese cuadro familiar se cernían fuerzas insospechadas y antes de que el día terminara, la vida de su familia cambiaría de forma sorpresiva.

Isabel y María Luisa, gracias a sus padres, habían estado muy unidas desde niñas. Su padre, Ricardo Alcalá, había trabajado como periodista en varios diarios, principalmente en el *ABC*. De mediana estatura, de rostro ovalado en el que resaltaban sus ojos celestes enmarcados en gruesas gafas de concha que suspendía sobre la joroba de su nariz aguileña, iba siempre bien vestido, pero sin otras extravagancias que no fueran las pequeñas insignias ideológicas en la solapa de su chaquetón. La suya era una inteligencia diáfana; pero era tímido; y al hablar, lo mismo que en sus escritos, era preciso y directo. Estas características profesionales le habían ganado grandes admiradores entre editores, periodistas y lectores, pero había limitado sus relaciones sociales. Aunque conocido por muchos, compartía con muy pocos amigos. Su vida giraba en torno a su mujer, María Isabel, y sus dos hijas, en quienes había sembrado la semilla de la responsabilidad absoluta de proteger a sus hijos, de tener bien presente la necesidad de asegurarles su futuro y de respetar al resto de los seres humanos. María Isabel, María Luisa e Isabel lo adoraban. Veneraban, además, su dedicación al periodismo y, hasta que llegaron a la adolescencia, su lealtad a la monarquía. Era firme defensor de los dogmas católicos, mas, sin embargo, admiraba y aceptaba las teorías evolutivas de Darwin, quien era para él el genio científico más grande desde Newton. Sus hijas, pero no su mujer, compartían esos conocimientos e ideas y, en muchas ocasiones, tuvieron interesantes conversaciones sobre la compatibilidad de la ciencia con las creencias religiosas. Al sucumbir a un ataque cardíaco meses antes de estallar la rebelión, Ricardo Alcalá dejó el piso en el que ahora vivían Isabel y María Isabel, así como una cuenta de novecientasmil pesetas (unos cincuentamil dólares) depositada en Suiza, dinero que a su hermano Mariano y a él les había dejado su padre, además de cientos de libros, revistas, y recortes de periódico. En vida, mantuvo a su familia con su sueldo de periodista y el interés anual que devengaba de su cuenta bancaria; al igual que su padre, antes de morir dejó el camino allanado para que sus hijas recibieran a partes iguales el fruto de sus ahorros, resultado de la frugalidad que también lo había caracterizado; además, él y su mujer, aunque vivían cómodamente, no eran personas ostentosas. Su mayor gozo eran las tardes que pasaba con las tres mujeres comentando los artículos que escribía en los periódicos, leyéndoles versos de los poetas de moda, así como *Le Figaro* para que sus hijas aprendieran francés, método con el cual exitosamente también les había enseñado alemán e inglés. En muchas ocasiones, con los ojos cerrados bajo la tenue luz violeta del cielo madrileño, con sus manos gruesas de dedos cortos, redondos y algo puntiagudos, de vez en cuando hacía gestos como un director de orquesta llevando el compás de las voces melodiosas de las tres mujeres que tanto amaba.

Durante los últimos quince años mantuvo contacto epistolar con su único hermano, profesor de literatura y poesía del Siglo de Oro, admirado crítico literario, que había sido profesor en la Universidad de Notre Dame, y luego en las de Harvard y Columbia, en Estados Unidos, y, desde 1930, en la Universidad de Puerto Rico. Su fama mundial como estudioso de *El Quijote* y de las relaciones literarias entre la obra de Cervantes y la novela moderna, en particular la norteamericana, era sólida, y su escolaridad, admirada. Mariano Alcalá había quedado viudo y sin hijos cuatro años atrás. Vivía añorando conocer mejor a las hijas de su hermano, a quienes había querido de niñas como si fueran sus propias hijas, y ahora que ellas tenían hijos, sus ahorros iban todos a una cuenta para ellos. Al igual que Ricardo, Mariano era frugal, ahorrador y disciplinado; y aunque en el salón de clases su erudición era deslumbrante, su modestia atraía a los estudiantes y le ganó el respeto de todos sus colegas que, además, reconocían sus habilidades pedagógicas y su discreción profesional. Esas características propiciaron también que fuera el ejecutor legal de la cuenta del banco suizo. Ricardo Alcalá había instruido a su mujer, sus hijas y yernos que se pusieran en contacto con Mariano cuando «llegara el momento».

La primera vez que Ricardo conoció a sus futuros yernos, uno en 1930, el otro dos años después, le chocó lo parecidos que eran de carácter pero lo disímiles que resultaban sus puntos de vista. Le sorprendió asimismo su relación armoniosa a pesar de sus diferencias. Tal vez la explicación para la aparente simpatía que compartían quienes llegaron a ser sus yernos, estribaba precisamente en esas diferencias tan marcadas. Ambos eran físicamente atractivos. Miguel más ancho de hombros, con unas facciones un poco más gruesas que Pedro, pero de igual estatura: sobrepasaban 1,85 cm. Los dos hablaban rápido y eran inteligentes y educados; sabían francés y alemán y bastante inglés. Pero Ricardo Alcalá percibía en Pedro un conflicto entre su manifiesta valentía y algunas de sus opiniones y argumentos con respecto a la situación existente en Madrid; evidentemente poseía un intelecto excepcional, y a veces era de una ternura y encanto difíciles de resistir, pero en otras ocasiones le parecía cobarde o cruel, quizá insensible, o tal vez todas esas cosas juntas. Miguel era más recatado en su conversación, pero de un matiz violento que se manifestaba frecuentemente en rápidas sucesiones de palabras agolpadas unas a otras, y cierta tendencia a un conservadurismo extremo y rígido, a pesar de su inteligencia. A medida que los fue conociendo, y a pesar de acceder al capricho de sus hijas de casarse con ellos, comenzó a preocuparle la vida que decían llevar y la dedicación que los dos hombres iban a brindarle a sus adoradas hijas.

A medida que le fue conociendo mejor, desarrolló un intenso repudio hacia su yerno Pedro. Llegó a considerarle un irresponsable peligroso por la forma en que se expresaba y por su acercamiento pragmático al comunismo. Tampoco quería mucho a su yerno Miguel, pues se convenció de que en él se escondía un temperamento demasiado rudo y violento. Pero Alcalá nunca dejó entrever sus aversiones ni supo tampoco cuán cerca de la verdad estaban sus sospechas.

Luego de estudios de Derecho, Pedro trabajó como secretario del ministro de Obras Públicas. Su padre, Eduardo González, que fue ayudante del secretario de Alfonso XIII, se había encargado de colocarlo, pero pensaba que aunque era inteligente y guapo, la imperfección física de su brazo era un impedimento para aspirar a más, por ejemplo, a un puesto en el ejército en el que pudiera ascender a general. A pesar de eso, el perfil de Pedro era la envidia de muchos hombres, admirado por las mujeres y una tentación para ambos sexos, y se convirtió en una de sus armas más poderosas. Cuando quería ahuyentar a los admiradores no correspondidos, se quitaba el guante que usaba para disimular su malformación, alzaba su brazo izquierdo, y con la medialuna que formaban sus casi rígidos dedos pulgar e índice, se rascaba la barbilla o se llevaba a la boca un cigarrillo son un gesto que podía ser seductor o amenazante. Muchos le llamaban Pedro el Hermoso; otros –los envidiosos o temerosos–, la Garra. Ahora, luego de su meteórico ascenso en la jerarquía del partido, Pedro, como miembro de la policía militar, estaba a cargo de una importante investigación.

Capítulo 2
junio de 1936: asesinatos

El hombre grueso de mediana estatura, cara chata y voz profunda, se pasó una mano por su cabello, alisándolo más aún; puso la otra mano sobre la mesa y miró alrededor de la habitación mientras hablaba. En la pared, un calendario con grandes números marcaba el 25 de junio de 1936.

—Éste la tiene que pagar —dijo—. Ha sido un desfachatado, el muy cabrón teniente José del Castillo. No le vamos a permitir a estos rojos de mierda que se sigan saliendo con la suya, matando a los nuestros.

Hubo murmullos de asentimiento que se hicieron escuchar entre la nube de humo que salía por la boca y la nariz de los cuatro hombres que estaban sentados en las butacas del pequeño salón.

—No puede pasar de esta semana. Hay que proceder con cautela, pero al mismo tiempo que quede claro el porqué de esta acción.

—¡Nadie va a meterse con nosotros! —dijo otro.

—Lo que hay que hacer —continuó diciendo el primero—, es esperarlo en las calles más transitadas cerca de su casa, y cuando haya mucha gente, para que no se pierda el mensaje que queremos transmitir, y que sea fácil poder dejar el lugar entre el tumulto.

—Será fácil si lo esperamos en el lugar más transitado cuando vaya de camino a su casa —dijo el hombre alto y fornido al que llamaban Banderilla—.

—Hay que esperar con un coche... —comenzó a decir Vicente, pero Banderilla lo interrumpió bruscamente.

—¡No! Pasaremos entre la gente... como si nada hubiera sucedido, y dejaremos las armas por distintos lugares de la ciudad. Él estará distraído. No se enterará de nada. Yo me acerco por un costado y me encargo de la sien derecha. Tú, Francisco, te encargas de la espalda... y recuerda... en el lado izquierdo de la espalda... y a quemarropa...

Calló un momento y señaló con el dedo a un hombre delgadísimo que permanecía escurrido en una butaca, en la oscuridad del aposento, y tras inhalar de su cigarrillo turco y expeler una nube continua de humo, añadió

—Tú, antes de que se desplome... de frente... —dijo Banderilla e hizo una breve pausa—, al hígado.

Le llamaban Banderilla por el método que usaba como preámbulo a la sentencia que le aplicaba a los que «paseaba». Al desafortunado se le desnudaba hasta la cintura y se le colocaba frente a una pared, mientras el verdugo le hacía un recuento —verídico o no, daba igual— de sus fechorías contra la Falange y la Iglesia. Llevaba un afilado estilete en una funda construida especialmente para esos propósitos, y la ocultaba en una de sus botas. Antes de propinarles su *coup de grace,* le gustaba dar una media docena de pinchazos —con mano experta, pues había asistido cinco años a la Facultad de Medicina—, en la base de la nuca de la víctima, para producir el dolor más intenso posible pero sin que llegara a perder la conciencia o muriese. Consideraba que era una forma de enaltecer el momento de la muerte del cabrón, quien la merecía como los mejores toros ante los grandes matadores. Su estatura le permitía que pudiera ejecutar el preambulo con precisión y exactitud en casi todos los casos. Luego, con el pobre diablo llorando o gritando de dolor y sangrando por sus punzantes heridas, le daba la vuelta, y cara a cara le decía: «Llévate bien mi imagen al infierno, rojo hijo de puta, que si allí no te portas bien, allí te vuelvo a encontrar». Y dando un paso atrás, le volaba la tapa de los sesos de un tiro.

Dos días después de su reunión, los cuatro pistoleros esperaron inútilmente a que el teniente José del Castillo pasara por el sitio donde lo acechaban. No supieron si lo habían perdido entre la multitud. Lo mismo ocurrió dos días después y cuatro más tarde. Decidieron, pues, posponer el atentado por temor a que ya algunos del vecindario los hubieran visto y albergaran sospechas o los pudieran reconocer. Esperaron hasta el domingo 12 de julio. El día había sido caluroso, pero esa noche las calles estaban llenas de gente que huían del sopor de sus pisos. Con la llegada de la nueva estación, muchos de la ciudad comenzaron a partir de veraneo a San Sebastián y a otros puntos del norte. Del Castillo se había casado unas semanas atrás con una hermosa chica de ojos pardos, busto generoso y, con o sin corsé, cintura pequeña y nalgas firmes de piel suavísima. Llevaba la imagen de su mujer consigo como se lleva la sensación de ser, de existir, y se apresuraba cuanto le era posible para llegar a casa y hacerle el amor. Desde el casamiento su ansiedad por los barullos políticos había disminuido y se sentía invulnerable a las amenazas que había recibido por su participación en la muerte de un falangista pariente de José Antonio Primo de Rivera. ¿Qué le iba hacer? Había cumplido con su deber y volvería a hacerlo si fuera necesario. Los muslos de su mujer le vinieron a la mente en el instante en que, distraídamente, tropezó con un transeúnte. «Perdone, usted», iba a decir cuando el hombre, unos centímetros más alto que él, le disparó en la sien izquierda. Se había quedado sin sentido cuando otra bala penetró en su espalda y le destrozó el riñón izquierdo y el bazo, mientras, simultáneamente, otro proyectil le perforaba el hígado y la vena cava inferior. Antes de caer al suelo, entre los gritos de la muchedumbre y el asombro de los que estaban más cerca, llevó instintivamente su mano derecha al costado por donde ahora manaba la sangre que, al caer, formó un pequeño charco púrpura en el pavimento.

Los atacantes corrieron en distintas direcciones entre los gritos y murmullos de los perplejos testigos, y se perdieron a través de las callejuelas cercanas. Un hombre que, atónito, había presenciado el asesinato sin apenas darse cuenta de lo que estaba sucediendo, llegó a escuchar al primer pistolero decir: «Aquí tienes, cabrón, para que te acuerdes de mí en el infierno».

La música de fondo en la recepción en la embajada del Brasil era muy distinta a la que él estaba acostumbrado a escuchar -pensó Santiago Casares Quiroga, más dado a la zarzuela y a la ópera-, pero en medio del esplendor de aquel gran salón, estas melodías, con sus ribetes africanos y la sensualidad de las selvas misteriosas, le hicieron esbozar una breve sonrisa que relajó su rostro serio y disminuyó sus prominentes ojeras. Su mujer no alcanzó a escuchar lo que dijo casi a pesar de sí mismo, pero su exclamación de gozo distaba mucho de su agria capacidad para la lucha política. Defensor de su adorada Galicia y de los gallegos, admiraba la política del presidente de Estados Unidos, Wilson, y, sentía la necesidad de mantener inviolable la identidad española en estos momentos difíciles de agitación internacional e intervencionismo ruso. Qué suerte la del Brasil -pensó- que, lejano, aún conservaba en sus selvas la magia esotérica de lo prístino. Vio en su mente bandadas de pájaros multicolores volando sobre el Amazonas y en sus riberas a los caimanes bajo el sol. Consideró, además, el vuelco de la historia que había evitado que ese lugar exótico al otro lado del Atlántico no fuese parte de la herencia de España y que una potencia frágil y atrasada como Portugal hubiese interrumpido la hegemonía de España en Sudamérica.

Rápidamente sacó un gran pañuelo blanco del bolsillo de su esmoquin y hundió en él una honda y sibilante tos; luego miró con detenimiento el pedazo de tela que tenía en la mano y vio la leve traza de sangre, que era mucho menor que la que hacía semanas detectara luego de sus accesos de tos. Guardó el pañuelo justo en el momento en que un mayordomo con levita vino a anunciarle que tenía una llamada telefónica en la biblioteca.

Se excusó con su mujer mientras se pasaba una mano por la ancha frente que, junto a las entradas profundas en su cabello, ya era parte de una incipiente calvicie, y dirigió su delgado cuerpo con paso firme y elegante al salón, intuyendo que quien lo llamaba tendría algo que comentarle sobre el asesinato de del Castillo y de la necesidad de acción. No quería tomar decisiones que causaran demasiada agitación en una ciudad ya caracterizada por acciones y pasiones desmedidas. Además, la atmósfera en la embajada no era proclive a los giros violentos.

Levantó el auricular que descansaba en la superficie de un escritorio enchapado en oro, ébano y marfil, y respondió. Con su rostro impávido, antes de meter su mano derecha dentro del bolsillo de su pantalón, miró impaciente su reloj pulsera: era la una y media. Frunció el ceño cuando escuchó el nombre de su adversario gallego: Calvo Sotelo.

Las noticias del asesinato de del Castillo corrieron por Madrid junto al vaho emitido por sus habitantes en el calor de la noche de verano. A casa de Pedro González llegaron de boca del gallego Victoriano Cuenca, que era un hombre serio y amigable, de hablar sonoro y lento. Su pelo ensortijado hacía pensar a muchos que tenía ascendencia árabe o judía; era de mediana estatura, más grueso que delgado y de cara cuadrada con unos ojos tristes que se endurecían como dos grandes gotas de granito cuando discrepaba de lo que oía. Nadie que lo conociera por primera vez podía adivinar que había sido guardaespaldas del dictador cubano, el general Machado. Su domicilio en Madrid cambiaba con frecuencia, pero pasaba períodos prolongados en La Cubana, una pensión en la Calle de la Montera, porque era amigo del dueño, un cubano revolucionario.

Cuenca había estado velando el cadáver de del Castillo en el cuartel de la Calle de Pontejos junto a muchos simpatizantes de izquierdas a quienes más o menos conocía. No se podía decir que fueran amigos, pues tenía pocos. El aire estaba cargado de venganza y odio hacia los derechistas y todo lo que representaban.

La llegada de Fernando Condés al cuartel desencadenó más retórica salpicada de vituperio ideológico y de revanchismo. Aunque era guardia civil, Condés vestía de paisano y su discurso incitador fue tan contagioso como la viruela. Su rostro parecía más alargado y sus ojos más duros que de costumbre: en la expresión severa de su rostro, sus cejas frondosas disimulaban el leve temblor de uno de sus párpados De vez en cuando miraba o intercambiaba asentimientos con su conocido y amigo, el teniente de Asalto Alfredo León, que coordinaba la salida de los coches de asalto del cuartel. Cuenca se le acercó a Condés en medio de una de sus diatribas y le dijo al oído:

—¿Y qué esperamos? Aquí hay muchos que quisieran vérselas con el gordo... además conozco a alguien que le gustaría ponerle un plomo en buen sitio...

La camioneta número 17 llegó a la calle acordada y se detuvo cerca de la esquina. Cuenca preguntó la hora antes de apearse. Llegó cerca de la casa de Pedro a eso de las dos de la madrugada. Tenía intención de llamar a la puerta, pero no tuvo que hacerlo pues desde la calle vio a Pedro asomado al pequeño balcón e inmediatamente se percató de que lo había visto. Pedro se puso su chaqueta y bajó las escaleras silenciosamente. Su mujer y su hijo hacía rato que dormían. Cuando vio a Pedro, Cuenca le hizo señas con la cabeza, cubierta por una boina negra, para que se acercara.

—¿Has oído lo del teniente? —dijo Cuenca muy bajito.

—Si. La noticia está por todas partes. Por eso esperaba. ¿Qué ha de hacerse?

—¿No te echará de menos tu mujer? —le preguntó Cuenca.

—No.

—¿Tienes tu pistola?

—Por supuesto —respondió el Hermoso muy serio.

Siguieron sin hablar hasta el final de la calle; en la esquina esperaba la camioneta. El conductor era el capitán Condés, a quien Pedro había saludado varias veces. A los otros cuatro los había visto contadas veces, mas siempre con Condés o Cuenca.

Cuenca se volvió hacia el Hermoso y le dijo con los labios casi totalmente cerrados:

—Son las diatribas del gordo Sotelo lo que incitan a estos falangistas, hermano. Pues vamos por él... hemos hablado con Casares. ¿Vale?

—¡Pues, vamos!

José Calvo Sotelo y su familia habían cenado a eso de las diez. Él y su mujer se quedaron en el estudio, ella leyendo el periódico y él corrigiendo un discurso que estaba elaborando. De vez en cuando su mujer lo miraba disimuladamente por detrás del periódico. Miró con detenimiento sus ojos pardos y su nariz perfilada de pequeños orificios, y sus labios carnosos, que junto a su barbilla levemente elevada le daban un aire de altivez que se completaba con la hermosura leonina de su gran cabeza. Ella estaba segura de que el destino de España estaba en las manos de su marido y que era necesario volver a un respaldo absoluto de la monarquía y la Iglesia, poner fin a la anarquía sindicalista y deshacerse de los rojos. El país vivía en un estado de sacrilegio perpetuo y la forma de enderezarlo era haciendo lo que decía su marido.

A eso de las 12:30 de la madrugada, Calvo Sotelo bostezó y estiró sus piernas, a lo que su mujer, como si fuera un apuntador teatral, dijo que era tiempo de irse a la cama. Se quedaron profundamente dormidos poco después de poner la cabeza en la almohada.

El coche de asalto llegó a donde vivía Calvo Sotelo aproximadamente a las 2:30 de la madrugada del 14 de julio. Los ocupantes se desmontaron y saludaron efusivamente a una pareja de guardias a quienes les preguntaron si ese era el número 89 de la calle de Velázquez; era una pregunta superflua pues lo sabían bien. A instancias de los guardias, Condés les mostró su carné de guardia civil y estos no tuvieron reparos en dejarles paso.

El portero de la casa protestó en un primer momento, pero no fue difícil convencerlo de que dejase entrar a la policía y a la guardia de asalto para buscar al diputado —que hacía unos días había incendiado y llevado a las Cortes al borde de la rebelión con sus discursos derechistas—. Mientras el portero estaba distraído examinando los papeles de la policía, uno de los ocupantes del coche de asalto cortó las líneas telefónicas del edificio.

El ruido en el pasillo frente a su piso despertó al matrimonio. Se pusieron las batas. Calvo Sotelo fue al balcón temeroso de que desde abajo le pudieran ver en pijama. Vio la camioneta oficial y entró en la sala justo cuando llamaban a la puerta. Decidió dejar entrar en su piso a Condés y a los otros tres hombres que le acompañaban y alisó su cabello antes de abrir la puerta. Pidió explicaciones del porqué tenía que ir al cuartel de la policía, pero al ver los papeles de Condés, consideró que la Guardia de Asalto no le haría daño. Se puso el traje gris claro que había vestido el día anterior y se colocó su sombrero favorito, que era de fieltro con una gran banda negra y la copa lo suficientemente alta como para cubrir su cráneo privilegiado. Se miró de perfil en el espejo y pensó que tenía que cuidarse pues estaba echando tripa. Fue al aposento en el que sus hijos dormían y los besó tiernamente en las mejillas. De vuelta al vestíbulo, se despidió de su mujer con besos y abrazos. Miró la sala como tratando de grabar en su mente algunos de los detalles de ese salón que le era tan querido. Volvió a tomar las manos de su mujer en las suyas y con una media sonrisa en su rostro le dijo:

—Les avisaré tan pronto pueda. Debe de haber algún error... aunque, claro está, cabe la posibilidad de que estos señores me quieran volar la tapa de los sesos.

Ella, callada, se mordió el labio inferior mientras sentía que la respiración se le aceleraba.

Durante el corto viaje en el ascensor, Calvo Sotelo sintió un extraño deseo de poder. En su visión de lo que debiera ser España, estos atrevidos no tendrían un lugar en ella. Y él era el llamado a determinar cuándo y cómo se devolvería la cordura al país.

Una vez en la calle entró y quedó sentado en el tercer asiento de la camioneta entre dos guardias de asalto y frente a Cuenca y la Garra, que estaban en el asiento trasero. Su ansiedad aumentó al darse cuenta de que el silencio sepulcral que había comenzado en la sala de su casa se prolongaba dentro de la camioneta. No habían recorrido un cuarto de milla cuando Cuenca y la Garra hicieron cada uno un disparo mortal al privilegiado cráneo del diputado.

Capítulo 3
Sublevación, julio de 1936

A pesar del revuelo general que suscitó el asesinato de Calvo Sotelo, los intentos de iniciar una investigación fueron interrumpidos y obstaculizados por la guardia de asalto y no progresaron. Además, los primeros relatos del crimen se dirigían más al capitán Condés y a Cuenca que al desconocido Pedro González, alias la Garra o el Hermoso. Cuando se comenzó a saber que las manos de Pedro también estaban ensangrentadas, las preocupaciones del Gobierno y de la ciudad apuntaron en otras direcciones que no eran el asesinato, y lo dejaron tranquilo.

La participación de la Garra en el asesinato de Calvo Sotelo inmediatamente le hizo ascender de categoría entre las izquierdas. Los que sospechaban de su compromiso con la causa se olvidaron de que su padre había sido monárquico y de que su mujer era hija de un periodista de igual calaña. No fue sorpresivo, por lo tanto, que ahora le reconocieran con saludos muchos de los que antes, aunque no lo conocían, pensaban que era un guapito tonto. Poco sabían de su brillantez y su intuición para lo que hay que hacer en cualquier momento para congraciarse con los de arriba. Era una cualidad que había ido descubriendo paulatinamente, y ahora que pensaba que era un héroe —ciertamente lo era para muchos—, y gracias a la recién desarrollada confianza en sí mismo, su deformidad física había pasado a un segundo plano en su mente.

Con su autoestima aumentada, su belleza física era también más llamativa y él la desplegaba con orgullo. Junto a la nueva evidencia de que poseía un lado violento, su perfil impecable le recordaba a muchos a las estrellas de Hollywood que veían en la pantalla. María Luisa, ajena a lo que había hecho su marido, lo había sentido más fogoso que nunca haciendo el amor en las dos o tres semanas después del asesinato. Casi al salir el sol del día del asesinato, la despertaron sus caricias. Hicieron el amor como no lo habían hecho desde el principio de su matrimonio, y el clímax fue como siempre, simultáneo y con grandes gritos de placer. Pero en vez de preocuparse si el ruido había despertado a José María, comenzaron de nuevo, justamente al alzarse el candente sol que ya comenzaba a alumbrar la ciudad y a llenar las paredes de la habitación de una luz sanguinolenta.

De igual manera habían experimentado su recién agitada virilidad muchas otra mujeres que comenzaron a reemplazar a María Luisa en las fantasías y aventuras sexuales de la Garra. Una de estas era una extremeña que había llegado a Madrid hacía un año y que era líder de un pequeño grupo de trabajadores socialdemócratas, pero que coqueteaba con el comunismo. Era alta –casi de la misma estatura que él– y de largos muslos finos y suaves, brazos fuertes y manos que terminaban en unos dedos que no se estaban quietos mientras hacía el amor. Sus pechos no eran muy grandes, pero en ellos los pequeños pezones flotaban en unas aureolas color rosa perfectamente redondas, algo que excitaba y enloquecía a Pedro. Era hermosa, con un rostro ambiguo que muy bien podía ser de una mujer o de un hombre. En muchas ocasiones, mientras ella le pasaba sus dedos por los testículos y por los bordes de su culo, Pedro recordó a su cuñado Miguel Torres.

En 1932, cuando cortejaban de novios a las hermanas, Pedro y Miguel habían ido de paseo a Ávila con la familia Alcalá. Era un día hermoso con un cielo azul añil y una brisa de primavera que hacía brillar las murallas de la ciudad. Lo pasaron tan bien y conversaron tanto después de la cena y bebieron tantas copas, que decidieron quedarse a pasar la noche en un hotel. Los dos jóvenes tuvieron que compartir la cama en una pequeña habitación. Antes de acostarse conversaron de política y del efecto de la monarquía en el presente Gobierno, y el amor que a ésta le tenía Miguel, y la suspicacia que le causaba a Pedro. Debatieron hasta quedarse dormidos. Temprano en la madrugada, aún de noche, se encontraron abrazados, sus erecciones tocándose y latiendo a través de los calzoncillos. Como un reflejo, mientras se miraban a través de los párpados entreabiertos, cada uno tomó la verga dura y lúbrica del otro en su mano. El calor de los miembros les subía por el brazo y la pasión súbita de cada uno hacía que se movieran entre gemidos apaciguados, y continuaron acariciándose los genitales hasta que ambos eyacularon profusamente. Exhaustos, llenos de olor a esperma, entre pequeños apretones y gemidos cada vez más leves, volvieron a quedarse dormidos. Jamás volvieron a repetir o mencionar el episodio, pero desde entonces sabían que se querían mucho más que como amigos, más que como hermanos, y que nada se interpondría entre ellos y su especial amistad.

Fueron inseparables mientras enamoraban a las hermanas, y en muchas ocasiones, con sólo mirarse, sabían lo que pensaba el otro. Ricardo Alcalá los observaba cuando intercambiaban frases de elogio y se daban palmadas en la espalda, y pensaba que aquella amistad tenía una energía que provenía de una llama oculta encendida por una mano misteriosa, pero nunca percibió la naturaleza del vínculo que los unía. Sentía la fuerza del entendimiento entre dos mentes ágiles, pero no sabía cómo responder a lo que percibía como un enlace maldito, una simpatía fundamentada en algo que él no entendía.

Al otro día de su encuentro, sin embargo, discutieron e intercambiaron sus ideas agudamente y sin reservas, y mientras el día alumbraba con luz amarilla las torres de la muralla de Ávila, continuaron conversando durante el desayuno, mientras Ricardo Alcalá los escuchaba molesto.

—Miguelito, ¿en qué te basas para pensar que hay que aniquilar a los anarquistas? —dijo con una gran carcajada Pedro, al mismo tiempo que lo tomaba por los hombros y lo mecía con cariño.

—Ay, Pedrito, porque son una escoria. No quieren obedecer las órdenes del Gobierno. No respetan las jerarquías establecidas por Dios y, a la vez, le faltan el respeto al Rey.

—Sin embargo, respetan el matrimonio y la necesidad de mantener una sociedad comprometida con el individuo, que es su centro unitario.

—Eso lo dices porque eres un comunista... socialista... las dos cosas posiblemente. Lo que sea, ¿vale? Y se te ha embotado el entendimiento leyendo a esos dos judíos cabrones...

—...que han cambiado el mundo. Que lograron... sin tomar un fusil, ni tan siquiera pensar en un gesto bélico... generar una revolución cuya popularidad y vigencia está durando más que la francesa, y que continuará durante siglos... de hecho, por los siglos de los siglos... y pienso en ese judío socialista que fue Cristo en su época, pues Marx y Engels en esta...

—¡Joder! La verdad es que te estás volviendo un fanático pesado. Ahora estás dándole un giro religioso a lo que es una ideología anticristiana. ¿Cómo se te ocurre comparar...? Eres un sacrílego. Aún tienes tiempo de salvarte antes de que esta familia piense que estás hablando en serio... —comentó Miguel riendo en voz alta, pero patentemente molesto con su futuro cuñado.

—Vamos, vamos, vamos, que no es para tanto. Estamos de paseo. No es el momento para este tipo de conversación —dijo María Isabel, mientras pasaba su mirada de una de sus hijas a la otra.

—Sí, por Dios. Dejen el tema —añadió enfática María Luisa, mientras Ricardo Alcalá permanecía en silencio, con el rostro impávido y su corazón apesadumbrado.

Sin embargo, todos se unieron con gran alegría cuando los dos jóvenes se rieron, se pasaron un brazo sobre el hombro y, para agrado de Alcalá, comentaron que el día que les esperaba era demasiado largo para estar malhumorados por circunstancias que no podían controlar.

Miguel miró la sonrisa de Pedro y pensó que la belleza era una de las pocas cosas que a veces lo conmovía; y una de las razones principales por la cual le perdonaba sus creencias políticas.

Sentados ya a la mesa, Pedro fijó su mirada en la hermana de su novia y, por una milésima de segundo, envidió que al fin y al cabo tendría el cuerpo caliente de Miguel junto a ella todas las noches.

Capítulo 4
La clandestinidad, 1936-38

Banderilla llevaba algo más de dos años escondido desde el atentado del Cuartel de la Montaña, pues para lograr su intervención en el cuartel había asesinado a uno de los suyos. Por eso, pese a su amor por su mujer y su hijo, y el corto tiempo que le quedaba para completar su carrera, había decidido entrar en la clandestinidad. Regresar a su hogar era casi una sentencia de muerte para todos, incluyendo a su cuñado, a quien amaba a pesar de sus simpatías con los rojos. Estaba convencido que una vez que se resolviera el problema de la República y se echaran de suelo español a todos los mercenarios extranjeros que intentaban imponerle a España sus formas de pensar, su familia podría de nuevo vivir al amparo de las leyes de la Iglesia y de Dios, bajo la mirada benévola de un rey que aceptara el método democrático que hacía tantos años funcionaba en Inglaterra.

Por sus conexiones con la Falange, se había dado a la tarea de hacer desaparecer del clima incivil que comenzaba a socavar la calma madrileña a varios de los predadores que se escondían detrás de ideologías políticas para cometer sus fechorías. Pensaba que matarlos era un mal necesario para alcanzar el bien. Su método consciente y cuidadoso para escoger a sus víctimas y el estudio minucioso de cada paso a dar, lo habían protegido hasta ahora de ser detectado por el enemigo. La alta jerarquía falangista dentro y fuera de Madrid reconocía sus contribuciones sin saber quién era. Había llegado a sus oídos que el general Mola -quien sólo lo conocía como Banderilla- había dicho que se necesitaban más como él en toda España. Más tarde -con la guerra ya generalizada- cuando se mencionaba la «quinta columna», se sabía que él era uno de sus miembros más destacados. Mas no fue hasta un par de años después que, en un momento de vehemencia, Queipo mencionó su apodo por la radio.

La primera oportunidad de ayudar a las fuerzas de liberación le había venido a Miguel aquella tarde del 19 de julio de 1936 cuando acudió al cuartel que, para él, en un acto patriótico sin precedentes, se sublevó. Pensó que sería el momento cumbre de su participación y que se le reconocería después del triunfo como uno de los más dedicados soldados de la lucha dentro de la ciudad sitiada. Sin embargo, no sucedió así aquel día fatídico: la rebelión quedó frustrada por un puñado de oficiales invertebrados y una turba de pseudosoldados que apabullaron la insurrección.

El general José Fanjul llamó al teniente coronel Arenas para darle instrucciones. Ese 19 de julio de 1936 la imprenta del cuartel publicó el edicto declarando la solidaridad del ejército español con las fuerzas nacionales, y la intención de los acuartelados -tres unidades- junto a los ejércitos del general Mola -que ya se acercaban a Madrid-, de disolver todos los sindicatos marxistas y de sacar de España a todas las bandas de extranjeros asesinos y oportunistas.

—Tenemos que comunicarnos con Carabanchel y asegurar la intervención del regimiento de Campamento —dijo Fanjul.

—Tendrá que ser por heliógrafo, general —replicó Arenas—, pues han sido cortadas las líneas de teléfono.

—No hay tiempo que perder. Notifiquen que es necesario que esta madrugada nos encontremos, y que con las unidades de Getafe y Vicálvaro bombardeemos los aeródromos.

—Inmediatamente, general.

Arenas giró sobre sus talones y salió apresuradamente a cumplir las órdenes de Fanjul.

Fanjul se paseó nerviosamente por el salón. Se detuvo brevemente ante una de las ventanas que daban al Paseo del Pintor Rosales. Se rascó burdamente su barba canosa y, sin pensarlo, se pasó los dedos de la otra mano por las oscuras y abultadas cejas de su rostro ovalado, que no delataba ningún estado de ánimo en particular: era más bien el de un maestro al que le han asignado de improviso un nuevo salón de clases y que, a pesar de la contrariedad, se siente seguro de que sabe bien la lección. Los oficiales a su alrededor, murmuraban.

—¿Cuántas ametralladoras tenemos? —preguntó a la vez que se pasaba las manos por el escaso cabello.

—¡Cuarenta, mi general!

—Y quince morteros —dijo otro oficial con timidez.

—Por lo menos todos están armados con fusiles y pistolas. ¿No es así?

—Si, señor general. Además tenemos los cerrojos de cerca de cincuenta mil rifles.

El general miró al otro sin verlo. Pensó en si sería cierto que ya dentro de dos o tres días entrarían a Madrid las fuerzas de Franco. Aunque los partes del sur y de Mallorca eran alentadores, en muchos lugares el ejército había permanecido fiel a la República.

—Tenemos que asegurarnos de que todos en el Cuartel sean leales a España —dijo Fanjul, pensativo—. Aquellos que no lo sean, métanlos en el calabozo: ya nos ocuparemos de ellos cuando llegue el momento.

Se rascó la barbilla y miró hacia el portón más allá del cual se extendía el valle de ese río holgazán que es el Manzanares: recordaba la imagen de los lavaderos con las ropas tendidas al sol como banderas de rendición de toda la ciudad. Esa imagen se disolvió rápidamente con los ruidos en el patio. Por la entrada de Rosales habían arribado más de 150 jóvenes falangistas que se unirían al ejército en la sublevación.

—¡Arriba España! —gritaban saludando a los soldados, que respondían de igual forma.

La algarabía fue suplantada por gritos de alarma cuando se sintieron disparos de rifles y pistolas hacia el cuartel. Un cadete se apretó su hombro izquierdo al mismo tiempo que dejaba escapar un grito de dolor, y cayó al suelo con sus ropas ensangrentadas. Los que estaban a su alrededor le socorrieron inmediatamente y con unos pañuelos pudieron detener la hemorragia. Más allá un capitán había recibido un balazo en la pantorrilla derecha, y era ayudado a entrar dentro del cuartel por uno de los jóvenes falangistas recién llegados.

—Estás bien —le dijo con firmeza el joven falangista al capitán—. Es una herida superficial, un rasguño... te vas a poner bien. No pasa nada.

El capitán lo miró con agradecimiento. La boca del joven hizo el amago de una sonrisa que nunca llegó a serlo. Se alejó del capitán en el momento que se acercaba un grupo de enfermeros con sus maletines.

—No corre peligro, pero hay que curarlo— le dijo Miguel Torres a uno de los enfermeros sin tan siquiera mirarlo.

Miguel Torres miró a su alrededor; pensó que ya había pasado el momento peor. Los del cuartel habían respondido al fuego y en la calle yacían tres muertos. Habrá más bajas, se dijo. Tendría mucha cautela, pues no pensaba caer en el primer día de la liberación de España. Abajo los rojos y los rusos, y arriba España, pensó. Metió su mano en el bolsillo interior de su chaqueta y extrajo un carné de los muchos que a través de varios años venía robando, y lo ocultó dentro de su bota derecha.

Momentos después salió al patio desde donde se veían guardias de asalto en las azoteas cercanas. En las calles se habían levantado barricadas y se corría la voz de que carros blindados del Gobierno se aprestaban a asaltar el cuartel.

Las órdenes de proteger las ventanas con sacos terreros, colchones y planchas metálicas no se hicieron esperar. En el piso superior del inmenso edificio se ubicaron ametralladoras protegidas por sacos terreros. Se dio orden de mantenerlo todo a oscuras.

Mientras tanto, en las afueras del cuartel se iba

congregando una muchedumbre que buscaba esclarecer si se habían sublevado o no los de adentro. Muchos iban armados, y había tal cantidad de personas que Fanjul desistió de salir del cuartel para unirse a otros sublevados, como había sido su plan. En cambio, pidió que se le suministraran uniformes y armas a todos los falangistas que se le habían unido.

Miguel Torres fue uno de los llamados para un turno de guardia hasta las cinco de la mañana. En la barraca en que estaba puso su nuevo uniforme sobre el catre, y fue a su puesto de observación vestido tal y como había llegado al cuartel. De vez en cuando sonaba un disparo desde alguna terraza de los edificios circundantes, pero no respondieron para así economizar municiones. Miguel pensó que no había forma de salir de allí. No conocía el edificio y, además, las salidas estaban al alcance del fuego de los milicianos y de las fuerzas del Gobierno. A las 4:45 a.m. llegó su relevo; ya en la barraca, puso su cabeza en el catre y se quedó dormido. Poco después de las cinco de la mañana dos cañonazos lejanos le despertaron. Había comenzado el ataque y tenía que mantenerse alerta. A su alrededor aún dormía cerca de una docena de soldados. Se mantuvo en reposo, en una especie de duermevela, durante la cual tuvo presente su voluntad de supervivencia. Cerca de las siete, sin embargo, comenzaron a disparar hacia el cuartel grupos de ciudadanos con armas y dos cañones, alrededor de los cuales se congregaban otros armados con rifles y pistolas. Los acuartelados se pusieron de pie y corrieron a sus puestos a devolver el fuego. Miguel se mantuvo cerca de la entrada de las barracas y sus disparos de rifle hicieron blanco en más de dos ocasiones.

El fuego de las armas y los cañones hacia el cuartel fue tenaz. Un cañón de grueso calibre, situado en la cuesta de San Vicente, vomitaba sus proyectiles sobre los muros. A esto le seguían gritos de «vivas» de los milicianos y de cualquiera que tuviese un arma, ya fuera desde la calle o las terrazas, balcones y azoteas de las casas cercanas; a cada ola de disparos le seguían los vítores de «Muerte al fascismo». Una hora después, y para gran desconcierto de los sitiados, dos aviones dejaron caer bombas sobre el cuartel, como evidencia de que no habría ayuda de otras divisiones y de que las fuerzas aéreas estaban del lado del Gobierno.

Miguel miró a su alrededor. Un grupo de unos veinticinco soldados se había retirado de sus posiciones y gritaban que era mejor rendirse; sólo se opuso uno de ellos, un falangista que era conocido suyo. Miguel no dijo nada, pero al verlos enganchar una funda blanca a uno de sus fusiles, salió de aquel sitio, cruzó el patio y se dirigió a la barraca. Cuando llegó al exterior, expuesto a ser blanco de los asaltantes, se ocultó tras un muro cerca de la entrada de Rosales. La improvisada bandera de la paz surtió un efecto momentáneo. Un grupo de milicianos se acercó, pero cuando estuvieron al descubierto se reanudó el tiroteo desde el interior del cuartel. El caos se apoderó de los asaltantes, que ahora huían, y se extendió a los sitiados, ansiosos por salir para ponerse a salvo. Los disparos provenían de todos lados y en todas direcciones. Los cuerpos caían haciendo pequeños paréntesis de silencio en el estruendo de la metralla y los cañones. El lamento de los heridos era incesante. Miguel vio un grupo de civiles republicanos saltar los muros y entrar a través de los boquetes abiertos por los cañonazos. Una oleada humana comenzaba a llegar con la Guardia Civil a la fachada del cuartel por el talud que daba a la Estación del Norte. Cerca de las once, Miguel vio la masa de milicianos entrar en el cuartel por la puerta de Rosales, y poco a poco avanzó hasta alcanzar a la muchedumbre y confundirse con ella; se unió a un grupo que encontró a Fanjul con la cabeza ensangrentada, y continuó con ellos hasta verlos poner al general en un carro blindado y llevárselo. Al menos hasta ahora había tenido suerte. Ejecutaron a muchos oficiales con disparos en la cabeza o ametrallados en pequeños grupos; a otros los lanzaban desde lo alto del cuartel y los remataban a tiros de pistola si sobrevivían a la caída.

Una vez que terminó el asalto, Miguel llegó a la Puerta del Sol -haciéndose pasar por uno de los milicianos y junto a otras personas procedentes del Cuartel-, donde una gran muchedumbre recibía como héroes a los que conducían a los oficiales sobrevivientes apresados. Con ellos se dejó arrastrar hasta la Dirección General de Seguridad. La algarabía era ensordecedora y el júbilo colectivo era para muchos un desahogo, la venganza por el asesinato de del Castillo.

Para Miguel, la fracasada resistencia del Cuartel de la Montaña agudizaba el dolor que sentía por la muerte de Calvo Sotelo. Ante él veía el peligro que ponía en precario la sublevación. Bajo su falsa apariencia de miliciano abrazó y felicitó al enemigo durante la celebración del triunfo, consciente de las pocas probabilidades que existían de que alguno lo reconociera como falangista, por eso de quienes más se cuidaba era de los suyos que como él se habían mezclado con la muchedumbre para poder escapar del cuartel. La muchedumbre celebró la victoria como si hubiese llegado el nuevo año y no fue hasta pasadas las siete de la tarde que comenzó a dispersarse. Miguel pensó que sería peligroso volver a su casa ese día. Tenía que buscar dónde pasar la noche, dónde guarecerse hasta saber con certeza el estado del país y se supiera si eran ciertos los reclamos que, desde los altoparlantes dispersos por la ciudad, hacían alarde del control de la sublevación por parte de la República. Tenía que asegurarse de no tomar decisiones aceleradas e irracionales.

Caminó hasta la Puerta del Sol y al llegar a la Calle del Carmen se desvió por Tetuán hacia la Calle de San Alberto. Conocía muy bien la zona, y a mitad de Tetuán divisó, a unos metros, la puerta entreabierta del portal de una casa y quiso entrar allí a orinar, cuando alguien lo empujó bruscamente hacia dentro del edificio. Sintió un dolor agudo en el costado derecho y vio que estaba empapado de sangre. Frente a él, en la oscuridad del portal iluminado sólo por una hilacha de luz, estaba el falangista que inútilmente había tratado de prolongar la resistencia en el cuartel después de su rendición. En su mano brillaba una navaja de Albacete.

—No eres más que un traidor, hijo de puta. Eres una vergüenza para la Falange y para España. Pero no creas que tú y los otros que huyeron se han de salir con la suya. Lo sabrán todos en Madrid... y en toda España.

Miguel se recostó de una de las paredes; parecía que en cualquier momento iba a desplomarse. Estaba casi en cuclillas, soportando la tirantez de su vejiga y esperando otro navajazo, a punto de orinarse en los pantalones. El falangista se le acercó con la navaja ensangrentada y lo fue a agarrar por las solapas de su chaquetón. Ya Miguel tenía en su mano el estilete que siempre llevaba en la funda en una de sus botas y con él le traspasó el cuello a su atacante. La fina y puntiaguda arma entró por la manzana de Adán y emergió por la parte superior de la nuca. El herido, con los ojos desorbitados, dejó caer su arma y se llevó las manos a la garganta. El estilete salió del cuello de la víctima con la misma facilidad con la que había entrado, y ahora fue a hundirse en el abdomen del asombrado falangista, una, dos veces... primero acarició y luego perforó la aorta del atónito atacante.

—Con Banderilla no se juega, hijo de puta... Mírame bien el rostro, porque si te portas mal en el infierno, allí te he de hallar —le dijo al oído, según caía al suelo en la oscuridad del portal el cuerpo inerte del falangista.

El dolor de la herida en su costado desapareció momentáneamente, como una paloma en el sombrero de un prestidigitador. Experimentó ese placer que siempre le daba el leve sonido de su estilete al traspasar los tejidos: aquel crujir de tendones y cartílagos, la salida de la sangre a la superficie de la piel, la sensación de tener la vida de otro bajo su control, la vibración del metal del estilete al transmitirle el pulso de las arterias de un enemigo a la yema de sus dedos.

¡Qué estúpido había sido el que yacía ahora a sus pies!, pensó mientras miraba con el ceño fruncido el cadáver. Antes de guardar el estilete en su vaina, le quitó la chaqueta y revisó los bolsillos, en los que encontró el carné a nombre de Juan Luis Menéndez, 300 pesetas y un gran pañuelo azul, con el que limpió el estilete antes de guardarlo y luego se lo colocó sobre la herida; aunque no podía verla bien pensó que no era profunda, pero le dolía intensamente. Con el cinturón del muerto se ciñó el pañuelo, se puso la chaqueta del otro aunque era un poco más pequeña que su talla, y tiró la suya sobre el muerto. Dio un paso atrás y con el ceño aún fruncido bajó la cremallera de su pantalón, y se meó sobre el rostro contorsionado de su víctima.

Volvió a la Puerta del Sol sin cruzarse con muchos transeúntes. Era alrededor de las nueve, pero la noche aún no había arropado por completo el cielo grisáceo y sucio que ahora vigilaba la ciudad, y la mayor aglomeración de gentes se volcaba hacia la Calle de Alcalá rumbo a Cibeles. Aún se escuchaban a lo lejos los vítores y la algarabía por el éxito del asalto al cuartel. Caminó por la Calle del Arenal en dirección al Palacio Real y la Plaza de Oriente. Los vecinos del barrio miraban los escaparates de los negocios. No sabía exactamente qué hacer, pero era evidente que ser identificado como falangista era un peligro permanente. El odio desatado contra los sublevados era aterrador, patente en los fusilamientos y las ejecuciones en el cuartel. Había llegado el momento de desaparecer entre la gente y asegurarse de que lo que se había prometido se cumpliera: no iba a morir a manos de un rojo hijo de puta. Por el contrario, se cargaría a cuantos pudiese. Se convertiría en una sombra más en su ciudad, esa ciudad que había sido su paraíso y en la que había dejado su huella vengadora contra los sacrílegos que ahora querían borrar la historia grandiosa de los reyes y la Iglesia y el orden que tanto amaba.

Llegó jadeante al hospital de sangre recién improvisado en un local en una esquina de la Plaza Mayor, donde explicó que con el júbilo de la victoria no se había percatado hasta entonces de la seriedad de la herida de bayoneta que le había clavado uno de los sublevados. Enseñó el carné robado con la esperanza de que, ante la emergencia, no lo miraran bien, y así fue. El pañuelo azul era ahora púrpura; había perdido más sangre de lo que pensaba. Allí lo atendieron los médicos de la Beneficencia Municipal y le pusieron transfusiones de sangre y diez puntos de sutura en la herida que, aunque larga, no era demasiado profunda. En unas horas recuperó sus fuerzas, aunque aún sufría mucho dolor. Ya reanimado, hizo el relato ficticio de su heroica intervención en el ataque al cuartel, con verdades de las que había sido testigo ocular y que fueron admiradas por todos y pasaron sin ser cuestionadas por nadie, en parte, debido a la confusión que reinaba y en parte por el entusiasmo que se vivía en Madrid aquel día sangriento.

Aprovechó la atmósfera relajada del jolgorio para entablar conversación con media docena de los asaltantes al cuartel, algunos de los cuales, jactanciosos, contaron cómo habían matado a oficiales y a soldados, a tiros o tirándolos al vacío desde los muros del cuartel. Anotó sus nombres y direcciones e inmediatamente comenzó a esbozar un plan de cómo y dónde caerían éstos bajo su estilete o sus balas.

Dos años después del asalto, Miguel seguía viviendo en la clandestinidad, y sólo podía ver a su hijo y a su mujer desde lejos, escondido entre las sombras de los portales o cuando los seguía de lejos por la calle o paseaban por el parque, o velaba su piso desde las ruinas de edificios bombardeados y abandonados. Tenía varios carnés sindicales con diferentes identidades, unos con la foto de un rostro barbudo; otros lo enseñaban lampiño: cuando la situación lo exigía, se declaraba republicano, pero evitaba el contacto social a toda costa. Se alejó de los falangistas que, como él, merodeaban por la ciudad disfrazados con sus monos azules o con ropas de civil, miliciano o militar. Aunque le trataron de contactar grupos como la Hermandad de Auxilio Azul, Socorro Blanco, y España Una, a través de distintos intermediarios y de mensajes en clave luego de las intervenciones radiofónicas de Queipo de Llano, siempre se mantuvo al margen de la actividad de cualquier grupo. Se sabía que en muchas de estas agrupaciones había agentes rojos infiltrados.

Desde los primeros meses de 1937, vestido con ropas a la manera bolchevique, con gorro ruso o con atuendos propios de los republicanos, él y unos pocos amigos selectos que habían participado en la emboscada al teniente del Castillo, llevaron a cabo sus acciones nocturnas. Era un grupo clandestino autónomo y anónimo, cuyos componentes, dispersados a lo largo y lo ancho de la ciudad, se veían solamente cuando lo exigía la misión.

Por lo general, Miguel evitaba salir de las tres o cuatro guaridas donde se refugiaba a ambos lados del Paseo de la Castellana. Su escondite predilecto estaba en un sótano en el barrio de Salamanca. Lo escogió al descubrir que el vecindario era respetado por los bombarderos de las fuerzas franquistas porque allí tenían simpatizantes anónimos. Sabía que el portero del edificio era falangista, pero nunca se trataron y mucho menos lo hablaron. El viejo, que veía y sabía todo lo que en el edificio ocurría, no divulgó nada sobre él cuando llegaban grupos milicianos haciendo preguntas. Además, en ese edificio ondeaba la bandera de México porque allí vivían algunos ciudadanos de ese país, circunstancia que le ofrecía cierta inmunidad diplomática y evitaba que el lugar fuese intervenido caprichosamente por los milicianos o el Gobierno. Por eso, siempre buscaba un edificio donde ondeara una bandera extranjera, y con azotea para poder observar el daño que causaba la artillería sobre el Cerro de Garabitas y los ataques aéreos a los vecindarios que desde allí se veían. Muchas veces observaba las formaciones de aeroplanos nacionales y fantaseaba que el líder de la patrulla era el mismísimo general Franco en su *Dragon Rapide*. Las llamas de las bombas del biplano le lamerían y derretirían el culo a los rojos que vivían en las calles cercanas de Peligros y Alcalá, o en las cercanas de la Ciudad Universitaria.

Durante esos dos años, él, que por naturaleza era parco, había desarrollado el don del silencio, la paciencia de permanecer inmutable, no importaba lo que viera o sucediera, y la capacidad de sentir su sangre fluir lenta y fría, aún cuando hervía de ira por dentro. Podía sentir que se le acumulaba la sangre en el antebrazo justo antes de dar sus estocadas características, preludio de esa sinfonía que era para sus oídos el disparo de su pistola al perforarle el cráneo a un rojo. Con sus cómplices, había eliminado a más de dos docenas de enemigos en sólo 23 meses; el último muy cerca de donde antes vivía su querido cuñado Pedro González, adonde se había desplazado para ver de lejos a su mujer y a su hijo.

Capítulo 5
El muerto, agosto de 1938

El sol de ese día había ascendido al cielo directamente del infierno. Los chicos derramaban adrede gotas de agua de un pequeño bote que, al tocar las piedras y los ladrillos en los escombros, hervían y se evaporaban. Era un triste espectáculo ver los ladrillos y las piedras que antes habían sido un gran edificio convertidos en escombros. Como depositada a propósito sobre aquellos residuos de la guerra, la única página de un periódico de hacía unos días comentaba sucesos en la batalla del Ebro, que había comenzado hacía casi un mes.

Los chicos subían y bajaban por las pequeñas colinas formadas por la tierra desenterrada por las bombas, desde la acera hasta el centro de la calle. Corrían sobre los lomos de los montículos riéndose a todo pulmón, y sin darse cuenta se alejaban cada vez más de la puerta de su casa, desde donde las madres, de vez en cuando, alzaban la vista y se cercioraban de que no estuvieran demasiado lejos. Por las calles transversales cruzaban transeúntes o pequeños grupos de milicianos vestidos con el mono azul.

Un ruido en el aire detuvo a José María y a Antonio, que se quedaron silenciosos, con la boca abierta, mirando el cielo por entre los huecos de las ventanas en las paredes parcialmente derruidas de los edificios maltrechos. Eran dos monoplanos *Dvokbrecd* que sobrevolaban a poca altura. Pasado el elemento de sorpresa, ambos niños comenzaron simultáneamente a hacer ruidos vocales y a emular con sus brazos las artillerías antiaéreas que tanto habían escuchado. Una vez que los aviones estuvieron bastante lejos comenzaron a batir sus brazos en señal de adiós.

—Son pilotos de los nuestros —dijo José María al más pequeño, mientras ponía el bote sobre una piedra en el promontorio.

—Sí, pero son en verdad rusos. Me lo ha dicho mi madre —dijo Antonio.

—¿Y cómo lo sabe?

—Pues, se lo dijo una vecina.

—Anda, anda... que no sabe nada la vecina de la tía. A mí me ha dicho mi padre que son checoslovacos...

—¿Qué es un choslov...choslov...?

—Checoslovaco.

—Pues, ¿qué es eso?

—Son una gente muy buena y de muy lejos que están con nosotros, contra los de Franco...

—¿El general...?

—Pues, sí...

—Son muy malos los de Franco... me lo ha dicho mamá.

—Pues, sí... es así.

José María era un chico hermoso. Tenía hoyuelos en las mejillas y una amplia sonrisa. Era alto para sus siete años, y su delgadez se le podía atribuir de igual forma a que no se estaba alimentando bien y a que estaba creciendo con rapidez. Antonio, dos años menor; se parecía a su madre. De todos modos parecían hermanos y se querían los dos niños como si lo fueran. Ambos eran de gran inteligencia: podían leer muchas palabras antes de cumplir los cuatro años y, a esa edad, ya sabían escribir y componer oraciones relativamente complejas. La imaginación de ambos era fértil y de gran sutileza: como les habían dicho que los aviones alemanes venían de más allá del mar, los comparaban con pelícanos que, en vez de llevar peces en su buche, llevaban bombas incendiarias.

—¡José María! ¡José María! No os alejéis demasiado, que más allá hay muchos escombros —gritó María Luisa, a lo que hizo eco su hermana Isabel—. Y, acto seguido, comenzaron las dos mujeres a caminar lentamente la media manzana que las separaba de sus hijos.

Ellos aceleraron su carrera al verlas venir y comenzaron a buscar portales en donde esconderse para dificultarles la búsqueda a sus madres. Las dos mujeres miraron calle abajo hacia la Ciudad Universitaria; mucho más allá de donde estaban los dos niños se veían fachadas que habían sobrevivido un bombardeo, pero parecía que solamente un hilo celestial e invisible evitaba que se desplomaran. Se miraron una a la otra e hicieron más rápidos sus pasos al mismo tiempo que exhortaban a sus hijos a que las esperaran. Ellos, entre risas y carcajadas, se fueron alejando un poco más. María Luisa logró alcanzar un punto en la calle donde un montículo de maderos, tierra, piedras y ladrillos de unos dos metros se erguía en un costado de la calle. Lo subió con agilidad y alcanzó a ver los dos chicos que, con sus camisas sudadas y sus pantalones cortos de algodón sucios de tierra negra, parecían estar petrificados, parados muy quietos a unos dos metros de una gran ruina en medio de un solar devastado por los bombardeos.

Isabel al fin alcanzó el alto donde se encontraba su hermana. Cuando vio a su hijo y a su sobrino, se llevó la mano a la boca. Instintivamente, María Luisa extendió su brazo, la rodeó por la cintura y la atrajo hacia ella. A lo lejos se escuchó el ruido de los motores de otros aviones. María Luisa se pasó una mano por la frente y tragó la poca saliva que producía su boca. La pared emitió un ruido quejumbroso y unas piedrecitas cayeron al suelo desde lo que había sido el tercer piso.

—Por favor —dijo fuertemente, pero sin gritar—. ¡No se muevan!

Los chicos, tomados de la mano, miraban hacia arriba. Una gran piedra se tambaleaba en la parte más alta de la ruina.

—Giren hacia acá muy despacio —ordenó Isabel.

Pero los chicos no lo hicieron. El ruido de la pared se incrementó y cayeron más cascotes y piedras desde lo alto de sus arcos y dinteles. María Luisa e Isabel se acercaron más a la estructura, pero aún estaban a unos diez metros de los chicos.

Isabel fue a emitir otra orden pero en ese instante ellos salieron corriendo paralelamente a la pared hasta alcanzar una casa aún en pie, a unos cuatro metros de donde habían estado parados. Casi inmediatamente la ruina comenzó a ondular y a quejarse con un duro runrún y se fue desmoronando, al principio en trozos y luego en grandes segmentos, con gran estrépito; por suerte, no rodaron muy lejos de donde caían con gran fuerza causando unos temblores superficiales, lo que provocó que cayeran más escombros hasta desplomarse finalmente y no quedar nada en pie.

Después del estruendo, María Luisa e Isabel, abrazadas, miraban en dirección hacia donde habían visto a los chicos, pero una nube de polvo interfería con su visión. Isabel lloraba en silencio. María Luisa se separó de ella y se dirigió hacia la casa en ruinas y, con mucho esfuerzo, llamó a su hijo, al principio muy débilmente, ya luego con más brío en el instante en que se le sumó la voz de Isabel. Corrieron hacia la estructura en la que entraron los chicos. La nube de polvo aún no se había disipado. Las dos mujeres se esforzaban por mantener sus ojos libres de las partículas lanzadas al aire por el desplome, mientras cada una pretendía eliminar de sus pensamientos la posibilidad de que los niños estuvieran heridos o muertos.

Salvaron los obstáculos que ahora dificultaban el acceso al edificio y tapándose la boca con sus pañuelos, entraron en la casa parcialmente destruida donde habían visto entrar a los dos chicos. Allí los encontraron. Estaban en cuclillas, juntos y tomados de la mano, en una esquina de lo que debió haber sido la sala de la casa. Del plafón aún colgaba la armazón de una lámpara y en la pared un marco vacío parecía un cuadro abstracto con los agujeros de bala y los fragmentos de bomba en la mampostería. No se levantaron, pero sin decir nada giraron la cabeza lentamente hacia donde estaban las dos mujeres, que comenzaron a acercarse más y, cuando con una sonrisa se disponían a abrazar a sus hijos, vieron en la penumbra un cadáver que yacía en una de las esquinas en aquel lugar destruido.

—Hay que llamar a la policía y a los milicianos —dijo Isabel.

Se acercaron con los niños abrazados a sus piernas y cada una intentaba taparle los ojos a su hijo.

—Es muy extraño —dijo María Luisa—. Este lugar fue bombardeado no hace más de una semana, y por aquí estuvieron los bomberos y los equipos de rescate...

—Tienes razón —exclamó Isabel—. Además, no tiene grandes escombros sobre su cuerpo... ¿que es eso en la espalda?

El cuerpo estaba desnudo de la cintura para arriba, y lo que Isabel veía era una gran mancha de sangre coagulada que comenzaba en la nuca del muerto y le llegaba casi a la mitad de la espalda. Tenía la cabeza parcialmente tapada por una camisa y unas páginas de periódico adheridas a ella por una negra mancha que borraba lo que antes habían sido, de seguro, grandes noticias.

Los chicos luchaban por quitarse de su rostro la mano de sus madres, lo que poco a poco, con la distracción de las dos mujeres, fue muy fácil.

El ruido de la caída de la fachada había atraído a milicianos y a unos vecinos que aún vivían en la calle. Al entrar al lugar uno de ellos les dijo a las mujeres que se echaran a un lado. Ellas lo hicieron sin retroceder mucho, y los chicos aprovecharon para acercarse más al cadáver.

—¡Joder!... ¿pero qué es esto? —dijo el miliciano que levantó la tela y el periódico que cubrían la cabeza del occiso. A este no lo mató Franco, eh... Miren bien, que le han volado los sesos.

María Luisa, Isabel, José María y Antonio vieron por primera vez en su vida un espectáculo macabro: el cráneo abierto y los sesos macerados de un hombre que en la nuca llevaba una gran mancha de sangre como resultado de la media docena de pinchazos o cuchilladas que le habían propinado. Los sesos habían salpicado las piedras y la pared agujereada.

—¿Le conocen? —preguntó otro miliciano que llevaba un gorro del que pendía una borla dorada que al moverse dejaba entrever de vez en cuando una estrella roja.

—Nunca le hemos visto —dijo Isabel—. ¿Verdad que no?

—No —murmuró distraídamente María Luisa.

—Pues tal parece que lo ultimaron anoche. La sangre está seca pero no tostada como la he visto muchas veces..., ¿eh?

—Tenéis razón —comentó otro de los soldados. Además, no hay ninguna piedra cerca que le haya podido abrir la cabeza de esa forma. Pero, ¿qué digo? Estuvimos aquí cuando el bombardeo, que fue hace tres días. Ya estaría podrido...

—Es definitivo —interrumpió un tercero, con su mano izquierda posada en la culata de su pistola—. Fíjense que esas heridas en la nuca, parecen de puñal o de punzón. No hay ninguna metralla que sea tan precisa... Por favor, retiren a los chicos, que no deben ver estas cosas.

José María miró el cadáver durante mucho rato y la imagen del cráneo abierto lleno de sangre y de materia blanca con manchas negras fue profundizando en su memoria. No era el primer muerto que veía. Un día, de la mano de su padre, vio un cuerpo tirado en un rincón de una de las calles cerca de la parada del Metro. Su padre no le dijo nada, pero él se dio cuenta de que se posaban moscas en la boca abierta del hombre que miraba al cielo con ojos que parecían pasas. Ahora, contemplando las heridas simétricas en la nuca y la parte más alta de la espalda del cadáver, sintió un extraño fenómeno: ese cuerpo mutilado le hizo perder el miedo a los muertos.

Capítulo 6
La decisión, 1938

El hallazgo del cuerpo asesinado, la actividad de la quinta columna, la escasez de comida y el precio elevadísimo de víveres, la falta de jabón -que amenazaba con desatar una epidemia por falta de higiene-, el avance de las tropas nacionales -con el peligro que representaban para la vida de su marido y, tal vez, a la de su hijo-, convencieron a María Luisa que era el momento de abandonar España. Todos los factores que antes entorpecían la fuga ahora la propiciaban psicológicamente. El Gobierno quería enviar a Valencia o a Barcelona a todos aquellos que no estuvieran directamente relacionados con la guerra. Además, una vez allí le habían garantizado a María Luisa que los cuáqueros americanos podían trasladarla a los Estados Unidos. Como su hermana Isabel había jurado que no se marcharía de España, la convenció para que la acompañara, junto a Pedro, a llevar a los niños a Valencia. Muchos de los que habían ido a Valencia podían regresar a Madrid, a pesar de decretos y amonestaciones para que no lo hicieran. Si Isabel quería regresar lo podía hacer sin mucho impedimento, ya que la compañía de Pedro garantizaba el salvoconducto de la familia en ambas direcciones. María Isabel, su madre, quedaría al cuidado de unos parientes que vivían en el mismo edificio. Doña María, semicomatosa, yacía al borde de la muerte. Era poco el tiempo que le quedaba de vida.

De igual manera, Isabel Alcalá comenzaba a cambiar de parecer sobre si quedarse o no en Madrid. Su vida sin su marido Miguel había sido muy difícil. Si los días le parecían largos, las noches, sin la melodía de la respiración lenta y rumorosa de su marido, eran infinitas. Muchos instantes de insomnio los pasó tomando unas bocanadas de humo de un cigarrillo que apagaba y guardaba. «Hasta de esto hay escasez», pensaba con ira. En esos momentos, la ausencia de su marido le inducía un llanto abundante y amargo. Quería a Miguel con corazón y alma, y le hacía falta la presencia y compañía de su inteligencia y su determinación. Su ira aumentaba cuando consideraba que, al igual que su hermana, poseía una fina inteligencia que no se había cultivado aún al máximo, pues la súbita muerte de su padre y la maldita guerra le impedían completar sus estudios en la universidad. Como María Luisa, sin embargo, había leído casi todo lo que se encontraba en la biblioteca de su padre: Aristóteles, Platón, Tucídides, Lope, Calderón, Cervantes, Quevedo, Bécquer, y Shakespeare, Bacon, Milton, y, en su idioma original, a los románticos ingleses, Voltaire, Racine, Molière, Anatole France, Proust y Goethe. Su familiaridad con los escritores de la generación del 98 y la del 27 le permitían citar a Unamuno y a Ortega.

En las ocasiones que podían conversar sin temor a ser escuchadas, las hermanas entendían que la realeza estaba llegando a su fin en Europa, que el anacronismo de gobernar por herencia o decreto era cosa del pasado. Su padre, a pesar de su tradicionalismo monárquico, lo había sentido también. Él sabía que un nuevo orden de gobierno era ya patente desde la Gran Guerra de 1914, y se afianzaba en sus creencias poco prácticas como lo hace un museo con sus piezas menos valiosas, más bien por necesidad y costumbre que por profundo amor. Además, trabajaba en la gerencia de un periódico de derechas y decía, «ya soy muy viejo y conocido para convertirme en otro» o «la educación que recibí de mi familia me preparó para que respetara al rey y a los suyos». Sin embargo, prueba de su inteligencia fue que aleccionó a sus hijas para que rechazaran los extremos, fueran de derechas o de izquierdas, y a que apreciaran los nuevos conceptos científicos que regirían el mundo moderno.

Isabel, de hermoso, elegante y delgado cuerpo, pequeña cintura y senos considerables, ni bonita ni fea, tenía un rostro agradable. Su nariz era alongada y un poco gruesa, como la de su madre, y tenía dos dientes torcidos que mermaban el atractivo de su sonrisa, pero siempre fue más popular con los chicos que María Luisa, a pesar de que ésta era hermosa dc cara y cuerpo. Su voz era tranquilizadora, y una vez que la conocían, los hombres la veían a través de su dulzura y la percibían hermosa. En ese sentido era el polo opuesto al tono rudo de hablar de María Luisa, a quien su madre le señalaba que iba a espantar a los hombres con su brusquedad. Los hombres admiraban su belleza y la deseaban de lejos, pero una vez dentro de su perímetro intelectual, huían con premura.

Cuando Isabel conoció a Miguel admiraba su cuerpo fornido y su atractivo físico. Pronto descubrió su intelecto ágil y se enamoró profundamente. Admiraba su optimismo de ver florecer la democracia en una nueva España, la España que se rescataría a sí misma de los desastrosos deseos imperiales que habían culminado en la *debàcle* del siglo XIX y la Guerra Hispano-norteamericana. Fue notando el modo en que Miguel, decepcionado por lo que percibía como un caos moral y filosófico que arropaba a los poderosos, iba girando paulatinamente hacia la extrema derecha. Al principio no se alarmó y pensaba que volvería al centro y a una retórica más moderada. Ahora que estaba desaparecido o muerto, ella no podía más que aborrecer toda ideología -no importaba qué nombre se le diera-que intentara igualar a la sociedad para el beneficio de pocos. ¿No era eso lo que pasaba en Rusia? ¿De qué valía esta miserable guerra si lo que traería sería un régimen similar al de los comunistas? ¿Para qué vivir atemorizados, con secretos, escondiendo las cosas que se aman por temor a ser enjuiciados o condenados sumariamente por decir lo que en verdad se piensa?

Isabel decidió hablar con María Luisa para comunicarle su nueva forma de pensar, para asegurarse que ésta no le echaría en cara el que iba a dejar atrás a su madre. No porque sintiera vergüenza por ello, sino más bien porque temía que su hermana dudara de la entereza de su carácter y de la seriedad de su postura anterior. Se había inclinado a la nueva decisión porque ya daba por muerto a Miguel y, sin él, no tenía sentido quedarse sola en Madrid.

Capítulo 7
El escondite

Cuando María Luisa llegó al piso de Isabel, Antoñito y José María se fueron a jugar al cuarto que antes había sido de María Luisa, y las dos mujeres entornaron las hojas de la puerta del antiguo despacho de su padre para poder conversar privadamente y, a la vez, escuchar a los chicos.

—Hace más calor que nunca —dijo María Luisa— y lo peor es que no hay cómo refugiarse del sol con tanta casa destruida y tanto escombro... —continuó casi sin respiro hasta que se encontró con los ojos más grises que azules de su hermana.

—Por eso mantengo cerradas todas las persianas y las cortinas —añadió, y sin pausa, dijo—: Me voy con ustedes a Valencia...

—¿Pero... qué me dices...?

—Que he decidido marcharme de España... quiero que mi hijo se críe en un lugar en que haya más tranquilidad; nuestra madre morirá en cualquier momento, y Miguel está muerto —dijo casi en un murmullo mientras se le humedecían los ojos, que se secó con la manga de su traje oscuro.

María Luisa la miró fríamente, muy seria y, bruscamente, se le acercó y la abrazó; su rostro junto al de ella, los frondosos cabellos de ambas unidos en un gesto inquebrantable de hermandad. Dio un grito de alegría, la abrazó más fuertemente y se separó de ella lo justo para besarla en ambas mejillas con aquella sonrisa amplia y fresca de que era capaz aun en los momentos más difíciles. Se abrazaron durante largo rato en silencio, sollozando ambas al principio, y luego riéndose a carcajadas, y poco más tarde saltando las dos como colegialas que han recibido las mejores notas de la clase o un mensaje amoroso de su novio secreto. Se sentaron en el pequeño diván de cuero repujado cubierto con un mantón de Manila de seda con flores rojas y blancas.

—¿Qué haremos con mamá? —le preguntó María Luisa.

—Se quedarán con ella las primas Caballero. Se los he preguntado, y les parece que ahora que la guerra se va a perder, no hay tiempo que desperdiciar, que me debo ir por el bien del niño. Ellas son mayores y creen que podrán sobrevivir de algún modo. Puede que haya más bombardeos... pero, pase lo que pase, velarán por todo lo de la casa, que habrá que entregarla a las autoridades para que la aseguren, como han prometido.

—Hay que viajar con lo absolutamente necesario, para poder proteger sólo lo que sea de valor... sentimental, pues aquí nada queda ya excepto los libros de papá y nuestros recuerdos...

—...y aún esos peligran —dijo angustiada Isabel.

Isabel se levantó súbitamente del diván mientras se llevaba el dedo índice a la boca en señal de silencio. Se acercó a la puerta. A través de ella oía las voces y las risas de los dos primos que jugaban en la habitación contigua. Pero no era ese el ruido que la inquietaba, sino el que había escuchado en varias ocasiones en los últimos dos años. Parecía venir de la cocina o del comedor de diario que estaban más allá del despacho, en la parte trasera del piso.

Isabel abrió la puerta lentamente y ambas salieron y miraron la puerta trasera que daba al pasillo de servicio, que estaba semioscuro a pesar de que eran las diez de la mañana. Sabían de los asaltos perpetrados por milicianos, pero ya eso había disminuido bastante desde hacía más de un año; además, hubiesen llamado a la puerta y mostrado papeles falsos para entrar a registrar la casa y robar joyas y dinero. Se habían salvado de esas experiencias, probablemente por las conexiones de Pedro. Caminaron hasta el final del pasillo y abrieron la puerta de servicio. Oyeron a alguien bajando las escaleras y al acercarse sólo vieron su boina y su mono azul; sin mirar atrás, el hombre susurró que había venido a recoger algo del piso de arriba.

Isabel y María Luisa sintieron un gran alivio y volvieron al interior del piso para continuar delineando sus planes. Al pasar más allá de la puerta del despacho hasta la de su antigua habitación, María Luisa sintió que algo la inquietaba. Miró a su alrededor a las paredes llenas de retratos de la familia, pero la voz de su hijo la distrajo y lo olvidó de momento.

—Chicos —les dijo María Luisa a los pequeños—, ¿ha entrado alguien aquí?

Los dos niños, que ahora estaban al final del pasillo, se miraron inocentemente durante unos segundos, contestaron que no y volvieron a sus juegos. Isabel y María Luisa, sin embargo, estaban sobresaltadas. Algo extraño había sucedido pero no podían precisar qué era. Mirando a su alrededor, regresaron en silencio al despacho.

—Hace meses que han pasado cosas raras en el vecindario —dijo Isabel.

—¿Como qué? —preguntó ansiosa María Luisa.

—Entradas subrepticias a los pisos, desaparición de pequeñas cosas, ruidos inusuales por la noche, el muerto de los otros días...

—Eso es, a estas alturas, algo fuera de lo común...

—Tal vez. Pero presiento que el peligro en la ciudad es ahora más maldito, más discreto y dañino. Al hombre que encontramos no sólo lo habían asesinado, sino torturado...

—Sabes que se dice que se aprovecha la situación para venganzas personales.

—Me siento más desamparada que nunca —dijo Isabel mientras secaba sus lágrimas—. No podemos permanecer aquí. Nuestra madre se muere... ¡la pobre! Nuestros parientes están esparcidos por toda España... no sabemos si viven o no... Si vamos a América, a Puerto Rico, por lo menos tendremos a tío Mariano.

María Luisa puso un brazo sobre el hombro de su

hermana menor y sintió un profundo dolor y a la vez, alivio. Dolor, porque su mundo se desvanecía; se acababa su vida en Madrid y en España por un tiempo cuya duración sólo la sabía Dios. Alivio, porque podía contar al menos con la compañía de su hermana y su sobrino adonde quiera que los llevase su viaje. Simultáneamente pensó que sería mejor el exilio con Pedro, a quien tanto quería José María. Era imposible predecir si Pedro podía o estaba dispuesto a abandonar su notoriedad, su posición de personaje especial entre un grupo cuya sentencia de muerte por los nacionales no se haría esperar cuando cayera Madrid. Volvió a mirar la pared a espaldas de su hermana y reconoció qué era lo que un momento atrás la inquietó. A diferencia de los otros, uno de los retratos estaba inclinado en la pared.

—Alguien ha entrado aquí —dijo señalando el cuadro.

Isabel asintió y se acercó más a su hermana.

—No creo que nadie sepa del escondite…

—¿Cuánto dinero tienes? ¿Te quedan algunas joyas? Yo escondí las mías tal y como nos lo pidió Pedro —dijo María Luisa al separarse de su hermana—. Además, está la cuenta de papá y del tío en Suiza.

—Pues tengo unas cinco mil pesetas y el collar de perlas de mamá... ayer mismo estuve contemplando… el tesoro —dijo, con un tono burlón en su voz—, pues no quiero que alguien me vaya a ver buscando en el escondite... ven conmigo, que de todos modos tendré que llevarlo en el viaje.

En la despensa de la cocina descansaban en una balda unos recipientes de cristal con lentejas, cajas de galletas, una que otra lata mohosa de sardinas y pimientos y otros comestibles enlatados. El pie de la balda era bastante grueso y allí había ollas, sartenes y otros utensilios de cocina. Isabel los fue poniendo en el suelo hasta que dejó libre el extremo izquierdo de la balda. La madera era muy oscura. Pasó su mano sobre ella hasta sentir con la yema de sus dedos dos líneas aún más oscuras que dividían la tablilla en dos. Isabel empujó una mitad hacia atrás, y cuando escuchó el agudo y peculiar chirrido de la madera, presionó la tabla hacia abajo y ésta se abrió como si fuera la de un cofre. Introdujo una mano y fue tanteando hasta sentir una protuberancia en la porción izquierda del escondite que, al moverla, dejó un espacio del tamaño de una caja de puros. De allí extrajo una bolsa de cuero. Se acercó a la mesa en la que todos los días desayunaba con su hijo, y vació su contenido.

Lo primero que salió, sigiloso como una serpiente, fue el collar de perlas, cuyo cierre parecía la lengua de esos impuros animales. Luego salió un pedazo de papel grueso por lo muy doblado, que ella no recordaba haber visto jamás, y cinco fajos de billetes que le entrecortaron el aliento. Cada fajo llevaba un papel y estaba atado con un cordón corriente. Según se leía, estaban divididos en cantidades de dos mil pesetas. Además, moviéndose de lado a lado, aún sonando como una moneda a la que han hecho bailar, un anillo de rubíes reposó sobre la mesa.

Isabel no pudo contener su asombro y con las manos sobre la boca miraba a María Luisa que, atónita, contemplaba el botín. Al fin, Isabel, aún presa del asombro, puso los fajos de billetes uno sobre el otro y murmuró casi sin querer, «quince mil pesetas... y ese anillo...» Se alejó unos pasos de la mesa y le cogió la mano a María Luisa. Miraba con recelo el anillo y el papel doblado. Se acercó a la mesa y tomó con su mano libre el papel y comenzó a desdoblarlo cuidadosamente sobre la mesa, y lo alisó. Ocupando casi toda su superficie vio el dibujo de un avión de dos alas y dos motores y sus peculiares trenes de aterrizaje. Era negro y gris. Debajo del dibujo, en letras de molde se leía: *DRAGON RAPIDE,* SÍMBOLO DEL TRIUNFO. ¡VIVA DIOS! ¡VIVA ESPAÑA!

Capítulo 8
El descubrimiento, 1938

Las dos mujeres reconocieron al instante el aeroplano. Había aparecido en todos los periódicos de Madrid unos días después de que comenzara la rebelión. Luis Bolín, amigo de su padre y corresponsal del periódico *ABC* en Londres, había fletado el biplano bimotor por su rapidez y por la discreción de los pilotos ingleses para tan delicada misión como fue llevar al general Franco de Las Palmas de Gran Canaria a Marruecos. El viaje, que terminó en Tetuán el 19 de julio de 1936, había sido el preámbulo insidioso de la situación que envolvía a España en una nube oscura de viejos odios y nueva sangre derramada. María Luisa pensó que haciéndole honor a su nombre, el avión había llevado en sus entrañas la visión que habitaba en el cerebro de Franco y sus seguidores para comenzar una lluvia de fuego sobre la península ibérica, que con gran rapidez se estaba convertido en una pila de escombros y ceniza.

Isabel y María Luisa concluyeron que Miguel Torres estaba vivo. Que era el hombre que sintieron y oyeron bajando la escalera unos minutos antes, que había estado en el piso sabría Dios en cuántas ocasiones, que había puesto el anillo y el dinero en el escondite y que era el autor del dibujo, pues era buen dibujante y sus bocetos anatómicos, durante sus cursos de Medicina, eran admirados por sus compañeros de clases. Su ortografía también les era conocida. ¿Pero dónde había estado Miguel estos dos años? ¿Por qué no había contactado con ellas? Estaba claro que esta contribución al tesoro era su manera de comunicación. Pero, ¿por qué ahora? Otras preguntas asediaron las clarísimas mentes de las hermanas. Muchas de las que se hacían eran idénticas, y las que no lo eran, convergían en la necesidad obvia de que Miguel estaba en la clandestinidad, dadas sus simpatías ideológicas. Sin duda, su comportamiento tenía una base política, pues había manifestado muchas veces su desdén, obvio ante su suegro y su cuñado, por el socialismo y el comunismo. Estaba marcado por haber participado en la sublevación del Cuartel de la Montaña. Por supuesto, ellas no estaban al tanto de sus actividades como el Banderilla y de que era un asesino. Era un aspecto de su vida que no se les ocurría pues pensaban que Miguel era incapaz de hacerle daño a nadie.

Inicialmente se preocuparon por el efecto que tendría el que Miguel estuviese vivo sobre la decisión de irse de Madrid. Sin embargo, se dieron cuenta de que ya no había marcha atrás; él debía continuar su vida, y ellas proteger las suyas y las de sus hijos. María Luisa pensó que el destino no es otra cosa que la determinación propia y que no estaba dispuesta a que ninguna de sus calamidades estuvieran determinadas por Miguel. Además, él podría estar a salvo con los nacionales, pero la suerte de ellas por la relación con Pedro era incierta.

Isabel, sintió una sensación conjunta de tristeza y sensualidad. Recordó las caricias de Miguel que tanto había deseado durante su ausencia, pero se sentía engañada por su abandono, por su aparente desprecio hacia ella y su hijo. Además, ¿qué había estado haciendo todo este tiempo? ¿De dónde había sacado el anillo? ¿El dinero? Se escuchaba en el vecindario y salía en los periódicos noticias sobre las actividades clandestinas en Madrid, y no era extraño que Miguel estuviese involucrado en esos asuntos. Su compromiso político era con la derecha, sentía admiración por José Antonio Primo de Rivera y, podía suponer que ahora era franquista. Ella pensaba que uno de los motivos por los cuales Miguel había desaparecido era para protegerlas: dado por muerto, no las podían conectar a sus actividades clandestinas. Era evidente que era demasiado inteligente y listo como para que le atraparan. Cuando terminara la guerra tal vez podrían volver a estar juntos, en familia. ¿Cómo podrían conciliarse las divergencias políticas e ideológicas entre Miguel y Pedro? ¿Eran capaces de hacerlo? ¿Qué suerte correría Pedro cuando entrasen los nacionales en Madrid? Isabel, al igual que su hermana, también pensaba que era mejor que Pedro se fuera con ellas. Él tenía la influencia suficiente con los rojos para poder justificar su salida de Madrid junto a su mujer y su hijo.

Domingo Marrero, un abogado interesado en el crimen, era miembro de una distinguida familia cuyas simpatías estaban con los nacionales. Temprano en su carrera se había dedicado a las investigaciones asignado a la sección de Inteligencia de la Policía Urbana y trabajó tan bien que, aun sin llegar a los treinta años, fue ascendido a teniente. Retiró del escritorio la silla en la que estaba sentado; se levantó y dio unos pasos alrededor de su pequeña oficina atestada de carpetas con informes policiales. Se detuvo y volvió a sentarse para contemplar los tres documentos que minutos antes había examinando. Sobre cada uno de ellos había una hoja mecanografiada que resumía el informe de la autopsia de los casos, el más reciente el de un cadáver que se había encontrado en unas ruinas cerca de Chicote. Marrero, de buena cara, bajito y un poco panzón, se ajustó sobre su nariz sus gafas de concha negra y se pasó una mano pequeña y gruesa sobre las entradas que anunciaban una calvicie futura. Ceremoniosamente abrió un cajón y extrajo un gran pañuelo: lo olió por un instante y, complacido por su aroma, se limpió con él la mano que había acariciado su frente. Guardó nuevamente la pieza y llamó por el intercomunicador a su ayudante. Un hombre medianamente alto y delgado entró en la oficina.

—Francisco —dijo Marrero—, ¿te has dado cuenta de la similitud entre los asesinatos que se han informado?

Y sin esperar a que su ayudante le respondiera, y con gran excitación, le indicó que a todos les habían volado la tapa de los sesos, que todos tenían identificación del Partido Comunista Español y que todos tenían en la base de la nuca entre seis y ocho estocadas producidas por un cuchillo muy fino o un punzón.

—No creo que sea... de hecho, pienso que estos asesinatos los ha perpetrado la misma persona.

—Es posible, mi teniente —dijo su interlocutor.

—O no, o no...Yo creo que es más que posible. Pienso que el que sea que haga esto, no sólo lo hace por motivos políticos sino por venganza... y que sabe algo de medicina porque, según el informe, a pesar de la sangría por los pinchazos, estos tíos murieron por el *coup de grace...*

—¿El qué, mi teniente? —dijo Ortiz sin casi mover los labios.

—El tiro en la cabeza.

—Vaya —dijo el hombre sin inmutarse.

—El problema es que aunque hay un patrón en el *modus operandi* —dijo Marrero sin percatarse de que su ayudante miraba al plafón con desdén por toda la palabrería de su jefe —los mata a lo largo y lo ancho de la ciudad, los deja por todos lados—. Uno en el borde este del Retiro, otro cerca de Atocha, y el de Chicote. Una pena que no tengamos otros casos comparables... estos han llegado a mis manos porque le ha llamado la atención a mi primo que ahora es el médico forense...

—Creo que se podría averiguar en por lo menos otros dos cuarteles. Tengo amistades por todas partes... que a lo mejor saben algo...

—¿Qué haces entones ahí parado, hombre? A ver si te pones a trabajar, eh, eh...

El teniente Marrero escuchó la puerta cerrarse tras la salida de Ortiz. ¿Cuántos otros habría asesinado este hombre que merodeaba Madrid con la muerte por socia? Hacía casi un año que escaseaban los paseíllos y los tiroteos desde automóviles, pero era evidente que aún obraban en la clandestinidad el odio y la venganza. El otro dato que no le había mencionado a Ortiz, es que todos los muertos habían estado internados en el mismo hospital de sangre el día de la sublevación del Cuartel de la Montaña, mas no entendía qué tenía que ver eso con sus muertes ni cuál era la relación entre los hechos. Posiblemente era el único dato fortuito porque, después de todo, ese día muchos heridos terminaron allí. Sin embargo, pensó que valía la pena investigar el asunto.

Dos días después, a media mañana, Marrero escuchó unos golpecitos casi imperceptibles en la puerta de su despacho. Inmediatamente supo que el ritmo del sonido lo creaba la mano huesuda de Ortiz, que siempre llamaba a la puerta de la misma forma. Esto lo irritaba, pero Ortiz le caía bien y se cohibía de decirle algo a su ayudante.

—Bueno, hombre... ¿y dónde has estado toda la mañana... eh...? nadie sabía dónde estabas... ¿te pasa algo? —preguntó Marrero sin levantarse. Ortiz, que no había esperado a que lo mandaran a entrar, llegaba justo frente al escritorio.

—Teniente Marrero, eres un tío de mucho fósforo —dijo Ortiz, con un tono familiar que, a pesar del tuteo, era poco usual por su parte, y dándose golpecitos en la frente, continuó—: Hay por lo menos un caso en tres de los cinco cuarteles que he visitado. Son la razón de mi demora. Las mismas heridas en la nuca, disparo al cráneo desde muy cerca, comunistas todos los asesinados. Datan de los años 1935 y 36, aunque hay uno del año pasado... No tienen idea de quién pueda ser y no se habían dado cuenta del modo... bueno, de los pinchazos, hasta que yo lo mencioné. Se fueron acordando de los casos... aquí le he traído copias al carbón de los informes y...

—Ortiz, eres un genio, eh. ¿Crees que podríamos ver las carpetas de esos pobres diablos? Hay otro dato que quisiera...

—Teniente, aquí se las he traído... pero ojo, eh, que tengo que devolverlas mañana.

—¡Te voy a ascender a cabo, Ortiz!

—Lo que digas, Marrero —dijo Ortiz sin casi mover los labios.

No fue difícil encontrar el dato que buscaba. Dos de los otros asesinados habían participado en el asalto al Cuartel de la Montaña. Marrero ahora estaba convencido de que había una conexión entre la sublevación y los asesinatos. Le prepararía un informe a su superior, aunque muchos otros crímenes que había investigado no habían tenido conclusión jurídica, una vez que los había pasado al capitán. Este caso, sin embargo, le llamaba la atención porque era la obra de un asesino capaz de minuciosos detalles, que llevaba a cabo su faena con tanta frialdad y eficiencia que ponía los pelos de punta. Desde la oscuridad la fiera daba sus zarpazos y las víctimas perecían marcados sin quizá saber quién los ajusticiaba y por qué. Podía ser el quintacolumnista por excelencia: fiel a la causa anticomunista, anónimo y mortalmente certero. O simplemente un canalla que mataba por placer y para robar. Marrero, que ocultaba su juventud -tenía 26 años- y su inteligencia tras su físico, pensó que este asesino podría ser una de las armas mortíferas de los nacionales en la lucha urbana. Allí en Madrid, donde todos eran parecidos, donde casi todos vestían igual y hablaban un mismo idioma, un enemigo despiadado se movía entre ellos. Él había descubierto uno, pero ¿cuántos habría?

Pensaba aún en los asesinatos, cuando se fijó en un pedazo de papel que estaba pegado por grapas a un folio. En el folio alguien había escrito un signo de interrogación, y con una flecha en tinta negra señalaba algunas partes de un dibujo al lado del cual decía: «¿Punta de bala? ¿Puntas de cuchillo? ¿Punta de qué?», a lo que le seguían varios signos de interrogación. Más abajo decía: «Pedazo de papel encontrado cerca del cuerpo de la víctima de la Calle de Alberto Aguilera». ¿Qué querrá decir? ¿Tendrá un significado especial?

Marrero se quitó las gafas, miró con detenimiento el dibujo y se frotó el ojo derecho agitadamente.

Capítulo 9
El Misterioso, diciembre de 1937

Ana Pilar y Carmen María eran amigas desde pequeñas. Sus familias vivían en el barrio de la Guindalera, no muy lejos de las Ventas, y sus padres eran amigos de toda la vida. Eran maestras en el Colegio de la calle Torrijos. Aunque eran católicas, hacía tiempo que no manifestaban su fe, algo que sus familias habían suprimido por miedo a ser perseguidos por los extremistas de izquierda. Eran lectoras, pero no discutían ni compartían sus ideas nada más que entre sí. Ana Pilar leía siempre que podía libros proscritos, que Carmen María leía después, ruborizada y escandalizada. De idéntica estatura mediana, vestían diferente. Ana Pilar era más arriesgada y con frecuencia dejaba que se le viera el tope de unos senos generosos, de forma casi perfecta y de pezones rosados que ningún hombre hasta ahora había visto. Era una mujer sensual que en la intimidad le gustaba explorar su cuerpo. Carmen María no era tan agraciada de busto, pero su figura y sus piernas, como las de Ana Pilar, eran hermosas, y su vientre de 23 años (unos meses menos que Ana Pilar) era blanco y tan virginal como la nieve recién caída. No eran feas, pero sus rostros tampoco eran demasiado atractivos y no los maquillaban para enaltecer los rasgos que valían la pena: la nariz y ojos de Ana, los labios y el cutis de Carmen. Llevaban el pelo hasta los hombros. Cuando se cruzaban con hombres jóvenes moderadamente bien parecidos, los miraban con detenimiento desde unos dos metros de distancia, pero bajaban la vista si sus miradas eran devueltas. Muchas veces trataron de flirtear con ellas los milicianos, pero se mantenían impávidas ante tales demostraciones indeseadas. Les gustaban unos cuantos hombres, pero a distancia.

Entre los agraciados por las disimuladas atenciones anónimas de las dos chicas estaba un risueño estudiante de contabilidad, a quien a cada rato se le caía el cartapacio donde llevaba sus hojas de balances y cuentas, las cuales se desparramaban por la acera o la calle mientras seguía saludándolas con su simpática sonrisa. No estaban seguras si eran accidentes o una actuación bien estudiada que montaba para conocerlas, pero durante los varios meses que venían viéndolo casi a diario, nunca se acercó a decirles su nombre ni a preguntarles los de ellas. Era una pena -pensaban- pues, aunque más bien bajo, tenía una cara guapa e iba siempre pulcramente vestido con una de las dos americanas que se ponía desde que habían tenido la dicha de «conocerlo». Ahora, ocultas sus figuras en abrigos o tras chaquetas de cuero, era más dificil saber si él las notaba o no. Al principio, él usaba corbata, pero era dificil saber si aún se las ponía bajo la bufanda, máxime ahora cuando se pensaba que eran símbolo de las clases adineradas. Sabían que se apellidaba Sebastián, pues en una ocasión en que uno de sus balances, que evidentemente había hecho para un examen en clase, fue impulsado por el viento hasta detenerse contra la espinilla de la pierna derecha de Ana, ella se dobló levemente para coger el papel y devolverlo a su dueño y vio sus iniciales y apellido, ¡y la calificación del maestro: 9.5/10! «Tenga usted», le dijo según se lo entregaba con los ojos fijos en el papel para no mirarle a los ojos ni a su rostro guapo, que ahora estaba muy cerca del suyo. Y según le escuchó decir «gracias», se fijo que sus iniciales eran R. M. Fue lo más cerca que estuvieron del «genio», que era como ahora le llamaban entre sí, pero pasaron semanas, tal vez dos meses, tratando de adivinar si se llamaba Ramón Manuel, Roberto Miguel, Ricardo Mariano, y muchas otras combinaciones que jamás comprobaron si eran correctas.

Había otros, más o menos pasables, pero no todos eran hombres que les interesaran personalmente, incluyendo uno que, a pesar de ser mucho mayor que ellas, se les había acercado en varias ocasiones, y las conocía por su nombre. Se llamaba José Benito Campos y, según les dijo, tenía más de cuarenta años. Tosía con frecuencia y fumaba, su rostro era redondo, un tanto grisáceo, y sus facciones eran gruesas con grandes líneas sobre los bordes de la boca y una hendidura en la ancha barbilla ennegrecida por la sombra de un mal afeitado. Era muy caballeroso y tenía una voz suave y ronca que les encantaba. Caminaba a veces con ellas un trecho hasta el colegio y luego se perdía en el barrio de Salamanca. Según les había contado, su mujer y dos hijas se habían marchado a San Sebastián al estallar la sublevación madrileña contra la República. Campos sabía que su familia estaba bien con su suegro, simpatizante de los nacionales. Nunca les dio señales de que tenía algún interés en ellas que no fuera el placer de conversar, hacerlas reír y reír con ellas. Por lo menos en tres ocasiones lo habían visto de noche del brazo de mujeres de dudosa reputación. Pensaron que tales actos no le hacían justicia a sus modales, ni eran apropiados de un hombre casado. Pero ni Carmen María ni Ana Pilar, a pesar de ser católicas a escondidas, pensaban en juzgar mal a don José Benito, pues eso era asunto entre él y Dios, ya que no se encontraba un sacerdote a quien confesarse en todo Madrid. Dos de sus párrocos habían sucumbido ante las pistolas de anarquistas o comunistas al estallar la guerra, uno de ellos ante los ojos aterrorizados de los huérfanos a quienes enseñaba en la escuela de la iglesia.

Las dos amigas descubrieron a su hombre favorito en el verano de 1937. Iba con mono azul, alpargatas y gorro con estrella roja y borla, y era evidente que vivía cerca del colegio donde ellas daban clases. Primero llevaba barba, pero en el otoño se la había afeitado; iba abrigado, con botas de cordones hasta media pierna. Caminaba con paso firme y elegante, con un leve movimiento de sus anchos hombros que seguían el compás del ritmo de sus pasos. Era serio y muy guapo. Su corpulencia era notable, y su aparente desdén por todo lo que le rodeaba le hacía parecer misterioso y romántico. Caminaba sin mirar a los lados, como si siempre se dirigiera a realizar alguna tarea o labor asignada. Ahora en el invierno era la primera vez que le veían con pantalones bombachos y cazadora de paño de cuadros, ambos de lana, gorro ruso con protectores para las orejas y barboquejo. Muchos de los que se cruzaban con ellas iban igual, pero ninguno tenía su porte y su prestancia. Nunca, que se hubieran dado cuenta, las miró; ellas le observaban a distancia pero con gran interés. En una ocasión le habían visto cerca de la entrada más oriental de la parada del metro Diego de León: una gran algarabía se escuchaba entre la gente que se apiñaba en las escalinatas y, poco después, la policía y unos milicianos sacaban en brazos el cuerpo inerte de un individuo cuya cabeza estaba totalmente ensangrentada. El hombre presenció el espectáculo sin inmutarse y, en vez de seguir al cadáver como hicieron muchos de los que estaban allí, se alejó del lugar. A raíz de eso, ellas le asignaron de nombre, el Misterioso.

Esa mañana, como de costumbre, las chicas se encontraron en la Plaza San Cayetano y caminaron, como siempre lo hacían, cogidas del brazo hasta el café de don Arturo. No hacía mucho frío y llevaban puestos sólo sus jerséis. Don Arturo era un hombre cincuentón de cachetes rojos, bigote de morsa (con colmillos considerables), gran panza y una risa estruendosa que a todos animaba y contagiaba. Allí se comieron unos pinchos de tortilla de patatas —que hacía Soledad, la mujer de Arturo—, que siempre les parecía mejor que la que habían engullido, con gran deleite, el día anterior. El origen de los huevos en casa de Soledad y Arturo también era un misterio, pues escaseaban en todo Madrid, pero se rumoreaba que los conseguían por sus relaciones con la alta jerarquía del ejército, ya que el hermano de Soledad era teniente de milicias en el Ejército Popular. Ana Pilar y Carmen María celebraban cada mordisco de la tortilla con suspiros y pequeños ruidos de placer que daban sus lenguas satisfechas contra el paladar. Por la simpatía que les tenían los dueños a las dos, eran de las pocas personas que podían probar la única tortilla del día que era confeccionada con huevos, ya que las otras se hacían con patatas y papilla de harina.

Estaban muy contentas esa mañana. El semestre llegaba a su fin, y pronto vendrían las vacaciones. Aunque no podrían salir de Madrid, descansarían del ajetreo que significaban las clases de tercer y cuarto de primaria, hasta que comenzara el curso en enero.

Terminaron el café y comenzaron a caminar hacia la Calle de Padilla, con la intención de continuar esa vía hasta llegar hasta el colegio, cerca de la Plaza del Marqués de Salamanca. Faltaba casi media hora para las nueve de la mañana, hora en que debían entrar, de modo que se distrajeron mirando lo poco que había en los escaparates durante el trayecto. En un instante en que Ana Pilar levantó la vista vio un reflejo en la vitrina. Era el Misterioso, que con prisa inusitada y cabizbajo, envuelto en un sobretodo viejo y ajado que le quedaba un tanto pequeño y con las solapas dobladas hasta las orejas, les pasaba por detrás. Caminaba en una dirección que le pareció que era en sentido opuesto a donde había deducido que el Misterioso vivía, que era en el barrio de Salamanca. Por algún motivo que nunca entendió, no le dijo a Carmen lo que acababa de presenciar.

Capítulo 10
Lorenza, enero de 1938

Durante varios meses Miguel se dio a la tarea de seleccionar cuidadosamente a sus secuaces. Espías de los nacionales, con los que nunca se veía, le proveían nombres de personas que eran simpatizantes de la causa. Dejaban sus señas en lugares determinados de antemano y una vez que él recibía los datos y las formas de contacto con sus correligionarios, destruía la información. La lista de candidatos la llevaba en la mente y la repasaba con frecuencia, porque no podía darse el lujo de que hubiese nada escrito. Aunque él sabía los nombres de todos los que participarían, nadie más conocía quiénes eran los otros saboteadores o qué era lo que iban a hacer. Quería asegurarse, además, de que nadie supiera de sus antecedentes, algo que había guardado en estricto secreto. Sus «compañeros de tute», como llamaba a los de su cuadrilla, eran los otros tres participantes del asesinato de del Castillo, quienes se mantenían alejados entre sí para protegerse. Con ellos se comunicaba periódicamente de forma secreta cuando era necesario eliminar a alguien de otros barrios de la ciudad. Se había convertido en una fuerza oculta e importante de la quinta columna desde el comienzo de la misión para, según su forma de pensar, «liberar Madrid y, eventualmente, a España, de la lacra del anticristo ruso y de la maldad absoluta de todas las izquierdas».

Ninguno de su grupo sabía dónde vivía antes de la sublevación, y se aseguró de que la localización de su sótano en Salamanca y otras guaridas le fuera desconocida a todos. Se comunicaba con ellos por el medio más a su alcance al momento, a veces por teléfono en conversaciones crípticas y breves, y otras poniendo anuncios en el periódico que daban claves de dónde encontrarse: «Apto. 60 metros, esq.

de Mirasol /S. Verde, módico, TEL. 20-3807», que quería decir que había que ir a la esquina de las dos calles a las 6 de la tarde el 20 de julio. En otras ocasiones enviaba a un apartado de correos instrucciones similares. Muchos de sus cómplices cumplieron una misión y ya nunca más los volvió a ver. Como nadie quería que otro lo delatara, cada uno cuidaba estrictamente la información sobre quién era y dónde residía, y no se conversaba sobre ningún detalle familiar que fuera a conducir al reconocimiento de la persona; eran necesidades que se respetaban sin titubeos. La alternativa era la muerte.

Había llegado el momento de poner en ejecución el plan de acción más ambicioso que un grupo de la quinta columna había concebido. Para ello era necesario reclutar a alguien que trabajara en el lugar escogido para el ataque.

No fue fácil identificar a una mujer que trabajara en la línea de ensamblaje de balas y bombas de mano en el polvorín situado entre las estaciones de Diego de León y Lista. Pero una vez que decidieron quién iba a ser, se dieron a la tarea de convencerla de la trascendencia que tendría la misión. Estaban tan seguros de su capacidad de persuasión que jamás consideraron que pudieran fracasar. Durante unos meses la vigilaron, anotaron las señas de cualquier persona que la acompañara o la visitara y se dieron a la tarea de averiguar sus antecedentes. Eran muy escasos sus conocidos, con los cuales se relacionaba poco; amigos, no parecía tener ninguno. Luego de varias visitas por parte de dos mujeres mensajeras, que fueron poco a poco corroborando que la elegida estaba dispuesta a colaborar, Miguel y Jacinto -quien había participado del asunto de del Castillo y que era su compañero más fiel y feroz-, se encontraron con Lorenza Ramírez en el Café de Pombo, en Carretas, muy lejos de Cuatro Caminos, donde vivía, y del polvorín.

Era una mujer de unos treinta y cinco años que parecía que nunca había sonreído en su vida. Fornida, más bien gruesa y de gran busto, era de estatura mediana y piel morena; sus ojos pardos estaban separados por una finísima nariz ligeramente aguileña, y aunque su boca era pequeña y sus labios muy finos, no tenía ninguna característica especial que la distinguiera de las otras mujeres que estaban en el bar. Era el suyo uno de esos rostros solitarios e incoloros que abundan en las grandes ciudades. Se quitó el pañuelo negro que esa noche le cubría la cabeza, y de la cartera sacó un cigarrillo y lo cortó por la mitad con unas tijeritas de uñas; se fumó una de las mitades hasta casi quemarse los dedos. De vez en cuando tomaba pequeños sorbos del vaso de tinto que tenía frente a ella. Desde el principio, a pesar de que le dijeron lo que tenía que hacer y el gran peligro que correría, no titubeó en aceptar su participación y en cooperar, escuchando y aceptando las instrucciones que le impartían sus nuevos socios. En las varias reuniones que sostuvieron los tres conspiradores en sitios apartados de su vivienda y muy lejanos del lugar en que iba a acontecer el plan secreto, Lorenza fue dejándoles saber por qué estaba dispuesta a colaborar.

En un mesón en el barrio del Niño Jesús, con una voz tan exigua que tuvieron casi que juntar sus cabezas para escucharla, explicó que era huérfana y que no tenía hijos ni hermanos, y que tenía poco contacto con su único primo, desaparecido de Madrid. Además les contó que al principio de la sublevación su marido había sido llevado a una checa donde le habían sacado las uñas a sangre fría, le habían quemado los brazos con cigarrillos encendidos, y que luego de sacarlo de allí y matarle de varios disparos a quemarropa y tirar su cadáver en una esquina de la Casa de Campo, le habían cortado sus genitales. Todo porque querían saber el paradero de su primo, que era cura, y el de los «tesoros de la iglesia corrupta y fascista» que éste se había llevado.

Miguel no reveló emoción alguna mientras escuchó el relato, que le corroboró la necesidad de actuar. Como siempre, el caso era contra los abusos de los rojos: sólo un gran daño que multiplicara la intensidad de su maldad, los alertaría de que habrían represalias contra sus fechorías. No se trataba solamente de «ojo por ojo», sino de arrancarles la vida a muchos por cada acto de tortura y asesinato que cometieran.

El 10 de enero del 1938 Lorenza alteró la ruta que normalmente tomaba para llegar al polvorín. Tomó el metro en Alvarado, pero hizo transbordo rumbo a Ópera y emergió a un cielo plomizo en Goya, desde donde caminó por Conde de Peñalver al polvorín como a eso de las ocho y cuarto de la mañana. En esos instantes llegaban muchas de las mujeres que eran también trabajadoras del lugar, la mayoría con sus uniformes de miliciana. Las miró de reojo y con desdén. Durante la breve travesía en el metro desde Alvarado a Cuatro Caminos había espiado, sin que la otra se percatara, a una mujer a quien conoció antes de la sublevación y que trabajaba en el polvorín, de pie y muy pegada a un soldado lleno de insignias del Ejército Popular. Pensó que era la última vez que esos dos se verían.

Un poco antes se había detenido en un cafetín en el que habitualmente tomaba chocolate, que ya escaseaba, y a pesar de que el que ahora servían le parecía un asco, ella se lo bebía pensando en el sabor del verdadero. Se sentó en el extremo del bar. Al cabo de unos minutos le trajeron su bebida. Se colocó de manera de poder ver a todos los que allí estaban, y se llevó a los labios la taza humeante. No había nadie sentado a las mesas, de modo que podía ver a la media docena de los clientes en la barra con su espalda hacia ella, distraídos en su conversación o mirando el cortado que tenían delante.

Abrió el sencillo bolso de metal y cuero barato que le había regalado su marido el día de su aniversario de bodas en 1935 y miró su contenido: su lápiz de labios -el último que le quedaba-, un pañuelo de hilo con una pequeña mancha de colorete, un frasquito de perfume lleno en sus tres cuartas partes, con una etiqueta de Maja, una lima de uñas, unas tijeritas puntiagudas, un sobre con mitades de cigarrillos y dos cigarrillos enteros, varias cerillas, su carné, un pase para el transporte público, cinco duros y un billete de 20 pesetas. Contempló con desdén súbito un pequeño recorte de periódico estrujado y maltrecho que había guardado durante unos meses en el bolso y que anunciaba gafas Ulloa. Siempre había querido unas ahumadas, pero esas cosas eran un lujo innecesario. Con brusquedad hizo una bolita con el papel y lo tiró junto a los otros papeles que estaban en el suelo del bar. Las cosas que tenía, con la excepción del frasquito de perfume, era lo que siempre llevaba en su bolso, que le hacían dejar en el guardarropa. Sacó del sobre uno de los cigarrillos que tenía un pequeño hilo que sobresalía de uno de sus extremos; tomó tres cerillas y el frasquito de Maja, y con las manos bajo el borde de la barra, después de cerciorarse de que la escasa clientela estaba distraída hablando con el mesonero, guardó todas las piezas en una bolsita, se giró en el taburete y, de espaldas a todos, con gran sigilo desabotonó su blusa de lana, e introdujo la bolsita en el interior de su sostén.

A la entrada del polvorín, al quitarse de la cabeza su pañuelo negro, uno de los milicianos que siempre le decía cosas como «quisiera derramar mi llanto de alegría sobre ese pecho», la saludó efusivamente y celebró como nuevo el peinado que hacía meses que no había cambiado. El miliciano hizo, como era de costumbre, una referencia a su busto. Ella le respondió con recato y buen humor fingido: «Hombre, ¡las cosas que dices!» Y continuó su trayectoria hasta el guardarropa. Allí enseñó su carné y, como siempre lo hacía, dejó su bolso y su abrigo de lana. La miliciana y el soldado que estaban al cargo miraron el contenido del bolso y se cercioraron de que era lo de siempre. Le entregaron una bata gris con una seña de identidad cosida sobre el lado izquierdo de la pechera. Lorenza miró el reloj de pared al final del corto pasillo antes de que entrara a las líneas de ensamblaje de bombas de mano, balas de mortero y de cañón: eran las 8:35 a.m.

Un minuto más tarde, sentada en su puesto, corroboraba que los proyectiles de mortero y de cañón no estuviesen defectuosos. Si al plomo se le podía girar sin dificultad en la parte que penetraba el casquillo, el proyectil era imperfecto. Periódicamente iba al cuarto de decomisos a llevar la contabilidad de todas las balas imperfectas retiradas esa mañana. Justo a las dos de la tarde, antes de la hora de la comida, recogían las balas para rearmarlas. Tenía que volver a repetir esa tarea durante la tarde y tener su contabilidad lista a las siete. Los proyectiles decomisados se almacenaban en un cuarto de unos diez metros cuadrados hasta que los recogían; allí también descansaban, en un tablón sobre grandes burros de madera, las balas de rifle, ametralladora o pistola, decomisadas por alguna imperfección hasta que pudiesen ser armadas nuevamente el próximo día. Alguien que ella desconocía iba a señalarle en qué momento debía entrar en ese cuarto. Le habían adelantado que recibiría la corroboración para proceder con el plan.

Los primeros quince minutos pasaron lentamente y sin novedad. Había decomisado sólo una bala de cañón, lo que era más o menos usual, pero había visto pasar varias cajas con otros tipos de bala y bombas de mano decomisadas. Miraba a su alrededor para constatar que nadie la miraba y se secaba la frente con la manga de su bata gris. La cabeza le latía y el palpitar de su corazón agitaba su voluminoso pecho. La línea de balas seguía su curso relativamente lento para que diese tiempo a comprobar la calidad de la obra. A media mañana, entre la algarabía de los que allí trabajaban y tal como le habían adelantado, la línea se detuvo y muchos dejaron sus puestos de trabajo preguntándole al capataz qué sucedía. Lorenza vio, pegado al borde de la bala que tenía delante, el papel que, según le había indicado su contacto, sería la señal que corroboraría que la misión estaba en pie. Era casi transparente y encerado, de no más de cinco centímetros cuadrados. Llevaba la imagen del

Dragon Rapide. Como se sostenía con saliva, lo despegó sin dificultad y con un movimiento rápido se lo echó en la boca, lo masticó brevemente y se lo tragó.

Con una agilidad inusitada para su cuerpo rollizo, caminó con determinación hasta el cuarto de almacenaje y abrió la pesada puerta de madera y metal. Al lado de ese cuarto había otros dos en los que se almacenaba dinamita que explotaría, de completarse exitosamente la operación. El sudor de su frente bajaba a chorros, tenía la mandíbula muy tensa y escuchaba el crujir de sus dientes. Sentía la lengua tan seca y tan áspera que pensó que era como tener una piedra puntiaguda en la boca. Sacó de su escondite en el sostén uno de los cigarrillos que tenía dibujado un anillo azul muy fino. Sacó también las cerillas y el frasquito con la etiqueta de Maja, el cual destapó cuidadosamente para evitar derramar su contenido. Inmediatamente percibió el olor a nafta mezclada con aceite de palma. Aunque el frasco tenía una etiqueta de Maja, su boca era mucho más ancha de lo que es común y normal para uno de perfume; lo dejó en uno de los burros a pocos centímetros de las cajas de balas decomisadas. Muchos casquillos llenos de pólvora sin su plomo descansaban cerca. Llevó a su boca el extremo del cigarrillo evitando mojar la mecha que sobresalía. Las manos y las rodillas le temblaban, tenía el rostro cubierto del sudor que también le corría por el hueco de la espalda, entre sus nalgas, entre los senos. Se recostó contra la pared y levantó su pierna apoyándola en la otra hasta dejar ver la suela de su zapato. Sentía que el corazón se le agrandaba y se imaginaba que pronto asomaría por boca y nariz. Comenzó a frotar una de las cerillas contra la suela. La aguantaba muy cerca de la cabeza y temía que el sudor de sus manos la fuera a humedecer y dañarla. Al tercer intento la cerilla comenzó a hacer un ruido extraño que fue la apertura para la música característica de su llama. Las manos de Lorenza le temblaban aún más; a escasos centímetros la pólvora sedienta se veía azul a través de la llama. Se llevó el cigarrillo a los labios y lo encendió aspirando levemente, con gran cuidado, como si el humo que entraba en sus pulmones fuera el último soplo de la vida. Apagó la cerilla con el humo de su boca y, muy despacio, volvió a inhalar, cuidándose de que no se desprendiera ninguna brasa de la punta del cigarrillo. Encendido ya sin dudas, Lorenza comenzó con cautela a insertar la parte del cigarrillo que había tenido entre sus labios en la boca del frasquito. Mientras lo hacía, una gota de sudor le colgaba de la punta de la nariz. Con el frasco aún asido con su mano derecha, levantó su brazo izquierdo para secarse el rostro con la manga de la bata. Tenía los ojos muy abiertos y fijos en la punta encendida del cigarrillo, cuyo extremo contrario ya casi estaba fijo en la boca del frasco. Tenía que parpadear con frecuencia tratando de desprender las gotas de sudor que colgaban de sus pestañas. Bajó su brazo lentamente y terminó de insertar el cigarrillo hasta la marca azul. Al completar esta operación, la mezcla de nafta y aceite de palma quedaba conectada a través de la pequeña mecha de hilo que emergía del extremo del cigarrillo. Fue quitando las manos del frasco con la cautela del que por vez primera construye un castillo de naipes.

Las pruebas que habían hecho innumerables veces le daban un máximo de diez minutos para salir del edificio antes de que estallara aquella versión de cóctel Molotov inventado por Banderilla y Jacinto. Volvió a mirarlo mientras salía de espaldas al cuarto y por una fracción de segundo le pasó por su mente la ironía de usar un método originalmente inventado por los rojos contra los rojos. Ya afuera, se percató de que aún no había vuelto todo a la normalidad, que todavía continuaban los trabajadores fuera de sus sitios usuales, hablando y criticando que se hubieran detenido las correas automáticas.

Cerró la puerta sigilosamente sin percatarse de que su bata se había quedado pillada con la puerta. Comenzó a tirar de ella, pero no la podía desprender; no quería volver a abrir la puerta por miedo a retrasarse. Rápidamente se la quitó y la dejó en el suelo, atrapada por la puerta. Se apresuró sin correr hacia el otro salón. No había pasado más de un minuto desde que había terminado de poner la trampa, pero ahora tenía que apresurarse a lo largo de un pasillo de 25 metros, llegar a la calle, y entrar en uno de los dos edificios que le habían indicado que eran los más seguros y que estarían mejor protegidos de los estragos de la explosión.

Al entrar en el salón de ensamblaje, uno de los milicianos que de vez en cuando observaban los procedimientos le dijo: «¡Oye, qué haces sin bata!». «Es que me la he dejado en el excusado», respondió ella intentando continuar su paso hacia la entrada al polvorín, pero él le cortó el paso y al acercársele la detuvo por un brazo y le dijo: «¿De qué rayos hablas? ¿Qué excusado ni hostias santas?», mientras simultáneamente casi la arrastraba por el brazo hacia el pasillo que conducía al cuarto de almacenaje. Caminaron abriéndose paso entre los otros trabajadores, que permanecían ajenos a lo que sucedía. Tardó un poco en vislumbrar la bata. Finalmente, allí vio la pieza tirada en el suelo, sin percatarse de que colgaba de la puerta. El hombre asió su brazo con más firmeza y comenzó a llevarla en dirección a donde estaba la bata. Lorenza forcejeó por un instante, pero fue inútil porque su apresador era más fornido y fuerte que ella. Una vez en la boca del pasillo y mientras aún la sostenía por el brazo, el miliciano dio seis, siete pasos y al inclinarse a recoger la bata, aún sin percatarse de qué era lo que estaba sucediendo, ella le pasó sus brazos por el cuello y, con el hombre fuera de equilibrio, aprovechó para empujarlo contra la pared contraria a la puerta del cuarto de decomiso. La explosión prematura la acercó mucho más a él de lo que ella pretendía, y fue llevándose paredes y encendiendo salones en una orgía pirotécnica digna de una fiesta en el infierno.

Capítulo 11
El polvorín, enero de 1938

Carmen María acababa de ver al último alumno bajar al patio camino del recreo cuando ocurrió la explosión. La onda de destrucción que desató voló los cristales del salón de clases. Se volcaron los pupitres, los anaqueles con sus libros, se desprendieron las láminas y los cuadros de las paredes, y ella fue lanzada contra la pared del pasillo frente a la puerta del aula. Por puro reflejo se había llevado las manos a los oídos y ahora sentía en ellas pedazos de vidrio. También sentía dolores punzantes en sus piernas y brazos. La sangre caliente que bajaba de su cuero cabelludo por la nuca y por su frente le brindó una extraña y breve tranquilidad, como cuando de pequeña su madre le untaba un bálsamo sanador después de darse un golpe. Le sonaban los oídos con el ruido penetrante y alto como de un silbato que alguien estuviera soplando dentro de su cráneo, y a pesar de tener los ojos abiertos, veía borroso todo lo que estaba desparramado por el suelo, que parecía dar saltos; tampoco podía dejar de ver unos relámpagos muy dentro de su cráneo. Su mente estaba llena de ruidos y pitidos como los de una radio que no se puede sintonizar y sólo transmite estática. No podía formular ideas ni recordar nombres. Las imágenes que vislumbraba en algún lugar insondable de su cerebro estaban tan borrosas como todo a su alrededor. Aunque quería, no podía incorporarse. Cuando por fin, del lugar más recóndito de su cerebro le llegó a los labios el nombre de Ana Pilar, no pudo nada más que sentir el peso de la angustia sobre su pecho y lo que percibía como la quemazón de las lágrimas mezcladas con sangre que se deslizaban por sus mejillas. Con mucha lentitud se llevó su mano derecha al sitio en su cuero cabelludo donde se alojaba un vidrio bastante grande; lo asió con pulgar e índice y lo desencajó de un tirón. El dolor le llegaba a su oreja derecha, por la cual no percibía sonido alguno, pero a pesar de todo puso sus dedos en la herida profunda que le había causado aquel trozo de ventana a través de la cual muchas veces había visto el sol resplandeciente o la lluvia otoñal. Trató de mover su brazo izquierdo y el dolor fue tan grande que casi se desmaya.

Se fue incorporando por etapas: primero recostó su cuerpo contra la pared, luego enderezó su torso y con un movimiento brusco y rápido, acompañado de gritos y quejas de dolor, se puso de pie, su espalda aguantada por la pared y su brazo roto colgándole de un costado como el de un muñeco de trapo. Miró hacia la escalera que subía del primer piso. En la entrada al salón contiguo estaba tendido don Ángel López, cuyo cuerpo, ahora exangüe, había traspasado una varilla de metal, la mitad de la cual, cubierta de sangre, salía del pecho.

Al pasillo en que se encontraba comenzaron a llegar otros profesores y personal del colegio y vio, a través de una de sus lágrimas cada vez más abundantes, el rostro de su querida Ana Pilar, que no presentaba un solo rasguño. Carmen María logró esbozar una leve sonrisa y se desmayó justo cuando ya estaban junto a ella sus socorredores.

Afuera, el ruido de la gente, las bocinas, las ambulancias y las alarmas de la ciudad aullaban como el vendaval en una isla del trópico. Hasta en el patio, donde los párvulos se habían salvado de las consecuencias de las explosiones, gracias a la hora en que había ocurrido el siniestro, se escuchaban los gritos de socorro y los llantos y quejas de muchos.

La explosión pulverizó totalmente el edificio del polvorín y sepultó los restos de los cuerpos de los que allí trabajaban. En muchos lugares, las varillas de hierro se habían derretido y sólo quedaban trozos de paredes y pedazos de techo, entre los cuales se veían cabezas, torsos y extremidades. La sangre no abundaba pues muchos cuerpos estaban calcinados. Algunas personas ensangrentadas emergían de los escombros en las calles contiguas al edificio y otros se sacudían el polvo y los desechos que les ensuciaban la ropa sin que evidenciaran ni tan siquiera un rasguño. Los bomberos trataban de ahogar el fuego que aún roía las entrañas del edificio. Comparados a los que ocasionaban los ataques aéreos, este fuego era menor, pero quedaba la posibilidad de que todavía quedasen explosivos que, de detonar, los lanzarían al reino de los cielos. Ya había sucedido con bombas incendiarias que no habían estallado al caer a tierra, hasta que los incendios a su alrededor las había hecho explotar, cargándose a muchos bomberos y voluntarios. Duchos en estos asuntos y eficientes, los trabajadores de rescate exploraban con cuidado, pero sin esperanzas, áreas en las que tal vez se podía encontrar a alguien con vida. Levantaban cautelosamente los escombros y movían con grúas los grandes trozos de hormigón y varillas de acero. Muchos heridos que transitaban por las calles cercanas y que habían sobrevivido a la hecatombe, eran atendidos por enfermeros y médicos en el lugar del suceso; otros habían sido trasladados a los hospitales cercanos. Mientras tanto, la policía militar y la civil recogían los cuerpos desmembrados y sus partes en bolsas de hule.

La explosión se sintió en casi toda la ciudad y pocos minutos después era transmitida por la radio clandestina y celebrada por el alto mando del Ejército Nacional que rodeaba Madrid. En cada punto cardinal de la ciudad los que planificaron el acto se felicitaban a sí mismos en silencio, sin importarles la suerte que había corrido la persona que era la verdadera responsable de que la operación hubiese sido exitosa. Se suponía que, al llegar al edificio donde podía cobijarse, a Lorenza la contactara uno de los partícipes en la misión comandada por el hombre que ella sólo conocía como Banderilla, para transportarla a un lugar cerca de Teruel, donde la dejaría en manos de los nacionales. Banderilla era el único que sabía el nombre y las señas de la persona que se encargaría de Lorenza una vez estuviera a salvo en territorio nacional. No obstante, en vez de convertirse en heroína de la rebelión, Lorenza yacía bajo la puerta que, para poder matarla mejor, le había pillado su bata y le había aplastado el cráneo y el tórax, tanto a ella como a su acompañante accidental. En ese caso, la muerte no distinguió las ideologías políticas ni los bandos militares.

A ESCASOS METROS DEL CAOS, Miguel Torres, el Banderilla, creador del símbolo del *Dragon Rapide*, anduvo camino al barrio de Salamanca sin levantar la vista en dirección a donde se llevaba a cabo la operación de rescate. Todo había salido a pedir de boca. Lorenza había hecho su trabajo a la perfección y su nombre quedaría inscrito para siempre en los anales de la lucha contra el comunismo y las izquierdas. El momento escogido para que los de adentro del polvorín detuviesen las correas de ensamblaje y para que ocurriera la explosión había salvado de los antojos de las ondas expansivas a los estudiantes de las escuelas cercanas y a la mayoría de los que allí trabajaban, que eran principalmente viejos, mujeres y niños. Muy cerca, internados en un colegio primario en la calle General Díaz Porlier, dos mil presos políticos habían vitoreado la explosión que había estremecido el edificio donde estaban sin causarles nada más que una que otra caída sin consecuencia.

Los muertos en el polvorín eran casi todos mujeres y algunos milicianos, pero a la quinta columna lo que le importaba era que la inmensa mayoría eran rojos o socialistas y traidores por prestarse a producir los proyectiles que desmembraban y mataban a los hermanos nacionales y creyentes en la Santísima Iglesia de Dios y de Franco. La justificación para que murieran tantos inocentes era reducir el abastecimiento de municiones y explosivos, de manera que los ejércitos populares y los republicanos no pudieran continuar su campaña fratricida.

El éxito de la misión fue tal que los periódicos de Madrid publicaron una sola y breve nota de una explosión que atribuyeron a un accidente, para no admitir el cruel triunfo de la quinta columna y su presencia eficiente en la ciudad. La explosión, sin embargo, causó la muerte de más de 400 personas y hubo por lo menos 700 heridos de variada intensidad. Bajo la calle Torrijos estallaron muchas toneladas de explosivos y la presión de la onda que se expandió por los túneles volcó un tren a dos millas de distancia en el metro de la estación Banco de España, en la que hubo muchos heridos. Aunque se suprimió bastante información en Madrid, el general Gonzalo Queipo de Llano se encargó de dar noticias exageradas de la hecatombe en su programa de radio, que desde Sevilla usaba como propaganda nacional para que los madrileños se pasaran de bando.

DURMIÓ DURANTE VARIOS DÍAS bajo el efecto de sedantes, administrados una vez que se corroboró que no tenía daño cerebral. Estaba casi sorda del oído derecho, pero se esperaba que recuperase por lo menos la mitad de la audición normal. Su brazo estaba enyesado, pero los médicos le informaron que la fractura había sido simple y la recuperación sería total: no se esperaban mayores dificultades en la capacidad de movimiento del brazo luego de que sanara. La mayoría de las heridas eran superficiales, sólo la de la cabeza y una en la pierna izquierda necesitaron puntos. Aparte de un suero que aún fluía como el goteo de un grifo mal instalado, no requirió nada más, pues la pérdida de sangre había sido insuficiente como para necesitar transfusiones. Cuando ya pudo ver a Ana Pilar, Carmen María dijo:

—¿Qué ha sucedido? —le preguntó con lentitud.

—Algunos dicen que fue un accidente, pero los más dicen que fue un sabotaje al polvorín. Una explosión sin precedentes en Madrid. Algo horrible —dijo Ana Pilar.

—Dios mío, qué cosa más espantosa... ¿Han muerto muchos?

—Pues sí... como era de esperarse. Ha sido sin duda un acto de los quintacolumnistas. Lo comenta todo el mundo en la calle... y la radio clandestina también. Pero poco se ha dicho en los periódicos.

—Vi a don Ángel...

—Ha muerto el pobre... esperemos que Dios le perdone su inclinación... su amor por los chicos...

—Era, a pesar de todo, un buen hombre. No le hacía mal a nadie... no lo creo... ¿Y todos los demás?

—Pues, a Dios gracias —dijo mirando nerviosa a su alrededor, cerciorándose de que no la fuera a escuchar alguna de las enfermeras—, que no le pasó nada serio a nadie más. La vida es muy extraña. Los hay mucho más malos de lo que era don Ángel. Me refiero a muchos... hombres y mujeres...

—Así es. Comenzando por los que han llevado a cabo semejante ataque contra personas inocentes que tenían que trabajar para mantener a su familia. Por eso esta guerra es intolerable.

—Por favor, estas delirando... no digas nada más, que podría entrar una enfermera o un miliciano o uno de los doctores. Tenemos suerte de que la otra cama esté vacía... No hagas comentarios de los que tengamos que arrepentirnos... suus, suus... vamos, querida mía, que no pasa nada... —dijo según le pasaba la mano por el hombro.

—¿Y mis padres? —preguntó Carmen María, haciendo al parecer caso omiso de la advertencia.

—Pues estuvieron aquí con los míos hasta hace una hora o un poco más. Al principio estaban muy, muy preocupados, pero se han ido a descansar y me he quedado yo contigo, ¿vale?

Carmen María sonrió levemente llevándose la mano al vendaje que le cubría la cabeza, que ahora comenzaba a dolerle un poco. Miró a su amiga con gran cariño y esta se inclinó y la abrazó con ternura. Se miraron nuevamente como hermanas, pero la sonrisa en la boca de Ana Pilar se fue borrando mientras los ojos de Carmen María se agrandaban y ambas se pusieron muy serias y casi al unísono dijeron:

—¡El Misterioso!

Era la hora de la comida y muchos habían dejado el edificio para acudir al polvorín e ir a ayudar a los heridos. Francisco Ortiz estaba frotando con su mano derecha una de las nalgas de una miliciana que hacía guardia en la jefatura de la Policía Urbana. Su rostro estaba casi junto al de ella en la semioscuridad del cuarto de abastecimientos que comunicaba su despacho con el pasillo poco transitado de la división de investigaciones criminales. Le decía al oído lo guapa que era, lo mucho que le gustaban su boca carnosa y sus pechos. Su otra mano, que acariciaba el cuello de la mujer, bajó por su pecho, donde se detuvo momentáneamente para sentir a través de la gruesa tela su senos, y siguió por el mismo camino y se detuvo en la V que formaban los pantalones entre sus piernas, y pensó que pronto bajaría la cremallera del mono hasta donde era menester para poner dentro del jugoso estuche, entre esos muslos de ensueño, su majestuosa y apreciada verga, que pocas podían adivinar que, dada su delgadez, fuera tan gruesa y tan larga. Logró correr la cremallera del mono lo suficiente para revelar unos suculentos senos cuyos pezones comenzó a mamar con detención, y siguió hasta la parte superior de las bragas de su enamorada. Ella emitía frases incoherentes y se movía con lentitud de lado a lado y le decía, «hum... ay Paco, no te detengas», cuando la voz de Domingo Marrero se escuchó en la oficina: «¡Ortiz, Ortiz! ¿Dónde andas? ¿Ortiz...?» Ortiz se separó de la miliciana con un profundo suspiro y ella, con gran disgusto, devolvió sus senos dentro del mono, subió la cremallera y salió del cuarto con el sigilo de una gata. Ortiz no sabía qué hacer entumecido como estaba, de modo que corrió a sentarse en su butaca y a correr la silla debajo de su pequeño escritorio para que no le vieran el bulto entre las piernas. Tomó el teléfono y cuando Marrero entró en la habitación, retándolo por no haberle respondido, hizo como si estuviese hablando por teléfono.

—Pues han salido al accidente... —y luego de una pausa, dijo—: No, no, no lo sé...

Con la otra mano le hacía señas a Marrero. Luego tapó con su mano el auricular y dijo: «Teniente, voy a su oficina enseguida. Es del polvorín que llaman...» Marrero se olió que algo sucedía, pero estaba demasiado preocupado para atender las locuras de Ortiz y le dijo que cuando terminase viniera a su oficina. En unos tres o cuatro minutos Ortiz había vuelto a su condición normal y se encontró saludando a Marrero, puño en alto, aunque aún con el recuerdo en los labios del sabor de los pezones de Natividad.

—Escúchame bien, Ortiz, que no quiero que vayas a meter la pata. Servicios Especiales del Estado Mayor del Ejército y el alto mando de la Policía Civil me han encargado de que vaya al lugar de los hechos e investigue la explosión. Yo seré el director de la investigación, ¿me oyes? Tendremos varios expertos forenses y otros dos especialistas en este tipo de cosas. Mi primo Javier Blanco será el médico forense. Es una oportunidad para ascensos y no quiero que se vaya a perder por estupideces. El Servicio de Inteligencia Militar— asignará a alguien como mi codirector.

—No se preocupe jefe, que si sales bien saldré bien yo también.

—Así me gusta, Ortiz —dijo Marrero.

Estaba visiblemente complacido de que su ayudante entendiera bien la responsabilidad que tendrían y la oportunidad que les brindaba a ambos este siniestro suceso. Le impartió una serie de instrucciones a su subalterno, y a los quince minutos Ortiz lo conducía en su automóvil oficial rumbo a la calle Lista.

Capítulo 12
La investigación, enero de 1938

A pesar de sus múltiples infidelidades, Pedro González amaba entrañablemente a su mujer y a su hijo y quería sacarlos de España. Simultáneamente, el hecho de que María Luisa quisiera irse lo llenaba de incertidumbre, pues de cierta forma que no se podía explicar eso lo forzaba a tener que irse también. Por todo ello había comenzado a irritarse, sin expresarlo, con el optimismo de los correligionarios que irresponsablemente repetían supuestos resultados de la guerra que eran mejores que la realidad. Las noticias de los frentes eran fatales para todos los que respaldaban la República y no quedaba duda de que pronto Madrid podría caer.

Peor aún, la explosión del polvorín demostraba que los quintacolumnistas eran mucho más fuertes y peligrosos de lo que se pensaba. En eso coincidían sus conocidos y amigos cercanos en el Gobierno central. Aunque la policía militar y la urbana, y ahora el ejército, trabajaban día y noche para identificar la transmisión clandestina desde Madrid y desarticular las bandas de espías y quintacolumnistas, estos continuaban su faena cambiando con frecuencia su lugar de operación y sin dejar rastro. A pesar de que varios grupos se habían desarticulado, continuaban germinando como la mala hierba. Complicaba el asunto la posible complicidad de las embajadas y consulados que albergaban, en muchos casos, a los desafectos a la República. En algunas de ellas existían radios clandestinas para enviar y recibir información que luego usaban, si no como espionaje, para desmoralizar a los habitantes de la ciudad. La capacidad de la quinta columna para comunicarse con los nacionales era sorprendente. Poco más de una hora después de la explosión en el polvorín, los altoparlantes nacionales en el frente se referían a ella con gran entusiasmo, dando cifras de muertos y heridos, culpando a los rojos de la carnicería, y pidiéndoles a los madrileños que se rindieran o se pasaran al otro bando. La guerra de nervios que suponía el convivir con el enemigo sin conocerle aterraba a los ciudadanos. El efecto psicológico era tal que el pesimismo comenzaba a apoderarse de la mente de muchos que antes eran férreos defensores de su ciudad y de sus ideales republicanos.

El suceso del polvorín también subrayaba la debilidad e incapacidad del Gobierno republicano para controlar ese tipo de ataques y demostraba, sin dudas, la vulnerabilidad de Madrid a ser atacada desde adentro, además de por tierra y por aire. También ponía de manifiesto que muchas personas en la ciudad facilitarían la entrada de los nacionales para recibirlos con brazos abiertos.

Ahora se agudizaba la necesidad de intensificar la campaña para sacar de sus madrigueras a todos estos bandidos. Desde su nueva posición como ayudante de la jefatura de la policía militar y ligado al servicio de Inteligencia, Pedro había sido asignado para representar esa sección en la investigación del polvorín. Su misión era determinar si había sido sabotaje, un accidente imprevisible, o simplemente incompetencia.

Intuía que el siniestro era obra de espías y quería ayudar a atraparlos, pero su cerebro se resistía a la conclusión de que Madrid estaba perdida al mismo tiempo que entendía que tenía que sacar de allí a su familia porque el fin se avecinaba. Si ayudaba a desenmascarar a los causantes de la tragedia, eso le garantizaría un trato especial por parte de las autoridades. Ya les había adelantado a algunos de sus colegas más influyentes que su familia podía emigrar a América bajo el patrocinio de los cuáqueros. Dada su incapacidad física para estar en el frente, algunos amigos oficiales que le tenían afecto y admiración lo exhortaban a que acompañara a su familia al exilio. No dio a entender que se iría aunque ya lo consideraba. Era peligroso diseminar algo que podría ser motivo de celos y envidia, de los que ya era víctima. Además, podían suscitarse represalias contra su familia, cuyo bienestar quería garantizar.

Esa tarde, contra un cielo plomizo, grandes estelas de humo negro que comenzaban a perder sus bordes quedaban como testigos de la explosión. En medio del humo que todavía flotaba, era imposible distinguir cuál de sus componentes era la carne quemada de 96 mujeres y cuál el de 13 hombres que habían perecido en la cámara principal del polvorín, que todavía ardía con lentitud pero con fuerza. Pedro estaba avergonzado por la impotencia del Gobierno para prevenir la tragedia, y rabiaba por dentro ante la posibilidad de que esto hubiese sido un acto de sabotaje. De nada había valido la intensa red de centinelas que guardaban las entradas y salidas de los túneles del metro asociadas al ramal de Diego de León. La verdad tenía que ser descubierta, pero habría que pesar el efecto que tendría divulgar la verdad por sus efectos psicológicos sobre la población de la ciudad y el resto del territorio republicano. Esto era parte de la encomienda que le había confiado el alto mando en reconocimiento a su capacidad persuasiva y a su inteligencia: restarle importancia al suceso. A la única que sabía que no iba a convencer de que la explosión no tenía mucha importancia sobre la evolución de la guerra era a María Luisa.

Iba de uniforme de teniente y con todas las insignias que le correspondían. Llevaba en su cinturón la pistola rusa *Tokarev* 30/33 que había disparado una bala en el cráneo de Calvo Sotelo. Muchos de los milicianos de su cuartel se la hacían enseñar y la tocaban como se venera un crucifijo o se frota un talismán. Algunos de ellos y casi todas las milicianas que lo hacían, tenían en su mente frotar y manosear la otra «pistola» del Hermoso. En muchas ocasiones el ritual de la pistola fue preámbulo de sesiones sexuales con las féminas. Los hombres que lo hubiesen deseado jamás tuvieron otra oportunidad que no fuera una sugerencia engañosa e incumplida por parte de Pedro.

En muchas de estas ocasiones, contrario a su presteza a las peticiones de las mujeres de ver su pistola y, como un gesto de desdén, se quitaba su guante y levantaba su brazo izquierdo y hacía algún tipo de movimiento que enseñara la Garra. Dada su arrogancia, Pedro, aunque no lo sabía, no estaba preparado para su encuentro con Domingo Marrero.

Entró al despacho que le habían dispuesto en un edificio a una manzana del polvorín. Desde allí conducirían la investigación él y el teniente Marrero de la Policía Civil. Marrero le saludó con el puño en alto, a lo que Pedro correspondió, y luego, Marrero, muy serio, y Pedro, sonriente, se dieron la mano. Marrero le llegaba al hombro, pero lo miró a los ojos por unos segundos sin evidenciar ningún tipo de reconocimiento o deferencia; a pesar de conocer los antecedentes y la fama de Pedro, Domingo Marrero no justificaba el asesinato bajo ningún concepto, y no le gustaban los hombres, aunque fueran así de hermosos.

—Me alegro de que trabajemos juntos —le dijo a Pedro, aun sin sonreír.

Entraron a las oficinas donde estaban sus escritorios. Allí le presentó a Francisco Ortiz.

—A sus órdenes, teniente —dijo Ortiz—. Cualquier cosa que necesite... su fama le precede... es un honor...

—Ortiz tiene muchos conocidos en muchos lugares —interrumpió Marrero sin hacer caso a los excesos de su ayudante.

—Siempre ayuda —replicó sonriente Pedro—. Es necesario que separemos lo que puede ser propaganda de lo que en realidad pasó, y perdonen que les recuerde a los dos que la versión militar será la que predomine. De modo que es mejor que cooperemos desde el principio.

—No te adelantes, González —dijo Marrero, con la sombra de una sonrisa en sus labios, su primer gesto amistoso hacia su colaborador—. Lo entiendo, pero es indispensable que sepamos si los espías nacionales, los saboteadores, los asesinos... están involucrados. Así hemos de dar con ellos, no importa cuál sea la versión oficial. Los eliminaremos a todos. ¿No te parece?

—Tienes razón —respondió Pedro más risueño que antes—. Veo que nos vamos a llevar bien... pero ¡hombre! ¡Relájate! Suéltate un poco.

Marrero sonrió por primera vez y Ortiz soltó una breve carcajada. El Hermoso los miró mientras se quitaba su sombrero y comenzó a reírse. Se les acercó y, una vez entre ellos, les echó a cada uno un brazo por los hombros.

Ya para el mediodía siguiente, los expertos concluyeron que la explosión había comenzado en el cuarto de decomisos. Tardaron mucho más en encontrar -luego de una labor forense excepcional- los vidrios del frasco con la etiqueta de Maja con trazas de nafta y aceite de palma que confirmaba el sabotaje. Dedujeron que de ahí evolucionó de forma centrífuga la destrucción hacia otros salones y que el fuego había comenzado en los viejos conductos de gas que pasaban por el Metro, donde no se había previsto ni considerado los requisitos básicos de construcción, y en donde ubicaba el polvorín. Además, descubrieron los cadáveres aplastados, casi incrustados el uno en el otro, de una mujer y un miliciano que habían sido protegidos del fuego por la pesada puerta del salón. La puerta también revelaba un trozo de la bata gris de la mujer -cuyo nombre era Lorenza Ramírez y que hacía poco más de un año que trabajaba allí- enganchado en la parte interior de la puerta, en una de las aplicaciones de metal que se habían usado en su construcción para reforzarla. La cercanía a la puerta del salón donde se iniciaron las explosiones y los fuegos les hicieron sospechar que alguna relación había entre la pareja muerta y el siniestro.

Eran unos de los pocos cuerpos desenterrados intactos y sin quemaduras extensas. Ambos murieron al instante, según Javier Blanco, quien en la autopsia que les practicó, halló extensas depresiones craneales y daño cerebral en ambos cuerpos. También encontró que el impacto de la puerta les había pulverizado el tórax y arrancado del corazón la raíz de sus aortas, causándoles a ambos hemorragia masiva y muerte instantánea. Todo esto lo fue dictando en el micrófono que llevaba la narrativa a la sección secretarial en la que se transcribirían los apuntes para el informe oficial. Llenó inmediatamente el parte de defunción en el que inscribió las causas de la muerte. Lo que más le llamó la atención de la autopsia fue el contenido del estómago de la muerta. En el poco líquido gástrico que en él había -una mezcla de ácido y chocolate con olor a vómito- flotaba un pequeño papel encerado, casi transparente y muy arrugado, con el dibujo un tanto borroso de un avión. Debajo del biplano una letra llamativa proclamaba: «*Dragón Rapide*, la victoria se acerca. ¡Viva España!»

Javier Blanco secó rápidamente el papel luego de pasarlo cuidadosamente bajo el agua corriente del grifo para limpiarlo lo más posible del ácido gástrico. Lo secó usando un paño estéril y bolas de algodón sujetadas por pinzas quirúrgicas. El ayudante de autopsias le preguntó qué era aquello, pero él minimizó su importancia y puso el papel en un envase vacío con tapón de goma destinado a especímenes patológicos. Casi automáticamente dictó, pero sin describirlo, el hallazgo de un papel encerado en el estómago de la muerta.

Una vez en su despacho en la morgue llamó a su primo Domingo Marrero en varias ocasiones, pero nadie respondía en su oficina temporal ni en su oficina de investigaciones criminales. Alzó el envase que ahora contenía el dibujo y, luego de mirarlo varias veces, lo guardó bajo llave en el cajón más grande de su escritorio. Blanco pospuso la llamada a su primo para las cuatro de la tarde, después de la comida que había concertado con unos conocidos en el restaurante del Hotel Florida.

EN LOS TRES DÍAS TRANSCURRIDOS desde la explosión, grupos

de policías militares y urbanos entrevistaron a docenas de personas sin que apareciera una pista significativa. La mujer del miliciano, sus hermanos, su padre y sus amigos eran más rojos que la sangre y no podían dar fe de que el pobre hombre, quien también fue un fanático de las causas rojas, se reuniera ni conociera a nadie que no fuera de su misma ideología. Nadie conocía a Lorenza Ramírez ni a su marido en vida. Se exhibieron y repartieron hojas sueltas con un retrato oscuro de la occisa, el único que se encontró en su pequeño piso en Cuatro Caminos, pero nadie había ido a identificarla. No se sabía nada acerca de la explosión y era evidente para Pedro González y Domingo Marrero que, si era sabotaje -aún no se sabía a ciencia cierta-, la maquinaria nacional estaba bien aceitada.

El comedor del Hotel Florida ese día estaba casi desierto, pues los periodistas se marcharon temprano para continuar sus faenas en busca de más detalles sobre la explosión. A Javier Blanco se le hizo agua la boca. A través del tiempo, desde el comienzo de la guerra, el menú presentaba carnes y pescados que enviaban las cadenas noticieras, a través de las embajadas, a sus periodistas que allí se hospedaban. Los de NANA conseguían champán y caviar; los de Prensa Asociada, legumbres y mantequilla danesa; los de Reuters, chocolates americanos y cigarrillos. Otras agencias también contribuían a que el Florida fuera una especie de oasis en el desierto que constituía la ciudad sitiada y bombardeada. Blanco tenía conocidos allí y por eso podía darse el lujo de ir a comer alimentos que escaseaban en la mayoría de los establecimientos de la ciudad. Él era una fuente de información para los periodistas extranjeros sin que corriera mucho peligro de que lo denunciaran como informante. Los periódicos que más se interesaban en sus informes eran los americanos y los ingleses que, por lo general, no circulaban ampliamente en España. Los que sí circulaban repetían la versión que daban otros periódicos y era difícil, si no imposible, llegar a la fuente original de la información. En el pasado había suplido detalles de los asesinatos de presos sacados de las cárceles y de los asesinatos de sacerdotes por parte de los anarquistas. Esto había causado un gran revuelo internacional y el gobierno republicano tuvo que interceder para que este tipo de actividad clandestina disminuyera. Efectivamente, los asesinatos y los paseíllos comenzaron a mermar desde los primeros meses de la guerra hasta aquel mes de enero de 1938. En una ocasión le había suministrado información de los asesinatos en las checas a una bella periodista americana llamada Martha Gellhorn, que pasaba mucho tiempo con el escritor y periodista Ernest Hemingway. A Blanco, el escritor siempre le pareció refunfuñón y truculento, pero conversaba con él de vez en cuando.

Tenían en común que conocía Michigan, donde había pasado un par de años en el Departamento de Patología de la Universidad del estado. De niño y adolescente Hemingway pasaba allí los veranos y le encantaba contar anécdotas de sus experiencias a alguien que reconocía los lugares que describía. Además, hablaban de tauromaquia. Hemingway estaba muy interesado en los toros y Blanco, no sólo asistía a las corridas, sino que leía sobre la marcha las críticas y las enciclopedias taurinas. Le llamaba la atención la obsesión del escritor norteamericano de saber los detalles médicos de las heridas causadas por cornadas. Blanco había visto muchas con sus amigos médicos que atendían los redondeles; además, había participado en exámenes forenses de algunos toreros muertos por los cuernos de esas bestias.

Ese día iba a encontrar en el Florida a un periodista mexicano que junto a una delegación de su país y otra cubana, buscaban información sobre los paseíllos y los asesinatos. En espera de una nueva ola de emigración de republicanos hacia América, particularmente de niños, que iría a México y a Cuba, los gobiernos de ambos países deseaban saber algo de los antecedentes de algunos de los emigrantes adultos. A Javier Blanco le pidieron información sobre el tal Pedro González, alias la Garra o el Hermoso, pues era uno de los nombres que ambas delegaciones consideraban, a petición de sus respectivas embajadas, como merecedores de asilo en sus países.

Blanco podía dar fe de la disminución marcada de los paseíllos y los asesinatos, y tenía cifras de su labor forense durante los últimos dos años para substanciar la información; sin embargo, sabía muy poco sobre Pedro González. Como casi todos los de cierta jerarquía en el gobierno, sabía de su participación en el asesinato de Calvo Sotelo. Conocía también que era amigo de Antón y de otros más importantes en el alto mando republicano. Sabía que era mujeriego, inteligente, persuasivo, cruel y despiadado. Aunque todos esos datos eran de conocimiento público, no se iba a perder una buena comida con buen vino, a pesar de que se rumoreaba que la carne que ahora se servía en el hotel era de caballo, de gato o de perro.

Minutos antes de que Javier Blanco llegara al Florida, un avión *Heinkel* armado con dos bombas de 1.000 kilos, salió rumbo a la ciudad. La misión contemplaba aprovechar la confusión que aún reinaba después de la explosión del polvorín para sobrevolar las densas nubes, que al principio del mes habían dejado la ciudad cubierta de nieve, y bombardear el barrio de Argüelles, cerca de la Plaza de España, y la Gran Vía, donde tendrían un intenso efecto psicológico sobre la ciudadanía desmoralizada que comenzaba a intuir que lo peor para la ciudad estaba por venir. Al mismo tiempo, en la Ciudad Universitaria, el frente intensificó su actividad para causar la sensación de que una gran avanzada se cernía sobre Madrid. Convertido de transporte aéreo a bombardero liviano, la aeronave era de gran efectividad en ataques a corta distancia, como la que ahora le esperaba. Su tripulación sabía que el aparato era tan manejable que le permitiría volar a una altura relativamente baja -justo sobre el conjunto de densas nubes-, e incrementar la puntería en sus bombardeos.

Habrían de cuidarse de los aviones rápidos de combate, que con frecuencia patrullaban ese sector aéreo: el peso de las bombas disminuía la velocidad del *Heinkel* y lo hacía vulnerable a los caza.

Cuando el *Heinkel* estuvo cerca de su blanco y a una altura de poco más de tres mil metros, un caza *Polikarpov* de factura rusa, emergió del regazo de un cúmulo de nubes grises a doscientos metros de donde se hallaba. El piloto de la Legión Cóndor aceleró su velocidad y tomó rumbo un poco más hacia el sudeste, consciente de que su carga le haría imposible esquivar al caza durante mucho tiempo. Las ametralladoras del *Polikarpov* comenzaron su peculiar estruendo a cien metros de la cola del bombardero sin que las balas hicieran blanco. El fuego de las ametralladoras de la retaguardia del bombardero tampoco dio en el blanco, que se movía y se alejaba con gran destreza. El *Heinkel* se retiró un buen trecho en lo que el *Polikarpov* maniobraba para volver al ataque desde ángulos que lo mantuvieran alejado de las ametralladoras del biplano.

El bombardero estaba ahora más o menos sobre el borde del centro de su blanco; el tiempo no daba para precisar dónde se hallaba. Giró a la derecha y ante las órdenes gritadas por su superior, el avión dejó caer una de las bombas. Lo hizo sin tener ningún blanco específico en la mirilla; así ocurrió también con la segunda, que dejó caer mientras el bombardero trataba de ganar altura. En esos mismos instantes algunas balas de la ametralladora del *Polikarpov* penetraban en parte del fuselaje sin mayor daño. El piloto giró a la derecha y, con una maniobra experta, lo dirigió al oeste. El copiloto no daba con la posición precisa del avión, pero estaba seguro de que se dirigían a territorio nacional. El *Polikarpov* ahora tenía el *Heinkel* frente a él, en franca huida. El piloto subía y bajaba, siempre al lado izquierdo del bombardero, tratando de esquivar las balas de la ametralladora trasera del biplano. Súbitamente ascendió hasta perderse en una gran nube. Unos segundos después emergía en picada, y al sobrepasar la parte inferior del *Heinkel*, volvió a subir enfilando sus ametralladoras a la barriga del bombardero y a la cabina del piloto. Esta vez las balas penetraron en el fuselaje a un ángulo que llenó de plomo la cabina y abrieron la espalda y el pecho del piloto y el copiloto. Una pequeña llama salió del panel de controles. El fuego se propagó a lo largo del avión, se apoderó de los conductos de oxígeno y, al explotar, el avión se fragmentó en tres grandes pedazos que cayeron en dirección al Campo del Moro y los Jardines del Palacio Real.

La victoria en el cielo se reflejaba también en la tierra. Los avances de ese día en la Ciudad Universitaria fueron repelidos por los madrileños con un intenso intercambio de obuses entre ellos y los nacionales. La escaramuza la sufrieron en silencio los Colegios Mayores lugares que, además de albergar la guerra, se usaban para alfabetizar a la mayoría de los soldados de ambos bandos. Ninguno, sin embargo, estaba dispuesto a escribir o decir la palabra paz.

La carcajada de Javier Blanco ante las ocurrencias de uno de los cubanos que lo acompañaban estremeció las copas en la mesa. La comida no estaba a la altura de lo que se acostumbraba en el Florida. El Ribera del Duero, sin embargo, estaba delicioso, con excelente aroma y gran cuerpo, pero no lo merecía la carne guisada —sabía Dios de qué origen—, que abundaba y que, por su condimento, se dejaba comer. Estaban sentados en el recodo que formaban las paredes de uno de los costados del comedor. Solamente quedaban a la mesa cinco comensales, incluyendo a Javier, que estaba de espaldas a la pared con el periodista mexicano, cuando la segunda bomba del *Heinkel* estalló justo fuera del ventanal del restaurante. La sonora onda expansiva rompió todos los cristales y se propagó por el salón destrozándolo todo a su paso e incendiando con su fricción algunos de los manteles y una que otra cortina. Javier se quedó inconsciente casi en el acto. Su cabeza chocó contra la pared a sus espaldas y su cara presentaba múltiples heridas, su frente sangraba y su brazo izquierdo yacía sobre la mesa donde se apoyaba un instante antes, arrancado de cuajo de su articulación. La cabeza de uno de los cubanos descansaba a unos metros de su cuerpo ensangrentado y otro, el más cercano al ventanal, estaba inerte, aún sentado en su silla, cubierto de escombros. Un tercer cubano estaba en el suelo, al extremo de la habitación, rotos un brazo y una pierna, e inconsciente. Espasmos mortales movían las extremidades del mexicano.

Capítulo 13
Frío, escasez y miedo. Febrero de 1938

«Alejad a los niños de Madrid»

Titular del ABC de España, febrero de 1938

María Luisa y Pedro leyeron la advertencia del titular en silencio. Ella fue bajando con lentitud la hoja del *ABC* que tenía ante sus ojos hasta posarla en la falda. A consecuencia de la falta de papel, el periódico era tan delgado como los habitantes de Madrid, pero a cada vuelta de las escasas páginas se advertía la insistencia del Gobierno de que se evacuaran de la ciudad a los recién llegados, los pensionados, los niños y las mujeres, y todos los mayores de 45 años. Se ofrecían garantías de un inventario de las pertenencias y los muebles de los pisos para que se pudiesen reclamar más tarde. La Secretaría General de Evacuación insistía, aún sin poder convencer del todo a muchos ciudadanos -como era el caso de María Luisa, Isabel y su madre-, de que la evacuación era obligatoria.

El invierno, muy cruento en ese cambio de año de 1937 al 1938, había logrado una emigración al sur facilitada por el comisario general Omaña, que permitió el acceso a Valencia sin más papeles que las cédulas y carnés usuales. Además, sólo se necesitaba un salvoconducto que requería el aval de la Dirección Especial de Seguridad, para ir desde Valencia hasta la frontera con Francia, o para volver a Madrid, condición que se imponía para evitar el regreso de los desplazados.

La llegada de los de Madrid y sus cercanías a Valencia se produjo a pesar de las lluvias torrenciales con relámpagos y truenos, y sin importarle a la gran mayoría que una fuerte nevada de hasta cincuenta centímetros cubriera las vías férreas entre Rebollar y Uriel. Hubo que trabajar muchas horas y muy duro para que el Tren Hospital Número 3 llevara más de 200 heridos y enfermos a Valencia, donde se presumía que estarían más protegidos de los bombardeos.

La explosión del polvorín había causado heridas muy leves a los niños de los colegios más cercanos, pero era evidente que la muerte rondaba a todos por igual sin importarle la edad ni el sexo de su víctima. Los niños como José María y Antonio vivían en un estado emocional difícil de comprender. Por un lado, parecían inmunes a los acontecimientos de la guerra en el resto del país que de día a día se escuchaban. Asediaban la ciudad las noticias exageradas y pesimistas de los atacantes o la versión de los defensores, de un desproporcionado optimismo. Eran demasiado jóvenes para comprender que la vida había cambiado para siempre para todos los españoles, incluyendo a sus padres. Además, era evidente que no comprenderían bien el mundo al que entrarían de adultos. No podían intuir que la guerra determinaría cómo se iba a vivir en un país lleno de crueldades difíciles de olvidar. Mucho más difícil sería olvidar o perdonar a los que las habían cometido.

Las gestiones gubernamentales para el fortalecimiento de la nutrición y la salud de los menores de edad resultaban moderadamente exitosas. El Ministerio de Sanidad estimulaba y se cercioraba de las vacunaciones y la nutrición, que hasta ese invierno, aunque racionadas por familia, tomaba en cuenta la presencia de los chicos. Los guisantes, las habas y las lentejas eran, junto a las patatas, el arroz, los garbanzos y los tomates de Levante, el grueso de la fuente de alimentación. De todos modos, empezaban a escasear y era absolutamente necesario el uso de cartillas -que indicaban el número de personas por familia- para poder conseguir alimentos.

A pesar de sus conexiones, Pedro no siempre podía conseguir alimentos, que era un problema generalizado; de vez en cuando le anunciaban con antelación la llegada de los camiones con víveres que a través de Valencia enviaba Francia a Madrid, los que venían destinados al Partido Comunista. De esa forma, algunas veces llevaba carne, huevos y leche a su mesa. Sí logró, de sus allegados más cercanos, dos juguetes más de los que les hubiesen correspondido a su hijo y a su sobrino, de los que recogió el Comité Central de la Semana del Niño. De esto hacía alarde Pedro ante sus amigos para de esa forma establecer que no tenía dinero ni riquezas que su padre o suegro le hubiesen dejado. Esa pantomima bien ensayada, su imagen de héroe, y su capacidad persuasiva, desviaban la atención de casi todos los que lo podían perjudicar.

Ahora que pertenecía al mando investigador de la explosión, era necesario actuar con firmeza para asegurar el bienestar de su familia. Los datos sobre lo sucedido en el polvorín, ciertos o no, eran la comidilla del día dentro de Madrid, y rápidamente se difundieron por el resto de la Península. Todos sabían o pretendían saber que la aniquilación del polvorín era obra de los simpatizantes de Franco desde la clandestinidad.

El día después de reunirse con Marrero, Pedro fue en su vehículo oficial a la Oficina Central de Evacuación, en la calle Núñez de Balboa. Una vez allí les entregó, tanto al Jefe como al Consejero de Evacuación, un kilo de pan de Viena, un delicioso pan cubano y otro francés que iría estupendamente con el medio kilo de Camembert, que también les trajo de obsequio a cada uno. Ambos oficiales se sentían halagados por la visita de la Garra y entendían que ante ellos estaba, en carne y hueso, una leyenda viviente, un héroe de la verdadera patria. Las sonrisas y belleza de Pedro, su voz y argumentos convincentes, surtieron un efecto evidente sobre los presentes. Ellos concretarían los arreglos con los cuáqueros para Pedro y su familia. Sí aclararon que no habría salida hasta el verano, pero que era la única forma de llegar a América en esas etapas de la guerra, principalmente se referían a Cuba o México.

Pedro tenía correspondencia de Mariano Alcalá, ahora ciudadano de Estados Unidos, quien, desde Puerto Rico, había enviado varias cartas al gobernador de la isla, Blanton Winship, y al Departamento de Estado norteamericano pidiendo asilo para sus sobrinas y sus familias, y el peligro que corrían en terreno republicano si llegaban las fuerzas de Franco. Aún no se había tomado ninguna decisión, pero Alcalá también se las arregló para que su amigo Emilio del Toro Cuevas, juez presidente de la Corte Suprema de Puerto Rico, y varios distinguidos profesores de Estados Unidos, que eran sus conocidos, incluyendo el reverendo John F. O'Hara, presidente de la Universidad de Notre Dame en Indiana, y James B. Conant, de la Universidad de Harvard, le enviasen cartas a Eleanor Roosevelt. La Primera Dama de Estados Unidos había hecho amistad con el juez y había conocido a Mariano Alcalá en su visita a Puerto Rico en 1934. Algunas embarcaciones de emigrantes hacían escala en Puerto Rico y los cuáqueros estaban dispuestos a facilitar un desembarco en Puerto Rico de aquellos viajeros con los debidos permisos.

El hecho de que Pedro también viajaría no causó controversia alguna entre los más allegados camaradas del Hermoso. Su prestigio era tal que querían protegerlo a toda costa para que no cayese en las garras asesinas de los nacionales. Hubiesen preferido que Pedro tuviese decidido su destino final, pero entendían que su aparente indecisión era una forma de ocultar información que podría poner su vida y la de su familia en peligro. Pedro, a su vez, consideró que era mejor no marcharse hasta que tuviera en su posesión los permisos. Los de Cuba y México comenzarían a gestionarse de inmediato, ya que continuamente operaban en la ciudad delegaciones que indagaban sobre emigrantes potenciales. Ese mismo día darían los pasos para comenzar esas gestiones. Ante el deseo de Estados Unidos de mantenerse neutral hacia la guerra en España, lo de Puerto Rico tomaría un poco más.

María Luisa no estaba muy contenta con la situación, más aún porque no se aclaró si la ida iba a ser a principios o fines del verano. Sin embargo, aun en verano, para el que faltaban seis o siete meses, no le parecía mucho tiempo, siempre y cuando la guerra no cambiara demasiado a favor de los nacionales. Pensó, además, que tal vez daría tiempo para que mejorara la salud de su madre.

Capítulo 14
Revelaciones; primavera-verano de 1938

La caída de Teruel, Vinaroz y Benicarló poco después de la explosión del polvorín, dividió la España republicana en dos y dejó cada mitad prácticamente rodeada por los ejércitos franquistas. Además, las fuertes pérdidas en Gandesa auguraban grandes dificultades para el reclutamiento continuo de más brigadas internacionales. Tal vez el peor efecto psicológico, sobre los aterrados madrileños y los igualmente medrosos barceloneses, lo infligió el Gobierno de León Blum cuando cerró sus fronteras para impedir la huída de los ciudadanos republicanos a Francia, en caso de una victoria nacional.

Pedro tenía información privilegiada de que entre la jerarquía republicana cundía el pánico, no sólo por lo que pasaba en el resto de la península ibérica, sino por los sucesos en el resto de Europa. El cerrojazo francés impedía un escape a los que quisieran ir por esa vía al exilio. Por otro lado, los nazis en Alemania y los fascistas en Italia estaban en pie de guerra, y ya era evidente que ambos países continuarían ayudando a Franco y a sus tropas. El espectro de Guernica, arrasada por los alemanes en abril de 1937, aún pesaba sobre toda España, y muchos en Madrid pasaban la noche en las estaciones del Metro para protegerse en caso de que se iniciara contra Madrid una campaña de bombardeos similares a los llevados a cabo contra el pueblo vasco. En otras partes de la Península, ahora bajo el recién creado gobierno de Franco, los nacionales encarcelaron y fusilaron a los republicanos. El futuro era borroso e impredecible, y los fronteras que separaban el territorio nacional del republicano se iban llenando del hedor de la venganza de unos sobre otros.

Valencia representaba una posible válvula de escape del constreñimiento impuesto en Cataluña por la acción de los franceses. Los preparativos para ir a Valencia serían complejos. Pedro se preocupaba por proteger la pequeña fortuna que pensaba que ahora poseían las dos hermanas: cinco mil pesetas y un collar de perlas, que él había ayudado a esconder en la alacena de Isabel. Llevarían la ropa y los zapatos que cupieran en dos maletas. En el calor del verano no tendrían que cargar con abrigos ni jerséis y, cada una llevaría un cinturón debajo de las bragas, en el que ocultarían el dinero y las joyas, y suficiente dinero en sus bolsillos para las necesidades inmediatas del viaje, incluyendo la posible paga de una que otra mordida; irían de Valencia a Canarias, y luego a Puerto Rico, a Cuba o México.

Otra complicación era la nueva designación de Pedro. Quería atrapar a los asesinos del polvorín lo antes posible. La carnicería ocurrida allí le revolvía el estómago al mismo tiempo que lo hacía consciente de la determinación singular de triunfo que tenían los nacionales y sus quintacolumnistas. Tenía que admirar la osadía de los que perpetraron el suceso y, de hecho, le hubiese gustado llevar a cabo un acto similar contra sus adversarios. El doctor Blanco había estado en coma durante más de tres semanas, pero se comenzaba a recuperar; tal vez conversando con él podía saber si la autopsia de Lorenza Ramírez o la de alguno de los otros muertos podían brindarles alguna pista importante que no se desprendía del informe oficial.

En las dos semanas que siguieron al comienzo de la investigación, en más de una ocasión, entre sobresaltos que agitaban su respiración y la paz de la profundidad de un sueño pesado, Pedro soñaba que estaba en la camioneta que le sirvió de carro fúnebre a Calvo Sotelo. Escuchaba el trueno de su revólver y le parecía ver el proyectil pasando a través del cráneo de Calvo Sotelo, y se veía como si estuviera montado en la bala, pasando por el boquete del hueso, llenándose de la materia blanca de los sesos del derechista, cubriéndose de la sangre que había que derramar para que reinara el orden y la justicia en la nueva República. En otras ocasiones, soñaba jadeante que, a pesar de tener los ojos casi desorbitados, no veía nada porque ante él sólo había lágrimas y sombras, y en aquellas lágrimas reconocía que tenía que sacar de España a su familia y, —si quería vivir hasta llegar a viejo— irse con ellos. En su sueño, estos desasosiegos le causaban un dolor que no sabía de dónde venía pero que hacía crecer la garra de su mano, a la que le brotaban uñas descomunales, como las de un dragón. De súbito esa imagen se borraba y veía la sonrisa de su cuñado Miguel, o escuchaba las carcajadas de José María como cuando corría detrás de él en el parque, pero se iban convirtiendo en gritos espantosos que culminaban con el estallido de una bomba. No fueron pocas las noches en que se despertó sudoroso, aterrado porque una bomba lanzada por un avión había exterminado su familia. Lloraba desconsolado y María Luisa tenía que acariciarlo y acurrucarse con él hasta que se le pasaba la pesadilla.

Marzo no auguraba una buena primavera. El cielo no cesaba de lloriquear lágrimas escasas pero frías que, al contacto con la piel, eran como aguijones que llegaban hasta las articulaciones. Desde la explosión, habían descubierto y detenido al Grupo de los 195 y El Socorro Blanco, bandas de quintacolumnistas que ocasionaron daños irreparables en la psicología del madrileño y que, de forma indirecta, habían causado muertes al divulgar diversos secretos útiles a los planes bélicos de los nacionales. Ninguno de los integrantes de estos grupos, a pesar de la participación directa de Pedro y Marrero en los interrogatorios -con la ayuda de los Tribunales Especiales dedicados a asuntos de la quinta columna-, sabía detalles de la explosión que los implicara en el asunto o que ayudaran a esclarecer el siniestro. Por supuesto que sabían de la existencia de Banderilla, pero ninguno lo conocía. Ese día Marrero y Pedro, un tanto frustrados, habían acudido a la taberna que estaba al frente de sus oficinas. Aunque la investigación continuaba sin grandes descubrimientos, el fruto cayó de forma inesperada del árbol que parecía más estéril: Sebastián Fernández, el ayudante forense de Javier Blanco. Fernández no había vuelto a pensar en la última autopsia del Dr. Blanco desde el bombardeo del Florida, pero algo que escuchó en la taberna se la recordó.

Los dos hombres entraron en la taberna sacudiendo uno su paraguas y el otro su sombrero, tras lo cual se sentaron al lado de la mesa de Sebastián. Éste escuchó el nombre del Dr. Blanco y mención de la última autopsia que éste había hecho antes de ir a parar al hospital. No pudo contenerse ante las quejas del Hermoso de que no se había encontrado nada revelador en la autopsia y, en aquel lugar donde reinaba el mal olor a aceite de oliva rancio y quemado, se acordó del papel que el Dr. Blanco había obtenido del estómago de Lorenza. Recordó también que le había parecido extraño que Blanco no hiciera un apunte al respecto, un hombre tan minucioso como era el doctor. Todo lo ocurrido aquel día, excepto la desgracia de las heridas de su jefe, se le había olvidado, sepultado en un lugar recóndito de su pobre memoria. Ni tan siquiera lo recordó las muchas veces que asistió al hospital de traumas a ver al doctor, postrado allí sin un brazo y con múltiples heridas y traumas que lo había sumido en un coma del que aún no se había repuesto por completo.

Se volvió con gran determinación hacia los dos oficiales que a su lado bebían vino valenciano; les dijo quién era y les mencionó lo que había presenciado el día de la autopsia. Minutos después se encontraba en el despacho del Dr. Blanco y, por órdenes de sus dos nuevos camaradas, rompió la cerradura del escritorio y sacó el recipiente de vidrio.

—Si esto es de algún valor —dijo la Garra con una sonrisa—, vas a llegar muy lejos.

Le advirtió que no podía revelar lo que sabía a nadie, mucho menos lo del recipiente y su contenido. Por el tono de voz y la mirada de Pedro, Sebastián supo al instante que hacer lo contrario le podía costar muy caro.

La visita al hospital fue un capricho. Hasta ahora, las

conversaciones con Blanco se habían caracterizado por la incoherencia del lastimado. Aunque el desmembramiento ya estaba totalmente curado, el patólogo estaba aún obnubilado. Era evidente que la seria contusión que había sufrido llevaba una prognosis indeterminada al momento. Ya le habían advertido los médicos que el Dr. Blanco tardaría un tiempo más antes de poder hacer declaraciones y que ya le avisarían cuando fuera el caso.

Tratando de llegar al tercer piso donde se hallaba su primo Javier, Pedro, al tomar la curva de las escaleras y mirar hacia arriba, vio ante sí un par de piernas de mujer que le llamaron la atención. La mujer estaba inclinada mientras trataba de guardar su bufanda en un bolsillo de su abrigo, que descansaba en el escalón frente a ella. Desde donde estaba situado le podía ver la curva inferior de las nalgas. Continuó subiendo despacio para mantener el ángulo de visión que le permitía ver aquel manjar. ¿Cómo sería el resto del plato? Tenía que averiguarlo y ver de cuerpo completo a esta maja que se había puesto en su camino. Al llegar arriba, la mujer salió de la escalera al pasillo y Pedro rápidamente aceleró su paso para alcanzarla. La vio detenerse un breve instante y pasar su mano por su cabello y luego por la parte trasera de su falda. Pensó que le encantaría ser él quien estuviera sintiendo esas posaderas exquisitas.

La mujer entró en una de las habitaciones y él llegó hasta la puerta sin aún haberla visto de frente. Llamó a la puerta entreabierta y escuchó una voz suave y un tanto profunda decir «entre». Tenía ante sí dos enfermas, incluyendo una nueva que estaba por ser dada de alta. Ambas llevaban vendajes en su cabeza y en varias partes de los brazos y las piernas. La que hablaba con la mujer de las nalgas y las piernas, llevaba el brazo izquierdo enyesado y en cabestrillo.

Las tres mujeres de la habitación se quedaron casi mudas ante la belleza del Hermoso, que mostraba una de sus más acariciantes sonrisas según se quitaba su sombrero de teniente y daba los buenos días. Miró directamente a los ojos de Ana Pilar, que ahora devolvía su mirada como si hubiera tenido una gran experiencia en la escaramuza que antecede al ataque cuerpo a cuerpo. Su actitud en el momento fue el producto de sus lecturas secretas y de las películas que había visto. Una sonrisa reveladora en el rostro de Ana Pilar le transmitió a Carmen María lo que ella también pensaba en ese preciso instante: que este era el hombre más hermoso que jamás había visto, con la posible excepción del Misterioso.

—Soy el teniente Pedro González —dijo con la gran dulzura de que era capaz— y estoy investigando los sucesos del polvorín y entrevistando a algunas de las víctimas.

Todas dieron señales de querer cooperar, pero el teniente sólo tenía interés en la que no estaba herida. Para disimular, sacó una libretita de apuntes y preguntó a las dos pacientes si sus heridas eran a causa de la explosión. Apuntó sus nombres y direcciones. Luego le preguntó a Ana Pilar sus señas. Conversó con todas a la vez con tanta gracia que las hizo reír muchas veces, y aunque se fijaba en todas según les dirigía la palabra, se las arreglaba para mirar a Ana Pilar más veces. Esta comenzó a sentir que se le calentaban los cachetes y se le erizaba el cabello en la nuca. Sentía que transpiraba entre los senos bajo el jersey de cuello de tortuga que destacaba sus senos. Se sentía incómoda y alegre a la vez.Y le sucedió algo que solo había experimentado cuando a solas leía novelas románticas: se imaginó desnuda, entregándose a este hombre para que la poseyera.

Después de una hora de intercambio de preguntas superficiales y frivolidades, cuando Ana Pilar dijo que tenía que marcharse, él dijo lo mismo, pero añadió que volvería con frecuencia para continuar sus interrogatorios. Se despidió de Carmen María y de la otra enferma, que solo hacía dos días que compartía la habitación con ella y dejó la habitación justo detrás de Ana. Al abrir la puerta, puso su mano sobre la de ella por unos segundos antes de salir al pasillo. Se acompañaron en silencio en el ascensor. Ya en la calle, se ofreció para llevarla a casa en su coche.

En el asiento trasero del automóvil, mientras el conductor trataba de ver por el retrovisor lo que allí detrás sucedía, le dijo con su voz acariciadora lo hermosa que era y lo mucho que le gustaba, mientras la miraba fijamente a los ojos y le cogía las manos. Ella acercó su rostro al de él; el primer beso la hizo consciente de sus partes más íntimas, aquellas que había reservado toda su vida para un hombre como éste.

El camastro de la oficina de Pedro el Hermoso donde se entregó, le pareció a Ana Pilar el más blando y perfumado de los lechos. Era un cúmulo de nubes, era el diván de terciopelo en un poema de Darío, era la *chaise longue* de plumas de ganso de un rey. Las manos de Pedro eran como la seda, sus besos de un sabor indescriptible, sus caricias exquisitas, y su hombría fuerte y acariciante al mismo tiempo. La penetró muchas veces con gran dulzura, y sensible al hecho de que esta era la primera vez para ella. Se movía con la elegancia de un bailarín y su rostro se hacía más hermoso según se intensificaba el placer. Ella recibió placenteramente todas las fuerzas de Pedro en la unión, y al llegarle el clímax no pudo contener las agitadas convulsiones espasmódicas de su canal inundado por la savia de su amante. Abrió los ojos y tomó el brazo y la mano deforme de Pedro y los besó con lágrimas en los ojos mientras él acariciaba su cabello y le decía frases elogiosas sobre su rostro y su cuerpo. En su entrega, Ana Pilar colmó los deseos de Pedro más allá de lo que él había esperado.

Aguardaron con ansiedad la próxima tarde cuando volvieron a reunirse en la oficina de Pedro durante la hora de comer y antes de ir a ver a Carmen al hospital. Luego de ese día, a través de sus múltiples conexiones y sin dar explicaciones innecesarias, Pedro consiguió el uso de un piso requisado en el vecindario del hospital, a nombre de un matrimonio de ancianos que había partido a Valencia. Comenzó a verse allí con Ana Pilar.

A los siete días de haber comenzado esta nueva relación, Ana Pilar trajo el tema del polvorín y la investigación que llevaba Pedro. Dos semanas después, luego de haber analizado profundamente las potenciales consecuencias de ello, le contó a Pedro lo que ella y Carmen habían observado del hombre que llamaba el Misterioso. Él estuvo muy complacido con la revelación, de modo que ella aprovechó para rogarle que no dijera nada sobre sus relaciones, pues no lo sabía Carmen ni nadie. Le sugirió, por lo tanto, que se las arreglara para que Carmen también le dijera lo que sabía del Misterioso y hacerla creer que era ella la que le había divulgado el asunto.

Luego de inducir hábilmente a Carmen a relatarle lo del Misterioso, confirmó que, aunque el cuento no era pura fantasía de las dos mujeres, no había por qué sospechar de un miliciano que nada parecía tener que ver con el polvorín. Pero según abundaban Carmen y Ana Pilar en la descripción del hombre, su opinión comenzó a cambiar: le hacía pensar en su cuñado por la estatura, su rostro, su porte... pero claro, esto podía corresponderse con muchos otros en Madrid. Guardó todos los apuntes en su libreta y no compartió la información con Marrero ni con nadie. Desde ese día circuló por el vecindario donde se había visto al Misterioso, casi siempre con Ana Pilar junto a él. Veían muchos hombres, pero ninguno era aquel. Pedro se preguntaba quién podía ser el Misterioso.

Se acercaba el fin de mayo y Marrero pensaba que su primo Javier Blanco, que comenzaba a dar señales de recuperación total, era la última esperanza para aclarar el siniestro de la explosión. Se sabía que la mujer que había muerto junto al miliciano bajo la puerta del cuarto de almacenaje vivía sola, que no tenía a nadie y que su marido había muerto en una checa, pero parecía poco probable que ella fuera responsable de la planificación precisa y arriesgada que había sido necesaria para llevar a cabo lo sucedido. Además, estaba el hecho de que la radio clandestina hablaba de la contribución de los quintacolumnistas al acto de sabotaje.

Capítulo 15
Corroboración. 23 de agosto de 1938

Pedro consideró intercambiar parte de la información del Misterioso con Domingo Marrero. Después de todo Marrero era un investigador forense y él no. Pero lo detenía la posibilidad remotísima de que su cuñado Miguel estuviera involucrado en todo este follón. ¿Sería posible que hubiese estado en la clandestinidad tanto tiempo? No cabían dudas de que su desaparición había sido misteriosa. ¿Habría sido reclutado por la quinta columna y por eso desapareció luego de la rebelión? Si vivía, había que protegerlo a lo que diera lugar. Era el padre de su sobrino y el tío de su hijo. Además, no quería que le pasara nada... la guerra acabaría y las cosas podían volver a la normalidad. ¿Lo defendería a él de igual forma su cuñado? ¿Lo querría su cuñado como él lo quería?

Le pidió a Carmen, entre sonrisas conspiradoras y pequeños halagos por su progreso clínico, y mientras jugaba con los dedos de la mano del brazo enyesado, completa confidencialidad respecto al Misterioso; más tarde hizo lo mismo con Ana Pilar en el jadeante vaivén de una velada sexual sin par. Les explicó que lo más seguro es que fuera una coincidencia y que el sujeto no tuviera nada que ver con la explosión. Ambas estuvieron de acuerdo con él, de modo que estaba seguro de que el secreto estaría a salvo hasta que pudiera hablar con Javier Blanco y averiguar si Marrero tenía alguna información adicional. Pero la información más importante que habría de recibir vendría de parte de alguien que jamás se hubiera imaginado.

María Luisa y Pedro habían estado alejados uno del otro durante mayo y junio. Por un lado, ella no pensaba ahora en otra cosa que en irse de Madrid y poner a salvo al niño; por otro, él andaba pensando en la investigación, en los permisos para irse a Valencia y América con su familia y, casi todo el día, de qué nueva forma y en qué orificio follaría a Ana Pilar en su próximo encuentro. Pensaba en Ana Pilar con gran sensualidad, pero a la vez la consideraba una persona inteligente y dulce con quien podría compartir como lo hacía con su mujer. Estos sentimientos de cercanía emocional unidos al intenso atractivo sexual que sentía por aquella mujer, no le dejaban mucho deseo para María Luisa, quien, además, hacía unas semanas que más bien le rehuía y no le prestaba mucha atención.

Esa noche, mientras Pedro González, sentado a la mesa, leía las escasas páginas del periódico del 23 de agosto de 1938, y anticipaba que le sirvieran las lentejas que esperaba sin ansias casi todas las noches, sintió la mirada filosa de su mujer en lo que pensaba si su cuñado era el responsable de una hecatombe tan grotesca como la explosión del polvorín, al mismo tiempo que lo justificaba echándole la culpa a los fascistas que le habían envenenado el cerebro. Había tomado el primer bocado de lentejas cuando José María miró a su madre y dijo:

—¿Le has enseñado el dibujo a papá?

—Calla hijo y come, que papá no tiene tiempo para tales cosas.

—Claro que lo tengo —dijo Pedro—, ¿de qué dibujo habla?

—Es uno que hizo ayer de las ruinas…

—No, mamá, no es ese…

—Bueno, bueno, que estás molestando ya de más. A ver si terminas y te vas a dormir…

—Pero, por Dios, María Luisa, ¿qué es lo que te pasa? ¿Qué sucede?

—Lo tiene guardado en un cajón de la cocina, ¿verdad, mamá? —dijo mirando hacia donde estaba su madre.

Pedro miró a María Luisa sin expresión alguna en el rostro.

—A ver, ¿de qué se trata? ¿Cuál es el misterio?

María Luisa fue adonde estaba sentado José María y cariñosamente le dijo que fuera a su cuarto, y fue detrás de él con su plato de lentejas y el pedazo de pan cubano y buen queso que había conseguido Pedro, para que acabara de comérselo. Volvió al comedor y puso ante Pedro el dibujo del *Dragon Rapide*.

El puño de Pedro hizo volar los cubiertos de la mesa y derramó parte de las lentejas de su plato.

—¡Qué hostias! ¿De dónde ha salido esto, joder? ¿Qué coño está pasando en esta casa?

Al mismo tiempo se retiró bruscamente de la mesa lanzando su silla al suelo y arañando el tope del mueble con las uñas de su mano contraída, según cogía el papel del dibujo. Incrédulo, lo examinó cuidadosamente, ya convencido de que el dibujo recobrado por Javier Blanco del estómago de Lorenza Ramírez estaba ligado a su cuñado Miguel Torres. De hecho, era evidente para él que Miguel lo había dibujado. Ahora, la dificultad más grande era que su mujer lo sabía.

Se fue calmando según María Luisa le contó los detalles de la tarde sin dar señas de nerviosismo o confusión. Coincidió con ella que el hombre en el piso de Isabel era Miguel. Además, convinieron en que él era responsable del dinero adicional y el anillo de rubíes aparecidos en el escondite.

—No podemos dejar que esto se sepa más allá de estas paredes. Espero que Isabel se dé cuenta y que sepa la necesidad de mantener absoluto secreto sobre ello.

—Por supuesto, Pedro —dijo María Luisa, pasándole la mano por la cara y mirándolo a los ojos—entendemos lo delicado de la situación. Está tranquilo, tenemos que mantenernos serenos, ¿no es así?

—Sí. Hay que proceder con cautela.

—¿Qué piensas hacer sobre Miguel? Hay que protegerlo...

—Claro, soy muy consciente de ello. Si no lo hacemos podría causarnos muchas dificultades. Si lo hacemos, tal vez podría costarnos la vida.

—No, no pienses de esa manera. Entre nosotros tres podemos idear una forma…

—Isabel… ¿qué ha dicho? Debe de sentirse ambivalente sobre todo esto. ¿Dónde habrá estado escondido? ¿Por qué no acudió a mí? Lo pude haber ayudado…

—Pero no sabemos en qué ha estado involucrado.

—Pues… en nada bueno. Es casi seguro que es el responsable de la explosión.

María Luisa se llevó la mano a la boca y a su rostro subió un gesto de ira ante la imagen que se formó en su cerebro: llamas chamuscando cuerpos desmembrados, cabezas destrozadas, víctimas tostándose como cerdos, gritos de angustia y dolor...

—¿Cómo ha podido caer tan bajo? Hacer tal cosa contra gente inocente…

—María Luisa, mujer, estamos en guerra. La suya es contra los que pensamos diferente. Si yo estuviera del otro lado, en algún lugar donde los nacionales estuvieran en el poder, haría algo similar… De seguro que eso lo entiendes.

—¿Cómo puedes decir algo así? No tienes corazón, Pedro. Te lo ha tronchado toda esta mierda de la política, de izquierdas y derechas. Todas estas cosas son pasajeras. Lo decía mi padre…

—No pongas de ejemplo a tu padre, que besaba cualquier lugar que pisara el rey.

—Pero jamás patrocinó la violencia ni el fanatismo. Pensándolo bien… Miguel es como tú. ¿Qué habrás hecho junto a tus amigotes? No me respondas, que no lo quiero saber. Lo que sí quiero es irme de este lugar en el que la muerte camina con todo el mundo. Entiéndelo, Pedro. Vámonos de Madrid. Si entran los franquistas, te van a matar; si te quedas, tus amigos han de matar a Miguel.

Ambos quedaron en silencio. Se abrazaron. Entendían que harían todo lo posible para proteger a Miguel. De alguna forma había que sacarlo de Madrid.

Esa noche acudieron a casa de Isabel para asegurarse de que ella estuviera al tanto del peligro que suponía saber que Miguel estaba vivo. Isabel lloró sin consuelo cuando le explicaron que el sabotaje del polvorín estaba ligado de alguna forma a las andanzas de Miguel. Pero a pesar del poco tiempo que había transcurrido desde que supo que estaba vivo, lo que quería era estar de nuevo con él y que Antoñito tuviera a su padre después de todo. Después de varias propuestas, llegaron al acuerdo de que lo mejor era que Pedro, como parte de su investigación, siguiera la pista de Miguel. Había que actuar con celeridad, encontrarlo antes de que algún vaivén político o nuevo desarrollo en el campo de batalla limitara los salvoconductos a Valencia. Pedro no les habló de Ana Pilar y Carmen y, mucho menos, de lo que le habían revelado. Pero se convenció que estas eran la clave para dar con Miguel cuanto antes. Primero, sin embargo, tenía que ver cómo iba a ocultarle la información a Marrero.

Domingo Marrero era un hombre afortunado. Además de inteligente y perspicaz, tenía con frecuencia la suerte de estar en el lugar apropiado en el momento preciso. Así fue como en una visita imprevista que hizo al hospital la noche del 23 de agosto, se encontró con que la confusión mental de Javier Blanco había terminado hacía dos días; luego de varios meses de afasia parcial y de movimientos faltos de coordinación de su brazo y mano derecha, que le impedían una comunicación coherente, ya fuese hablada o escrita, su incapacidad verbal y sus momentos de letargo se habían desvanecido por completo, de modo que era capaz de discurrir con la claridad que lo caracterizaba.

En un primer momento, Marrero pensó en amonestar a los médicos y al personal hospitalario por no entender ni percatarse de la urgencia por lograr una declaración del lesionado. Pero encontró al médico de cabecera tan complacido con la mejoría del paciente que no quiso arruinarle su alegría. Se limitó a elogiar al galeno y a su equipo y a conversar formalmente con Blanco. Encontró a su primo de buen humor y agradecido por la suerte que era el haber perdido sólo un brazo y no la vida. Al principio, Marrero hizo preguntas que le corroboraron la lucidez del médico forense y, ya convencido, le preguntó sobre el dibujo del *Dragon Rapide*. Blanco relató muy despacio los hallazgos de la autopsia y el papel con el dibujo del *Dragon Rapide*. Le explicó su teoría de que Lorenza Ramírez se había tragado el papel momentos antes de morir y que, por lo tanto, ella era parte de la conspiración, y que la puerta había evitado que se quemara su cuerpo, lo que sugería que estaba justo fuera del cuarto de proyectiles averiados al estallar la explosión.

Según hablaba Blanco, Marrero sacó de su bolsillo un pequeño monedero de cuero en el que había guardado algunas de las pruebas de la investigación de los muertos del asesino del punzón, en particular el papel que se había encontrado junto a uno de los cadáveres. Las puntas dibujadas que antes no estaban claras y sobre las cuales tantas conjeturas se habían emitido, ahora parecían obvias ante los ojos atónitos y contentos de Marrero. Asimismo, las ruedas del biplano eran el motivo de las curvaturas inferiores en el dibujo a medio borrar del papel revelador. No quedaba duda sobre ello: el asesino del punzón y los conspiradores del polvorín estaban conectados de alguna forma o eran la misma persona.

Parecía sensato concluir que existía también una relación entre los asesinatos -que evidentemente eran políticos- y la persona o personas responsables de lo del polvorín. Las próximas respuestas a sus preguntas le volcaron el corazón a Marrero.

—El día de la autopsia, que fue el día del bombardeo, te llamé varias veces para decirte algo que me parece debes de averiguar más a fondo. ¿Recuerdas algunos de los casos que estabas investigando de los cuerpos con pinchazos en la base de la nuca? Uno de los guardias civiles me relató que en una autopsia llevada a cabo en el Hospital

Provincial, en la calle Santa Isabel, se había encontrado un papel con el *Dragon Rapide* pero que nadie le había hecho caso y el papel fue a parar a la bolsa de pertenencias del occiso.

—¿Con quién me podría comunicar allí para rescatar esa evidencia?

—Escribí el nombre del patólogo en mi libreta de notas. Desafortunadamente la perdí en el bombardeo del Florida; además, no me acuerdo. He tratado de acordarme, pero no he podido. Hay otra cosa que te quiero decir pero se me olvida constantemente. Vengo luchando desde ayer con eso, pero no puedo recordarlo... se me olvida...

Marrero se percató del agotamiento mental de su primo y luego de darle unas palmaditas en un hombro, se inclinó y le dio un beso en la mejilla. Le sonrió con gran dulzura y le dijo que durmiera y que descansara, que pronto se podría reintegrar a sus labores. Era evidente que su primo echaba de menos los aspectos más misteriosos de su trabajo. Era una debilidad familiar.

Cuando Marrero ya estaba en la puerta de la habitación, Javier Blanco exclamó:

—¡Coño! Por fin me sale. Le llaman Banderilla… al asesino... Además es lógico, no es así… las heridas en la nuca. Lo debí de haber descifrado yo, el gran experto en tauromaquia. Pienso que sabe medicina. Los pinchazos son para causar un gran dolor porque tocan los procesos dorsales de las vértebras, sin que sean letales… De paso, parece ser el quintacolumnista más famoso de Madrid. Lo escuché la noche antes de la autopsia de Lorenza Ramírez en la radio clandestina. Lo dijo Queipo de Llano.

Marrero asintió en silencio, una mano en el pomo de la puerta, el cuerpo pequeño pero robusto inclinado hacia atrás como si su masa corpórea estuviera preparándose para ser el receptáculo de esta nueva revelación de la que le había privado hasta ahora su ignorancia de la tauromaquia, el no escuchar a Queipo, y un accidente de guerra -la bomba sobre el Florida-. Estaba convencido de que la incompetencia de los que habían perpetrado esta guerra desastrosa era la responsable de que su pobre ciudad tuviese ahora una soga al cuello según se hacía más firme el cerco de los nacionales.

Capítulo 16
24 de agosto de 1938. El conflicto

Pedro se despertó de madrugada. El sol aún no había abierto el nuevo día que se abalanzaba sobre Madrid, pero ya su presencia se sentía en el calor de la habitación. Se aseó, se puso su uniforme y su sombrero y, tras posar brevemente frente al espejo, bajó a la calle donde le esperaban Paco Ortiz y Diego Flores, el chofer que se le había asignado para la investigación.

—Buenos días, Paco, ¿qué me cuentas?

—Sólo que no quiero que sepa Marrero que te estoy dando informes antes que a él.

—No debes de perder el sueño por eso. No le he dicho ni le diré. Estos son asuntos que van más allá de lo que un policía puede captar. Me entiendes, ¿no? —dijo, mientras el chofer, como era su costumbre, examinaba por el retrovisor la expresión de su jefe.

—Pues Marrero me ha enviado al Hospital Provincial a buscar un dibujo...

—¿Un dibujo?

—Sí. Tiene que ver con la investigación que conducía antes de ser asignado a lo del polvorín.

—¿A qué te refieres?

—Han encontrado muertos sospechosos... asesinatos los llama Marrero... en varios puntos de la ciudad. Parece que son los mismos que cometen la fechoría, pues le dan varios pinchazos en la nuca a la víctima y, joder, luego le vuelan la tapa de los sesos. ¿A dónde iremos a parar? Son estos hijos de puta fascistas, con tanta iglesia y hostias santas.

—Pues no sabía nada y poco me interesa, pero me intriga qué tiene que ver un dibujo con todo esto.

—Pues tú me dirás —dijo Ortiz, buscando en el bolsillo de su camisa, de donde sacó un sobrecito de celofán en el que estaba el dibujo del *Dragon Rapide.*

—No tengo idea de lo que es ni lo que quiere decir —murmuró Pedro simulando un desinterés profundo, al mismo tiempo que se cercioraba de que el dibujo era básicamente idéntico a los que ya había visto.

—Pues Marrero dice que es parte del *modus...*

—¿*Operandi*?

—...sí, eso... del asesino o los asesinos. Cree que uno de ellos es cirujano... por lo menos médico...

—... o estudiante de medicina...

—¿Cómo, qué has dicho...?

—Nada, nada. Que debe haber alguna conexión... —dijo por lo bajo, ya convencido de la verdad ineludible de que el asesino Banderilla y el quintacolumnista responsable de la explosión eran la misma persona: Miguel.

Durante el resto del camino Pedro estuvo pensando en los pasos que habría de dar para resolver todo este asunto. Distraído, alzó la vista y vio los ojos de Diego, el chofer, en el retrovisor, y la expresión que tenían le dio mala espina.

En la oficina le esperaban buenas noticias: los salvoconductos para María Luisa, Isabel, José María y Antoñito ya estaban aprobados. Había uno para él, en caso de que lo quisiera usar. Podía usarlos durante los próximos treinta días. Ahora faltaba tomar la decisión de encontrar a Miguel y descubrir si quería irse con ellos a América. No tardó en llegar en su automóvil oficial cerca de la casa de Ana Pilar, y enviar a Diego a llamarla. No quería que lo vieran los padres de ella y mucho menos los vecinos.

Ana Pilar se veía hermosa. Usaba un poco de colorete y llevaba los labios con una capa leve de carmín de tono frambuesa. Su modesto traje de algodón le hacía resaltar el busto, su pequeña cintura y las piernas. En cuanto se sentó junto a él en el asiento trasero, le acarició la rodilla con la mano deforme usando la punta de sus uñas muy levemente y dejando descansar el brazo en la falda de la mujer, cosa de rozarla con el muslo y, de vez en cuando, tocar con su codo el hueco entre las piernas. Acercó su rostro al de ella y poco a poco dirigió su lengua sobre el cachete hasta alcanzar los labios, que se abrieron para recibir el húmedo e inquieto músculo. A pesar de la prodigiosa erección que tenía decidió posponer el hacerle el amor hasta que completara lo que había venido a hacer. Desde hacía unos días sentía un gran cariño hacia Ana Pilar como el que sólo había sentido hacia María Luisa y su hijo, y hacia Miguel. Pensó que ese sentimiento residía en un deseo inconsciente de tener a su lado alguien que fuera inocente como era Ana.

—¿Cómo has estado?

—Ansiosa por verte —dijo ella pasándose las manos por el cabello y sobre los labios húmedos con la saliva de Pedro.

—¿Cómo está Carmen?

—Ya pronto la enviarán a casa.

—¿Has vuelto a toparte con el Misterioso?

—No he tenido pensamientos nada más que para ti.

—Así me pasa contigo, mi amor, pero necesito dar con este sujeto; queremos estar seguros de que no es alguien peligroso. Vamos a dar más vueltas cerca del parque a ver si aparece. Son las diez de la mañana y tal vez...

—Nunca le vimos a esa hora, siempre fue antes, camino al colegio.

—Iremos al albur, sí... ven y acércate —dijo con voz finísima—, déjame darte otro beso. Y la besó profundamente a la vez que palpaba a través de la tela del traje los pezones del pecho agitado de Ana Pilar.

Habían dado vueltas por el vecindario más de una semana. Como de costumbre dieron varias vueltas alrededor del parque, por la calle Velázquez y por Serrano, y por las calles en las que Ana Pilar aseguraba que ella y Carmen habían visto al Misterioso, pero no habían dado con nadie que se semejara a la descripción de Ana Pilar. El perímetro de acción de Miguel estaba un tanto más hacia al sur de donde Pedro dedujo inicialmente, tras las explicaciones de Ana Pilar. Entonces, al borde del Retiro vio a un hombre alto y fornido que llevaba boina negra, camisa azul oscuro y pantalones avejentados que entraba al parque; le llamó la atención. Le pidió a Diego que detuviera el automóvil y fue detrás del hombre. Ana Pilar y Diego vieron cuando Pedro lo alcanzó y le cortó el paso. Lo detuvo poniéndole una mano en un hombro. El individuo era más o menos del mismo alto de Pedro y se mantuvo de espaldas al coche casi todo el tiempo y no movió su cabeza a los lados excepto muy brevemente, en una ocasión. Conversaron durante unos minutos después de que Pedro le pidiera sus documentos. Cuando terminaron, el hombre se adentró en el parque y Pedro regresó al auto. Dijo que el hombre era un buen republicano con sus papeles en orden. Ana Pilar sólo vio el perfil del hombre unos segundos, pero estaba segura de que era el Misterioso vestido de otra forma, mas no dijo palabra. Diego Flores, quien se había dado la vuelta para presenciar el encuentro, la miró de soslayo y examinó su rostro con detenimiento. Ana Pilar sintió que le leía el pensamiento.

Francisco Antón detestaba a Pedro González desde su participación en el asunto de Calvo Sotelo, pero ya desde antes le molestaba su apariencia, los antecedentes monárquicos de su familia y que la Pasionaria lo hubiese mencionado en un discurso. Además, tenía envidia de que tantos se sintiesen atraídos sexualmente por la Garra. A veces se despertaba sobresaltado porque hasta en los sueños veía su rostro que le sonreía. Entonces pensaba que le podía dar lecciones de hombría al figurín mequetrefe. Las pocas veces que lo veía le demostraba una simpatía falsa llena de chicoleo, pero de ahí pasaba al chasco diciéndole: «Eh, Pedro, cuando se termine todo esto te vamos a poner un brazo ruso nuevo. Entonces sí que vas a ser hermoso.» Pedro celebraba el insulto sin dejarle saber que entendía que era un insulto, diciéndole con la simpatía de que era capaz: «¡Qué gracia tienes, Paco, no en balde te quieren tanto los camaradas!» Ahora Antón también lo detestaba por estar a cargo de la investigación del polvorín mientras él, tan cerca de la Pasionaria, había sido cesado de su cargo como comisario inspector del Ejército del Centro por el nuevo ministro de Defensa Nacional, Indalecio Prieto, que era socialista. Antón estaba convencido de que eso era Pedro y que su adhesión al PCE era por conveniencia. Sus intentos por desprestigiarlo hasta ahora habían fallado con todo el mundo, pero tenía bajo sospechas las movidas de Pedro, y dos anarquistas, Julio Marín y Óscar Benítez, que en particular odiaban a Pedro, le hacían labor de espionaje a cambio de dinero y de objetos robados que vendían en el mercado negro. Todos sabían de las infidelidades del Hermoso, pero en eso estaba todo el mundo. Antón pensaba que a Pedro le gustaban los hombres, pues flirteaba con ellos, pero nadie podía dar fe de que fuese homosexual. Quería descubrirle algún secreto que le permitiera despojarlo de su influencia en el partido. Sin embrago, tenía que proceder con cautela pues Pedro era muy popular entre los líderes de las dependencias del Gobierno y tenía amigos poderosos. Lo único que podría irrumpir en su bienestar era algo político inaceptable. A sus oídos llegó desde el principio la desaparición del cuñado quien, a todas luces, había compartido ideologías con la monarquía y la Falange. Mas, ya muerto el sujeto, esta información no tenía vigencia como para producir un impacto. Pero no perdía las esperanzas de encontrar algún fallo que condenara al Hermoso. Cuando pensaba que sus esfuerzos eran mayormente en vano, oyó a Diego Flores comentar sobre el descubrimiento de cosas extrañas en relación con la catástrofe del polvorín y se dio a cultivar su amistad para poder obtener información de cómo iba la investigación. Un fallo en los procedimientos podía ser la llave para abrir las puertas de los secretos que serían la ruina de Pedro.

Ana Pilar se colocó boca arriba. Sus pechos brillaban a través de la fina capa de sudor entremezclado de su piel y la de Pedro, y con su mano izquierda alcanzó el sexo aún entumecido y pegajoso de su amante y lo acarició moviendo su piel rítmicamente, como si lo fuera a masturbar. Se viró a darle besos en la boca, la nariz, la frente y cuando sintió de nuevo su erección, lo montó. Comenzó a mover lentamente sus caderas, en forma circular primero, luego hacia adelante y hacia atrás. Pedro sintió un cosquilleo irreprimible en los testículos, le dolía la cabeza del pene y no pudo contener su descarga dentro de esta mujer que en el momento lo poseía.

—Era él, ¿no?

—¿De qué me hablas?

—Quiero que sepas que te lo pregunto sabiendo la respuesta. Pero da lo mismo, no importa, lo que me digas te lo he de creer. Te quiero, Pedro. Me imagino que eres casado, pero te quiero y no deseo que nada malo te vaya a pasar. Algo me dice que estás en peligro y que debes protegerte, en particular de tu chofer, Diego.

Pedro se quitó de encima a la primera mujer desde María Luisa a quien le había permitido decirle que lo amaba. Se quedó sentado al borde de la cama mirando una pared de aquel piso de extraños que ahora sabía secretos que lo hacían enmudecer en el momento. Se rascó la barbilla muy suavemente con su mano deforme y con la otra buscó la mano de Ana Pilar. La atrajo hasta que quedó sentada junto a él y, tomados de la mano, le dijo que la quería también, a su modo, pero nunca dejaría a su mujer y su hijo. Que en ese momento la quería entrañablemente pero que su vida iba por rutas diferentes a las de ella. No dio pie a esperanzas.

—No es nada que no intuyera. He aprendido, leyendo, que en la vida no hay excesos de felicidad. En cuanto al sujeto de hoy, sé que no me puedes decir nada sobre tu investigación... además, no quiero saberlo. No quiero estar al tanto de los detalles de tanta maldad y tragedia.

—La guerra nos ha envilecido y trastornado. No nos hubiéramos conocido a no ser por la explosión, por la tragedia. Y lo peor es que habrá más muerte, más sufrimiento antes de que todo termine.

—Aquí se necesitará una memoria dúctil, porque intentaremos olvidar cosas de las que nos podemos avergonzar y tendremos que sustituir los recuerdos con explicaciones, por inverosímiles que sean, que nos permitan, al menos, sonreír por fuera.

—Tienes razón. Pero entiende que a veces el pasado no importa. ¿Le importa a alguien? ¿Alguna vez alguien ha resuelto algo recurriendo al pasado? Lo que yo veo a mi alrededor es un montón de mediocres que han bebido de la fuente de la corrupción y que ahora, vanagloriados y charlatanes, son los ricos oráculos de un pueblo que ha llegado al nadir de su existencia. Hombres íntegros como mi padre y mi suegro ya no existen. El único que queda es mi cuñado... —dijo sin pensarlo.

Se detuvo al darse cuenta que estaba en vías de decir algo impertinente, algo de lo que tendría que arrepentirse.

—Siempre recordaré lo que hemos compartido. Sé que cuando vuelva todo a la normalidad tú harás una nueva vida —continuó.

Ella le tapó la boca con una mano y contuvo el sollozo con la otra. Sabía que no volvería a verlo, que desaparecería de su mundo. Mucho de lo que había conocido antes de la guerra se esfumó para siempre. Todo a su alrededor estaba en continua metamorfosis desde el primer disparo hacía poco más de dos años. Había perdido a su confesor, amigos, conocidos, colegas, vecinos y, ahora, al primer hombre que había querido y a quien se había entregado. Pensó que se sentía como se debía sentir Madrid: desahuciada.

Pedro se despidió de Ana Pilar sin decir nada, sintiendo que se desvanecía para siempre el rastro de la mano y del cuerpo tibio de aquella mujer sobre su piel. Sintió lo que ella sufría como una breve ráfaga en su conciencia. Pensó que tal vez la mujer tendría por delante sufrimientos más profundos que las angustias que engendra el amor perdido ante la desgracia de la derrota a mano de los nacionales.

Capítulo 17
Soluciones, 24 de agosto de 1938

A las 8 de la tarde el sol aún ardía y arrancaba un calor asfixiante de las ruinas y los escombros, y producía pesadumbre de cuerpo y alma en los habitantes de Madrid. El corto trayecto de su casa a la de su cuñada Isabel le dio tiempo a Pedro para pensar en la advertencia de Ana Pilar. No tenía pista alguna de qué era lo que ella presentía. Diego era un mediocre que hacía más o menos bien su trabajo, y no parecía tener ningunas inquietudes más allá de las mujeres y el vino. Tampoco se le notaba deseoso de congraciarse con él y mucho menos de saber detalles sobre la pesquisa del polvorín. Desde el asiento trasero del automóvil, que ocupaba con su familia, miraba la nuca de Diego Flores como si pudiese penetrar por ella hasta su cerebro y descubrir qué se traía entre manos. Acariciando la pistola que llevaba al cinto, pensó en el tiro que podía darle por meterse con él.

Mientras analizaba estas posibilidades, llegaron frente a la casa de su cuñada. María Luisa y José María, quienes parecían sufrir el letargo del calor, no habían dicho nada durante el trayecto; bajaron y se apresuraron a entrar en el edificio. Como era de esperar, no había nadie en la calle. Todos, temerosos de los bombardeos, no salían de noche en este vecindario. Pedro siguió a su familia luego de darle instrucciones a Diego Flores de que se fuera a su casa.

El ascensor hizo su chirrido característico y comenzó a descender desde lo más alto. Según pasaba un piso tapaba la escasa luz que alumbraba los pasillos y dejaba en la oscuridad el vestíbulo donde se hallaban. Se detuvo en el cuarto piso, uno más arriba que el de Isabel, y se escuchó la puerta abrirse y cerrarse con unos pequeños estrépitos metálicos. Al llegar al vestíbulo se sorprendieron de que el carro estuviera vacío. No lo comentaron y subieron al piso de Isabel, quien les abrió la puerta con una gran sonrisa en su rostro.

—Bueno, quisiera saber cuál es el misterio —dijo Isabel. Una vez que cruzó el portal y estuvo dentro de la casa, Pedro se llevó un dedo a la boca y les advirtió a todos que había que callar. Caminó por todo el piso, seguido de su hijo y su sobrino, como cerciorándose de que nadie más estuviera allí. Las mujeres se acercaron a asegurarse de que la puerta de la cocina, que daba a la escalera de servicio, estuviera cerrada, cuando alguien llamó a ella muy débilmente. Quedaron petrificadas. Pedro ya estaba junto a ellas cuando escuchó como si alguien arañara la puerta. Se acercó y puso su oído contra uno de los paneles y muy bajo escuchó a alguien decir: «Dragón»; unos instantes después abrió la puerta y dejó entrar en la casa a Miguel Torres.

Las lágrimas se empozaron en los ojos de Isabel y cayeron sobre el pecho de Miguel cuando este la abrazó y la besó. María Luisa aguantaba a Antoñito y a José María por los brazos mientras contenía el impulso de darle una cachetada a su cuñado por haber abandonado a su hermana durante tanto tiempo y por haberse cargado a tantos inocentes. La contenía el regocijo tanto de Isabel como el de Pedro. Miró a Antoñito, que no conocía a su padre nada más que por las fotos que le enseñaba su madre, y se dio cuenta de que el niño no reconocía aquel hombre que iba de militar, con sombrerito con borla, y botas altas de cordones. Miguel se le acercó, lo tomó en sus brazos y le dio tantos besos que el chaval se limpiaba los cachetes con sus manos, y cuando le dijo que era su padre, Antoñito lloró.

Al rato, luego de haber comido queso, sardinas, pan y vino casi en silencio, e intercambiando miradas que decían más de lo que hubiesen significado mil palabras, las madres pusieron a los niños a dormir.

—Están hermosos y grandes los chicos —dijo Miguel.

—Te ha echado tanto de menos tu hijo; yo, ni se diga

—balbuceó Isabel mientras frotaba con ambas manos el muslo y la rodilla de su marido. A cada momento, él la abrazaba y le plantaba besos en la mejilla.

—Vamos al grano que no hay tiempo que perder —dijo Pedro—. Tienes que irte de Madrid. El investigador Domingo Marrero está tras tu pista y no tardará en dar contigo. Piensa que yo te he encontrado. Claro, sé cómo eres y quién eres, y él no. Pero te ha visto otra gente, y aunque no creo que te delaten, ya hay demasiadas personas que saben de tu existencia y la conexión entre las víctimas de Banderilla y la explosión del polvorín, y que fuiste tú, Banderilla, quien perpetró el acto. Lo ha dicho Queipo de Llano, ¿qué más deseas?

—Pedro, he sobrevivido durante dos años sin que me pescaran. Y creo que ya es evidente que no falta mucho para que recuperemos Madrid.

Isabel lo interrumpió con ímpetu:

—Escucha a Pedro, querido. No sabemos cuándo es que llegarán los nacionales ni qué nos ha de pasar. La vida de Pedro, que es la nuestra, peligra; nuestros hijos carecen de alimentación e higiene adecuada. No podemos seguir aquí, cariño...

—Además —dijo María Luisa— ya Pedro te ha dicho que aunque no saben exactamente quién eres, saben de tu existencia, lo que no se sabía antes de la explosión. Muchos quieren tu pellejo. Ese fue un acto...

—No creo que debamos discutir cosas que no tienen que ver —interrumpió Pedro, molesto—. Tenemos que marcharnos mucho antes de que venzan los salvoconductos, el uno de septiembre. María Luisa, Isabel y los chavales irán en tren a Valencia; tú y yo iremos en auto pues habrá que hacer documentos y cambiar el nombre mío por el tuyo en unas cartas de viaje. He hecho arreglos para que cuando lleguemos allá te den un pasaporte. Subirás a bordo como uno de la tripulación, pero con el pasaporte te pondremos en tierra. Los cuáqueros han reservado el *Sinaia*, que ha de hacer escala en Puerto Rico de camino a Cuba y México. En algún lugar nos recibirán.

—¿Y qué te ha hecho pensar que yo quiero irme a vivir a alguno de esos sitios? ¡Cojones, me cago en la leche! Para eso cruzo a la Ciudad Universitaria y me uno a los míos.

—Los tuyos somos nosotros, Miguel. Tú y yo hemos jurado proteger a nuestras mujeres e hijos. ¿No eres tú uno de los que quiere asegurar que España permanezca católica, apostólica y romana? Pues entonces ven con nosotros. Si la guerra termina con el triunfo de los nacionales, puedes volver a este país.

Miguel se puso de pie frente a Pedro y lo miró con cara de pocos amigos, pero en unos segundos ya estaban abrazados, dándose besos en las mejillas y palmadas en la espalda.

—Tienes razón. La familia va primero; ahora el asunto es actuar juntos sin estarlo.

—Es la mejor forma para que tengamos éxito. Para comenzar te haremos un carné.

—Tengo varios —dijo Miguel— y nunca me han fallado, aun en momentos difíciles.

—¿Cómo vamos a proceder? —preguntó María Luisa, que aún estaba molesta pensando en la participación de Miguel en la explosión del polvorín.

— ¿Y cómo hacemos con el dinero y las joyas? —preguntó Isabel quien, con un gesto, indicó los libros a sus espaldas pero queriendo señalar la cocina.

—Me los dan a mí—. La voz de Diego Flores llenó el estudio que había sido de don Ricardo Alcalá. Sostenía en su mano derecha una pistola FN calibre 7.65. Había entrado a la habitación desde la sala.

—En estas casas viejas no es difícil abrir la puerta de entrada —dijo con tono sarcástico—. Levántense todos y colóquense junto a esa estantería —indicó con el cañón de la pistola que, irónicamente, parecía un juguete.

Miguel se paró justo donde la estantería de libros terminaba en la puerta que daba al pasillo hacia la cocina. Flores lo miró de arriba abajo desde su posición a unos dos metros del grupo.

—Conque este es el gran Banderilla —dijo—, pues ahora lo vamos a picar a él y luego la estocada será con la misma piedad que ha tenido con sus compatriotas, ¿eh? Por fin también eliminaremos a Pedro el Hermoso para que se vaya a tomar por el culo a prisión antes de que lo fusilemos. ¿Dónde está el dinero?

Nadie respondió pero Flores disparó una bala que fue a incrustarse en el cojín del sofá e hizo un ruido como el de un triquitraque. Miguel respondió rápidamente.

—Ya, ya. Tranquilízate. Detrás de estos libros a mis espaldas —indicó Miguel con un gesto.

Flores, que había visto a Isabel señalar los libros, dijo bruscamente:

—Échense a un lado, donde los pueda ver. Comenzó a tirar los libros al suelo hasta dejar un espacio de casi medio metro de ancho.

—Así no lo vas a encontrar —dijo Miguel—; está en una caja detrás de los libros de *Las guerras del Peloponeso*. Mira, ahí en el centro —y señaló un lugar que estaba relativamente cerca de donde él estaba de pie.

Diego Flores desvió su mirada de Miguel a los libros por unos segundos, lo suficiente para que éste se le abalanzara encima. Un disparo de la pistola alcanzó a rozar el antebrazo izquierdo de Miguel, pero ahora su cuerpo poderoso pillaba a Flores contra la estantería mientras forcejeaban mano a mano. Sin mucha ceremonia, Pedro González sacó su pistola *Tokarev* 30/33 y dio varios pasos hacia los combatientes, se acercó y le disparó en la sien a Diego Flores. La sangre manchó los libros de *Las guerras del Peloponeso.* Miguel fue soltando poco a poco las manos y los brazos del cuerpo inerte de Flores, hasta deslizarlo al suelo. Si Diego Flores hubiera estado vivo, sus ojos habrían retratado los de José María González quien, oculto en la poca luz del pasillo por donde entró Flores a la biblioteca, había presenciado todo lo acontecido. Al ver el cuerpo en el suelo, el chico corrió a su cama para hacerse el dormido.

El rasguño en el antebrazo le dolía un poco, pero más le molestaba que la sangre del muerto le hubiera caído en los labios. Miguel levantó el brazo del muerto y con la manga de su camisa se limpió la boca.

Isabel fue a ver si los chicos dormían. La habitación estaba retirada del despacho y los dos niños no parecían haberse percatado de lo sucedido. María Luisa trajo trapos de la cocina y una palangana de agua con sal, jabón y un poco de lejía para limpiar la sangre, mientras Pedro y Miguel pasaban la cabeza del muerto del suelo a unas sábanas. Antes de cubrirle la cabeza, Miguel le desabotonó la camisa, lo volvió boca abajo, sacó de la funda en su bota el estilete y le propinó siete pinchazos en la nuca. Amarraron la sábana alrededor del cuello, y con una tira que arrancaron de su borde, la fijaron fuertemente a las sienes del muerto.

Lo metieron en el asiento trasero del automóvil que Flores dejó estacionado frente al edificio y, sin encender los focos, se dirigieron a una manzana en ruinas de la que todos habían sido evacuados a causa de los bombardeos. En un recodo del solar de un edificio que parecía a punto de desplomarse, depositaron el cadáver luego de quitarle sus envolturas y lo cubrieron con escombros y pedazos de madera. La sangre aún no se había secado del todo, y muchos de los tablones mostraban la evidencia de que Diego Flores, que había tenido el arrojo de tratar de intimidar al Hermoso y a Banderilla, como los espontáneos en las corridas de toros, había terminado recibiendo la cornada y derramado el preciado líquido camino a convertirse en cadáver.

Un cadáver, sin embargo, puede ejercer una fuerza intensa sobre los vivos. Miguel y Pedro analizaron que Diego Flores, un pobre diablo que había huido de los nacionales en Badajoz, se había sentido capaz de atacarlos porque tenía el respaldo de los poderosos. Quiénes eran importaba poco, pero la intuición de Ana Pilar quedaba patente: alguien quería cargarse a Pedro y, por supuesto, a

Miguel. Jamás se les pasó por la mente que Antón estuviera involucrado. De regreso a casa vieron una hoguera que ardía sola en un solar devastado y allí quemaron las sábanas. Estaban convencidos de que nadie había visto ni escuchado nada esa noche. Eran pocos los que en esos días estaban dispuestos a arriesgarse a estar fuera de casa a esas horas, y mucho menos a acudir a los cuarteles a delatar movidas siniestras. Si algo sospechoso sucedía, lo ignoraban, siempre y cuando no les afectara directamente, pues había otros problemas más apremiantes, como el de conseguir comida para alimentarse.

Frente a la casa de Isabel, Pedro y Miguel se abrazaron durante un largo rato hasta que Miguel se apartó y le dio a Pedro unas palmaditas cariñosas en un cachete según le sonreía mirándolo levemente a los ojos. María Luisa y Pedro fueron hasta su casa en el automóvil.

Capítulo 18
Preparativos: 25 de agosto de 1938

El teléfono en la oficina de Pedro González dio varios timbrazos antes de que Paco Ortiz lo contestara. Le extrañaba que siendo las 9:30 de la mañana, Pedro no hubiese llegado. Y se sorprendió al oír la voz de su jefe para informarle que el coche estaba frente a su casa, pero que Flores no estaba allí. Que esperó por si volvía, pero que ya eran pasadas las nueve y no había evidencia alguna de su paradero. Le pidió que se lo notificara a Domingo Marrero, pues le extrañaba ese comportamiento inesperado de alguien tan cuidadoso como su chofer. Añadió que él mismo conduciría su automóvil hasta que se supiera del desaparecido, que lo más seguro era que se hubiera pasado la noche con unas milicianas en algún lugar alegre de Madrid.

Ortiz colgó el audífono y se encogió de hombros. Nunca le había tenido muchas simpatías a Flores y le importaban tres cojones si estaba con chicas o tomando por el culo. Lo mejor sería que se quedara donde quiera que estuviera. Aún pensando en el chofer, escuchó a Marrero cuando, desde la oficina contigua, le preguntó qué sucedía.

Le explicó a Marrero la situación, que recibió la información mientras movía papeles en su escritorio. No fue hasta unos minutos después que le pareció extraño que Pedro estuviera como preparándose una coartada. ¿Tendría algo que ver, pensó, con los enredos depravados del Hermoso? Pero el asunto quedó sepultado en algún lugar recóndito de su cerebro. Volvió a mirar los papeles que tenía ante sí y el esquema que había trazado después de su conversación con Javier Blanco. En él, un punto de partida estaba demarcado por un cuadrado que decía: «asesinatos de Banderilla», y, del cuadrado, partían siete flechas que terminaban cada una en los nombres de los lugares donde se habían encontrado los cuerpos. Un asterisco singularizaba los tres cuerpos junto a los cuales se había encontrado el dibujo del *Dragon Rapide*. Una flecha más gruesa conectaba el cuadrado inicial con el polvorín, representado por un burdo dibujo del edificio hecho por Marrero, con una falta de perspectiva digna de un pintor inepto; dibujó además la bóveda de la explosión con dos cuerpos que consistían en dibujos casi infantiles representando a Lorenza Ramírez y a su acompañante miliciano. Otro asterisco indicaba que allí también había quedado evidencia del *Dragon Rapide*. Marrero había trazado con lápiz rojo otra flecha curva que regresaba desde ahí al cuadrado de Banderilla. En su trayecto escribió las siguientes preguntas, una sobre la otra: ¿Quién es Banderilla? ¿Es uno o son varios? ¿Lo sabrá Queipo? ¿Lo sabrá la quinta columna? Fue hojeando los papeles amontonados en una esquina del escritorio. Hizo varios apuntes en un extremo del esquema y luego trazó un perímetro alrededor de los lugares donde se encontraron las víctimas y unió los apuntes a él. Los apuntes explicaban que todos, incluyendo el asesinado cerca del Hospital Provincial, habían estado en el hospital de sangre en la Plaza Mayor el 19 de julio de 1936. Añadió con su pluma: ¿Cuál es la conexión con Banderilla? ¿Estaba allí? ¿Era un médico allí? Esto último lo subrayó varias veces pues coincidía con el comentario de su primo Javier Blanco de que Banderilla entendía de medicina. Por supuesto, no tenía que saber de tauromaquia pues, ¿quién no sabe de las banderillas? El timbre insistente del teléfono de su escritorio interrumpió su análisis.

Pedro llegó a su oficina para encontrar a Paco Ortiz conversando con un cabo vestido con mono azul y luciendo alpargatas muy limpias. No podía tener más de dieciocho años y su rostro ya demostraba que en un futuro tendría grandes cachetes y abultado el mentón. Al ver a la Garra, se puso de pie lo más derecho posible y, sin mirarlo, con gran gesto marcial, alzó el puño. Ortiz lo miró con desdén e hizo un gesto de censura; con bastante desgana se puso de pie también. Pedro les devolvió el saludo, a pesar de que estos juegos militares lo incomodaban.

—Tranquilo, cabo… ¿cómo te llamas?

—Juan Barca.

—¿Y qué se te ofrece, Barca?

—Le traigo estos documentos. Se los envía el coronel Ramón Otero. Me dijo que se los entregara personalmente.

Extendió la mano y le entregó un portafolio de cuero del que Pedro extrajo los cinco salvoconductos. Los examinó con detenimiento asegurándose de que estuvieran firmados por el coronel así como por el regulador de emigración de la Dirección General de Seguridad. Sin emoción, pero con gran satisfacción, leyó en un documento que acompañaba a los otros una descripción de sus contribuciones a la República, sin que se hiciera referencia al caso Calvo Sotelo. Ya que él no necesitaba nada más que un carné para viajar a Valencia, esto le daba el salvoconducto adicional que, de ser necesario, podría utilizar Miguel. Además, había cartas de las embajadas de México y Cuba que servían de permisos para desembarcar en cualquiera de esos sitios. La embajada de Estados Unidos indicaba que podía bajarse en Puerto Rico con los debidos permisos y documentos esenciales. Era un lujo poder disponer de tres lugares potenciales de desembarco, un privilegio que se le permitía solamente a alguien influyente como Pedro.

—Todo está en orden, Barca. Has hecho un gran trabajo —le dijo con la lisonja característica del Hermoso y con una sonrisa irresistible.

Barca sonrió muy levemente, saludó de nuevo con el puño y pidió permiso para retirarse. Antes de que se marchara, Pedro le deseó buena suerte en la defensa de «nuestra ciudad ante los bárbaros nacionales».

Se acercó a la puerta discretamente abierta entre la suya y la oficina de Marrero, al cual le oyó decir por teléfono que no sabía nada del paradero de Diego Flores. Lo que más le sorprendió fue oír el nombre de Antón. Pedro llamó levemente a la puerta. Al colgar el auricular, Marrero le pidió que entrase.

—¿Te has enterado de lo del desfachatado de Flores, no? Anoche me llevó a casa, dejó el automóvil y no ha aparecido —dijo a modo de saludo.

—No eres el único que lo busca. Han llamado nada menos que de la oficina de Antón diciendo que había quedado en estar allí hoy a las diez.

—¿Antón? ¿Y que querrá ese con uno de tan poca monta?

—Pues me sorprende a mí también. ¿Tú sabías que existía esa relación?

—Ni puta idea.

De súbito pensó que todo lo acontecido la noche anterior podía estar relacionado con la hostilidad de Antón hacia su persona. Comenzaba a tener sentido la temeridad de Flores. Quedaba patente en el acto de Flores que, aún entre los rojos, la avaricia podía más que la ideología.

—Me han pedido que, de no aparecer antes de las ocho de esta noche, lo informe al SIM. Piensan que es desertor o cadáver.

—¡Joder, hombre! ¿A qué se refieren? ¿Qué motivos tendría para desertar? Ni tan siquiera hablaba. Ni con Paco Ortiz, que puede hablarle a las piedras. Lo más seguro es que se lo haya pasado muy bien por ahí, «morao» de vino.

—La verdad es que no debemos perder tiempo con este asunto que, lo más seguro, es que no sea nada más que una irresponsabilidad de Flores. Lo que sí quiero discutir contigo es lo que hay con la investigación.

Y procedió a explicarle la evidencia que existía y su hipótesis de que Banderilla, si era una sola persona, había estado en el hospital de sangre el día en que estuvieron las víctimas luego de la sublevación en el Cuartel de la

Montaña, y que era responsable de la explosión por ser quintacolumnista.

Pedro asintió a todo lo que le explicó y le planteó Domingo Marrero, sin aportar nada más que comentarios de apoyo sin profundidad alguna. Marrero esbozó los próximos pasos a seguir, a los que sí añadió valiosos comentarios la Garra. Investigarían los nombres de todos los médicos y otro personal del hospital de sangre; entrevistarían a familiares de las víctimas e interrogarían a las personas del vecindario del polvorín sobre sospechosos que hubiesen visto en los alrededores en los días o semanas antes de la explosión. Aunque ya el informe preliminar de la pesquisa estaba en manos de sus superiores, estos habían suprimido la noticia y les habían dado instrucciones de continuar con gran hermetismo la búsqueda de evidencias que pudieran conducir a los perpetradores sin que el descubrimiento de la capacidad de los espías y quintacolumnistas fueran a minar, más de lo que ya estaba, la confianza del pueblo en el Gobierno, el ejército y las fuerzas internas de investigación. Pedro demostraba un falso entusiasmo por muchas de las tácticas que esbozaba su colega mientras en su cabeza iba planificando los preparativos para una fuga en las próximas 48 horas. Quedaba ya poco tiempo para salvar a su familia.

Capítulo 19
La partida, 28 de agosto de 1938

Los cuáqueros ya habían hecho los preparativos para todas las mujeres y niños que buscaban refugio. También aceptaron que padres heridos, «*fathers crippled by the war*», acompañaran a sus familias. Así habían descrito las autoridades a Pedro González. Las brigadas de evacuación lo único que harían en Madrid sería corroborar que todos tuvieran sus documentos en orden y que llevaran las mínimas pertenencias para el cruce oceánico del *Sinaia*.

Era largo el trecho a Valencia y los trenes en Atocha iban apiñados de mujeres, niños, tullidos y algunos viejos. A tono con la intranquilidad de la mayoría de los emigrantes, las dos Alcalá mostraban gran desasosiego por su partida y le habían transmitido sin querer un estado de incertidumbre a los niños que los tenía inquietos y llorosos. Ese día de agosto, con un cielo calvo y de un azul estremecedor, el enorme peso del calor de Madrid parecía empujar a huir de una ciudad en la que cada vez se dificultaba más la vida. A lo lejos, los ruidos de ametralladoras y obuses parecían puntualizar la necesidad de hacerlo pronto. Isabel y María Luisa desde su vagón le dijeron adiós a Pedro que, en parte fingiendo, sollozaba en el andén. No se había sentido así nunca: no entendía la procedencia de esa nueva emoción. Al momento, y sin quererlo, su cerebro quedó prisionero de las imágenes de Ana Pilar y de la madre de su mujer -en la que normalmente nunca pensaba-, al borde de la muerte.

En el vagón, María Luisa sentía de pronto un vínculo inquebrantable con su marido y apreciaba profundamente la ideación de la gran parodia que presentaban en ese preciso instante, que no era otra cosa que la mentira necesaria cuando se trata de salvar la vida. Temblaba ante la idea, que parecía lejana, de no volver a verle jamás, ni de reírse con él, ni volver a sentirle entre sus brazos. Al mismo tiempo albergaba el gran alivio esperanzador de que pronto estarían todos juntos. Sentía que un nuevo mundo se abriría ante ella, como lo percibió la primera vez que de niña aprendió cómo llegar por sí sola al Parque del Retiro, y se sintió libre. Se abría también un nuevo mundo ante su familia, más allá de donde pudieran hacerle daño, lejos de los mercaderes de la maldad y el odio que se jugaban a España en una mortal partida de naipes.

José María González, a los siete años, pensó por primera vez que iba a perder a su padre, que era tan valiente por haber salvado a su tío Miguel. Iba muy pegado a su mamá, y, a su vez, con un brazo sobre los hombros de su primo Antoñito, a quienes adoraba. Aunque tenía los ojos muy húmedos, no derramó una sola lágrima. Pensó también que cuando fuera grande quería ser exactamente como su padre.

A pesar de que fingía, Pedro pensó que aquel llanto común era el de todo un pueblo, un pueblo que le había sido infiel a la patria y que ahora vivía como un animal acorralado, buscando qué comer y qué beber, cómo sobrevivir. Pensó también que toda la nación pagaba los siglos en que las monarquías se habían entregado a placeres y desmesuras, a todas sus arbitrariedades e injusticias. Ahora había que pelear contra algo peor: las injusticias y arbitrariedades de los fascistas. Sabía que habitaban Madrid los que recibirían a estos asesinos con los brazos abiertos. Estaba convencido de que triunfaría la escoria fascista. Él ya había ayudado a la eliminación de algunos de los peores, y de eso se sentía orgulloso; sin embargo, ahora sólo podía pensar en salir de España con su familia sana y salva.

El andén número dos, donde estaba Pedro viendo el último vagón desaparecer en la lejanía, se veía más cerca a través de los anteojos de Julio Marín quien, junto a Oscar Benítez, había seguido a Pedro a la estación. Ya le habían escuchado el día antes en la farmacia El Globo hablando de las grandezas de La Casa, como le llamaban a Moscú. No solo tenía un brazo contrahecho, sino que sabían que era un depravado sexual y asesino. Había que buscar el momento preciso de librar a la humanidad de semejante avechucho. Lo venían observando desde que comenzó la investigación del polvorín. No lo consideraban merecedor de esa tarea y detestaban su insoportable desfachatez. Era el momento de actuar.

Marín y Benítez llevaban carnés de anarcosindicalistas y odiaban en silencio a los rojos. Ambos despreciaban a Pedro González sin conocerlo personalmente. Todos sus antecedentes, suministrados por los secuaces de Antón, les eran odiosos: padre y suegro ligados a la aristocracia, partícipe de los enredos de la intelectualidad, y con un cuñado fascista. Añadido a la lista de motivos estaba el hecho de que tanto Marín como Benítez consideraban que era un depravado sexual. Detestaban también secretamente a Antón, pero éste les pagaba, y por el momento, era su aliado. De todos modos, un mentiroso e impostor como la Garra tenía que recibir la recompensa que se merecía. Cuando lo vieron moverse hacia la salida de la estación, guardaron el pequeño binocular en su estuche de cuero y se apresuraron a bajar las escaleras tropezando con muchos que les gritaron improperios: no sabían que eran dos matones que habían eliminado curas, ultrajado monjas y torturado a sus «paseados» antes de asesinarlos. Por suerte para los que los insultaron, iban deprisa.

Alcanzaron la calle y vieron el automóvil que se dirigía al Paseo de las Delicias; corrieron a su coche pero al montarse en él perdieron de vista al de Pedro, que había girado y tomado lo que había sido el Paseo de la Reina Cristina, que ahora llevaba un nombre ruso impronunciable. Les llevó unos minutos poder cambiar su rumbo hacia esa dirección, pero cuando lo hicieron, el automóvil de Pedro no se veía por ninguna parte.

Pedro miró por el cristal de la ventanilla trasera y confirmó que nadie los seguía. Luego de varios caminos alternos, alcanzaron la Avenida Ciudad de Barcelona, y con su nuevo chofer tomó la carretera que lo llevaría a Valencia. Pedro se inclinó en el asiento trasero, le dio unas palmadas en el hombro al conductor y soltó una gran carcajada: era Miguel Torres, que llevaba uniforme militar y sombrerito ruso; ambos rieron estruendosamente.

La primera parte de la travesía fue inconsecuente. En los tres puntos en que había militares o policías de camino, los uniformes y el carné de Pedro, que se mantenía como gran dignatario en el asiento trasero, les sirvieron como permiso automático. Nadie se fijó en el «chofer», pero varios miraron a Pedro, como siempre ocurría. No se dio por enterado, ya que no quería que se acordaran mucho de él, lo que resultaría difícil de todos modos. Se detuvieron a tomar agua y mear en las afueras de Tarancón, donde la actividad militar y policial parecía poca. Estuvieron sentados en la única mesa afuera de un bar de bastante mala muerte con el nombre pretencioso de Gran Taberna. Ante ellos, el prado verde y amarillo parecía estar ajeno al humo que manchaba el horizonte en el noroeste. La brisa desaparecía a intervalos, lo que hacía que el calor recrudeciera. Miguel habló con el vaso de agua aún en los labios.

—Ya deben de estar un poco más adelante que nosotros. Hemos dado tantas vueltas en Madrid...

—No tengas duda de que todo marcha bien. Nadie ha de interferir con un tren lleno de niños, mujeres y viejos.

Con esa frase colgada de sus labios miró a su cuñado sin poder evitar pensar en el polvorín y todas las mujeres que allí habían perecido, y los viejos, por pocos que fueran, que sucumbieron en los alrededores.

—Pedro, Pedro, Pedro. Estamos en guerra. No la comenzamos ni tú ni yo —dijo Miguel, hablando casi en susurros al captar el significado de la mirada—. La única pena es que no estés de mi lado y que no te des cuenta de las falacias del pensamiento comunista. El mundo no está hecho para compartir, está hecho para competir, y para que sean los mejores los que dirijan. Los comunistas te dicen que todos pueden ser iguales, pero la realidad es que solo mandan algunos. Mira a la Pasionaria, mira a Antón, mira Moscú. ¿Tú crees que allí es el dichoso proletariado quien gobierna? Por lo menos los nacionales queremos que nos gobiernen españoles capacitados.

—Por lo menos en la Unión Soviética el desamparado tiene la posibilidad de educarse, de llegar a ser algo. No como nuestros campesinos carcomidos por la Iglesia y los terratenientes, explotados como esas viejas que hemos visto en el camino con sus pañuelos y vestidos negros y sus supersticiones y rosarios y rezos inútiles, muriéndose de ignorancia en las casuchas de estos pueblos miserables.

—A eso vamos, Pedro. Cuando gobernemos de nuevo y se implante el orden, ¿quién puede dudar que venga mucha prosperidad? Ahora no la puede haber. Hay demasiados corruptos en los movimientos obreros y en los sindicatos. Para detener esas actitudes se requiere una mano fuerte y sabia, como la del general Franco.

—El problema es que sabemos que el general promueve la Monarquía y la Iglesia, pero no sabemos qué es lo que él quiere. ¿Quiere ser el líder máximo de España? Te diría que sí. Y lo está logrando con la sangre de sus hermanos en las manos. Tú bien conoces las atrocidades... No me parece que esa sea la verdadera forma de proceder de alguien que quiere a su patria.

—A veces hay que renunciar a los ideales propios para alcanzar ciertas metas. Franco solo quiere la unificación de nuestro país. Para lograr algo así se necesita el momento preciso. Y cuando llega el momento, llega la persona indicada.

—Miguel, lo que todos queremos es estabilidad, seguridad y progreso para España. No a Franco, que es sólo un accidente que le ha de costar enormemente a la psiquis de nuestro pueblo. Hay veces que se admira y venera a alguien por lo que no es. En este caso, la gente no entiende que en el cuerpo de Franco habita un dictador. El militar vive respondiendo a órdenes y según alcanza el tope jerárquico, dicta órdenes. Es difícil que alguien así se gane el respeto de un país sin que malinterprete ese respeto y quiera controlar a su gente, y en su caso lo hará con el ejército. ¿No te das cuenta de que todos estos extranjeros que están con Franco tienen costumbres distintas, y en el caso de los marroquíes, religiones distintas a nosotros, y que minarán nuestras vidas?

—¿Sí? ¿Y que me dices tú de los rusos?

Pedro hizo un gesto que acabó la conversación. Pero al levantarse de la mesa le sonrió a Miguel con el agrado de siempre y su cuñado, también sonriendo, le dijo: «Vámonos que hay que llegar pronto a Valencia».

Capítulo 20
La persecución, 28 de agosto de 1938

Pasaron largo rato en silencio. Pedro dormitaba en el asiento trasero; había conducido un largo trecho del viaje para que Miguel descansara y ahora lo hacía él. Ya habían pasado Montilla del Palancar, lo que indicaba que sólo les quedaba un par de horas de viaje. Hacía varias horas que habían salido de Madrid y era seguro que se les estaba echando de menos. Pedro no le había dicho a nadie más que a su familia que los encontraría en Valencia. A pesar de que tanto él como Miguel confiaban en que nada les pasaría a sus mujeres y a sus chicos, eran conscientes de los bombardeos. Durante junio habían sido casi diarios sobre la costa valenciana, y en la última semana de julio incrementaron de tal forma que pocos barcos atracaron en sus muelles. El *Sinaia* hacía cuatro días que había atracado. Era de conocimiento general que los cuáqueros evacuarían niños, mujeres y heridos de guerra, de modo que era seguro que la radio clandestina lo habría difundido y existía la posibilidad de que se respetara el cargamento humano y los bombardeos se detuvieran hasta que zarpase el vapor. No sabían la fecha exacta de la partida, pero ya Pedro se había dado a la idea de meterles prisa al capitán y al comandante del puerto con la excusa de que podrían reanudarse los ataques aéreos. Su ausencia de Madrid podría causar alguna sospecha, pero aún cuando se dilatara la partida un día más, le parecía difícil que averiguaran dónde estaba. Pedro no temía por sí mismo, porque ya tenía pensado lo que le diría a Domingo Marrero, si fuera él quien, como investigador especial, intentara confrontarlo. Si fueran los secuaces de Antón, sería distinto, y las implicaciones para Miguel, fatales. Ya lo habían discutido durante el viaje. Además, Miguel insistía que no habría tiempo para que Marrero descubriera que él era Banderilla antes de que pudiera subir al *Sinaia*.

El cuerpo de Diego Flores no fue descubierto hasta la mañana del día de la huida de Pedro y Miguel. Un obús había hecho blanco en los escombros donde estaba el cuerpo y lo expuso en dos mitades grotescas al calor y a las moscas. El hedor atrajo a los pocos vecinos que por allí permanecían y a la policía, muchos de los cuales no pudieron contener el asco al contemplar cada una de las mitades cubiertas por gusanos. Se hizo evidente que fue víctima de un asesinato, ya que en esa parte de la manzana sólo quedaban edificios derruidos y había sido despoblada hacía unas semanas, y por las punzadas en la nuca.

Uno de los policías, amigo de Paco Ortiz, recordó el cuento del muerto con las heridas de punzón de unos meses atrás. Antes de que se llevaran al muerto llamó desde el bar más cercano a su amigo, quien, al oír la noticia, le pidió que lo enviaran a la morgue en el Sanatorio en la calle Diego de Padilla.

El Dr. Adolfo Guajardo, quien se había personado a trabajar esa mañana y ya había hecho migas con Domingo recibió, junto a su nuevo colega, el cuerpo partido en dos y lleno de cal viva (que había matado a la mayoría de los gusanos). Vestían batas blancas, y llevaban puestos mascarillas y guantes de goma. Al quitarle las cubiertas, y para sorpresa del policía, el occiso resultó ser Diego Flores.

—¡Sorprendente! —dijo Marrero abriendo los ojos a toda la luz del cuarto de autopsias.

—¿Le conoces? —comentó el galeno de voz profunda y cejas tan negras y abultadas que parecían orugas.

—Sí. Ayúdame a darle la vuelta a esta parte del cuerpo —le dijo.

Y sin esperar, levantó el torso por un brazo y lo colocó boca abajo y le señaló al nuevo patólogo las lesiones en la base de la nuca.

—¿Qué coño...? ¡Joder! Pero ¿qué es esto?

—Esto es lo que hace un asesino que estamos buscando. No te sorprenderá que le llamen Banderilla.

—No. Pero es un banderillero al revés.

— ¿A qué te refieres?

—Le puso banderillas a un toro muerto. Esas punzadas las dio después de que este tío estaba del otro lado. Fíjate como una tiene mucha sangre, pero las otras sólo unas gotas. El tiro en la sien vino primero.

—Hum...

—Tiene en la muñeca izquierda un moretón que podría ser de un forcejeo, y el pelo y el cuero cabelludo alrededor de la herida están chamuscados. Le pusieron la pistola, que si miras el boquete, era de poco calibre, contra la cabeza.

A través de sus gruesos lentes, Marrero miró maravillado al joven forense. Era un digno sustituto de su primo Javier, a quien le habían concedido una medalla y licencia de seis meses.

—¿En qué habría estado involucrado este tipejo?

—Se llama Diego Flores y es el chofer del teniente Pedro González.

—¿La Garra? ¿El Hermoso? El héroe…

—Buennoooo, sí… se dice que fue uno de los que mató a Calvo Sotelo.

—Se dice, nada… lo hizo. Hay testigos, teniente.

Marrero no prestó atención a los comentarios y miró la herida de la bala y luego a Guajardo. Veía, más allá del médico, una escena en la que Banderilla le propinaba los pinchazos a Flores después de muerto. Era contrario a su meticuloso *modus operandi*. Pero, ¿por qué andaba Banderilla cerca de Flores? Los nombres de Flores y Antón comenzaron a darle vueltas en la cabeza. Esa relación tenía un significado que no entendía. El número dos o tres del PCE, preocupado por un chofer. ¿Y qué pito tocaba en todo esto Pedro González?

—¡Sebastián! ¡Sebastián! —gritó un par de veces

Marrero sobre el hombro de Guajardo, que era de su estatura y un poco panzón, como él.

—¡Qué pasa ahora!

Sebastián, el ayudante de autopsias, que había estado preparando el taladro y las sierras para cortar lo que quedaba del cráneo del muerto, entró en la sala con una bandeja esmaltada. La disposición de lo que parecían instrumentos de tortura era impecable, y grandes esponjas colgaban de un cordel que aguantaba alrededor de uno de sus pulgares.

—Sebastián, dale eso al doctor y vete a buscar a Paco Ortiz que está afuera fumándose un cigarro.

Casi no esperó a que Paco tuviese un pie en la sala para darle las gracias por su perspicacia de hacer que trajeran el cuerpo a esa morgue y, al mismo tiempo, le pidió que fuera a su oficina y trajera a Pedro González. De no estar, le pidió que fuera al SIM y buscara todos los antecedentes de Pedro González y su familia. Ortiz protestó con una mueca de repulsión en su cara a consecuencia del hedor. Marrero le respondió que tenía que usar sus mejores dotes para conseguir el expediente, que si no, no lo ascendería. A lo que Ortiz lanzó una serie de improperios entre dientes y salió de la sala a cumplir la encomienda.

La autopsia no reveló nada más de importancia: Flores había muerto del tiro en la sien, las heridas en la nuca se hicieron casi inmediatamente después de haber fallecido, y el obús lo había partido por la mitad, lo que había acelerado la descomposición del cuerpo. Las verdaderas nuevas las trajo, tal y como se le habían pedido, Ortiz. Pedro González no estaba en la oficina ni había llamado, y en su casa no había nadie. La puerta del piso estaba cerrada, y clavada en ella un documento oficial certificaba que el piso estaba requisado y protegido por el Gobierno Civil y que los ocupantes habían partido a Valencia en el plan de evacuación de niños y mujeres. Todo esto estuvo coronado por el hecho de que no había rastro de su automóvil. En el expediente no aparecía nada que no se supiera. Pero a Marrero le llamó la atención que alguien hubiera escrito una nota con tinta por la parte de atrás de un listado de sus familiares, que decía: *Tenía un cuñado fascista llamado Miguel Torres que desapareció durante el asalto al Cuartel de la Montaña. Se ha dado por muerto. Tal vez, enterrado sin identificar. Era estudiante de medicina y dibujante.* Eso —pensó Marrero— podría explicar la desaparición de Pedro y la muerte de Flores. Miguel Torres, el estudiante de medicina y artista, estaba vivo, ¡era Banderilla!

Julio Marín y Óscar Benítez no se habían dado por vencidos. Su modo de transporte era una camioneta Ford requisada por un ayudante de Antón. Era rápida y llevaba rueda de repuesto en la parte trasera. Se detuvieron en muchos lugares hasta que alguien recordó haber visto el coche oficial de Pedro y les indicó que habían tomado la carretera de Valencia. ¿Qué estaría tramando González? ¿Iba a encontrarse con su familia? Lo que fuera no importaba, su misión era traerlo de vuelta a Madrid. Fueron corroborando en los puestos militares de entrada y salida de Tarancón, que había pasado por allí en su automóvil y que conducía su chofer. Marín y Benítez se miraron, pues tenían otro aliado en la persona de Diego Flores, pero desconocían que los gusanos ya sabían de qué estaba hecho Flores. El Hermoso les llevaba por lo menos una hora de ventaja, pero lo atraparían en Valencia. Ya más cerca de la ciudad, llamarían para alertar a la Dirección General de la Seguridad para que los detuvieran hasta que ellos llegasen. Tenían instrucciones de no matarlo, pero sí de no dejar que le siguieran llamando hermoso a ese truhán. Detrás de ellos, con unas seis horas de retraso, venían Marrero, un policía militar que había servido con él durante un año, y Ortiz, que conducía.

Un falangista, su cuñado socialista, dos anarquistas, un policía profesional, un soldado rojo y un oportunista neutral, se habían dado cita en las costas del Mediterráneo. Al entibiarse la tarde y arreciar la brisa en el campo, todos percibieron en ella el beso del perfume de la muerte.

Capítulo 21
Los muertos

A su llegada a la Estación del Norte en Valencia, bajo una lluvia torrencial, la culebra de madera y hierro regurgitó una gran masa de evacuados. De estos, la mayoría de los viejos fueron a asilos temporales destinados a este propósito en conventos e iglesias vacías. Los restantes se reunieron con familiares que los esperaban para alojarlos en sus viviendas; muchas mujeres y sus hijos viajaron a Valencia para quedarse allí. De los restantes, unos trescientos serían acogidos para el viaje trasatlántico por los cuáqueros, entre ellos cerca de treinta hombres a quienes les faltaban brazos o piernas, o tenían heridas aparatosas en su rostro. Estos eran padres de familia que irían a bordo. Las brigadas de los cuáqueros ayudaron a los escogidos a subir a los camiones que los transportarían a la iglesia de San Pablo, que sería su alojamiento. Por la mañana, serían trasladados de la misma forma al puerto para abordar el *Sinaia*.

A María Luisa, Isabel, José María y Antoñito les dieron catres en una esquina de la iglesia, cerca de lo que había sido la sacristía, segregándolos de la gran masa de evacuados que compartían con ellos esta aventura. A los hombres que aunque lisiados podían valerse por sí mismos, los albergaron en otra parte de la nave, al igual que aquellos que necesitaban ayuda de su familia, por no valerse por sí propios. A las nueve de la noche se trasladaron a la antigua sacristía, donde en largas mesas con bancos de madera había pan y un cocido de patatas, verduras y poca carne, que les pareció exquisito. Los niños, además, recibieron huevos hervidos en su plato. Poco tiempo después de la cena, todos se fueron a sus catres. Afuera, la lluvia continuaba acompañada de rayos y truenos.

José María tenía los ojos cerrados, pero no estaba dormido. Pensaba en su padre y en el viaje que le esperaba.

Pensaba en el mar, que sólo había visto en los libros. Tal vez divisaría otras embarcaciones y ballenas. O tiburones. Se los señalaría a Antoñito, a la tía Isabel y a su mamá, y lo compartiría con su padre. Al pensar en él, lo que veía era la pistola en su mano, el fogonazo que le quemó la cabeza al hombre en el estudio de su abuelo, y la lenta caída del muerto -sabía que estaba muerto- hasta el suelo, con los ojos brotados hacia afuera y abiertos como los de los pescados en el mercado.

Isabel miraba el plafón de la iglesia y algunos de los vitrales detrás de lo que había sido un altar, que se iluminaban con los relámpagos y reverberaban con los truenos. Aunque Pedro había conseguido traerlos hasta aquí y, por ahora, estaban sanos y salvos, lamentaba el haber dejado a su madre, que moriría sola sin sus hijas y sin sus nietos. Tenía que considerar el futuro de Antoñito y su vida con Miguel. Este no tenía en realidad que huir de España y poner en riesgo su vida pasando por territorio republicano. Sonrió para sí misma pensando que lo hacía por ella y por su hijo. Pero cambió abruptamente cuando apareció en su pensamiento el polvorín, interrumpiendo ese instante placentero. No podía aceptar sin reparos el hecho de que su marido hubiese causado la muerte de tantos inocentes. Tal acción era injustificada. Sin embargo, su promesa ante Dios había sido estar el resto de su vida con el padre de su hijo.

Después de unos minutos de permanecer tendida, María Luisa se enderezó y se sentó en el borde del catre. Reflexionó sobre la situación en que estaban: se la debían a Miguel y a Pedro. El exagerado abanderamiento de ambos los había hecho vulnerables para el resto de sus días. Ella tenía que ser el dique que protegiera a su hijo de las oleadas de la vida y nada ni nadie la descentrarían de esa misión. Estaba decidida a quedarse en Puerto Rico con su tío Mariano, que podría ser como un padre para ella y un abuelo para José María. Isabel compartía esa decisión. A los que tal vez habría que convencer era a los hombres. Ya lo discutirían en el trayecto a América; además, no era seguro que podrían desembarcar en suelo norteamericano. Alzó la vista y, en la penumbra de la puerta de la sacristía que, un momento antes, había servido de comedor, vislumbró las siluetas de dos hombres acompañados por uno de los auxiliares de los cuáqueros.

MUCHAS CALLES ESTABAN PARCIALMENTE INUNDADAS por la lluvia cuando, un poco después de la medianoche, Marrero y sus acompañantes entraron a Valencia y se dirigieron al cuartel de la policía militar. Nadie más que él sabía el propósito del viaje, aunque Paco Ortiz se olía que la causa principal era Pedro González. Marrero quería confrontar a González y asegurarse de que su deducción era correcta. Qué haría al respecto era otro asunto. Iba al cuartel para que sus hombres descansaran, y hacerle saber a la policía que su presencia allí era parte de una investigación, de la que estaba al tanto la Jefatura de Seguridad de la República. Además, tenía que acudir a examinar unos expedientes en el servicio de emigración, para saber de los evacuados a Francia, Inglaterra y América. Tenía la sospecha de que el motivo del viaje de Torres y González era escapar de España.

Debido a la colaboración de la NKVD, la policía soviética, con el Servicio de Seguridad, tuvo que dirigirse a sus oficinas en la Embajada Soviética, que ahora ocupaba el Hotel Metropol cerca de la Plaza de Toros. Allí lo esperaban instrucciones que le habían telegrafiado desde Madrid y un ruso con cara de pocos amigos que le entregó el telegrama. El mensaje era escueto:

«Pedro González debe ser devuelto a Madrid. Entregadle a Julio Marín y Oscar Benítez, previa identificación», (Fdo.) Wenceslao Carrillo, DIR. Gen. Seg.

Marrero estrujó el papel y se lo lanzó a Ortiz, que al leerlo corroboró la razón para el viaje y lanzó un ¡hostias! más grosero de lo usual como evidenciando el respaldo a su jefe. Éste se contuvo unos segundos, respiró profundamente y, como si nada hubiera pasado, le preguntó al ruso que si tenía la lista de los barcos que zarparían más tarde en la mañana. El ruso, aún silencioso, le entregó una bitácora abierta en la página deseada, y con una voz fantasmal y un acento casi impenetrable, dijo: «Han venido otros por lo mismo».

Pedro González no tuvo que gastar muchas de sus lisonjas para que el conductor de turno en la Estación del Norte, que lo miró a través de unos ojos que reflejaban varios brandis y la bendición de Morfeo, le dijera a dónde condujeron los cuáqueros a los evacuados de Madrid. En cambio, el conductor no tuvo mucha paciencia con los dos hombres que llegaron después de Pedro y que lo despertaron y lo incomodaron. Al principio no quiso decirles nada, pero cuando sintió que le rompían los huesos de su mano derecha, se despejó su borrachera y se evaporó su sueño, justo a tiempo para sentir el golpe que le propinó en la cabeza Marín, el más repulsivo de los dos, con su revólver ruso *Nagant*. El golpe le abrió la cabeza y derramó un torrente de sangre sobre su oreja y su cuello.

Marín y Benítez llegaron frente a la iglesia de San Pablo bajo una secuencia espectacular de relámpagos cuyos truenos estremecieron su vehículo y resonaron dentro de sus cráneos como los cañonazos de una artillería. Fuera de las periódicas descargas eléctricas de las nubes, no había iluminación en la calle. La lluvia caía en grandes gotas que se dividían en miles de partículas al tocar el pavimento, y mojaban los zapatos y los ruedos de los pantalones de los dos hombres, que estaban muy mojados. Los camiones que condujeron a los evacuados impedían ver la acera contraria y la entrada a la sacristía; además, la oscuridad y la lluvia también contribuían a entorpecer la visibilidad, por lo que los dos anarquistas no se percataron del automóvil estacionado a unos diez metros de donde cruzaban la calle.

María Luisa fue acercándose con gran cautela a la puerta que pasaba de la nave de la iglesia a la sacristía. La penumbra protegió su avance, que tenía el doble propósito de ver de más cerca a los visitantes inesperados y de alejarse de su familia, por si los hombres que hablaban con el auxiliar venían, como le había alertado Pedro, a preguntar por él. En un instante la iluminó la luz de un relámpago que, por suerte, fue tan efímera como la de una luciérnaga. El corazón le palpitaba con gran intensidad, pero se sentía segura de sí misma, tanto así que, en vez de detenerse, aceleró el paso hasta el próximo altar que lucía abandonado, sin dioses, ni santos, ni vírgenes que la escudriñaran en la oscuridad de la iglesia desocupada. La ayudaban a moverse sin ser detectada sus zapatos de suela y tacón de goma, uno de los dos pares que harían la travesía oceánica. Ya más cerca de la sacristía fue moviéndose en cuclillas entre los durmientes hasta poder ver bien lo que ocurría. Otro relámpago la delineó completamente cuando estaba tratando de acercarse más adonde estaban los tres hombres, que se volvieron hacia donde ella y alcanzaron a verla; no le quedó otro remedio que avanzar hacia la sacristía. El alivio que sintió al ver a Pedro la hizo correr hasta él y abrazarlo y besarlo profusamente. Un instante después se percató de todos los que estaban en el salón. Un centinela que iba cubierto con su impermeable tenía una pistola rusa en su cinturón; era un sesentón y más bajo que ella. El auxiliar de los cuáqueros era un pelirrojo más alto que su marido y le pareció inglés -en la brigada había españoles, ingleses, norteamericanos y uno que otro francés-.El auxiliar hablaba mal el español y movía con parsimonia su cuerpo de gran tamaño.

Una vez que quedó establecido que Pedro estaba allí para ver a su familia, el centinela regresó a sus labores en las afueras del edificio. El cuáquero entró a la nave de la iglesia para asegurarse de que todo estaba tranquilo, y les indicó a Pedro y María Luisa que pasaran a una habitación, ahora oficina, que había sido del párroco, para que pudieran conversar sin perturbar a los que dormían. Dejó claro que Pedro no podía pernoctar, pues no había espacio para él.

En la pequeña oficina había un escritorio y unas butacas separadas por una mesa pequeña sobre la que parpadeaba constantemente la bombilla sin pantalla de una lámpara de madera. No muy lejos, una escalera bajaba a la bodega donde una vez se almacenaron víveres y vino, y continuaba a un nivel más profundo, a lo que había sido una cripta para monjes. Pedro le explicó a María Luisa que Miguel velaba por el automóvil, que pasarían la noche en un lugar en la calle Bolivia, no muy lejos de allí, de donde irían por la mañana al puerto para abordar el *Sinaia*. No vislumbraba ningún inconveniente que no fuera el tiempo, pero le advirtió que de no estar Miguel y él en el barco quince minutos antes de que zarpara, que abandonaran la cubierta, entraran a sus camarotes y no miraran al muelle, y que no regresaran a cubierta hasta que el barco hubiese zarpado y estuviese mar adentro. Ella intentó indagar el porqué de esa extraña petición, pero aceptó la palabra de Pedro de que era mejor no saberlo. Sí le explicó que, de retrasarse la partida del barco, su ausencia de Madrid se notaría, se sabría que a su familia la habían evacuado hacia Valencia, pondría a Marrero en alerta y le daría tiempo para interceptarlo. Además, el riesgo de que encontraran el cuerpo de Flores aumentaba con cada minuto que transcurría. Insistió que tuviese fácil acceso a varios billetes de cien pesetas por si había que sobornar a alguien. Con gran orgullo -porque ya lo había anticipado- María Luisa sacó de su seno un rollo de billetes. Casi instintivamente comenzó a contarlos, y según los alisaba, los iba poniendo sobre la mesa.

Aceptó todas las encomiendas de Pedro con una serenidad nueva para ella. Su voluntad estaba transformada en una especie de ira contenida en contra de estas circunstancias que había puesto en su camino la locura colectiva de un pueblo fratricida. Miraba a Pedro con admiración por haberles protegido tan hábilmente y, a la vez, sentía un repudio ponzoñoso por los desmanes y delitos cometidos por su marido y por Miguel. Simultáneamente entendía que, en gran parte, el comportamiento de ambos respondía a los sucesos que los rodeaban. Además intuía que ella podría matar por salvar a su familia.

Una sombra irrumpió en la habitación: era la del anarquista Benítez. Llevaba ahora un impermeable muy corto sobre sus ropas mojadas, por lo mojado que estaba parecía que acababa de emerger del fondo de un río. Cerró la puerta detrás de él con la mano que tenía libre. En la otra blandía su *Star* «Sindicalista» 7.65. «Vengo por ti, Pedro González», dijo con gran autoridad. «Tu mujer, que se eche a un lado. Con ella no tenemos nada. A ti, aunque no me puedo imaginar por qué, te quieren más o menos de una pieza en Madrid».

Pedro alzó sus manos en silencio; se quedó de pie frente a su butaca; igual lo hizo María Luisa. Benítez se acercó a Pedro y le indicó con la punta de la pistola que se moviera. Pedro se puso a la izquierda de su mujer. Benítez se acercó y, según caminaba, iban rechinando sus zapatos de cuero sobre los pequeños charcos de agua que dejaban sus ropas sobre las baldosas. Se acercó a unos centímetros de María Luisa y miró el fajo de billetes sobre la mesa en el instante en que un gran relámpago, que iluminó los vitrales de la habitación y al que siguió casi simultáneamente un trueno ensordecedor, fue testigo de la movida de la mujer: María Luisa tomó la lámpara y, usándola como lanza, con todas sus fuerzas golpeó con ella el pecho de Benítez. Al romperse, la electricidad pasó del filamento expuesto de la bombilla al cuerpo del anarquista cubierto con la ropa empapada por la lluvia. Este dejó caer la pistola y se llevó instintivamente las manos al pecho y tocó el filamento desnudo de la bombilla: la electricidad se propagó desde las manos al centro del cuerpo de Benítez, cuyo rostro revelaba ojos dilatados y la boca abierta y distorsionada. El impacto eléctrico fue tal que el hombre cayó inconsciente sobre la mesa, según arrancaba el cordón de la lámpara de su enchufe.

Pedro alzó su vista del cuerpo de Benítez y le sonrió a María Luisa que, sosegada e impávida, recogió el dinero que cayó a sus pies. La abrazó y le dijo que saliera de la habitación y que distrajera, si era necesario, a los auxiliares. Arrastró el cuerpo escalera abajo y, luego, a la cripta donde lo puso en uno de los nichos vacíos, rodeado de los féretros de curas y sabría Dios qué otros muertos. Con la «Sindicalista» le puso a través de la boca abierta una bala en el cráneo a su enemigo, para asegurarse de que dormiría por los siglos de los siglos. Miró la pistolita y, con un gesto de aprobación, la guardó en un bolsillo de su impermeable.

Capítulo 22
El fondo del mar

Por la mañana aún llovía mucho menos que la noche anterior, y el cielo albergaba nubes amenazantes y tupidas, negras y estáticas; parecía que jamás volvería el azul al firmamento. El convoy de camiones con los destinados al *Sinaia* partió a las ocho en punto de la mañana.

Las mujeres Alcalá con sus hijos iban en el último camión, y se las arreglaron para permanecer en la parte trasera desde donde podían ver por dónde iban. Una vez que entraron en la Avenida del Puerto, pasaron el Jardín de Monforte, La Glorieta, y el Jardín de Aguas. Casi llegando al puente de Aragón, vieron el automóvil que Pedro mismo conducía. Miguel no venía con él. El corazón de Isabel se aceleró. Comenzó a frotarse las manos; dos lágrimas rodaron sus mejillas. María Luisa se le acercó, sensible a la ausencia de Miguel, y le dijo al oído: «Algún motivo debe de haber. No dejes que los niños, mucho menos los otros, noten tu desasosiego. No pienses que nada malo ha sucedido, recuerda que nuestros maridos son más inteligentes que los demás. Algo planifican. Estate tranquila. Respira profundamente por la boca y deja salir el aire lentamente. Eso, eso es, lentamente. Piensa que en unos minutos estaremos a bordo». Pedro se acercó al camión y con la cabeza y las manos les hizo unas señas que no entendieron del todo, pero que alentaron a Isabel y a María Luisa.

Sin que pudieran saberlo las Alcalá y Pedro, unos veinte minutos después de haber pasado la Casita del Reloj, entró en la Avenida del Puerto, desde una calle colateral, otro vehículo con tres hombres uniformados. Junto al conductor, Paco Ortiz, iba un policía militar; Domingo

Marrero iba en el asiento trasero. Como de costumbre, en los lugares en que tuvieron que desacelerar, sólo bastó el uniforme que vestían para que se les dejara pasar. Además, el rifle del policía era señal de que el grupo andaba en misión militar.

La llegada del convoy de los cuáqueros al muelle coincidió con la de otros grupos que zarparían esa mañana en distintas direcciones. Unos iban a Marsella, otros a Inglaterra y varios a América. Entre los buques se destacaban el *Marqués de Comillas* y el *Manuel Arnús*, veteranos de viajes a Cuba y Venezuela. La algarabía, junto al ruido de la lluvia sobre los toldos de los camiones y las capotas de los vehículos, era ensordecedora. La confusión reinaba entre los conductores pues la lluvia había creado baches y charcos que dificultaban la circulación de los vehículos y el movimiento de los emigrantes, que se desmontaban presurosos con la ansiedad de llegar a sus embarcaciones. Más de tres o cuatro mil refugiados al fin y al cabo abordaron los barcos pero, considerando la campaña para estimular la evacuación de Madrid, todo el esfuerzo fue un fracaso. Se había prometido que cientos de miles llegarían a Valencia, pero muchos prefirieron la alternativa de quedarse en Madrid a esperar su suerte, mientras los nacionales avanzaban por el norte hacia Barcelona.

Los cuáqueros estaban muy bien organizados; minutos después de haber formado una fila de dos en dos, que incluía a los auxiliares que ayudaban a los tullidos a subir a bordo, comenzaron a embarcar los que iban en sillas de ruedas, los que llevaban muletas, los amputados, y los convalecientes de heridas ya curadas, cubiertos de vendajes.

No había señales de Pedro. Su automóvil había tomado una de las calles laterales a la Avenida del Puerto y las Alcalá le habían perdido la pista. Cada una con su hijo de la mano esperó hasta que los que habían venido en el último camión abordaran. Luego discutieron un poco e informaron que aún faltaban sus maridos, que se habían trasladado de Madrid para el recorrido, pero finalmente los auxiliares insistieron en que subieran al barco. A todos se les cotejó la documentación y los papeles oficiales, y se les entregó un papel en el que venía el nivel y el número del camarote en el que se alojarían.

Se mantuvieron en cubierta hasta que el pito melancólico y terrible de la embarcación indicó que faltaba poco para zarpar. María Luisa siguió las instrucciones de Pedro. Isabel, un poco angustiada, había escuchado a su hermana narrarle lo acontecido con Benítez, pero confió inmediatamente en que su marido y su cuñado se les unirían en algún momento. Sus camarotes estaban contiguos; cada uno tenía dos pares de literas. Los chicos se subieron a las altas. Por suerte, el barco pudo acomodar a todos sin necesidad de que tuvieran que compartir las literas vacías con huérfanos o niños de otras familias. Tenían mucho que ocultar para convivir con extraños, no importaba su edad.

Usando las calles laterales Pedro se adelantó al camión que capitaneaba el convoy y aceleró lo suficiente para dejarlo bastante atrás. El tránsito disminuido aquel domingo 28 de agosto le facilitó su maniobra. Condujo su automóvil a la terminal que ocupaban los encargados del puerto, los que corroboraban la documentación de los emigrantes. Eran poco más de las nueve. Casi todo el personal, incluyendo la gendarmería, estaba en los muelles procesando a los emigrantes. Pedro saludó con su puño en alto y se identificó con el sargento que cuidaba la entrada a las oficinas. Mostró su carné, la carta de la Dirección General de Seguridad y su mejor sonrisa, acompañada de una mirada solícita que atrajo los ojos del sargento. El sargento le devolvió el saludo y una media sonrisa seductora.

—¿Cómo lo puedo ayudar, teniente? —dijo, mirándolo fijamente a los ojos.

—Busco al comandante del puerto… o tal vez me

puedas decir en qué muelle encontraré el *Sinaia*.

—Pues lo puedes ver desde aquí por esa ventana... —dijo, señalando hacia ella. Aunque los cristales estaban mojados, dejaban ver la proa del barco y sus grandes letras: *Sinaia*—. A la entrada del puerto es el primer buque que tienes de frente... —añadió el sargento.

—Vengo, como es evidente, de Madrid, y estoy distraído...

—No te preocupes, teniente. Si has de pasar algún tiempo por acá te puedo llevar a que conozcas la ciudad.

—Me encantaría, pero tengo un asunto que resolver y regresar a Madrid esta tarde.

—Qué pena...

—Pero no hay que perder la esperanza, pues estoy seguro de que he de volver.

El sargento adelantó su mano y la puso sobre la enguantada del Hermoso. Iba a decir algo, pero se abrió la puerta y entraron en el salón Domingo Marrero seguido de Francisco Ortiz y el policía militar, que luego de saludar, salió a guardar la puerta, fusil en mano. El sargento saludó a los recién llegados, que le devolvieron el saludo sin entusiasmo.

—¡Marrero, Paco!, ¿qué hacen aquí? —exclamó Pedro con júbilo fingido.

Marrero miró a Pedro sin emoción, pero en el instante admiró su desfachatez.

—Yo también me alegro de verte —dijo Marrero, mientras buscaba en el bolsillo un gran pañuelo blanco, con el que se secó sus manos—. Sé que tu familia zarpa en poco menos de una hora. Pero...

Se volvió al sargento y le pidió que saliera del salón. El sargento se fue y se puso a hablar con el joven policía que guardaba la puerta.

—Pero, ¿qué? —dijo aún sonriente Pedro.

—Quiero que me digas, primero, si tú te vas; segundo, qué sucedió con Diego Flores, y tercero, qué es de tu cuñado, alias Banderilla.

—¿De qué hablas, Marrero? He venido a despedir a la familia. Tú no tienes ni mujer ni hijos y no sabes lo que todo esto significa para mí.

Marrero, como era su costumbre, se quitó las gafas y las limpió con el pañuelo que aún tenía en su mano sin que se enterneciera la expresión en su rostro ante el pronunciamiento sentimental del Hermoso.

—¿Y Flores? —preguntó.

—No sé nada de él. Ya te lo dije en Madrid. Mucho menos de mi cuñado... aunque no entiendo por qué le llamas Banderilla... ¿crees que él...? Sabes que está muerto, o enterrado, o descuartizado... ¿De qué coño hablas?

—Pues no es así. Banderilla ha matado a Flores, cuyo cadáver fue partido por la mitad por un obús. Ha dejado su marca en la nuca. Lo único es que anduvo esta vez deprisa y le metió una bala en el cráneo *antes* —dijo con énfasis— de los pinchazos.

—Bueno, vale. Lo que demuestra, si no me equivoco, que Banderilla existe, pero no creo que sea un fantasma. No creo que sea mi cuñado. Y si escogió a Flores, alguna faena...

Antes de completar la frase, dos hombres -que evidentemente habían pasado el escrutinio del sargento y el policía militar-, entraron al salón. Marrero se adelantó para hablarles, pero los hombres lo detuvieron sin que pudiera abrir la boca. El más alto de los dos mostró una carta oficial con varias firmas del Directorio General de Seguridad y con órdenes del Gobernador Militar y del Servicio de Inteligencia Militar que los identificaba como Julio Marín y Óscar Benítez. Marín era el más alto y fornido de los dos y llevaba un impermeable que le llegaba escasamente a la cintura; el otro era de menos estatura y más delgado. Marrero, que los esperaba de un momento a otro, pidió y examinó sus carnés. En el de Marín, éste llevaba un poco de barba, pero era evidente que de él se trataba. Ambos documentos estaban en orden.

—Estoy realizando una investigación… —comenzó a decir Marrero, pero no pudo terminar pues Marín le interrumpió.

—Lo sabemos, y esperamos que la puedas completar cuando regreses a Madrid. Como bien sabes por tus órdenes, las nuestras son de llevar a este tipo de vuelta. Ya lo podrás interrogar todo lo que quieras allá. Te lo conservaremos sin un rasguño. Sí tuvimos un contratiempo con su chofer. Ese se quedará en Valencia

—Acompáñanos, González —dijo Benítez—, que tienes muchas explicaciones que dar. Además, hemos prometido tenerte en Seguridad temprano por la mañana.

De pie y de espaldas a la puerta abierta del salón de controles, Marrero, rabiando por dentro por su impotencia ante esta intromisión, vio a los hombres llevarse a Pedro González y entrar en el automóvil oficial, que se alejó en dirección al portón de entrada. Los perdió de vista por un breve momento detrás de un grupo de camiones que estaban cerca del *Sinaia*, pero el coche emergió por detrás de los obstáculos y con los tres hombres salió del puerto. Paco Ortiz se cagó en la madre de todos los miembros del SIM, de los de Seguridad y de quien en el Gobierno tuviese una, incluyendo la suya propia. En el robo del presunto sospechoso veía esfumarse su ascenso y la adquisición de mejor reclamo con las milicianas. Según el coche oficial alcanzó y aceleró su paso por la Avenida del Puerto, el pito de vapor del *Sinaia* sonó anunciando su inminente partida.

La retirada de la plataforma de embarque fue celebrada por la muchedumbre en la cubierta del *Sinaia*, que excluía a las Alcalá y sus hijos. El barco se fue alejando del embarcadero y, en unos minutos, estaba fuera del puerto y en pleno mar. Poco más tarde, María Luisa, Isabel, José María y Antoñito salieron a cubierta. Los niños daban vítores junto a los otros chavales que estaban a bordo, y las mujeres y los hombres les decían adiós con sus brazos en alto a las figuras cada vez más diminutas en el muelle. Muchos lloraban. Los adultos pensaban gozosos en que no morirían a manos de los nacionales, pero les atemorizaba su futuro incierto. Existía un paralelo con los marinos de los primeros barcos que llegaron sin querer a América: algunos de aquellos —los incautos— pensaban que se iban a precipitar al vacío cuando llegaran al borde del mundo. Estos incautos de ahora se iban a precipitar a una vida extraña de la que poco sabían o entendían. El desconocimiento era entre ellos el causante más agudo del temor.

Ya alejado el buque del puerto, Isabel se acercó a la barandilla y notó cómo el barco iba abriendo a su paso el vientre del mar, echando espumas sobre olas que bajo el cielo tupido eran de un azul tan profundo que parecían negras. No pudo menos que recordar los ruidos de niños, mujeres y hombres que habían estado congregados hacía un par de horas en el muelle ansiando la partida. Su padre decía que los animales, incluyendo los humanos, eran de sal y agua, como el mar, y que del mar habían emergido, que por eso el mar guardaba secretos de todos los hombres de todos los lugares adonde llegaba. El mar llegaría hasta donde fuera y, aun en la distancia, continuaría como testigo de las vidas de todos en su familia. Le recordaría las experiencias que no quería olvidar pero también aquellas que era mejor olvidar. Veía en su mente el rostro triste de su padre, un rostro lleno de ansiedad, de súplica. Era una súplica de que no lo olvidara y, al mismo tiempo, de que lo devolviera a su origen. En su mano cerrada llevaba lo único que le había ocultado a María Luisa antes del viaje: una de las medallas con que el rey Alfonso XIII condecoró a su padre, por servicios al país a través del periodismo. Pensó unos segundos antes de lanzarla a las aguas oscuras. La dejó allí, en el fondo del mar, donde siempre se recordaría que estaba, donde tendría más significado que ignorada en una gaveta, cambiando de sitio en sitio sin que nadie la apreciara.

De súbito oyó a Antoñito decir «Papá, papá» y a María Luisa exclamar con una mezcla de asombro y júbilo, «¡No... no... qué es esto!». Y al darse la vuelta se encontró frente a ella con Pedro, en uniforme y sombrero de teniente, más bello que nunca, y a su adorado Miguel, con un impermeable que escasamente le llegaba debajo la cintura, quien, por primera vez en su vida, le pareció gracioso.

La algarabía que formaron las dos familias pareció ahuyentar la borrasca. Se abrió el tupido cielo gris en varios lugares y asomaron unos redondeles de azul plomizo. Isabel y Miguel se abrazaron y se besaron, y algunas de sus lágrimas -agua y sal- regresaron a su origen en el océano. Pasados unos minutos vieron las costas del Levante cada vez más lejanas.

Capítulo 23
Apariciones y apariencias

Pedro se despojó de su uniforme y su sombrero militar y los quemó en una de las calderas del barco. Miguel, que iba de paisano, echó a la basura el impermeable que llevaba puesto y que había tomado de uno de los anarquistas del celador del albergue de los emigrantes, en la iglesia de San Pablo. Marín mató al pobre hombrecito de un tiro en el corazón, y Benítez le quitó el impermeable que llevaba para ponérselo. Arrastraron el pequeño cuerpo hasta una zanja inundada, donde lo dejaron. El anarquista ocupó el puesto del centinela. Desde detrás de uno de los camiones, Miguel fue testigo junto a otros dos hombres de todo lo acontecido. Un tercero esperaba y observaba desde el automóvil de Pedro.

Los dos hombres que acompañaban a Miguel, eran parte de un grupo de la quinta columna en Valencia que se llamaban a sí mismos «Por Falange y la Monarquía», y eran expertos falsificadores de todo tipo de documentos, incluyendo pasaportes. Banderilla *los había contactado desde antes de dejar Madrid para que le preparan documentos, explicándoles que pesaba sobre su cuñado una sentencia de muerte que solo había evadido fingiendo ser comunista. El cartel de* Banderilla*, y que Pedro González fuera su cuñado fue suficiente para convencerlos de que ayudaran.*

Miguel se fue moviendo cerca de la caseta del guardián mientras los dos quintacolumnistas se acercaron al puesto del centinela. Bajo sus impermeables iban vestidos de militar. Entablaron una conversación con el falso guardián Marín, que llevaba al hombro el rifle del hombrecito que acababa de morir, diciéndole que venían a hacer el turno de la madrugada. Lo distrajeron el tiempo suficiente para que Banderilla *lo atacara por la espalda. A pesar de lo fornido que era Marín, se sobrepusieron a él la estatura y la fuerza de* Banderilla*, cuyo brazo izquierdo lo estrangulaba. La víctima sintió un dolor agudo, quemante, como si uno de los rayos finos y aparatosos que de vez en cuando iluminaba el cielo* *hubiese penetrado por su espalda. El punzón de* Banderilla *salió sigilosamente del canal que había abierto. Cuando se volvió a hundir en la carne de Marín, el cuerpo del anarquista comenzó a convulsionar con los brazos caídos a ambos costados.*

Uno de los quintacolumnistas despojó el cadáver de sus armas, y se puso de guardia. Banderilla *y uno de sus cómplices llevaron los cuerpos de Marín y del pequeño centinela hasta el automóvil y los metieron en el asiento trasero. Bajo el pretexto de ver a su mujer, Miguel entró en la sacristía donde se encontró con María Luisa, Pedro, y el auxiliar pelirrojo. Interrumpió a Pedro, que llevaba el impermeable del centinela muerto puesto sobre el suyo, y pedía mil excusas por haber llegado tan tarde y por haber roto la lámpara en el salón de la despensa. El inglés pelirrojo no hacía mucho caso ni parecía importarle la lámpara, pero los exhortó a que se retiraran y los dejaran dormir. También era evidente que nadie estaba al tanto de los sucesos espantosos que habían tenido lugar justo afuera de la iglesia aquella noche de muerte.*

Un poco más tarde el automóvil conducido por los quintacolumnistas recorría el cementerio. En fosas abiertas, inundadas por la lluvia que aún caía sobre Valencia, depositaron los dos cadáveres. Regresaron a las cercanías de la Plaza de Toros y, bajo una arboleda, abandonaron el coche sangriento. Dos quintacolumnistas con sus fusiles y vestidos de militar entraron al asiento trasero del automóvil oficial que trajo a Pedro y a Miguel a Valencia. Pedro ocupó el asiento delantero junto a Banderilla, *quien se sentó al volante, luciendo ahora el impermeable ridículamente corto para él, que había pertenecido al pequeño centinela.*

Hicieron una parada. Pedro y uno de los falsos soldados entraron en la Embajada Soviética, justo frente a la Plaza de Toros. Pedro González enseñó su carné y uno de los pocos documentos auténticos que habría de usar en Valencia desde ese momento en adelante, indicando su participación en la investigación del polvorín y la necesidad de que le brindaran todo el apoyo que fuera necesario en la captura de peligrosos quintacolumnistas. Los rusos ahora estaban de pie y muy derechos ante un teniente representante directo del Servicio de Inteligencia Militar (SIM) y, por lo tanto, miembro implícito de la NKVD. Uno de ellos desapareció detrás de una puerta, y regresó con un ruso regordete que se abotonaba la camisa. Saludó con el puño en alto y, en el español primitivo que podía manejar, se puso a disposición de Pedro González. Pedro quería saber si alguien había venido buscando información sobre el Sinaia*; no quedó defraudado. El ruso, como buen policía, describió perfectamente a los dos anarquistas y, aún mejor, a Domingo Marrero y a Paco Ortiz, de quien recibió crítica por la pobre disciplina militar. Pedro le indicó que trabajaba junto a Marrero en la investigación, pero que se habían separado sin querer con la urgencia de salir de Madrid, y con la dificultad de que las lluvias, habían interrumpido sus comunicaciones. Sin que se lo pidieran, el ruso le confió que Marrero y sus acompañantes paraban en el cuartel de la policía militar.*

El mensaje llegó al cuartel donde estaba Marrero con sus dos ayudantes en el momento en que despuntaba la mañana. Sin embargo, no fue hasta las siete que Marrero lo leyó. Estaba firmado por un tal teniente Boris Petroff que, según rezaba debajo de su firma, era ayudante del general Aleksander Orlov, jefe de la NKVD en España. En el mensaje se le pedía a Marrero que se personara a las 9:00 de la mañana -ni antes ni después- en las oficinas del puerto de Valencia, que allí se esperaba la llegada de Pedro González. Se rumoreaba que la Garra partiría rumbo a América con su familia. Se le pasaba a él la potestad de presenciar el reclamo de la comandancia central del SIM sobre el teniente González. Pero el mensaje indicaba que era posible que dos agentes con autoridad central tuvieran la encomienda de trasladar al teniente a Madrid. Marrero leyó el mensaje varias veces. Miraba el sobre en el que había venido y el papel en el que estaba escrita la misiva: las conocidas marcas de estrellas y hoz al trasluz del papel eran inconfundibles; el mensaje tenía que ser auténtico.

En la oficina del puerto, Pedro González hablaba con Marrero:

«Bueno, vale. Lo que demuestra, si no me equivoco, que Banderilla existe, pero no creo que sea un fantasma. No creo que sea mi cuñado. Y si escogió a Flores, alguna faena…»

Pero antes de completar la frase, dos hombres -que evidentemente habían pasado el escrutinio de un sargento y un policía militar-, entraron al salón. Marrero se adelantó para hablarles, pero los hombres lo detuvieron sin que pudiera abrir la boca. El más alto de los dos mostró una carta oficial con varias firmas del Directorio General de Seguridad y con órdenes del Gobernador Militar y del Servicio de Inteligencia Militar que los identificaba como Julio Marín y Oscar Benítez. Marín era el más alto y fornido de los dos y llevaba un impermeable que le llegaba escasamente a la cintura; el otro era de menos estatura y más delgado. Marrero pidió y examinó sus carnés. En el de Marín, éste llevaba un poco de barba, pero era evidente que de él se trataba. Ambos documentos estaban en perfecto orden.

Si Domingo Marrero hubiera mirado a Pedro González, en el momento que le devolvía los documentos al supuesto Julio Marín, que no era otro que Miguel Torres portando un falso carné, no se le habría escapado el brevísimo momento de satisfacción que se reflejó en su rostro.

—Estoy realizando una investigación… —comenzó a decir Marrero, pero no pudo terminar pues el falso Marín le interrumpió.

—Lo sabemos, y esperamos que la puedas completar cuando regreses a Madrid. Nosotros tenemos órdenes de llevar a este tipo de vuelta. Ya lo podrás interrogar todo lo que quieras allá. Te lo conservaremos sin un rasguño. Sí, tuvimos un contratiempo con su chofer. Ese se quedará en Valencia.

—Ven con nosotros, González —dijo abruptamente el quintacolumnista que se hacía pasar por Benítez—, que tienes muchas explicaciones que dar. Además, hemos prometido tenerte en Seguridad temprano en la mañana.

De espaldas a la puerta abierta del salón de controles Marrero, rabiando por dentro por su impotencia ante esta intromisión, vio a los hombres llevarse a Pedro González y entrar en el automóvil oficial, que se alejó en dirección al portón de entrada. Los perdió de vista por un breve momento detrás de un grupo de camiones que estaban cerca del *Sinaia*, pero el coche emergió por detrás de los obstáculos y, con los tres hombres, salió del puerto. *El coche se detuvo detrás de los camiones cerca del andén del Sinaia. Allí subieron dos hombres que sustituyeron a Pedro y a Miguel en el asiento trasero, y el automóvil continuó su ruta. Cuando el coche oficial alcanzó y aceleró su paso por la Avenida del Puerto y el pito de vapor del Sinaia sonó anunciando su inminente partida, Pedro y Miguel ya estaban a bordo.*

SEGUNDA PARTE

Capítulo 24
El Paraíso

El comandante general Blanton Winship examinó las cartas del ilustre don Mariano Alcalá pidiéndole ayuda para que se diera asilo político a su familia procedente de la República española. Las había ignorado durante un tiempo a pesar de que sus dos o tres encuentros con Alcalá habían sido cordiales, ya que compartía sus creencias monárquicas. Por otro lado, dadas algunas de las teorías del Nuevo Trato del presidente Franklin Delano Roosevelt, el recibir refugiados antifascistas de la República española tal vez lo podría ayudar en estos momentos.

Winship no era un hombre común. De porte distinguido e hijo de padres en buena posición, nació y se educó en Georgia y obtuvo su grado de abogacía de la Universidad de ese Estado, unos siete años antes del albor del siglo XX. Esa juventud, esos años de formación de su pensamiento en uno de los Estados más segregados y prejuiciados del centro extremo del sur de Estados Unidos, le debió inculcar su actitud desdeñosa hacia personas de tez oscura o aquellos humildes -el *«poor white trash»*- a quienes consideraba inferiores. Eludía el contacto con todos los que despreciaba, y su altivez y orgullo, características que lo distinguieron toda la vida, eran evidentes. Posiblemente el arrojo que desplegó en la Guerra Hispano-norteamericana reflejaba su desdén por el enemigo, y sus prejuicios le infundieron una valentía originada en la desfachatez y la prepotencia. Contrastando con esa actitud, cuando compartía con los que consideraba sus iguales era caballeroso y de modales sureños tan finos como los que se desplegaban en las plantaciones de algodón y tabaco en el sur *ante bellum*.

Cuando en 1934 el presidente Franklin Delano

Roosevelt lo nombró gobernador de la isla de Puerto Rico, llegó al cargo procedente de una excepcional carrera militar como abogado juez del Ejército de Estados Unidos, y soldado condecorado con la Cruz de Servicios Distinguidos y la Cruz de Plata por su faena en los campos de Francia, durante la Primera Guerra Mundial. También trajo consigo la convicción, compartida por el recién nombrado jefe de la policía insular, Elisha Frances Riggs, de que se fraguaba una insurrección fascista para separar a Puerto Rico de Estados Unidos y convertirlo en una nación. Según entendía, eran deseos de los negros y de la chusma -«*very poor white trash*»- que abundaba en una isla en la que la mayoría de la plebe iba con su barriga llena de parásitos.

A su llegada a la isla, las clases altas de San Juan y Ponce le alzaron su cola y, como era de esperar, pronto saltaron a su falda. Le dejaron ver que en nada respaldaban a Pedro Albizu Campos que, después de todo, por más inteligente que fuera, era negro, como lo eran muchos de los llamados nacionalistas. Winship pensó con deleite que en Puerto Rico se entendía bien cómo mantener a los negros en su sitio con disimulo y de maneras más sutiles que recurriendo a los linchamientos que ocurrían en Georgia o Alabama. Para muchos, el rechazo a la inestabilidad que representaba el movimiento nacionalista era intuitivo y absolutamente necesario. No tardó en llegar el tiempo en que la sociedad se desvivía por asistir a las fiestas en el Palacio de Santa Catalina, mejor conocido como La Fortaleza, la casa oficial del Gobernador. En el proceso los allegados locales se convirtieron en cómplices de una maquinaria gubernamental despótica e insensible que fue demonizando el legítimo movimiento nacionalista-independentista. Cada fiesta llevaba el sello inconfundible del gobernador Winship. Los detalles acerca de las toallas en los lavabos, las flores en los salones y en las mesas, y la comida los tenían que consultar y supervisar los jefes de protocolo. El Gobernador, soltero empedernido, se aseguraba de que los mozos supieran mezclar *mint juleps*, y que la menta no estuviera marchita; que los *Tom Collins* se sirvieran en vasos no muy grandes y que tuvieran suficiente hielo para que el sofoco que entraba de la bahía del Morro a los jardines de Santa Catalina no los calentara, arrugara las cerezas de *Maraschino*, y los hiciera inaceptables para el consumo.

No pasó mucho tiempo para que el gobernador Winship se adentrara en aguas profundas. Comenzó a estrechar lazos con los intereses norteamericanos que explotaban la industria de la caña de azúcar, de modo que, antes de considerar a los integrantes del país que debía proteger, se alió con la llamada aristocracia criolla y con los intereses económicos de los explotadores del Norte. Si estos causaron muertes de trabajadores de los cañaverales por el exceso de trabajo y la poca paga, estas podían ocultarse como «causas naturales» debidas al sinnúmero de condiciones adversas que aquejaban a la sociedad puertorriqueña del momento. Pero no así las intervenciones de Riggs y Winship, una pareja que, para muchos, estaba unida por el mismísimo diablo, y quienes, directamente, eran responsables de la muerte de tantos inocentes.

A poco más de un año de la llegada de Winship y a dos de la de Riggs, la persecución contra el Partido Nacionalista de Pedro Albizu Campos, que abogaba por la independencia de Puerto Rico, culminó con el asesinato de cuatro de sus miembros en el pueblo de Río Piedras, cerca de San Juan. El suceso se desató durante una demostración pacífica de los jóvenes en la que intervino innecesariamente la policía. Como suele suceder, después de ese día hubo una escalada paulatina de violencia, que fue dejando su tarjeta de presentación a lo largo de la isla. Se forjaban y se desbarataban complots a tal velocidad que la paranoia policíaca alcanzó niveles tan altos, que Winship, Riggs y sus secuaces militarizaron las brigadas poco a poco y las infectaron con demagogia antinacionalista y antialbizuista. La prensa hizo también alarde de sus prejuicios que, inevitablemente, se desbordaron sobre los ciudadanos desconocedores de los intríngulis políticos y las intrigas palaciegas.

Meses después de la llamada Masacre de Río Piedras, el 23 de febrero de 1936, Riggs regresaba de misa en su automóvil oficial cuando fue interceptado por dos nacionalistas, Elías Beauchamp e Hiram Rosado. Mientras uno distraía a la escolta, el otro se acercó a la ventanilla de Riggs. El primer disparo atravesó el misal que, con su rosario, asía el jefe policial junto a su pecho. Otro proyectil alcanzó su abdomen y el tercero entró en su cráneo y fue destruyendo a su paso toda la memoria de sus ilustres antepasados en Nueva Inglaterra, y de sus años en la Universidad de Yale.

Ante los pitidos y los tiros de la policía, las calles se llenaron de curiosos y de gritos de mujeres que más o menos presenciaron el sangriento suceso. Los dos jóvenes fueron apresados luego de una breve persecución y llevados al cuartel. Cualquiera de las heridas de Riggs hubiera bastado para quitarle la vida, según el médico que lo declaró muerto, que también llegó a la conclusión que había dado su vida en estado de gracia, como lo comprobaba el que había ido a misa y que aún abrazaba su misal y su rosario. Los apresados no tuvieron la dicha de recibir la gracia del Señor. En el cuartel fueron acribillados a sangre fría. La prensa -incluyendo el *Time Magazine*- publicó la noticia de que los presos habían tratado de tomar las armas que estaban en un armario en el salón de interrogatorios, lo que desató el zafarrancho asesino. Nadie lo creyó. Ni tan siquiera Winship que, de todos modos, declaró héroes a los guardias que «protegieron el cuartel de las acciones de los terroristas». Después de eso a Winship se le concoció entre los puertorriqueños como La Sombra Funesta.

El cenit de la tiranía de Blanton Winship como Gobernador de Puerto Rico y su nadir como ser humano, sin embargo, estaba por llegar. Mientras continuaba su persecución de los nacionalistas y cumplía con las tradiciones despóticas de encarcelar y torturar intelectuales, poetas y escritores, arreciaban sus actividades antiobreras y explotadoras del pueblo puertorriqueño, que además engordaban a las aves de rapiña que revoloteaban a su alrededor buscando favores que los lucraran. Estos acudían a las opíparas y alcoholizadas fiestas en Fortaleza, y ese acceso les aseguraba beneficios propios y familiares que los ponían en ventaja con respecto a los demás ciudadanos. Aquellos que respaldaban de una forma u otra sus políticas e ideas, triunfaban; los que no, al diablo.

En el año 1936 y los primeros tres meses de 1937 el mundo se vio arropado en un torbellino que lo conducía al borde de un abismo tan profundo que mantendría al planeta en jaque durante más de medio siglo. En España la Guerra Civil consumía vidas a la velocidad con que las hienas hambrientas devoran la carroña. Los alemanes se movían implacables hacia la guerra, y la Gestapo se establecía sobre la ley. La policía de La Sombra Funesta gozaba de privilegios parecidos.

«ENTRE», DIJO EL ALCALDE DE PONCE, José Tormos Diego, cuando oyó a su ayudante llamar a la puerta. Estaba sentado ante su escritorio respondiendo cartas de ciudadanos -algunos pidiéndole ayuda para la municipalidad, otros agradecidos por la que habían recibido-. Frente a sí tenía una breve epístola con la fecha de ese día, 14 de marzo de 1937. El ayudante le entregó un sobre que, al mirar quiénes lo remitían, Tormos lo abrió sin demora. En el pliego de papel, bajo las insignias de la Junta Nacionalista de Ponce, sus dirigentes, Plinio Graciany y Luis Castro Quesada, notificaban al gobierno municipal que el 21 de marzo la Junta Nacionalista celebraría un mitin público, que sería precedido por un desfile. Tormos se quedó pensativo un breve instante.

—Ramón, dígale a Teresa que venga.

Una mujer bajita y gruesa, con sonrisa de ángel, entró al despacho con su libreta de taquigrafía y un lápiz enterrado en el moño de pelo en lo alto de su cabeza.

—Le va a dirigir esta carta a Plinio y a Quesada —dijo, devolviéndole la sonrisa—: Estimados, etc., etc., les agradezco que me hayan notificado vuestro desfile, máxime cuando reconozco que se trata de una cortesía, ya que la ley permite explícitamente la celebración de desfiles o actos públicos en los parques o plazas de la isla. Sé que ha de ser lucido y que dejará complacido, como siempre, a los concurrentes. Atentamente, etc.

No pasaron más de quince minutos para que lo dictado pasara de boca en boca, llegando a los que pululaban por la plaza de recreo frente a la alcaldía y bajo los sauces y los robles de las calles convergentes: todo Ponce estuvo al tanto de que habría un desfile nacionalista el Domingo de Ramos. Una hora después lo sabía la policía en San Juan.

Dos días antes de la marcha, el sucesor de Riggs, el coronel Enrique de Orbeta -el primer puertorriqueño nombrado Jefe de la Policía Insular de Puerto Rico-, llegó a Ponce para estudiar la situación. Al salir de la reunión, Orbeta ordenó destacar en Ponce, como refuerzos, a policías de otros pueblos de la isla, armados con carabinas y subametralladoras. A los 52 policías asignados a Ponce se le añadieron 47 de otros pueblos. Cuando se percató de que sumaban 99, Orbeta se persignó: el nueve era su número favorito. Se montó en su auto y suspiró pensando que tenía que volver a confrontar el camino de regreso por La Piquiña, la carretera a San Juan, así llamada por tener tantas curvas. Fue directamente a Fortaleza, donde Winship lo esperaba impaciente.

—*Colonel, what took you so long?* —inquirió Winship al entrar Orbeta en su despacho, a pesar de saber muy bien la dificultad del camino a Ponce.

—Van a marchar vestidos de soldados —contesto Orbeta en buen inglés.

—*That's what they think.* Las leyes impiden la

formación de milicias o ejércitos que no sean los de Estados Unidos. Han estado en los libros desde 1917. No se les puede permitir tal cosa. *You must stop this ridiculous event! I interpret it to be a military act against the US. Go back there and tell 'em. Tell the mayor!* Si todavía se niega, haga lo que tenga que hacer... *but whatever it is, nail those fascists!*

Al otro día Orbeta no pudo contactar a Tormos por teléfono, pero el día anterior al desfile, el jefe de la policía del distrito de Ponce, el capitán Felipe Blanco, le escribió la siguiente carta a los dirigentes nacionalistas Luis Castro Quesada y Plinio Graciany: *Me place acusar recibo de su carta, fechada ayer a las 7:40 p.m., informándome del desfile de los Cadetes de la República y del acto que será celebrado el próximo domingo 21 de marzo, en esa ciudad de Ponce, cuyo programa he leído en la página 3 de* El Mundo *de ayer y que dice, en parte: 2:00 p.m. «Concentración de las Divisiones del Ejército Libertador del distrito de Ponce y pueblos limítrofes, para desfilar a lo largo de las calles de Ponce». Deseo informarle a ustedes que, de acuerdo a las instrucciones que he recibido de mis superiores, la Policía no permitirá tal celebración y, en cumplimiento de mi deber, así se lo comunico a ustedes por medio de esta carta.*

Previendo que de suceder algo fuera de lo común necesitarían la anuencia de Tormos, Orbeta y Blanco decidieron ir a ver al alcalde para convencerlo de que cancelara el permiso. Pasado el mediodía localizaron al alcalde. Orbeta trató de impresionarlo con los peligros que conllevaba la celebración de dichos actos. Le dijo que tenía información de que iban a venir armados, tanto los nacionalistas de Ponce como los grupos que venían de Mayagüez. Después de una larga discusión, el alcalde accedió a los deseos de Orbeta. Llamó inmediatamente a los dirigentes nacionalistas y les comunicó que él no se había dado cuenta de que el Domingo de Ramos era un día de fiesta religiosa, y que los Padres Paules le habían pedido que no permitiera el desfile. Los nacionalistas sabían que Tormos mentía. Sólo le señalaron que ya se encontraban en Ponce los participantes del desfile y que se llevaría a cabo ordenadamente, en silencio, y que ellos así se lo informarían a los Padres Paúles. Tormos abruptamente dio por terminada la entrevista, pero recalcó que el permiso estaba cancelado.

El número de la suerte de Orbeta fue desapareciendo. Unas horas antes del desfile, armados con rifles, carabinas, subametralladoras, bombas lacrimógenas, granadas de mano, revólveres, macanas y manoplas, la dotación policíaca de Ponce contaba con una fuerza adicional de 200 hombres, concentrados en las calles que rodeaban el local de la Junta Nacionalista en la esquina de las calles Marina y Aurora. Los nacionalistas entraron al local acompañados de sus hijos y esposas, y la policía les permitió el paso a unos 80 cadetes nacionalistas uniformados y portando falsos rifles hechos de madera.

Poco después de las 3:15 p.m. los cadetes formaron filas de tres en fondo. Vestían uniforme consistente en pantalón blanco, camisa negra, una gorra negra y, en la manga izquierda, una cruz de Calatrava. Al frente de la columna estaba el capitán de los cadetes, Tomás López de Victoria. El Cuerpo de Enfermeras lucía uniformes blancos y marchaba detrás de los jóvenes. Al final estaba la banda compuesta de cinco o seis músicos. Al comenzar *La Borinqueña,* el himno nacional de Puerto Rico, tanto los cadetes como las enfermeras asumieron posiciones militares.

Cuando hubo terminado la banda, el público aplaudió. Los dirigentes nacionalistas también oyeron la música y salieron del interior del Club Nacionalista para ver lo que estaba pasando. Los cadetes iban a empezar a marchar y el capitán de los cadetes, Tomás López de Victoria, dio la orden de pararse en atención. Los policías se pusieron en posición para disparar. El jefe policíaco Soldevila se acercó a los cadetes, levantó sus brazos aguantando una fusta por los extremos y les dijo a los cadetes: «Muchachos, no pueden seguir».

Estaban rodeados por policías armados por todos lados

y muchos otros esperaban en las calles perpendiculares que los conduciría hacia su destino.

Bolívar Márquez estaba orgulloso de su nombre, algo que sus padres humildes alimentaron sin resquemores enseñándole en los libros las hazañas del gran libertador de las naciones andinas. Su nombre era lo único que le podían legar a su hijo. Su orgullo había crecido aún más desde que el Maestro, Pedro Albizu Campos, le recordó que la libertad valía más que la vida y que liberar fue la dedicación del gran Bolívar. Ese día no se le escapó la coincidencia de que entraban en la plaza de la ciudad como lo había hecho ese otro gran liberador que era Jesús. En su mente, sus pantalones blancos, lavados con el agua de su país y secados bajo el sol soberano de su isla, eran tan brillantes como los de cualquier otro cadete, y su gorra y su camisa, negras como las noches más negras que se cernían sobre los montes de su tierra. Iba moviendo los labios y diciendo muy bajito la letra de su himno, y en el último verso del poema que termina: «Es Borinquen la hija, la hija del mar y el sol», le añadió sin decirlo: «Y de las noches estrelladas del Caribe». Estaba distraído pensando en el significado de la marcha cuando vio a un policía con su mano en alto. Inmediatamente vio una pequeña nube que le tapó el rostro al guardia. Fue entonces que oyó el disparo. Ahora venían las descargas de todos lados. Vio un cadete al lado suyo caer como un saco de harina, sin hacer ruido. Miraba atónito hacia arriba, hacia los lados. De todos los ángulos le llegaba la agria fetidez de la pólvora quemada, y a sus oídos el ruido del recular metálico de los cañones de las pistolas. Cayeron al suelo muchos cadetes, pero también caían los que se habían congregado a presenciar la marcha. La nota discordante de una bala que perforaba la trompa del trombón palideció ante el ruido del tambor que ahora yacía en la calle, agujereado como un panal de abejas. En ese instante sintió la sangre que empapaba su camisa almidonada y planchada por su mamá, que estaba entre la gente que gritaba y corría en todas direcciones. Sintió que se le mojaban los pantalones de dril barato pero blanquísimo secado bajo el sol. Sabía que se orinaba pero no lo sentía, no podía mantenerse en pie. Cayó sobre su propia sangre. Trató de guarecerse arrastrándose hasta la puerta del edificio más cercano, pero no podía más, no le daban las fuerzas y temía que se moría sin hacer nada por la libertad, por Bolivar, por el Maestro, por su patria. Y como se le nublaba la vista y le daba vueltas la cabeza, hundió sus dedos en la sangre que emanaba de su vientre y con ella escribió en la pared: «Viva la República. Abajo los Asesinos». Y dibujó tres cruces.

Durante unos diez minutos, nacionalistas y espectadores se encontraron en medio del fuego cruzado. Finalmente, 21 personas quedaron muertas sobre el pavimento; un niño herido murió en el Hospital Pila. Los heridos sobrepasaron los 200. Al final del día, la policía culpó a los nacionalistas del incidente por haber «marchado» cuando se les había negado el permiso. Al otro día del tiroteo el fiscal de Ponce, Rafael Pérez Marchand, preparó un informe acusando a 23 nacionalistas de causar un motín, portar armas, intento de asesinato, y asesinato. El fiscal Pérez Marchand también ordenó el arresto de cuatro policías, pero fue desautorizado por el gobernador Winship, quien alegó que no se podía ordenar el arresto de policías sin el consentimiento del Procurador General. Además, le exigió a Pérez Marchand que arrestara a más nacionalistas. En respuesta a esta pretensión, el fiscal renunció ante el gobernador. Winship vio el cielo abierto y nombró a un fiscal especial que archivó las acusaciones contra los cuatro policías con la excusa de que no había pruebas para sostenerlas. Como consecuencia, ningún policía fue acusado de nada de lo que pasó en Ponce ese domingo de Ramos.

Capítulo 25
Nuevo Trato

A pesar de que fueron numerosos los reportajes en los periódicos y las cartas dirigidas al presidente Roosevelt y al Secretario de Asuntos Internos de EE UU, Harold Ickes, objetando las decisiones que llevaron a la masacre, éstos no surtieron efectos inmediatos. Tampoco importó que el *American Civil Liberties Union*, a través de su abogado Arthur Garfield Hays, que vino a Puerto Rico y examinó la evidencia disponible, concluyera lo que era la percepción general: que el suceso había sido una masacre innecesaria. Por el contrario, Winship arremetió contra los nacionalistas llevándolos a juicio. No logró condenarlos y decidió continuar su persecución. Su blanco principal era Albizu Campos. Se acumuló evidencia y hubo testigos: el jurado del primer juicio no llegó a un veredicto. Pero el jurado del segundo fue seleccionado por el fiscal Cecil Snyder, y por Winship.

El famoso pintor, ilustrador de libros y comunista, Rockwell Kent, fue testigo en una fiesta en la Fortaleza del alarde del fiscal Snyder diciendo que tenía al jurado en su bolsillo, dando elocuentes palmaditas sobre el bolsillo de su chaleco, del que sacó una lista con los nombres de quienes lo compondrían. El pintor preparó una declaración jurada a tales efectos y, más tarde, volvió a la isla invitado por el abogado defensor a prestar su testimonio en Corte. Cuando llegó a Puerto Rico le hicieron ver que su vida podía peligrar. Como no pudieron disuadirlo, no se le permitió testificar, pero la naturaleza de su declaración fue divulgada en Corte. Sin embargo, el 7 de junio de 1937, un jurado compuesto por diez norteamericanos y dos puertorriqueños alineados con los intereses monetarios estadounidenses, encontró culpables a Albizu Campos y a otros nacionalistas y los envió a la prisión federal de

Atlanta, en Georgia. A Winship no se le escapó la ironía de que ese era su Estado natal.

Las gestiones del *American Civil Liberties Union* y de otros no perturbaron en nada el mandato del general Winship, cuya posición como Gobernador parecía estar bien afincada, pero en Washington se comentaban los sucesos de Puerto Rico. Los actos de la policía estatal -no de la supuesta falange puertorriqueña de Albizu-, se comparaban con actos similares llevados a cabo por facciones derechistas en España, Italia y Alemania. En abril de 1937, el representante John T. Bernard, de Minnesota, habló en el Congreso y describió lo que había pasado el Domingo de Ramos. ¿Cómo podía ser que ciudadanos americanos cometieran tales violencias contra su propia gente? Muchos congresistas, senadores y gobernadores de Estados de la Unión se intranquilizaron, pues lo que sucedía en Puerto Rico podría ser usado en contra de su Partido Demócrata cuando llegaran las próximas elecciones. Winship comenzó a recibir cartas de muchos de sus colegas, cuya importancia minimizó al principio, pidiéndole que hiciera algo para aplacar las críticas. También recibió una del Secretario de Asuntos Interiores, Ickes, que ya ponía el suceso cerca de la Casa Blanca y, por lo tanto, del Presidente. Algo tenía que hacer.

Sentado en su escritorio, vestido de dril blanco como era su costumbre desde que llegó a la isla, Winship barajaba los cuatro sobres que contenían las cartas de Alcalá. Todos se entregaron a mano en su oficina. Admiraba la caligrafía del gran don Mariano Alcalá: la delgadez de las consonantes y la perfecta redondez de las vocales cerradas; el leve rizo que formaba la *t*, la simplicidad de la tilde de la *ñ* en la dirección del remitente. Le impresionaba la evidente elegancia de quien había compuesto las misivas. Fue innecesario sacar cada carta de su sobre pues de tanto leerlas ya las tenía memorizadas. En ellas vio una oportunidad de ganar puntos con algunas personas muy prominentes. Redactó una carta que envió a no menos de quince gobernadores, al igual que a varios senadores y congresistas demócratas de esos Estados, a los que proveyó los datos de los Alcalá a la vez que expresaba la necesidad de asilar a una familia distinguida que reclamaba uno de sus miembros, un ilustre ciudadano americano, educador erudito de fama internacional y residente en tierra de Estados Unidos. Dada la política de no intervención del gobierno de Roosevelt en el conflicto español, Winship, con ideas aportadas por el fiscal Snyder, subrayó la solvencia de la familia y la contribución potencial a la nación de gentes «educadas, cristianas y pro americanas». Lo último era una alusión a que no eran fascistas sin tener que decirlo directamente, mucho menos por escrito. Lo de cristiana era para recalcar que no eran comunistas, a pesar de venir del territorio republicano. También envió una versión especial de la carta pidiéndole apoyo a la primera dama Eleanor Roosevelt.

Esta táctica tuvo su efecto, pues paulatinamente le fueron contestando sus colegas y uno que otro congresista expresándole su apoyo a la «liberación de gente valiosa, valerosa y democrática». Winship interpretó este pequeño triunfo como un gran paso para apaciguar el malestar que contra él podía existir entre sus colegas y la maquinaria política en Washington, pero aún faltaba mucho por hacer y partió a la reunión anual de la Asociación Nacional de Gobernadores en Atlantic City el 14 de septiembre de 1937, con nuevos bríos y entusiasmo por el poder que ejercía en Puerto Rico, sus relaciones con los mercaderes de la caña de azúcar, y con sus colegas nacionales. Esto último le complacía en particular. La suya no era una posición electa y, por eso, los otros gobernadores lo consideraban más bien un miembro honorífico de su asociación. Pero el respeto que le profesaban por su trayectoria como militar y como ex jefe abogado de las fuerzas armadas, hacía que lo nombraran a comités importantes y lo incluyeran en las discusiones más significativas y sus deliberaciones de cada año.

Pensó que este año tendría una oportunidad de oro para limpiar el lodo que la plebe inculta de los nacionalistas le había echado a sus botas. Al término de la reunión los gobernadores estaban invitados a almorzar con el Presidente en la Casa Blanca y, luego, a la celebración presidida por Roosevelt del septuagésimo quinto aniversario de la batalla de Antietam, en Sharpsburg, Maryland, el 17 de septiembre. Ya vería con sus propios ojos el comportamiento, no solo de sus colegas, sino del Presidente, hacia su persona.

El viento se había intensificado y corría sin freno por el paseo tablado frente al océano en Atlantic City, bajaba por Atlantic Avenue -que separaba el Hotel Chalfonte del Hotel Haddon Hall-, y de vez en cuando formaba remolinos de tal fuerza que los transeúntes se abrazaban a los postes y a cualquier objeto fijo que estuviese a su alcance. En cambio, el Vernon Room, del Chalfonte, estaba tibio y lleno de flores. Las voces se hundían en el cortinaje y las alfombras del lujoso salón. Una excepción era la voz, ampliada por el sistema eléctrico, de Robert Cochran, gobernador de Nebraska y presidente de la Asociación. Respondía a las preguntas sobre la ley de 1934 que estableció en su Estado una legislatura de una sola cámara. Presentó sus bondades y sus defectos potenciales y enfatizó que no tendrían suficientes datos sobre su efecto verdadero hasta pasados algunos años más. Las preguntas evidenciaban que la mayoría de sus colegas temían la ausencia explícita de los partidos Republicano y Demócrata en una Casa de las Leyes, y a la poca influencia política que sobre la legislatura permitía la ley.

Cochran era un hombre influyente y admirador de la figura militar que Winship representaba. A la hora del almuerzo convidó a Winship y a los gobernadores de Florida y Virginia Occidental, Frederic Cone y Homer Adams Holt, a compartir su mesa. Al igual que Holt,

Cone era un antifascista vehemente, y quería discutir más a fondo los disturbios «fascistas en Puerto Rico». Después de todo, la isla era una pieza clave para la defensa del canal de Panamá y no se podía permitir que se desarrollara un vínculo con la extrema derecha de Europa.

Winship dio su versión de la masacre en un tono de voz desvinculado de toda emoción, algo que había aprendido como sureño y como militar. Recalcó la supuesta imprudencia criminal de los nacionalistas al marchar con armas encubiertas a pesar de la presencia de espectadores y retando a la policía, que sólo estaba allí para proteger a la ciudadanía. Vendió a Albizu Campos como un rebelde negro que, a pesar de haber estudiado en Harvard y, por lo tanto, deberle lo que sabía a esa gran institución y a la forma de pensar americana, carecía de la gratitud que tiene la gente de bien para con los que les ayudan. Insistió en la pulcritud de los juicios, dejados por la fiscalía en manos de Cecil Snyder, un brillante abogado graduado de Harvard, y que las condenas a los nacionalistas, particularmente el encierro de Albizu, estaban más que justificadas por tratarse de un grupo que buscaba mantener un ejército ilegal que ansiaba derrocar por la fuerza el Gobierno de los Estados Unidos de América. A las preguntas que le hicieron contestó con gran aplomo y convicción desapasionada. Antes de llegar el postre, tenía el respaldo de los tres gobernadores y sus promesas de convencer a las delegaciones legislativas de sus Estados de la importancia de un proyecto que permitiera la entrada de «cuatro antifascistas apolíticos y dos niños: dos familias cristianas», a suelo americano como un acto humanitario que de ninguna forma afectaba la declarada neutralidad de Estados Unidos ante la Guerra Civil española.

Winship culminó su viaje con la sombra de una sonrisa en los labios cuando, en la Casa Blanca, uno de los ayudantes de la señora Roosevelt confirmó que ella estaba comprometida a hacer todo lo que estuviera a su alcance para ayudar con el proyecto Alcalá, pues la isla necesitaba de gente que pudiera ayudar a resolver sus problemas de pobreza y educación y a sostener su cultura española. Mejor no podía estar la situación, pensó el Gobernador de Puerto Rico.

Con ese respaldo tácito, La Sombra Funesta escalonó la lucha contra los nacionalistas y el 10 de enero de 1938 condenaron a prisión a ocho de sus líderes, incluyendo a su presidente Julio Pinto Gandía. Al día siguiente, Winship telegrafió su más reciente logro contra las actividades clandestinas fascistas en tierra de Estados Unidos al secretario Ickes, a todos los gobernadores de la estados de la nación norteamericana y a los congresistas y senadores que luchaban por pasar, en su momento apropiado, el proyecto Alcalá. Hubo una comida el sábado 22 de enero para celebrar el acontecimiento, y el *Jack Daniels* abundó en la fiesta en Fortaleza gracias a cuatro cajas del lícor que llegaron en el *Clipper* Pan American, obsequio del gobernador de Tennessee. Muchas señoras probaron por primera vez el *Manhattan* con las cerezas *Maraschino* que antes las deleitaron en unos *Tom Collins,* y aprendieron que la bebida se había creado en honor a la madre de Winston Churchill, Jenny Jerome. La música en los jardines de la mansión del Gobernador flotó sobre sus muros hasta mucho más allá de la medianoche y se escuchaba en las casas contiguas y en los paseos llenos de borrachos y basura que bordeaban La Fortaleza, y escasamente la separan de la bahía de San Juan.

A principio de junio de 1938 era evidente que el proyecto Alcalá pasaría antes de que el septuagésimo quinto Congreso de los EE.UU. terminara sus labores. Y así fue. Antes del 1 de septiembre, el Presidente debía firmarlo y enviarlo a Inmigración para que estuvieran todos los permisos de desembarco. Winship tramitó de nuevo numerosos telegramas, dándole las gracias a los que respaldaron el proyecto, y una carta a la señora Roosevelt en la que encomiaba su lucha por todos los desamparados del mundo y su respaldo a la búsqueda de soluciones a los problemas de Puerto Rico. A través de sus conocidos pidió que Mariano Alcalá, otros hombres españoles distinguidos y los líderes de cofradías españolas, tales como el Círculo Gallego y el Asturiano, entre los que había muchos afectos a las fuerzas de Franco, asistieran a un almuerzo especial en Fortaleza para enterarlos de su hazaña. La noticia causó gran júbilo en muchos que dejaron su país en los años precedentes a la guerra en protesta por la dictadura de Primo de Rivera, que eran republicanos, pero también, entre todos los que odiaban al comunismo y a la Unión Soviética, el cual incluía muchos admiradores de Franco, miembros de la Falange, que querían congraciarse con Winship y los americanos. A Alcalá, de pie frente a los invitados junto a un enhiesto Winship -que ahora sonreía con el éxito de su gestión como si alguien tirara de unos cordones atados a los ángulos de su boca-, se le saltaron las lágrimas, pero su gran dignidad controló cualquier otra expresión que a él le pareciera indecorosa ante aquella congregación. Al darse cuenta de las mejillas surcadas por las lágrimas del intelectual, el rostro de Winship volvió a su acostumbrada expresión militar.

La raza humana es atrevida por naturaleza. Sin ese impulso el mundo estaría estancado, pero es esa tendencia al arrojo, a pasiones primitivas que alberga el ser humano en su cerebro, lo que a veces lo conduce a actos y decisiones desafortunadas. Dos días después de la exitosa recepción en Fortaleza para anunciar el asunto Alcalá, a pesar de las advertencias en contra de varios de sus asesores, incluyendo el jefe de la policía, Winship decidió celebrar el 25 de julio de 1938 en Ponce, el cuadragésimo aniversario de la invasión norteamericana de Puerto Rico. Según explicó luego, quería restregar en la cara de los nacionalistas las realidades de la vida.

Capítulo 26
Bienvenida, verano-otoño de 1938

El recibimiento especial preparado para Winship el 25 de julio en Ponce fue planificado por Ángel Esteban Antongiorgi, un personaje solitario del nacionalismo, de gran valentía, a quien la suerte y su tino lo traicionaron. Pudo haberse cargado a la Sombra Funesta -disparó cinco tiros-, pero en su lugar, mató a un policía puertorriqueño antes de caer acribillado por las balas, dos de las cuales le quemaban las entrañas de tal forma que enardecían su rabia por haber fallado. Hasta sus lágrimas se llenaron de sangre cuando se dio cuenta de que no había logrado su cometido. Es uno de los castigos que sufren los que fallan en sus intentos de llegar a ser héroes: nunca se les ofrece una segunda oportunidad. Para asegurarse de que ese fuera el caso, el cuerpo de Antongiorgi no fue entregado a la familia; además, fue decapitado. A pesar del fracaso del atentado, aquellas partes desprendidas fueron responsables de sellar la suerte de La Sombra Funesta.

La jefa de la brigada cuáquera se mostró complacida cuando el capitán del *Sinaia* le notificó la escala en Puerto Rico. Allí desembarcarían, por primera vez desde que la guerra había comenzado, personas que eran básicamente refugiados de la Guerra Civil. No de visita, sino para quedarse en el paraíso soleado de la isla. Los papeles oficiales esperarían a los González y los Torres cuando arribaran; estarían en manos del director de Aduanas y del Comisionado Residente de Puerto Rico en Washington, Santiago Iglesias Pantín.

Pedro González tuvo largas conversaciones con Miguel sobre cómo manejar la llegada para poder convencer a todos de que habían escapado del mismo bando. Ambos sabían bastante del socialismo y el comunismo, pero

Miguel no creía en ello e iba a tener que disimular bastante. Pedro sería el portavoz de ambas familias y su mujer y su cuñada podían ofrecer argumentos a favor del socialismo democrático así como sobre las políticas de centro. Las dos mujeres entendían también que el socialismo predicaba la armonía entre los seres humanos. Tendrían también que dar constancia de su adhesión al catolicismo y de su creencia inviolable en el valor fundamental de la familia, algo que no era incompatible con el socialismo. Asimismo tendrían que sostener que no eran adeptos al falangismo ni al fascismo, particularmente al nazismo. Ninguno de ellos, sin embargo, tenía el más mínimo indicio de cómo se iban a desenvolver en un lugar del cual sabían tan poco. ¿Qué era Puerto Rico? Sabían que lo perdió España en la Guerra Hispano-norteamericana, junto a Cuba y Filipinas. Mas ¿cómo era la vida allí? Ahora que la isla era de Estados Unidos, ¿acaso se hablaría inglés? Ya el tío los orientaría sobre las costumbres del lugar, y como era tan didáctico, les instruiría a largos rasgos sobre la política en la isla. José María y Antoñito ya conversaban sobre Puerto Rico como si en realidad supieran algo; lo más que les atraía era que fuera una isla y estuviera rodeada por el mar, que tan poco conocían.

Durante los días de navegación, Miguel Torres tuvo tiempo para pensar en su vida. Durante su clandestinidad fue casi célibe, pues evitaba conocer a nadie y que nadie lo conociera. Además, quería serle fiel a su mujer porque creía en la santidad del matrimonio. Una tarde en que había terminado de observar desde la azotea cómo las descargas de la artillería franquista hacían blanco en los edificios de la Gran Vía, bajando las escaleras, se topó con una mujer que fumaba ante la puerta del pasillo. La había visto de lejos varias veces entrando o saliendo del edificio, o sentada en una terraza de un restaurante o de un café cercano. En una ocasión la sorprendió mirándolo disimuladamente, pero no le había llamado la atención pues esto sucedía con frecuencia, como era el caso de las dos maestras con quienes se encontraba a veces cuando había estado planificando lo del polvorín. Lo miró con un gesto triste y le preguntó que cómo estaba. Al hablarle se dio cuenta de que no era española: tenía el dejo dulce del acento mexicano que había oído en el cine de labios de Dolores del Río. Llevaba el pelo corto y era bastante morena, de facciones finísimas y labios carnosos y sensuales. Sus ojos eran más oscuros que su piel y sólo las cejas y las pestañas eran más oscuras que ellos. Le pareció de una belleza excepcional, como la de la actriz a quien le recordó. Tuvo que mirar al suelo para ver dónde estaba parada, ya que era casi tan alta como él. Llevaba unos zapatos sobrios de pequeños tacones, y cuando se percató de lo que Miguel observaba, lanzó una breve y sonora carcajada al mismo tiempo que movía la cabeza hacia atrás y enseñaba unos dientes perfectos.

—Es una limitación —dijo, ahora risueña—. No hay muchos de tu estatura. Ni aquí ni en México. Y de los que hay, son pocos los que me gustan. Y los que me gustan, están casados o muertos.

Tuvo que bajar muy poco la vista para mirarla a los ojos, en los que vio la sombra del desconsuelo que percibió en su cara al verla por primera vez.

—¿Te pasa algo? ¿Necesitas ayuda?

—Tendrías que tener poderes sobrenaturales. Si sabes producir la resurrección, hazlo con mi marido, que ha muerto hace tres días en alguna sierra cerca de aquí, peleando por estupideces.

Tiró el cigarrillo al suelo y lo apagó con la suela del zapato. Volvió la vista a Miguel con expresión muy seria.

—No lo vi mucho durante los últimos seis meses, que pasé sufriendo por su suerte.

Alzó su mano y tocó el rostro impávido de Miguel y pasó sus dedos sobre los duros pelos de la sombra de su barba, y fue acercando sus labios hasta los de él e, inevitablemente, sus senos redondos no muy grandes contra su pecho, inclinando su pelvis hacia adelante. Sintió la erección de Miguel, y comenzaron a besarse y a frotarse uno contra el otro durante un rato. Ella se separó de él un instante, lo tomó de la mano, lo llevó por el pasillo hasta la puerta de su piso donde, una vez adentro, se quitó su falda y sus bragas, le bajó los pantalones y los calzoncillos a Miguel, y cuando se vio cara a cara con su falo latente y duro, lo lamió antes de llevárselo entre las piernas. Miguel reculó seis, siete veces según ella gemía y lloraba en su cuello, y eyaculó un torrente de semen mientras sentía sus testículos y la apertura de su culo contraerse con placer y dolor simultáneos, que engrandecieron el placer de la venida. Ella lo besó profundamente cuando sintió su propio clímax.

—Te había deseado desde que te vi varias veces, mientras barrías la acera —le dijo—. Pero entonces mi marido estaba vivo. Es una pena que nos conozcamos tan tarde… Te agradeceré que ahora te marches.

Comenzó a llorar con gran desconsuelo y se sentó sobre la alfombra según él abandonaba el pequeño piso. No la volvió a ver, pues la mujer fue evacuada con otros mexicanos unos días después, pero no fueron pocas las veces que, en su soledad, cuando lo invadía la sensualidad, se masturbara pensando en su encuentro con aquella mujer exótica.

Su relación con Isabel tomó un giro sorpresivo durante la travesía. Su mujer exhibía ahora un deseo y capacidad sexual que nunca antes manifestó. Buscaba la oportunidad de que Antoñito estuviera con Pedro y María Luisa para llevarse a Miguel al camarote y hacer el amor hasta rendirse de placer. Miguel estaba muy complacido con este cambio de Isabel, y su amor por ella creció en esos días en que se dieron a la tarea de recuperar todo el tiempo que vivieron separados.

Miguel también notó que el intelecto de Pedro lo estimulaba de tal forma que todos los días anticipaba verlo. Oírle, verlo sonreír, escuchar su voz y, sí, deleitarse con su belleza, que en varias ocasiones le hizo recordar el episodio en Ávila, muchos años antes. Lo recordaba como una de esas cosas que son partes de la vida, y que ayudan a formar una visión de la persona que uno es. Amaba a Pedro con gran fuerza y era evidente que Pedro lo amaba a él, con un amor cerebral y racional, enmarcado en la vida que ambos habían elegido como hombres responsables.

Con Isabel, María Luisa y Pedro, compartía todo lo que pensaba, excepto que en ningún momento reveló su intención de regresar a España si ganaban los nacionales. Tarde o temprano tenía que volver a ayudar a restablecer el orden para que su país tuviera un futuro brillante. No quería compartir esto con la familia porque no sabía si Pedro podría retornar algún día.

José Alberto Buitrago sintió gran entusiasmo cuando recibió la petición de escribir para el *Puerto Rico Ilustrado* un artículo de la llegada de *El Sinaia*. La noticia de que el barco haría escala, por primera vez durante la Guerra Civil, para dejar a dos familias a salvo en tierra norteamericana, era un acontecimiento. Le perturbaba que fuera un logro de Winship, pero se consolaba con el hecho de que la mediación de su amigo Mariano Alcalá y de sus conocidos, tales como el reverendo O'Hara, presidente de la Universidad de Notre Dame, y James B. Conat, presidente de Harvard, y la intervención de la oficina de la primera dama Eleanor Roosevelt, ejercieron gran peso en la concesión del permiso a los refugiados. A pesar de las dudas, durmió serenamente la noche anterior y despertó alentado por un radiante cielo cubierto de nubes azules. Antes de dejar su casa, alzó en sus brazos a Cordelia, su bebé de dos años, y le dio tantos besos que la niña se reía a carcajadas.

Una vez en el muelle lo conmovió el hecho de que se recibiría en San Juan una distinguida familia española víctima del fascismo. Pasó por su mente que a pesar del coloniaje y de Winship, personas de variada ideología recibirían a los inmigrantes, entre ellos, un gallego socialista -el Comisionado Residente de Puerto Rico en Washington, Santiago Iglesias Pantín-, los españoles republicanos y españoles falangistas que trataban de congraciarse con el gobernador, y muchos puertorriqueños de creencias variopintas. Buitrago no pudo menos que estremecerse ante la multitud que se congregó desde la puerta de San Juan, a lo largo del Paseo de la Princesa, cerca de las instalaciones de la Marina estadounidense y en los predios aledaños al arsenal de la Puntilla y la Aduana. La oficina del Gobernador se había asegurado de convertir el suceso en una celebración del pueblo, y habría golosinas y refrescos para todos. En una pequeña embarcación, acompañado de varios profesores universitarios y un fotógrafo, Buitrago fue uno de los primeros en ver la proa de *El Sinaia*. Además, pudo contemplar las muchas almas -la mayoría niños y mujeres rumbo a México- que se apiñaban en la cubierta tratando de colocarse en un lugar junto a la barandilla, para ver mejor a los que venían a saludarlos. Al ver a los niños que saludaban con su puñito al aire en repudio de los fascistas, Buitrago y sus colegas, así como la multitud, no tuvo otro remedio que saludar igual, y vencer el amago de un sollozo en su garganta. El barco tomó la curva de la Puntilla, impulsado, al parecer, por los vítores de la multitud en tierra, que ahora comenzaba a oír la banda que a bordo tocaba aires de zarzuela y canciones populares. Cuando cesó la música, la Banda de la Policía en el muelle comenzó a tocar canciones puertorriqueñas como obsequio a los viajeros, porque a los que habrían de desembarcar les tenían preparadas danzas del compositor ponceño Juan Morel Campos, los himnos de la República y el estadounidense.

Según el barco ancló y arrimaba uno de sus costados al muelle, Buitrago, los profesores universitarios y el fotógrafo que habría de inmortalizar con su cámara la llegada, alcanzaron el muelle y, ayudados por la policía, se acercaron al grupo de dignatarios encabezado por Iglesias Pantín y Mariano Alcalá, para esperar el descenso de las dos familias madrileñas. Winship, aún asustadizo de exponerse a grupos numerosos, esquivaba las funciones públicas desde el atentado en Ponce y delegó el recibimiento en los ayudantes en quienes más confiaba.

Entretanto, desde otras embarcaciones se les ofrecieron presentes a los pasajeros: panecillos, plátanos, naranjas, toronjas... Comenzaron a caer cuerdas desde el barco que subían de regreso con canastas atadas a ellas y repletas de frutas, dulces, cigarrillos, y hasta dinero. Fue un espectáculo que puso de manifiesto la hospitalidad y el amor del puertorriqueño por la libertad.

El descenso a tierra de los Torres y los González fue precedido a bordo por la lectura de instrucciones, nueva revisión de los documentos oficiales, examen de los pasaportes (el de Miguel, un producto impecable de falsificación por parte de la quinta columna), examen médico de los niños (sus padres tenían evidencia de vacunación contra la difteria, la tos ferina y el tétano; sus brazos evidenciaban la inmunización contra la viruela), e inspección del equipaje (una maleta por persona). En el fondo falso de la maleta de Antoñito pasaron la *Astra* 400 de nueve milímetros de Miguel y la «Sindicalista» que había sido de uno de los anarquistas, y varios cartuchos para ambas. Los mismos procesos se repitieron en la Aduana ante las autoridades de inmigración que cotejaron los pasaportes con los documentos oficiales recibidos de Washington, D. F. a través de la oficina del Gobernador. Las cicatrices de Miguel -que dijo haberlas recibido en el ataque al Cuartel de la Montaña y luchando contra los quintacolumnistas, lo que constaba en los papeles- en su pecho y su costado, y las recientes heridas en sus brazos y sus piernas, arrancaron de los observadores médicos y de otros oficiales asentimientos sobre la brutalidad de la guerra.

Los Torres y los González recibieron una calurosa bienvenida de parte de Santiago Iglesias Pantín y de los ayudantes del Gobernador, y parabienes de su tío. Mariano

Alcalá quedó muy complacido con los maridos de sus sobrinas y con sus «nietos». A pesar de que iban bastante mal vestidos, la hermosura de las parejas y de sus hijos no pasó inadvertida. La belleza de Pedro arrancó comentarios de las féminas de la muchedumbre: «¡Qué lindo!», dijo una. «¡Es un artista de cine!», dijeron varias. Pero también comentaron el porte y el atractivo de Miguel, y lo lindas que eran las «españolitas».

Las dos familias recibieron las expresiones de simpatía y cariño con gran humildad y agradecimiento. Nunca habían tenido una experiencia tan conmovedora y hermosa. Sabían ahora que la decisión de quedarse en Puerto Rico daba fe de la astucia de Pedro González.

A bordo persistía el bullicio, pero según pasó el tiempo y el sol comenzó a parpadear con sueño, los que no pudieron bajar percibieron que aún les faltaba mucho mar por delante antes de llegar a Cuba o México. Ya caída la noche, el momento llegaba a su fin. El barco soltó sus amarras y sus luces se alejaron en la oscuridad y el silencio.

Capítulo 27
Negocios, otoño de 1938

Los periódicos de la mañana siguiente publicaron numerosas fotos de los recién llegados y de la fiesta de pueblo en la que se había convertido su arribo a la isla. El artículo evocativo y poético de Buitrago llegó dos días después a los hogares que recibían el *Puerto Rico Ilustrado*, cuyo editor detuvo la impresión de la revista y esperó por el artículo para ponerlo en circulación con la mayor celeridad posible, y causó sensación. Se comentó ampliamente en la sociedad de San Juan, Ponce y Mayagüez, y las fotos estimularon una fervorosa admiración por la valentía del pueblo que se defendía de los fascistas, y exclamaciones de lo lindas que eran las dos familias.

Los periódicos recibieron notas disidentes desde Guayama, del puño de Francisco Vaquer, un mallorquín afincado en esa ciudad del sudeste de Puerto Rico, que era admirador de Franco y de la España nacional. Objetaba el papel que jugó el Frente Popular Español de Puerto Rico en la bienvenida a los Alcalá, pero el amor por su patria le dictaba agradecer que se recibieran con beneplácito a estas familias españolas que huían de la barbarie de los rojos en Madrid y que eran ejemplos de su raza. Hubo quejas en privado de los simpatizantes de Franco, pero también a estos les impresionó la apariencia de las dos familias.

Las fiestas y agasajos duraron casi dos meses. Durante este tiempo los Torres y los González, con Mariano Alcalá siempre a su lado, conocieron prácticamente a todas las personas influyentes de San Juan y a muchos de otras ciudades de la isla. Don Miguel Such les agasajó en la nueva sede de la Casa de España -club que presidía-, inaugurada tres años antes, y que les pareció un lugar hermosísimo; les trajo recuerdos de Granada y de Andalucía. En otro agasajo en Río Piedras conocieron al canciller de la Universidad, don Juan B. Soto, responsable de la construcción de la hermosa torre -que se convertiría a la larga en el icono representativo de la institución-, y de otros edificios que atestiguaban el desarrollo de la educación universitaria en la isla. Rápidamente los emigrantes se dieron cuenta de que estas bellezas arquitectónicas convivían con las realidades de una pobre isla que no había sobrepasado el coloniaje.

A escasos pasos de donde vivía con gran opulencia el Gobernador y de muchas casas de gran esplendor, y a pocos más de donde llegarían a residir, estaba la barriada la Perla. En ella, casuchas de mala muerte, ancladas en calles mugrientas de tierra y de fango cuando se mojaban, eran refugio de una humanidad que vivía en el más abyecto estado. Rodeados de basura y porquería, su única agua corriente era la del océano cuando se desbordaba o cuando batía con furia el farallón protector de la lengua de terreno en que estaba situado ese ruinoso lugar. La mayoría de sus habitantes andaban descalzos y en harapos, o vestían trapos sucios, pero era imposible evitar, cuando la brisa soplaba del norte, que se abalanzara sobre la ciudad el hedor de la injusticia social sufrida por estos olvidados. Para poder sobrevivir muchas de las mujeres se prostituían y los niños, después de los cinco o seis años, se dedicaban a mendigar o a robar en la calles o en el Parque Muñoz Rivera, lugar donde disfrutaban los sanjuaneros y los santurcinos los sábados y los domingos en sus jardines y zoológico. Peor podía ser el llamado Fanguito, en el sector de Santurce, no muy lejos de la vieja ciudad, un sumidero de grandes proporciones en el que casuchas alzadas sobre postes eran los hogares pestilentes de familias en condiciones viles e inhumanas. A unos pies de altura, una red de tablones suspendidos por estacas enterradas en el fango eran las aceras que conectaban las casuchas y que permitían el tránsito en aquella Venecia cochambrosa. La fetidez de la barriada se aposentaba sobre los manglares circundantes donde el agua estaba llena de excremento de animales y personas, junto a otros desperdicios. Ratas enormes caminaban sobre la basura que cubría las partes más sólidas del fango perenne que le daba nombre al lugar. Madres y padres tísicos, sifilíticos, alcohólicos y dementes, sin acceso a las necesidades más primordiales de todo ser vivo, convivían con bebés, niños, adolescentes y ancianos. No se podía entender cómo sobrevivían aquellos seres y mucho menos su prole.

Según viajaron fuera de la ciudad se percataron también de que la pobreza y el analfabetismo minaban la existencia de los campesinos (llamados jíbaros), que vivían sometidos a la avaricia de los colonos y terratenientes por igual y que éstos, a su vez, respondían a los grandes intereses de las empresas estadounidenses que explotaban la industria de la caña de azúcar y el café en la isla. Sabían que cosas similares ocurrían en España, pero no las habían visto tan de cerca. También admiraron en sus viajes la belleza deslumbrante de la isla.

Los nuevos emigrantes se instalaron en el mismo edificio de apartamentos en que vivía don Mariano en la antigua ciudad de San Juan. Los pisos eran cómodos y el alquiler estaba a su alcance. Cerca estaban los almacenes González Padín, el Siglo de Oro, Calzados Lema y otras tiendas, en los que fueron adquiriendo sus nuevas prendas de vestir. Eran compradores juiciosos, como lo exigía su situación, de modo que preparaban un presupuesto para todo, del que no se desviaban. Las dos parejas vestían sobria, pero elegantemente, cuidándose mucho de mantener una imagen de modestia y decoro. Aunque sus gustos de colores eran diferentes, los hombres usaban pantalones y camisas de algodón con una chaqueta ligera de lino durante el día y, además, tenían un traje claro para funciones diurnas y uno azul oscuro para por las noches. Las mujeres, tres vestidos para el día, varios conjuntos de blusas y faldas en las que resaltaban los colores del trópico, y tres trajes para ocasiones sociales más formales. Llevaban bisutería la mayor parte de las veces. Del hermoso collar de perlas de su madre, que permaneció oculto por tanto tiempo, un orfebre le fabricó un simple collar de perlas a cada una de las hermanas, que usaban cuando lo pedía la ocasión. El mismo hombre consiguió vender el anillo de rubíes que apareció en el escondite de la cocina en Madrid -cuya procedencia nunca le preguntaron a Miguel- por la suma astronómica de mil quinientos dólares a un comprador anónimo, pues resultó ser una alhaja antigua. Cuando el comprador supo quiénes eran los dueños de la prenda, pagó la comisión de ciento cincuenta dólares que pedía el joyero «como un regalo a la valentía española». Mucho después llegó hasta sus oídos que su bienhechor era Félix Benítez Rexach, un millonario puertorriqueño que en esos momentos construía un gran hotel de lujo a la entrada de San Juan, para su mujer Lucienne, mejor conocida como Moineau. Con ese dinero y el que trajeron consigo, y las gestiones de Mariano Alcalá para que las remesas del banco suizo se telegrafiaran de ahora en adelante al Banco Popular de San Juan, comenzaron a rehacer sus vidas.

María Luisa e Isabel se acercaron a la Universidad junto a Mariano Alcalá y no pasó mucho tiempo para que su inteligencia y simpatía les fueran reconocidas, y lograran conseguir trabajo allí. María Luisa comenzó dictando clases de historia española y enseñando francés; Isabel de geografía e historia universal, ambas en la escuela secundaria de la Universidad. Con Alcalá de padrino fueron ampliando su círculo de conocidos y expandiendo su popularidad.

En Puerto Rico no había Facultad de Medicina, lo que no le permitió a Miguel completar su carrera. Pero sus conocimientos médicos y su inteligencia le permitieron ir al dispensario de la capital y trabajar por las mañanas como practicante, un término usado para los ayudantes de médico. Desde 1936 no estudiaba formalmente, pero su memoria prodigiosa y su inteligencia estaban intactas. No tardó mucho en reconocer la terminología y los signos de las enfermedades, a las que no se enfrentaba desde que fingió su muerte. En la biblioteca del doctor Antulio Rosado, un médico salmantino egresado de Salamanca y que hacía dos lustros tenía su oficina y vivía al cruzar la calle de su casa, Miguel comenzó a estudiar y a leer cada momento que se le presentaba y a asistir al galeno en algunos de los procedimientos que le practicaba a los pacientes. Rosado ofreció pagarle algo, pero él respondió que la mejor paga era que le enseñara lo más posible. Según lo fue conociendo mejor y pudo apreciar de lo que era capaz Miguel, el médico usó su amistad con el director de Salubridad de San Juan, y le gestionó trabajo en el dispensario municipal por medio dólar la hora, por labores que de balde hasta ahora había hecho. Sólo podía trabajar veinte horas a la semana, que era el presupuesto con que contaba la clínica para esas labores, pero esto representaba $40 al mes que era cuatro veces lo que ganaba un cortador de caña por trabajar todo el día, seis días a la semana, bajo el sol agobiante de las costas. Vivió siempre agradecido de la gestión de Rosado, pero se dio cuenta que no quería hacer trabajo médico para el resto de sus días.

Con sus antecedentes en Leyes y su experiencia como secretario confidente, policía militar y su trabajo de Inteligencia, y acompañado de extraordinarias cartas de referencia, además de los padrinos que rápidamente adquirió, Pedro fue empleado como enlace civil de las oficinas en Fortaleza, encargado de comunicar los deseos del Gobernador a la jefatura de la Policía estatal y al Departamento de Justicia. Era básicamente un mensajero pero con conocimientos de leyes y una capacidad especial para redactar y editar documentos. Fue conociendo bien a los oficiales gubernamentales y los abogados de la procuraduría general que lo fueron enterando de todo lo que ocurría en la isla. Su simpatía y su sagacidad estaban siempre a flor de piel y se ganaba a la gente con facilidad. Algunos hombres se resentían porque se sentían atraídos a él, lo que les hacía dudar de su masculinidad. Estos se ponían muy serios en su compañía y evitaban mirarlo, excepto de reojo. En el trabajo y en sus actividades sociales muchas mujeres se le insinuaban o claramente le declaraban su disponibilidad, a veces con más arrojo, en lo que era una sociedad puritana, que las madrileñas en la supuesta anarquía sexual que para muchos reinaba en la República. Al cabo de unos meses, era rara la persona en la ciudad que no le conociera y no quisiera decir que era su amigo. A todos los trataba con gran naturalidad, como si los conociera de toda la vida, y todos caían presa de su acento simpático, su sonrisa diáfana y su rostro deslumbrante.

Un sábado por la mañana las dos familias caminaron hasta la marina a comprar productos que llegaban de la España nacional al Almacén Cabrera. Era un negocio muy popular y exitoso. Varios peones se prestaban a llevarle cestas o cajones llenos de compra a los residentes de San Juan, o un pequeño camión entregaba las compras hechas por los dueños de las casas fastuosas de los ricos que ya se habían mudado de San Juan a las regiones de Miramar y el Condado, en las afueras de la ciudad. Las mujeres Alcalá examinaron, como siempre lo hacían, la variedad de productos en conserva, como sardinas, boquerones, anchoas, atún en salsa de tomate o aceite, arenques, pulpo, mejillones, ostras y gambas, un gran rato y con mucha calma, comparando los precios con el presupuesto que había elaborado cada una. Rebuscaban los productos en las estanterías y los mostradores, como si fueran a memorizar el inventario del almacén, lo que divertía mucho a su dueño Enrique Cabrera, un asturiano que llevaba unos ocho años en Puerto Rico. Hoy, su cara, normalmente alegre, llevaba la sombra de la contrariedad. Como siempre, les daba información sobre sus productos a las españolitas, pero evidenciaba alguna preocupación que a veces lo distraía y perdía el hilo de lo que se hablaba. Fue ayudando a las dos hermanas a poner la compra en un cajón vacío que, una vez terminada la transacción, el peón del establecimiento llevó al hombro, seguido de las dos señoras y sus hijos, rumbo a la casa de Pedro. Los chicos recibieron dos chupetes de fresa y ajonjolí, obsequio de don Enrique. Pedro y Miguel se quedaron conversando con Cabrera.

—Tienes un gran negocio, Cabrera —dijo Miguel mientras miraba la etiqueta de una botella de vino—. Es evidente que hay mucha y buena clientela.

—Si, Así es, eh… Unos días son mejores que otros, por supuesto, eh, pero al fin y a la postre todo ha salido bien. Han disminuido un poco los envíos desde España, pero tengo un trato con un exportador en Lisboa que me manda productos casi tan buenos como los nuestros. De vez en cuando le llevan cosas a través de la frontera y me las incluye. Habrá que ver qué coño pasa con la maldita guerra.

—Creo que le queda poco. Está por terminar —dijo por lo bajo Pedro—. No sé si has oído que se avecina la retirada de las Brigadas Internacionales, lo que no puede significar otra cosa que ya no hay esperanzas de derrotar a Franco.

—Pues veremos qué ha de hacer el Generalísimo cuando Hitler le pida cuentas. La situación en Checoslovaquia con el follón de los Sudetes augura una guerra con Inglaterra, aunque Chamberlain diga lo contrario —comentó Cabrera—. En mi onda corta los comentarios que escucho en la BBC son preocupantes, y lo que se oye de Francia tampoco es muy alentador.

—Piensa que estamos ahora muy lejos de Europa —añadió Miguel—. Lo más que puede suceder es que no tengamos vinos españoles, sidra asturiana, turrón, rosca de palo, mazapán, higos y dátiles para esta Navidad.

Todos se rieron, pero Cabrera se puso serio nuevamente. Dio varios pasos hasta detrás del mostrador y les señaló con su cabeza calva que se acercaran. Los dos hombres parecían torres junto al reflexivo y tosco mercader. Se echó a un lado para ver quiénes quedaban en el almacén y dónde estaban en ese instante.

—Cuando llegue Franco ¿qué piensan que sucederá?

Como he dicho, temo que se desate una guerra más grande en Europa. Es lo que oigo y no sé lo suficiente para contradecir lo que se lee en el periódico o dice la radio. Nosotros los españoles tenemos que cuidarnos pues los norteamericanos se pondrán, casi seguro, del lado de Inglaterra. Y estamos en tierra de ellos. ¿No te parece, González?

Al momento de contestar, Pedro notó el alfiler que llevaba Cabrera en la pechera de su chaleco sin mangas: representaba la bandera de la República y era pequeño pero muy bello; el amarillo era oro; el rojo, pequeños rubíes; y el púrpura amatistas.

—Hermoso alfiler —comentó Pedro antes de responder a la pregunta y al mismo tiempo echándole una mirada intrigante a Miguel—. Lo que hay que hacer es mantenerse del lado que estamos. Estamos con la República y rechazamos todo lo que tenga que ver con Franco, Mussolini y Hitler. El fascismo es una aberración. ¿Verdad, Miguel?

—Particularmente como se practica en Alemania e Italia —respondió Miguel, casi sin mover los labios—. Mejor sería que no nos metamos aquí en política. Somos emigrantes políticos y nos pueden deportar si quieren

—Tienes razón. Por eso yo me dedico a este almacén y me olvido de Winship, de los nacionalistas y Albizu, de lo que sea…

—Espero que tu familia también lo haga —lo interrumpió Pedro.

—No tengo a nadie más. Mi mujer está en Oviedo con sus hermanas, cuidando a la madre. No tenemos hijos, y de mi familia inmediata no queda nadie. A mi padre y a mis dos hermanos menores los fusilaron los nacionales. Tengo un primo en Cuba que ha hecho una fortuna con la caña. Se aprovechó de la crisis del azúcar en 1926 y compró tierras a precios bajísimos, y ahora vende cantidades enormes a la Vertientes-Camagüey. Tanto es así que es uno de los pocos accionistas que no es gringo. Me ha pedido que me vaya con él; que lo ayude en el negocio. Además, tiene una casa en Fonfría, no muy lejos de Oviedo. Su mujer se quiere volver a vivir allí y estaría dispuesto a arrendarme la finca en Camagüey.

— ¿Y qué harías con el almacén?

Cabrera miró a su interlocutor y luego a Pedro, y se sonrió sin responderle.

Domingo Marrero descubrió que Pedro González lo había engañado cuando no pudo dar con él ni con los anarquistas a su regreso a Madrid. Los cuerpos de Julio Marín y Oscar Benítez fueron hallados una semana después, lo que le notificaron por telegrama desde Valencia, pero nada decían de investigar el asunto. Por un lado, los bombardeos sobre las ciudades levantinas tenían a todos aterrados y encargados de problemas más urgentes, como atender heridos, enterrar a los muertos y cuidar de sus propias vidas. Por otro, la necesidad de ocultar la incompetencia de la policía se sobrepuso a la necesidad de esclarecer los crímenes y, sencillamente, los cuerpos fueron enterrados sin mayor consecuencia, y las muertes atribuidas a los bombardeos. En Madrid nadie reclamó el cuerpo de Diego Flores ni a las autoridades policiales les pareció importante indagar sobre los anarquistas, que después de todo eran unos perdonavidas y, de seguro, se merecían lo que les tocó. Con Pedro desaparecido o en América, Antón se olvidó de él.

En largas conversaciones con su primo Javier Blanco -a quien recientemente le habían puesto un brazo artificial hecho en la Unión Soviética-, Marrero reconstruyó detalladamente todo lo que había pasado. Quedaba al descubierto que Miguel Torres era Banderilla y que reclutó a Lorenza Ramírez para volar el polvorín. Que su grupo de quintacolumnistas era pequeño, y que sus asesinatos tenían como móvil principal la ideología de la víctima. Que Pedro González mató -la bala era del calibre de su pistola- a Diego Flores, y Banderilla hizo ver que él lo había hecho, posiblemente para proteger a su cuñado. Entre los dos, con o sin ayuda de los que asistieron al sainete del muelle en Valencia, mataron a los anarquistas.

En ausencia de testigos y acusados, Domingo Marrero envió un informe donde concluía que la explosión fue causada por un accidente. Era la versión oficial y todos, menos él, quedaron complacidos. Era imposible, ante la situación en Madrid, denunciar al héroe que había ultimado a Calvo Sotelo, máxime cuando no estaba allí para defenderse. Tampoco era juicioso dar a conocer el asunto de Banderilla, pues ya lo usaba Queipo para infundir miedo a los madrileños. Admitir que desde 1936 cometía crímenes impunemente, agrandaría el mito que le rodeaba e incrementaría el pánico que tenía presa a una gran parte de la ciudadanía. Algún día esperaba verse de nuevo cara a cara con Pedro González y con Banderilla. Ahora les tocaba a él y a Blanco permanecer alerta a lo que se suscitara a su alrededor. Tenían que hacer lo necesario para mantenerse vivos cuando cayera la ciudad, ya que la guerra estaba perdida.

LLEGADO OCTUBRE, diez mil tropas italianas comenzaron a retirarse de los frentes españoles, algo que irritó sobremanera al Generalísimo, quien forzó a la prensa nacional a que dijera que había sido decisión suya que se marcharan. Los periódicos republicanos también hacían de las suyas y minimizaban la situación precaria que existía en su territorio. Entre las malas noticias estaba el alto número de niños víctimas de malnutrición, lo que, de sostenerse, podía derivar en unas manifestaciones crónicas como el raquitismo y otras enfermedades por deficiencias vitamínicas. Sin embrago, la prensa sí dio a conocer que la tasa de embarazos parecía ir en aumento, hasta lo que iba de año, comparada con la de 1937, engaño que sugería que algunas mujeres tenían fe en que se avecinaba el triunfo republicano.

Una mujer sí terminaba su consulta con el ginecólogo, no muy lejos de la oficina de Domingo Marrero. La mujer permanecía recostada en la mesa de examen mientras una enfermera le ayudaba a quitar los pies de los estribos y le ofrecía una sábana para cubrirse. El galeno se quitó los guantes, se lavó las manos y muy serio le dijo: «Tienes dos meses de embarazo». La mujer se cubrió el rostro con una mano, intentando ocultar su sonrisa y su alegría. Al sentarse mostró un rostro iluminado de júbilo que fue llenándose de ansiedad.

—¿Todo está bien, no?

—Sí. Eres una chica muy saludable. No bebes, no fumas, estás razonablemente bien alimentada… En fin, has de tener un bebé saludable. Es una pena que tu marido no esté vivo para disfrutarlo.

—Doctor, ¿cree que pueda seguir viéndole? Me inspira confianza…

—Presumo que sí, pero no lo puedo asegurar. Dependerá de qué suceda cuando entren los nacionales. Darás a luz hacia finales de mayo. Hay que ver si la ciudad resiste hasta entonces. ¿Has estado involucrada en asuntos políticos?

—Nunca…

—Pues no creo que tengas problemas… No pasa nada. Además, presumo que eras católica. Bueno, bueno —dijo el médico secamente, alzando la mano antes de que ella respondiera—, sabes a lo que me refiero. ¿Vale?

—Dios le escuche —dijo por lo bajo la mujer agradecida.

—Puedes vestirte. La enfermera te dará instrucciones y te dirá el día de octubre en que tienes que volver. Será más o menos en la misma fecha, digamos el 20 ó 21.

La enfermera llenó un formulario con instrucciones para la futura madre y la fecha de la próxima cita y se la entregó.

—Hasta entonces, Ana Pilar —le dijo con una leve sonrisa—. No te preocupes, que no pasa nada. Es muy buen médico y tu bebé será saludable. Eso sí, eh, te cuidas.

—Gracias. Así lo haré.

Muy contenta, Ana Pilar Martínez salió a la calle, y cuando hubo cerrado la puerta del vestíbulo del edificio de la oficina de salubridad pública, se dijo a sí misma: «Ahora a contárselo a Carmen y a mis padres», y se persignó.

Precedida por avances continuos de las fuerzas nacionales en todos los frentes, y feroces bombardeos sobre Barcelona, Cartagena y Valencia, la retirada del Ebro del ejército republicano el 15 de noviembre de 1938 causó gran consternación entre los simpatizantes de la República y júbilo entre los muchos falangistas en Puerto Rico. Se esperaba que para fines de diciembre o principios de enero, cayera Barcelona. Antes, a principios de octubre los nacionales dejaron caer panecillos en vez de bombas sobre Madrid, parte de su treta para desmoralizar a una población hambrienta cuyos temores se acrecentaban al minuto. Pero aún, en Madrid, la quinta columna asumía un papel cada vez más protagónico. A pesar de la desarticulación de muchos grupos subversivos, siempre había otro que tomaba su lugar.

Capítulo 28
Militarización

La fiesta del Día de Acción de Gracias se convirtió en una celebración oficial por una proclama de Abraham Lincoln de 1863, declarando el último jueves de noviembre de ese año como el día para su celebración.

Mariano Alcalá sentía ambivalencia de dar gracias ese día ante la noticia de los avances de las tropas de Franco, y ante los sucesos terribles desencadenados por los nazis escasamente tres semanas antes, lo que se conoció como «La noche de los cristales rotos». Durante esa noche una ola antisemita cruzó Alemania y vandalizaron los negocios de los judíos, incendiaron sinagogas, arrestaron a muchos inocentes mientras otros eran golpeados o asesinados; Mariano percibía el acto como uno representativo de lo que podía esperarse de los alemanes si estallaba la guerra.

También le parecía una aberración que se celebrara en Fortaleza una fecha declarada fiesta nacional, nada más y nada menos que por Abraham Lincoln, cuando Winship demostraba inclinaciones contrarias a las que profesó el presidente asesinado. Como sí respetaba el símbolo del Gobernador y lo que significaba la ocasión para su familia, racionalizó sus objeciones, después de todo podía celebrar que su ciudadanía norteamericana había ayudado a que su familia estuviera a salvo y que el festejo se llevara a cabo en un legado español tan hermoso como era el Palacio de Santa Catalina.

Eran los únicos invitados del Gobernador para una cena que comenzó a las 5:30 de la tarde con un ponche de champán para los adultos y limonada para los niños que, un rato después, se los llevaron unos sirvientes a jugar al patio y a comer con ellos. Mariano y las Alcalá a veces servían de intermediarios cuando hablaban Pedro o

Miguel quienes, aunque sabían inglés, además de alemán y francés, lo hablaban con mucho acento.

Era de conocimiento común que el comportamiento social de Winship, con aquellos que confraternizaba, era intachable: sus modales eran exquisitos. Hablaba con una voz profunda, educada, llena de pocas inflexiones dramáticas, y tonos amistosos que era para muchos un ejemplo de lo que se esperaba de un caballero. Aquel día hizo alarde de sus mejores características sociales, además, como buen anfitrión, escuchó bastante más de lo que dijo, aunque habló muchísimo más que Miguel. Éste, parco por naturaleza, se sentía confundido ante las posiciones de Winship. El Gobernador estaba en contra de los nacionalistas puertorriqueños, a quienes llamaba fascistas; estaba en contra de los sindicatos, contra los comunistas, contra las leyes de salario mínimo para los trabajadores de la caña, contra los pobres, a favor de los grandes monopolios azucareros, simpatizaba con la realeza, pero se refería con frecuencia y con gran admiración a los fundadores de su nación quienes aborrecían la monarquía, y a pesar de su sugerido desdén por el socialismo, estaba abrazado al Nuevo Trato de Roosevelt. Decía ser un paladín de la libertad, pero perseguía al que le daba la gana si «atentaba contra el Gobierno de Estados Unidos», y sin preocuparle lo más mínimo las leyes ni los derechos humanos. Miguel pensaba como él y contrario a él en algunas cosas. Winship, sin embargo, era más como Franco que como los comunistas rusos o españoles o catalanes. Y pensaba tan diferente a Pedro que Miguel no concebía cómo estaba ahí su cuñado, mirando al gringo con una sonrisa angelical en sus labios, radiante en su traje de hilo crema y corbata roja (era un desvergonzado, se dijo) y zapatos crema y chocolate con puntas de ala de pájaro y con su fino guante de algodón blanco disimulando su garra, como si nada le molestara. ¡Qué capacidad admirable es poder suprimir la pasión por lo que uno de verdad piensa cuando se hace necesario!, pensó.

Cuando Winship indagó sobre las experiencias de Pedro como investigador policial militar, el corazón de Miguel comenzó a latir más rápido con cada palabra de su cuñado. Pedro explicó en gran detalle (Don Mariano le ayudó con algunos términos en inglés) la actividad contra la quinta columna, la explosión del polvorín y la investigación. Contó las hazañas de Banderilla y su pandilla, la intervención de Domingo Marrero y que todo se descubrió gracias al ahínco con el que se llevó a cabo la investigación y que, en ese preciso instante, el criminal estaba recibiendo el castigo merecido, pues lo habían hecho desaparecer de la faz de España. Explicó también el papel de contrainteligencia de su cuñado Miguel, que se había infiltrado en grupos quintacolumnistas, lo que ayudó a desenmascarar las fechorías de Banderilla. También, dando muchos rodeos para que Winship percibiera la necesidad de no repetir la historia, le explicó que por motivos del terrorismo psicológico que existía en Madrid, el ejército había atribuido la explosión a un accidente y que no había forma de saber de la existencia de Banderilla y sus secuaces, que muchos creían que era solo un mito.

Al terminar el relato Mariano Alcalá se sintió orgulloso de sus recién adquiridos sobrinos. Miguel estaba sudoroso y ruborizado; las dos mujeres, atónitas: Sus ojos fueron de Pedro al Gobernador y de éste a su tío, y debajo del mantel se apretaron las manos hasta que quedaron exangües. La Sombra Funesta, se inclinó sobre la mesa donde descansaba su copa de vino y dijo: «*Damn it, González; well done, well done!*» Pedro sonreía modestamente, y en ese instante decidió que tenía que aprender a hablar mejor el inglés.

La cena terminó a eso de las ocho de la noche; tanto al anfitrión como a los invitados les pareció una velada exitosa desde todo punto de vista. Winship decidió que Pedro González y Miguel Torres podían ser muy valiosos para el ejército de Estados Unidos, y que algo haría al respecto. Una pena —pensó— que no se pudiera comunicar con más fluidez con los dos hombres. Además eran corpulentos, como debían ser los soldados. Y ambos muy hermosos.

Antes de que se marcharan los Alcalá, como de ahora en adelante los llamarían el Gobernador y muchos otros, Winship les explicó su creencia de que el Carnaval Ponce de León podría ser un atractivo turístico en el futuro y que por ello lo respaldaba oficialmente. Confiaba en que este próximo año ellos ayudaran a organizar la fiesta en la Casa de España de Puerto Rico y que creía que el tema de la Reina y su séquito debía ser España, y quiénes mejor que ellos, particularmente las dos estudiosas de la historia, para aconsejar sobre los diseños de trajes y la música que debería tocarse en el desfile.

Como era de suponer, no hubo titubeos en aceptar la encomienda. Winship se mostró satisfecho y murmuraba para sí que sería el mejor carnaval en la historia de la isla.

La fundación del Partido Popular Democrático por Luis Muñoz Marín en junio de 1938 fue de gran interés para Pedro González y las Alcalá, a quienes les atrajo la enfática crítica contra la explotación del trabajador que hacía la colectividad. Era algo que había que eliminar en Puerto Rico. Aunque estaban decididos a no entrar en nada que tuviera que ver con la política, cuando pasaron miembros del partido por su casa pidiendo dinero y portando banderitas con pavas -el sombrero típico del jíbaro- y cintas rojas, Pedro les dio un dólar. Luego consideró que hubiese surtido el mismo efecto quemar el billete, pues los expertos predijeron que el partido no tendría mucho auge.

Pero contrariamente a estas expectativas pesimistas, el PPD de Muñoz comenzó a adquirir impulso con la inscripción de muchos adeptos, gracias a las visitas continuas y efectivas de Muñoz a los arrabales, a los cañaverales, a los despalilladores de tabaco, a los cerros cafetaleros, a los jíbaros en sus bohíos, a las míseras casas en el campo y las laderas de las montañas. Les fue explicando cómo habían estado vendiendo su voto, que era una de sus más valiosas pertenencias; que los partidos lo que hasta ahora habían conseguido era burlarse de ellos. Quería que entendieran cómo y por qué los explotaban sus patronos. Su voz sonaba por los valles y las hondonadas en la montaña como el trueno emancipador de un dios misericordioso. Emiliano Zapata les prometió tierra y libertad a los indios mexicanos. A esa fórmula Muñoz le añadió pan para el jíbaro. Muñoz y el PPD, con su «pan, tierra y libertad», tendrían una influencia inesperada en la isla y en la vida de los recién llegados Alcalá.

En Navidad, las voces de los líderes republicanos españoles pregonaban la mediación y suavizaron su retórica bélica hasta convertirla en casi un suspiro. Con la caída de Barcelona el 26 de enero de 1939 y el comienzo del exilio a Francia, la Guerra Civil española entró en sus últimas escaramuzas. Había sido, sin saberlo, un ensayo del futuro espectáculo de muerte que se avecinaba: la Segunda Guerra Mundial. En Puerto Rico, Winship y el ejército de Estados Unidos se preparaban para la catástrofe.

El ascenso de Pedro González como resultado de la conversación en la cena de Acción de Gracias no tardó mucho en llegar. Cuando venían dignatarios de cualquier país hispano en funciones académicas o de carácter profesional, allí estaba Pedro siguiéndoles los pasos a los ayudantes del Gobernador, pero listo para usar sus destrezas y su encanto. Más significativo era el hecho de que, junto a un intérprete, que a veces hablaba por él cuando no podía dar con la frase precisa, ya que entendía todo lo que se le decía, participaba en reuniones de gran importancia para la militarización de la isla. Ya desde 1936 muchos militares de la alta jerarquía del Departamento de Guerra abogaban por que la isla fuera una extensión táctica del canal de Panamá y que estuviera apropiadamente fortificada para evitar asedios de ese acceso al Pacífico. El general de dos estrellas Frank McCoy recorrió la isla e identificó una siembra de caña en Punta Borinquén, el extremo más occidental de Puerto Rico, como el lugar indicado para una base aérea desde donde se podría controlar el Caribe y el Océano Atlántico, por su cercanía a la península de la Florida. A unos 200 pies sobre el nivel del mar y con un faro que alzaba aún más el punto de observación, permitía divisar con antelación cualquier amago de acercamiento de embarcaciones sospechosas a la zona.

En enero, el comandante George C. Kenney voló a San Juan bajo las órdenes del jefe del Cuerpo Aéreo y visitó unos cuarenta lugares alrededor de la isla antes de llegar a la misma conclusión que McCoy: que Punta Borinquén era el lugar idóneo. En la mayoría de sus viajes le acompañaron oficiales militares estacionados en la isla y representantes del Gobernador, entre los que se encontraba Pedro González. Una de las visitas de Kenney incluyó el pueblo montañoso de Cayey y el costero de Salinas. Ambos fueron escogidos como lugares para establecer campamentos. (El comandante experimentó el mareo especial que era ir por la carretera la Piquiña sin ser «jíbaro»). De ahí visitaron Ponce y Mayagüez. La primera había sido descartada anteriormente como lugar para el campamento: los representantes de los intereses de los industriales de la caña de la región así se lo dejaron saber a Winship, pues un campamento en Ponce disminuiría la zafra dedicada a la producción de ron y traería elementos indeseables a las cercanías de la ciudad, tales como prostitutas y buscones de todas clases. Mucho menos querían que otros se inmiscuyeran en los asuntos locales, en territorio exclusivo de los ponceños. Detrás de ellos vendría gente de baja categoría a hacer negocios y a vivir en una ciudad que quería que sus patanes, pillos y putas, fueran oriundos, no importados.

Camino a Mayagüez se detuvieron a almorzar en Yauco, en el Hotel María, de doña María Capriles -baluarte cultural del pueblo, de sangre española, judía y negra- cuyo establecimiento era famoso en el litoral y entre los de la capital que habían probado sus platos. Su cocina se basaba en el maridaje culinario de la cocina criolla con las recetas clásicas españolas, que había heredado de su abuela y de su madre, pero que tenían gran influencia de la comida semítica, tanto árabe como judía, y la afrocaribeña. Ese día Eufemia Amill, la negra santomeña que era su mano derecha en la cocina, había adobado, bajo su supervisión, varios perniles cuyo aroma al cocinarse había subido de la cocina al arrabal pueblerino llamado el Cerro y azuzado el apetito carnal (se calculó que, bajo el fulgor del sol, los olores del pernil causaron una epidemia copulativa que engendró cien criaturas) y unos deseos estomacales de sus habitantes que duraron una semana. Servido con hallacas de carne, arroz blanco con tocino de puerco recién destetado y gandules ablandados en agua con un toque de azahar y guisados a fuego lento, con guineítos de la finca de don Arturo Lluveras, hervidos en agua con cuatro hojas de albahaca por litro en caldero prieto, el pernil enamoró a Kenney de tal forma que, durante la Guerra, enviaba perniles desde Punta Borinquen en un avión que aterrizaba en la pequeña pista en el poblado de Fortuna, para que doña María los preparara para los oficiales y sus mujeres, aunque no fuese en Navidades. Al opíparo almuerzo que doña María acompañó con dos botellas del Vega Sicilia de 1934 que tenía para ocasiones como esta, le siguió un hojaldre con salsa de tamarindo y quenepas, acompañado de un Madiera Broadbent Malmsey de 1933 que hizo recordar al comandante los días procreadores de sus años mozos. Pensó tanto en su familia que no pudo dejar de hacerle cucamonas a Gini, un rubio de poco menos de dos años que jugaba con su madre, Josefa -la hija de doña María-, y la niñera, en el patio que daba al comedor.

Josefa Maldonado, divorciada, notó inmediatamente a Pedro González; igual de rápido se percató de que a su madre no le hacían mucha gracia los encantos del español. Sin embargo, doña María y Pedro coincidían en sus creencias liberales, excepto en que ella no creía de ninguna manera en la persona de Muñoz Marín. Durante la sobremesa, que se extendió hasta pasadas las tres de la tarde, doña María estuvo observando a Pedro y llegó a la conclusión de que era el mayor y más diestro manipulador que había conocido. Para controlarlo se necesitaba un ejército. Miró a Kenney por un instante y pasó a la sonrisa de Pedro en un santiamén, tiempo en el que decidió que, ahora que entendía su móvil, ¡Pedro le caía muy bien!

Las lecciones para refinar el acento del inglés de Pedro estaban a cargo de Miss Louise Hertter, una soltera cincuentona más alta que él y que era un esqueleto cubierto de pellejo pecoso, y cuyo cráneo lo cubría un cabello rojo como el achiote. La Hertter hablaba poco español a pesar de que vivía en Puerto Rico hacía treinta años. Su padre llegó a la isla con la invasión norteamericana en 1898 y fue un capitán destacado durante la Primera Guerra Mundial, aunque no estuvo en el frente de batalla. Desde entonces conocía a Winship. Viudo y retirado, vivía con su hija en el Condado en una sencilla casa frente al mar. Fue él a quien Winship acudió con la encomienda de que su hija fuera maestra de González. Fortaleza pagaría los honorarios de Louise, cinco dólares por cada clase de una hora, que no le vendrían mal a la maestra. El Gobernador le dijo personalmente a la maestra que enseñarle a hablar bien el inglés a González era «una contribución al ejército de Estados Unidos y a la defensa de la nación». Miss Hertter, estadounidense hasta el tuétano, tomó el trabajo como un gran reto y con orgullo militar y patriótico. Por ello decidió que primero le enseñaría buen inglés, y luego se ocuparía del acento español de Pedro.

Ocho lecciones magistrales de Miss Hertter y la inteligencia de Pedro impulsaban rápidamente el progreso.

Además, era estudioso en y fuera de su trabajo. En su pequeño despacho en Fortaleza leía cualquier documento en inglés en voz alta y buscaba las palabras que desconocía en un diccionario. Comenzó a ir al cine y a no leer los subtítulos en español. Eso lo obligaba a escuchar cómo se pronunciaban ciertas palabras que ya reconocía y lo acostumbraba a oír cómo se hablaba el idioma. Iba a sus clases religiosamente. Dos horas los sábados por la mañana y una hora los miércoles por la noche.

Ese miércoles 8 de febrero Pedro no escuchó sino malas noticias desde que se despertó. El primer ministro Negrín y su gobierno cruzaron la frontera de Francia para instalarse en Le Perthus y darse a la tarea de organizar el velorio de la República española. En Madrid, el Servicio de Inteligencia autorizó a los quintacolumnistas a iniciar negociaciones con el coronel Segismundo Casado, comandante del Ejército del Centro, para conseguir la capitulación de la ciudad. Por ello, Pedro estuvo un tanto distraído en la lección y Miss Hertter tuvo que llamarle la atención a su alumno predilecto. Se recompuso y terminó el ejercicio sin más dificultades, pero estaba de mal humor cuando terminó, y en vez de quedarse, como era su costumbre, para conversar un rato con su profesora y su padre y así practicar, se fue y entró en el coche que le prestaba don Mariano para asistir a su lección nocturna, y emprendió el camino de regreso a San Juan.

No pasaron dos minutos desde el comienzo del viaje, cuando sintió deseos de orinar. La avenida del Condado estaba desierta. De vez en cuando pasaban autos en dirección opuesta, y también algunos en dirección a San Juan. Las únicas luces que se veían en la distancia eran las del Hotel Vanderbilt. Pedro detuvo el coche frente a un solar lleno de maleza alta, palmas, almendros y arbustos de uvas playeras, y en el medio, a unos 30 metros de la calle, vio una casucha que creía abandonada. La intuición hizo que se adentrara en la maleza y los cocoteros hacia la casa; cuando se disponía a orinar, oyó gritos y quejidos sofocados, entrelazados con el rumor del oleaje, que llegaban desde el balcón, parte del cual veía desde donde estaba.

Tuvo que avanzar un poco más para tener una visión total del frente de la casa. El ruido del mar entorpecía de vez en cuando los alaridos que salían de la casa. Agazapado tras unos arbustos tupidos, miró hacia el balcón donde un hombre semidesnudo -al que jamás había visto-, estaba en el redondel de escasa luz que proveía un quinqué que descansaba en la barandilla, y que parecía a punto de caerse con cada grito del preso, que tenía las muñecas amarradas a una columna del balcón. Tres hombres, de quienes Pedro sólo veía el bulto oscuro de los cuerpos y las cabezas por detrás, lo torturaban. Uno le hacía preguntas continuas, otro le tapaba la boca al prisionero con un paño atado a la punta de un palo si se quejaba de las quemaduras que le hacía un tercero. Este último tenía un alambre que calentaba con un encendedor, y con la punta enrojecida lo hurgaba cuando no respondía.

—¿Qué hacías oyendo radio Sevilla? ¿Estabas enviando mensajes? —le preguntó el torturador.

—Contesta so cabrón —dijo el del tapaboca—. No eres más que un fascista de mierda.

—Sabemos dónde escondes la radio, ¿eh? —intercaló el inquisidor—. Y sabemos que hay otros como tú haciéndose pasar por republicanos. Ya los desenterraremos para darles justa sepultura. ¿Qué es lo que quieren saber en las islas? ¿Quién es tu contacto allí? ¿Hay submarinos?

Pedro no alcanzaba ver las caras de los hombres, pero dos hablaban con acento francés. El inquisidor era español. Le repetían las preguntas, y mientras estuvo allí le quemaron con el alambre candente varias veces mientras amortiguaban sus quejidos con el palo forrado. Cuando volvió a hablar el inquisidor, Pedro reconoció su voz.

Con el mismo sigilo que se acercó a la casucha salió hasta su coche y orinó en la calle. Ya de regreso a su automóvil reanudó su viaje a San Juan. En la próxima esquina miró hacia el final de la calle y vio en las tinieblas contiguas a la playa el bulto de un vehículo, pero estaba muy lejos para poder precisar qué clase era. La militancia republicana no estaba limitada a España -pensó-;Miguel, tenía que tener cautela.

El próximo día en Fortaleza estuvo ocupado con el revuelo que causaron varios telegramas alertando a Winship de que en Washington había un movimiento en contra suya. Los mensajes los enviaban los ayudantes de por lo menos tres delegaciones de congresistas que habían intercedido a favor del caso Alcalá. Se comentaba en los pasillos del Capitolio, en el Distrito Federal, que Winship, abusando de su poder y conspirando contra la integridad de las cortes y la justicia, fue partícipe de un juicio viciado contra los nacionalistas puertorriqueños que ahora sufrían innecesariamente los vejámenes de la cárcel federal en Atlanta. El clamor de justicia revivió la memoria del discurso conmovedor sobre la Masacre de Ponce del congresista John Bernard en la Cámara de Representantes, copias del cual circulaban libremente entre todos los congresistas y senadores que buscaban que se les viera como opositores a la persecución de judíos, pues ya se sabía que estaba ocurriendo en Alemania, pero nadie lo quería admitir públicamente. Emprender una causa contra Winship era más fácil y menos comprometedor. Se podía acreditar la campaña para expulsar al militar y buscarle otros deberes en una posición que no estuviera en el ojo público. La hipocresía de muchos se escondía tras la genuina furia contra la injusticia y el repudio al abuso de los indefensos del congresista Vito Marcantonio de Nueva York, un hombre de creencias radicales de izquierda cuyos votantes eran italianos, puertorriqueños y negros. Marcantonio agrietó las paredes del hemiciclo de la Cámara de Representantes con el azote de su voz mientras desenmascaraba las injusticias de la Sombra Funesta contra los nacionalistas, y la oposición del vil gobernante -en contubernio con los intereses de los barones de la caña- al aumento del salario mínimo de los cortadores de caña. Denunció también la inusitada influencia y poder en manos del presidente del Senado de Puerto Rico, Rafael Martínez Nadal, situación que también alarmaba al Secretario del Interior, Harold Ickes. Citas directas de alguna de las palabras del representante de Nueva York formaban parte de uno de los telegramas.

Al leerlos, Winship se pasó un dedo por el bigote canoso y por la frente. El Gobernador estaba lívido de rabia por dentro pero con su sangre fría y su desdén militar, en vez de bramar como hubieran hecho otros, comenzó a redactar cartas -que sus ayudantes retocarían- para enviarlas a todos los miembros del Congreso.

Atrapado en el torbellino de problemas que giraba alrededor de la ira callada y disimulada de Winship, no fue hasta que circuló la edición vespertina de *El Imparcial,* que Pedro leyó la noticia.

Capítulo 29
Reconocimientos

La foto, como muchas en *El Imparcial*, no era muy clara, sin embargo, Pedro reconoció que el muerto era el hombre que había visto amarrado y torturado la noche antes. El titular era típico del periódico: *Francés a la parrilla. Quemaduras indican tortura.*

La víctima, según el mismo periódico, era un marino mercante español cuya fragata con bandera francesa estaba anclada en la bahía desde finales del año esperando a que se repararan unas averías antes de zarpar a Cuba. Su cuerpo presentaba verdugones, diecisiete quemaduras punzantes de las que salían tiras de piel chamuscada, y dos tiros en el pecho.Unos bañistas del vecindario lo encontraron en la maleza cuando cruzaban un solar en el Condado.Vivía en una pensión en la Calle de la Luna y en su habitación se encontró literatura sobre la Falange, periódicos nacionales españoles y recortes con noticias de Hitler y los nazis. En el piso yacían los restos de lo que fue un aparato de radio de onda corta y en el armario se halló una bandera nacional española y otra roja, con la esvástica nazi. La policía investigaba cuál había sido el móvil del crimen.

Las españolitas, con ayuda de las damas auxiliares de la Casa de España y del Casino de Puerto Rico, comenzaron la planificación del carnaval de 1939. Las esposas de los miembros de la directiva de las dos instituciones hicieron las diligencias para contactar modistas y costureras que ya tenían experiencia en diseñar reinados previos. Ofrecieron desprendidamente materiales que poseían que pudieran usar las jóvenes que iban a desfilar, ya que escogieron motivos de la vestimenta de distintas partes de España para la Reina y su séquito. Era inevitable que se le diera énfasis a peinetas, mantillas, y mantones de Manila; sombreros andaluces y atuendos de montar, trajes típicos, castañuelas y guitarras, monteras, chaquetillas y modificaciones de la taleguilla o calzón de torero.

Las auxiliares les traían a María Luisa e Isabel ideas que les daban sus maridos, en las que se fue revelando nuevamente que muchos eran simpatizantes de Franco. Cuando la sugerencia era demasiado política, por ejemplo, que alguien llevara la bandera nacional, la rechazaban con excelentes argumentos y gran destreza para no causar polémicas ni revelar sus ideales. Cuando los Amigos del Frente Popular en Puerto Rico sugirieron incorporar algunas cosas más modernas en los atuendos, como el mono y las alpargatas, las auxiliares les recordaron a las españolitas que un distinguido miembro de los dos clubes, don Dionisio Trigo -a quien ellas habían visto un par de veces en funciones sociales- había sido designado representante de la Falange en Puerto Rico, y que se había hecho un brindis en su honor en la propia Casa de España, de lo que se desprendía que representar a los republicanos en la fiesta sería definitivamente una ofensa. Con gran diplomacia se convenció al representante del Frente que ese atuendo era producto de la necesidad de la guerra, demasiado moderno, poco tradicional y potencialmente polarizaría los grupos. Que todos lo que querían era divertirse en el carnaval y no convertirlo en una expresión política. La gracia de las dos Alcalá ganó las batallas de estas confrontaciones, tan oblicuas que eran obvias. Además, a todos les recordaban que habían dejado atrás la Guerra Civil y estaban ahora en tierra norteamericana y neutral.

Myrtelina Besosa, la reina, se encantó con la ilustración del diseño de su traje de finos tirantes que, con el mantón de Manila que le cruzaría el pecho, dejaría al descubierto la piel alabastrina de su cuello, la parte superior de su busto hermoso, la curvatura sensual del hombro izquierdo y su brazo perfectamente contorneado. Con su cabello castaño oscuro peinado hacia arriba y en lo alto la peineta, de la cual colgaría una mantilla de encaje Chantilly francés en dos tonos de negro y con lentejuelas y canutillos, su estatura y su belleza resaltarían. Satisfechas estaban también sus princesas con los croquis de sus ropas. Todas recibirían el reconocimiento que se merecían.

Isabel y María Luisa, asistidas por don Mariano Alcalá, escogieron la música a la que marcharían las jóvenes con sus acompañantes. El desfile comenzaría con el *Tango-Pasodoble* de la *Suite Façade* de Sir William Walton. Al paso del desfile se lanzarían desde los balcones, siguiendo la nueva tradición introducida por el mismísimo gobernador Winship, serpentinas, confeti, polvo de arroz perfumado y estrellitas de papel dorado y plateado. Una vez que el séquito estuviera en el trono habría piezas del maestro Quiroga -*Ojos verdes, Maria de la O, Llora la guitarra*- seguidas por aires de los pasodobles de Jesús García Leoz y Manuel López Farfán.

El primer baile sería el *Tango,* de la suite *España* de Issac Albéniz, una pieza de gran belleza que se podía tocar a un ritmo que permitiera a S.M. Myrtelina bailarlo con alguien que fuera suficientemente alto y tuviera la gracia de llevarla por los ritmos cadenciosos de la música, para que la reina se luciera. Antes de la guerra no existía en Madrid mejor bailarín que Pedro González. Las españolitas le pedirían que bailara. Estaban seguras de que Winship aprobaría la selección de la pareja de la Reina.

MIGUEL TORRES, SU MUJER Y SU CUÑADA, escucharon en silencio el relato de Pedro sobre el marino español muerto y de cómo había sido torturado. Las experiencias de las dos mujeres con los preparativos del carnaval las habían sensibilizado a la pugna perniciosa que también bullía en la sociedad puertorriqueña y entre los españoles en la isla. Para ellas, el reciente asesinato de un falangista por facciones opuestas acercaba San Juan al Madrid de 1936 y 1937.

Miguel se puso de pie y se paseó brevemente por la sala de su casa. Su impulso le decía que fuera a cargarse a un rojo, pero San Juan no era Madrid: su pequeñez permitía que la gente se conociera demasiado y resultaba más difícil ocultar acciones ilegales.

—¿Quién hizo esto, Pedro?, ¿quién?

—Cálmate, Miguel —dijo Isabel desde su butaca—. Hay que analizar todo este asunto con aplomo.

—Estamos en una posición más delicada que en Madrid —comentó María Luisa—. No sólo Pedro sino la familia entera está cerca de los que formulan y llevan a cabo la política que rige esta isla. No podemos arriesgar esta nueva etapa de nuestras vidas.

—Tienes razón —comentó Pedro al instante—. Revelar esto nos puede poner en peligro. Permíteme que actúe de la forma más discreta y fiable que pueda tramar desde el sitio privilegiado que ocupo. Ten fe de que trataré de buscar la mejor solución

—Pero, ¿qué tiene que ver esto con nosotros? ¿Por qué tenemos que intervenir en un suceso que no nos atañe directamente? —preguntó Isabel.

—Están convirtiendo esta isla en una fortaleza bélica. No falta mucho para que los gringos establezcan bases aéreas y navales. Ese era el propósito de los viajes del comandante Kenney. Piensan que Alemania entrará en guerra contra Inglaterra y Francia y quieren proteger desde aquí el paso al canal de Panamá. Además, les preocupan las colonias francesas en el Caribe. Este tío que mataron no sólo escuchaba Radio Sevilla sino que enviaba mensajes a Martinica y Guadalupe. Su fragata viajaba con bandera francesa y dos de los tres que lo mataron eran franceses o criollos. No es de extrañar que en esas islas y en las Antillas Menores Británicas haya espías alemanes y franceses. Todas esas islas están más cerca de Dakar, en el Senegal francés, en el África occidental, que de Europa. Desde ahí las podrían atacar o invadir y tendríamos a los alemanes a unos pasos del Canal y de esta isla. Pienso que este asesinato no es una simple venganza ideológica. Lo vigilaban y lo ultimaron porque era un tío muchísimo más peligroso de lo que sabemos. Los que lo eliminaron no son simples antifalangistas.

—¿Cuál fue la reacción en Fortaleza? —preguntó Isabel.

Pedro procedió a contarles lo de los telegramas y los comentarios que había escuchado de personas más allegadas a Winship, pero ya en el pasado el gobernador se había sobrepuesto a críticas similares. Que la encarcelación de los nacionalistas no iba a ser causa para relevar a Winship; por el contrario, Roosevelt lo había felicitado por suprimir los conatos de revolución en Puerto Rico.

En la conversación que se suscitó, a Pedro le pareció atinado el reclamo de Miguel que lo que hacía vulnerable a Winship era que lo quisieran matar. Esa vulnerabilidad disminuía su poder con las clases altas de Puerto Rico, que se inhibirían de relacionarse con él o aparecer con él en público porque los pondría a riesgo de un atentado. En los planes que se preparaban para la isla, la relación entre el gobierno y los ciudadanos acaudalados no podía tener impedimentos: tenía que fluir como el aire entre las manos.

—¿Qué pasará si se va Winship? —preguntó fríamente María Luisa.

—Tenemos que prepararnos para eso. El que lo sustituya tiene que ver en nosotros unos aliados de los que no puede prescindir —respondió Pedro.

—Eso es cierto —añadió secamente Miguel.

Luciendo una sonrisa moderada, Pedro se acercó al coronel Enrique de Orbeta después de que éste saliera de la reunión de la mañana en las oficinas de Winship en Fortaleza. Bajo los pies de los dos hombres los adoquines del patio de Fortaleza vestían su azul Prusia vistosamente acentuado por el sol misericordioso de la mañana. Orbeta, un hombre odiado por muchos por su participación cínica y subrepticia en la Masacre de Ponce, iba de uniforme blanco impecable, como era su costumbre. Del mismo alto que Pedro, fuerte y recto como una lanza, había estudiado en la Academia Militar de West Point y su comportamiento era el de un policía militar. Su padre era español y participó como oficial del ejército de su nación en la Guerra Hispano-norteamericana de 1898. Era yerno de Dionisio Trigo, el falangista homenajeado por la Casa de España. Desde un principio simpatizó con los Alcalá y le encantaba flirtear con las españolitas cada vez que las veía, algo que divertía a su esposa. Estaba impresionado con la experiencia de Pedro en inteligencia militar y de su evidente prudencia. Pedro se percataba de su buena posición con Orbeta, pero lo trataba con mucho cuidado y respeto para no perder esa confianza.

—Pedro, querido, ¿cómo están los Alcalá? Don Mariano bien, ¿no? ¿Y esa mujer que te gastas? Me dicen que el carnaval este año será el mejor de todo el mandato del Gobernador.

—Eso me dicen. Isabel también está trabajando mucho. Y tío Mariano también.

Cruzaron el portón donde los guardias saludaron militarmente al coronel y este les respondió de igual forma sin mirarlos. Entraron al Palacio Rojo, que estaba a unos pasos, donde Orbeta mantenía una oficina, cerca de las del Fiscal Estatal. Una vez en su oficina, le ofreció café a Pedro.

—Me alegro que te acercaras pues te iba a pedir que me ayudaras en algo. Se lo he comunicado al Gobernador y le pareció una buena idea. Es algo muy confidencial y tengo que tener la seguridad de que estás dispuesto a manejar cierta información con la mayor discreción.

—Coronel, es parte de mi entrenamiento. Mi lealtad a usted y al Gobernador es absoluta. Deme sus órdenes.

—¿Sabes algo del supuesto francés que encontraron asesinado?

Por un breve instante tuvo que controlarse de decir que no sólo sabía del muerto sino quién era uno de sus asesinos.

—Leí algo en el periódico... Es todo lo que sé. Lo que dice el periódico.

—Bien. Necesitamos que participes en la investigación, pero que lo que se encuentre me lo digas y lo discutas conmigo y nada más que conmigo, antes de que vaya más allá. Más adelante te explicaré, pero te aseguro que si haces un buen trabajo, como sé que lo harás, se te recompensará muy bien. Te esperan en la comisaría de la Ponce de León. Una escolta te ha de llevar. He dado instrucciones para que vayan a la escena del crimen antes de hablar con el patólogo forense. El cadáver está en la morgue del Hospital Municipal. Esta tarde pasa de nuevo por aquí cuando termines tus labores.

Pedro sintió que revivía una escena con Domingo Marrero en la pesquisa del polvorín. Tuvo que reajustar sus pensamientos para la brega con el coronel. ¿Qué era lo que perseguía Orbeta?, y ¿por qué Winship participó en una conversación sobre un asesinato que parecía estar relacionado a actividades políticas en España? No quedaba duda de que el muerto, tal y como le comentó a su familia, era más importante de lo que se sabía.

—Le aseguro que algo le tendré antes de que anochezca —dijo Pedro con el amago de una mueca de sorna en la esquina de su boca, ya que no le quedaba duda que le proveería, si no la solución del crimen, la pista más importante.

—Bien, bien. No esperaba menos.

Orbeta se puso de pie, le extendió su mano a Pedro y, una vez que González dejó la habitación, tomó el auricular del teléfono y le dijo a su secretaria: «Por favor, llame al capitán Trimmell en Buchanan y dígale que me llame al teléfono directo».

En el solar donde estaba enclavada la casucha convertida en cámara de horrores, tres detectives buscaban pruebas en los alrededores de donde se encontró el muerto, un área que estaba acordonada y protegida por oficiales de la policía. Dirigía la pesquisa en silencio el capitán de detectives Alcides Pérez, un hombre bajito, con pocas libras de sobrepeso, de cara redonda y ojos saltones, labios gruesos y tez oscura, que sonreía con facilidad y que esperó a Pedro en la calle. Iba con un traje gris, camisa blanca, y una corbata multicolor que no combinaba bien con el resto de su vestimenta. Su sombrero panamá con banda negra lo llevaba en la corona de su cabeza, de modo que su frente ancha se veía casi completa. Tenía fama por su puntería con la pistola y el revólver, y por el manejo de sus casos. Aunque los fiscales se quejaban de que en pocas ocasiones la búsqueda de pruebas no había sido tan minuciosa como era deseable, hasta ahora no se había escapado de la justicia nadie que hubiese investigado. Se rumoreaba que era independentista, pero nadie jamás le había escuchado hablar de política.

Se presentó y estrechó la mano del español y, luego de un intercambio cortés y de darle la bienvenida en el caso, caminó con él hasta la casa. Aún estaba sorprendido de que el coronel Orbeta lo llamara personalmente para pedirle que le diera información a González, pero el coronel era conocido por sus acciones inesperadas y sorprendentes. Con voz clara y una dicción perfecta que impresionó a Pedro, fue dándole los pormenores de lo que hasta ese momento se sabía. El nombre del occiso era Luis Anastasio Torrecilla y era español, pero vagaba por el Caribe desde hacía casi seis meses. Un examen más detallado de su habitación reveló que había sido o era -no estaba seguro si aún estaba en servicio activo- miembro del ejército nacional español y que vivió en Francia y Alemania entre los años 1932 y 1936. En Martinica, Guadalupe y Trinidad estaba fichado como sospechoso de espionaje, aunque nada se le pudo probar. Era falangista y nazi, aunque tampoco se sabía cuál venía primero. Unos meses antes, la policía de Guadalupe lo interrogó en relación con la muerte sospechosa de un detective francés, pero lo dejaron ir por falta de pruebas. Lo único que se encontró en la búsqueda estaba escrito en un hoja de papel en la mesa de noche: F. P. XX, que no se sabía lo que significaba o si tenía algún significado.

—Aquí lo hallamos —señaló Pérez, mientras se quitaba el panamá y secándose la frente con su pañuelo—. Fue donde le pegaron los tiros —dijo poniéndose de nuevo el sombrero—, pero pienso que lo torturaron allí en ese balcón. No hemos terminado de examinarlo, de modo que tenga cautela por dónde se mueve.

Caminó hasta el pie de la escalera del balcón donde dos noches antes Pedro vio a la víctima amarrada y sometida a las quemaduras del alambre candente. Subió los cuatro peldaños de la escalera que iba al balcón que, bajo el peso de los dos investigadores, crujió con un chirrido amortiguado por la humedad de la madera. Se acercó a la primera columna y le señaló a Pedro varias manchas de sangre en ella; le indicó, además, una soga, también sangrienta, cortada cerca de un nudo, que yacía dentro de un tiesto con poca tierra junto a la entrada de la casucha.

— Las heridas de las muñecas indican que estaba amarrado, seguramente con esa soga. Fíjese que hay varias manchas de sangre en el piso que no se han secado o coagulado. ¿No le parece extraño? —dijo haciendo una breve pausa—. Pues no si la sangre estaba mezclada con saliva, lo cual retrasó la coagulación. Al tipo le rompieron la boca y varios dientes con un palo que tiene un trapo en su punta. Lo tenemos. Lo encontramos tirado en la maleza aquí al frente, y el trapo está lleno de sanguaza y en uno de sus pliegues hay un diente.

—Brillante —dijo Pedro con espontánea sinceridad.

—Gracias. Pero no tanto. Después que uno le ve los güevos al toro, es más fácil decir que es macho. Además, encontramos otros dientes regados por aquí —dijo Pérez sonriente y señalando el piso de madera lleno de hendiduras.

Pedro le echó una mirada somera al suelo. Sus ojos se posaron en una tabla en la que un gran nudo en la madera se había podrido y había formado un hoyo. En el centro del hoyo había algo.

—¿Qué es esto? —preguntó Pedro.

Se puso en cuclillas para examinar lo que había visto y en dos segundos tenía el panamá casi rozándole la nariz, mientras su dueño, que se había convertido en una bolita humana al ponerse en cuclillas también, le advertía que tuviera cuidado. Extrajo un lápiz del bolsillo de su chaqueta y movió lo que de primera intención parecía un insecto cornudo. Era un pequeño alfiler con un coágulo adherido. Al darle la vuelta ambos vieron que era amarillo, rojo y púrpura. Pedro lo reconoció en el acto y se cercioró de quién era uno de los asesinos.

Capítulo 30
Sorpresas

Cuando llegaron a la morgue el Dr. Enrique Koppisch dictaba los resultados de la autopsia dando fe de su memoria y capacidad descriptiva. Las dos balas eran del calibre .45. Una -el primer disparo- rompió la sexta costilla derecha, se desvió al mediastino y perforó el pulmón izquierdo. La segunda traspasó el corazón, perforando el ventrículo izquierdo. La hemorragia inundó el tórax y causó la muerte instantánea. Koppisch que -según descubrió más tarde Pedro- fue escogido por el Fiscal General para hacer la autopsia, describió las lesiones en la boca, la pérdida de cuatro dientes y las cortaduras por la soga en sus muñecas. En el forcejeo tratando de sacar las manos de las amarras, el muerto se había fracturado dos dedos. Entre las muchas quemaduras que exhibía el cuerpo, las siete en la nuca tenían que haber causado mucho dolor pues se extendían al tejido subcutáneo. El médico, de cuerpo esquelético y semblante y perfil de ave de rapiña, se quitó los guantes y tomó una pluma para hacer anotaciones adicionales. Muy circunspecto se volvió hacia Pérez y Pedro y dijo: «Tenía el cuerpo lleno de moretones de edades variadas, y tres tatuajes: una esvástica en un muslo, un extraño avión en el vientre, y un pene en una nalga. ¿Gustan verlos?»

Pérez y Pedro se miraron y se acercaron para ver el arte íntimo del asesinado. La piel azulada del torso del cadáver era una galería poco usual de cardenales y golpes de distintos tamaños. La esvástica, cerca de la ingle, era de mala calidad, hecha, sin duda, en un salón de tatuajes de mala muerte en algún puerto también de mala muerte. El avión, entre el ombligo y el pubis, era otra cosa: un experto reprodujo el *Dragon Rapide* con gran exactitud, excepto que la parte delantera era la cabeza de un dragón de la que salía una llama roja, y por cola tenía una que era serpentina -azul, gris y roja-en un tirabuzón que señalaba a los genitales con la parte final del espiral en forma de lanza. Los ayudantes de Koppisch le dieron la vuelta al cuerpo para que vieran en la parte superior de la nalga derecha el pene azul de cabeza roja que señalaba a la hendidura entre las nalgas. Pérez y Pedro estaban atónitos, pero por razones distintas. En la mente del primero rebotaba la idea de un motivo sexual para el asesinato; en la de Pedro, la pregunta era cómo había ido a parar el *Dragon Rapide* al abdomen de un tío de mierda que yacía en una mesa de porcelana con las entrañas afuera, los órganos en frascos con formol y una verga dibujada en una nalga.

—Me voy a cagar... perdone usted, González... en la leche —exclamó Pérez, con una amplia sonrisa en su cara lunar, al salir al pasillo de la morgue—. ¡Ay, bendito!, política y maricones. ¿Cree que esto es una venganza? De ese tipo... por celos... ¿Qué le parece?

Miró a Pedro, muy serio ahora, y le preguntó:

—¿Qué importancia tiene el alfiler? Le causó mucha curiosidad, ¿verdad? Ya averiguaremos de quién es. ¿Sabe algo de eso?

—No me trates de usted, Pérez. Soy como tú, un empleado. Y más o menos de la misma edad.

—Y es valioso, ¿verdad? Oro, rubíes y amatistas, deben ser, ¿no? A lo mejor del muerto... regalo de un novio... —exclamó Pérez, que movía su cabeza como para ver los ojos de Pedro, que tan altos le quedaban—. ¿Qué te parece? Dime algo, chico. ¡Comenta!

—Pérez, me caes muy bien. Eres competente y muy buen detective, pero no puedo decirte nada más. Son las instrucciones que tengo. Ahora somos colegas en esto y trataré de ayudarte hasta donde me sea posible, pero entiende, por favor...

—El Coronel y el Gobernador... La Sombra Funesta... ¿Tú no crees...? ¿Y el avión dragón? ¡Coño! ¡Y un bicho en el culo! ¿A dónde vamos a parar?

—Por favor, no dejes que especulaciones fuera de lo común te lleven a conclusiones que es mejor no alcanzar, mucho menos comentarlas. Veré lo que puedo hacer por ti, Pérez, pero no te conviene hacer conjeturas peligrosas de ningún tipo. ¿Vale?

Dejó una sonrisa tan compasiva y seductora que, ante el descubrimiento y la conversación, Alcides Pérez, el policía risueño, dejó de sonreír.

Ya comenzaba el sol a llenar de anaranjado los edificios e iba dorando nubes en el horizonte, cuando la patrulla que transportaba a Pedro enfiló hacia San Juan.

Desde la esquina de la Calle del Cristo divisó, más allá del portón, en el patio adoquinado de Fortaleza, dos vehículos militares vigilados por dos soldados. Según fue acercándose al Palacio de Santa Catalina, salieron del vestíbulo del Palacio Rojo dos policías militares con pistolas al cinto. Lo esperaban. Le hicieron señas al chofer para que se detuviera y, finalmente, le abrieron la puerta a Pedro González. «Lo espera el coronel», dijo uno que señalaba hacia el final del patio interior del edificio. Pedro percibía que algo singular sucedería de un momento a otro.

Otro soldado, que ocupaba la silla donde había estado antes la secretaria, le dio las buenas tardes y le abrió la puerta del despacho de Orbeta.

—Entra, Pedro —dijo el coronel—. Quiero que conozcas al capitán Trimmell, que te explicará algunas cosas sobre el caso Torrecilla. Ya hemos hablado con Koppisch y Alcides Pérez por teléfono.

Trimmell se puso de pie y le dio la mano a Pedro. Tenía 40 años, era de mediana estatura y llevaba el pelo rasurado casi hasta el cuero cabelludo. Sus ojos azul celeste miraban desde cuencas profundas enmarcadas por pómulos prominentes y cejas espesas que reposaban en una frente angosta, y apartados por una nariz rota y achatada a consecuencia de su deporte favorito, el boxeo. Pedro tuvo que responder a su apretón con fuerza para que no le fuera a romper los huesos de la mano.

—Me dice *the Coronel* que eres *Army intelligence in* España, ¿sí? —dijo con un acento abominable—. ¿Quei piensas tú dei todito esto? Me refieiro al *murder*... Esos *tatoos*, banderas nazi, dragones *puntando* al *pecker,* y *pricks in the* culo.

Orbeta se sonrió por primera vez y miró a Pedro esperando su respuesta.

—La esvástica se explica por sí sola. Esos tatuajes... *tatoos*... El tipo es un invertido... como se dice en inglés... —dijo mirando a Orbeta.

—Sodomite —ladró el coronel.

—Eso... que era espía alemán. No creo que tenga ya nada que ver con Franco y los nacionales. Lo mataron porque era falangista, pero su espionaje en las islas francesas y Trinidad parecen ser más importante.

Trimmelll miró a Orbeta y asintió en silencio.

—*¡Good, Pidro! ¡Good! Yes*, sí era *spy, a fucking nazi,* y *transmitted* información a barcos y submarinos alemanes, y a Alemania de los puertos *near* Porto Rico. Muy peligroso. Mucho *danger*, mucho.

—Creo que lo mataron por *sodomite* también, pero no estoy seguro de cómo encaja tal cosa. A lo mejor divulgó algún secreto —añadió Pedro.

—Es posible —respondió Orbeta.

—Podemos averiguarlo —intercaló Pedro con gran énfasis—, pues sé quien fue uno de los que participó en su tortura y, tal vez, en su asesinato.

Trimmell enmudeció y Orbeta se puso de pie y quedó al lado de Pedro en un instante. Los dos hombres se miraban y miraban a Pedro. Orbeta se alejó del capitán americano y le puso una mano en el hombro a Pedro mientras el otro decía: *«Fuck. Orbeta, what's going on? Who the fuck is this beauty, Sherlock Holmes?»*.

—Pedro, ¿de qué hablas? —preguntó Orbeta.

Pedro no dijo que había presenciado la tortura, sino que encontró y reconoció el alfiler de Cabrera, pues lo vio en su chaleco unos días antes, pero que no se lo divulgó a Pérez. Orbeta soltó una carcajada que estremeció los muebles de la oficina y extrajo otro *fuck!* de la boca de Trimmell. Pedro miraba con su rostro impávido la reacción de estos dos hombres enigmáticos, que volvieron a mirarle y a mirarse entre ellos y ahora reían a mandíbula suelta.

«*The fucker*», decía Trimmell, *next, he'll leave a confession with his name on the body. It's time for him to go to Cuba*».

TRIMMELL Y ORBETA ahora convencidos de la gran astucia e inteligencia de Pedro González ante la prueba que le habían hecho sin que se diera cuenta, le confiaron que Cabrera el asturiano era agente del servicio de inteligencia militar y relataron sus contribuciones al ejército. Fue él quien desenmascaró las actividades clandestinas de Torrecilla y el potencial peligro que representaba para la isla que los alemanes tuvieran información del tránsito de barcos y aviones. Dado su poder y los errores que estaba cometiendo el envejecido Cabrera, Trimmell indicó que necesitaban un relevo para el asturiano, que ya tenía otra asignación en Cuba. Pero el escogido para sustituir a Cabrera no fue Pedro.

COMO ERA SU ESTILO, Miguel Torres recibió las dos noticias con aplomo y pocas palabras. Tanto él como Pedro luchaban por explicar el hallazgo del *Dragon Rapide.* Estaba, además, el detalle de las siete quemaduras punzantes en la nuca: el muerto llevaba la insignia de Banderilla pero lo torturaron con una variante de su *modus operandi*. ¿Era casualidad o un gesto vengativo? ¿Cuántas personas sabían del biplano como insignia de Banderilla? Aparte de ellos dos, que supieran, lo sabían Paco Ortiz, Domingo Marrero y Javier Blanco, ninguno de los cuales pasaría información a los franquistas. Además, nunca se estableció oficialmente el vínculo de la insignia con la explosión del polvorín ni en los paseíllos de Banderilla, ni se hizo público su significado forense. Sí lo sabían los tres compañeros de «tute» que ayudaron en el homicidio de del Castillo. Pero de esos, dos cayeron en redadas a otros grupos quintacolumnistas infiltrados por el SIM y fusilados. Sólo quedaba Jacinto Villa, el hombre que pegó con saliva el papel con la imagen del avión que se tragó la pobre Lorenza Ramírez, y que estaba al tanto de quién era Lorenza y de su participación en la explosión del polvorín. Miguel sabía poco de su colaborador: soltero, callado y extraño. Podía ser cualquier cosa, incluyendo que fuera homosexual, mas era muy competente y cumplía sus misiones a cabalidad, de modo que le hubiese importado un bledo que le gustaran los hombres. Ciertamente era el candidato más lógico para haber divulgado la insignia, ¿a su amante? Por suerte o por desgracia, Miguel no tenía la más mínima idea de dónde estaba Jacinto que no fuera lejos de Puerto Rico. Las modificaciones que Torrecilla le introdujo al *Dragon Rapide*, según descritas por Pedro, fascinaron a Miguel y, en un momento de frivolidad, se reprochó que no se le hubiera ocurrido representarlo como una Quimera, en este caso, parte dragón y parte aeroplano.

La otra sorpresa la recibió con beneplácito y gran cautela, luego de tener que acceder a las exigencias impuestas por sus nuevos amos. A Pedro se le dio el poder de reclutarlo y explicarle que no había marcha atrás una vez que supiera la oferta. Cabrera el asturiano tenía un primo en Cuba y era su «deseo» -impulsado por el ejército norteamericano y Orbeta- venderle el almacén a Miguel e irse a Cuba para ser socio de su primo. El negocio incluía sustituir a Cabrera como informante y encubierto del ejército en la Marina de San Juan. Le garantizaban un ingreso mensual de $300, pagadero en su cuenta. Los gringos pagarían por la transacción los $10,000 que se llevaría Cabrera a Cuba. El cheque aparecería en manos del abogado del banco el día del cierre del negocio como si saliera de la cuenta de Miguel. Ni tan siquiera el banco podría trazar la fuente de los dólares que recibiría Cabrera. Trimmell dejó claro que tenía información sobre Miguel y Pedro que los podía perjudicar y, por lo tanto, Miguel no tenía otra alternativa que cooperar. El gringo además indicó que leyeran sobre las muertes no esclarecidas en los periódicos para que supieran lo que les podía suceder a ellos y a sus familias. Miguel aceptó sin más rodeos, sabiendo que jamás podía divulgar nada de lo que escuchó ni cuál era su misión como espía de Estados Unidos.

Dos días después, un grupo de la policía encargada de la investigación y capitaneado por Alcides Pérez, acorraló y mató en una casa en Santurce al asesino del francés a la parrilla. Del francés, no salieron a relucir más detalles que los que ya estaban publicados. Sí circularon algunos chismes licenciosos que saltaban de boca en boca con gran exageración, incluyendo que en la casucha se celebraba una orgía de marinos. El criminal era un don nadie marino mercante francés con un historial de dos previos cargos por asesinato que no le pudieron probar. Según la prensa, conoció al occiso en un bar de Santurce, lo convenció de ir con él a la casucha y lo mató después de torturarlo. Le sacó las llaves y fue a robarle a su apartamento. La pistola .45 que poseía tenía borrado su número de inscripción, pero la prueba balística la catalogaba como el arma asesina. En las vistas que suscitó el allanamiento, varios testigos indicaron que el asesino merodeaba la Calle de la Luna desde hacía semanas. El desenlace del caso se le atribuyó al capitán Pérez, que por la rapidez con que resolvió el caso y ajustició al criminal fue condecorado por Orbeta y salió sonriente, con su sombrero panamá, en la primera plana de dos periódicos.

Tres semanas más tarde, Miguel era el nuevo dueño de la Bodega Cabrera, nombre que le dejó al negocio por motivos ulteriores, y con él como dueño y los Alcalá como adorno, el número de clientes comenzó a subir tanto que nadie se sorprendió cuando arrendó el local contiguo para expandir su propiedad.

Capítulo 31
Otro sitio

Aquel febrero marcó un viraje abrupto en las vidas de los Alcalá en Puerto Rico y para la vida de España, que entraba en los últimos suspiros de la Guerra Civil. Para Puerto Rico se avecinaba un cambio súbito e irreversible. En la bahía de San Juan se peleaban por el espacio acuático más de una docena de acorazados, cruceros, portaaviones y destructores norteamericanos acompañados por goletas de tres y cuatro mástiles de varios países. Entre los barcos y los aviones, los pelícanos y las gaviotas revoloteaban en busca de un sitio de reposo. Las calles de San Juan hormigueaban de marinos, aviadores y cadetes, no sólo norteamericanos sino venezolanos y finlandeses. A la parada inagotable de soldados contribuían los guardias nacionales puertorriqueños y un enjambre de niños escuchas tratando de imitarlos. El alegre fermento de las mañanas se multiplicaba según avanzaba el día para convertirse en una gran burbuja de fiesta al salir las estrellas en la noche en que visitantes y locales abarrotaban aceras, calles, cafés, cines, parques, bares y prostíbulos. Todos, incluyendo a los Alcalá, disfrutaban de esta verbena continua que llenaba la ciudad de risas y algarabía y, a veces, de alguna riña entre los jóvenes militares por la atención de alguna chica.

Pedro González escuchaba los informes del aumento de maniobras en la Puntilla y en los terrenos del Castillo del Morro que sugerían la preparación militar para cualquier eventualidad local. Además, ya estaba estipulado que luego del carnaval y pasada Semana Santa, regresaría el comandante Kenney a completar el plan de Punta Borinquén. El reclutamiento de Miguel era parte de la conversión de Puerto Rico en una fortaleza y recalcaba la necesidad apremiante de protegerse de espías e informantes que pudieran delatar lo que ocurría.

Durante dos semanas, sin embargo, la sociedad de San Juan se concentró -con la minuciosa atención de su Gobernador- en prepararse para el baile de carnaval. Los ensayos no dejaban dudas de que la gran noche sería refulgente y que nadie antes ni jamás presenciaría un despliegue de talento y belleza como el organizado por las «españolitas» y las damas del carnaval. Winship medió para que cualquier material que se necesitara para la decoración estuviera disponible para el comité organizador. Logró que un pedido de Isabel y Mariano Alcalá, de dos carteles de gran tamaño de unos bellísimos toros -un gran Parladé y un Núñez Rincón- que colgarían de las barandillas del segundo piso de la terraza interna de la Casa de España, los preparara, enmarcara y enviara por *Clipper* el museo de Historia Natural de Nueva York.

Llegada la noche imperial, los adoquines de las calles de la ciudad brillaban gracias a la diligencia y entusiasmo de los servidores públicos, y las paredes de los edificios reflejaban sus colores bajo la tenue luz del alumbrado, aun en ausencia de la luna. La policía vistió sus uniformes de gala para escoltar a la Reina desde su carroza, que partió de la entrada del Palacio de Santa Catalina hasta la sede de su trono.

S.M. Myrtelina era sin duda una de las más hermosas reinas en la historia del Carnaval Ponce de León, y su belleza quedaría grabada en la memoria de todos durante una década, gracias a un talento que hasta entonces se le desconocía. La música del desfile brotó de los instrumentos de la gran orquesta de Rafael Muñoz como si cada uno de los músicos estuviera acompañado por un ángel. Los atuendos y los pasos del séquito tenían la apariencia y la cadencia apropiada de la corrida de toros, el misterio del cante jondo, el hechizo de las majas y las manolas, la elegancia de un paseo por el Parque del Retiro, así como la alegría y picardía de la zarzuela. Luces tenues multicolores manejadas con gran finura resaltaron las mantillas y las peinetas, los sombreros de montar, los capotes de paseo, las taleguillas, los trajes y atuendos típicos.

Una vez que la Reina accedió al trono, la melodía sinuosa del *Tango* de Albéniz comenzó a llenar todos los recodos del club. Las luces se atenuaron y un tibio foco de luz creó un redondel a los pies de la Reina. Una de las damas le quitó la mantilla y la peineta, y su majestad quitó de sus hombros su mantón de Manila y descendió del trono. En la luz, extendió su brazo derecho y, al instante, todo quedó en la oscuridad. Los presentes emitieron al unísono un suspiro de asombro. De súbito se volvió a iluminar el rostro de la Reina y según se fue abriendo el círculo de luz, apareció la mano y el brazo de un hombre que iba vestido de negro y llevaba puesto un guante del mismo color. La luz fue expandiéndose y revelando poco a poco a la pareja de su majestad. El perfil de Pedro arrancó un suspiro de la multitud, que quedó casi sin aliento ante la hermosura del hombre. Alto, su camisa de seda negra abierta lo suficiente para dejar ver parte de su pecho fornido, y con su figura de matador y unos pies ágiles y livianos como las nubes, se acercó a su pareja, pasó el otro brazo por su cintura y comenzaron la danza. Myrtelina se movía con la gracia y la precisión de una bailarina experimentada. Cuando acercaba su rostro al de Pedro sonreía con una soltura que revelaba magnífica a la mujer que, por ahora, se escondía en la adolescencia. Grácil, Pedro suprimió parcialmente su superior dominio de los pasos para permitir que se luciera la figura hermosa de la chica. No tenían nada que envidiar pues eran mucho más guapos que Fred Astaire y Ginger Rogers.

Las notas finales, que fueron precedidas por una elegante pirueta de los bailarines, casi se ahogaron en el aplauso ensordecedor, salpicado de vítores y chiflidos de aprobación, que emergió de los presentes. Pedro hizo una pequeña reverencia pero dejó la pista a la joven que era la dueña del momento. El foco de luz siguió sobre la pareja de bailarines, pero ahora un pequeño foco iluminaba al público del entresuelo. Al igual que todos los demás, Winship, Orbeta y su mujer, los directores del club y sus esposas, los padres de la Reina y otros dignatarios, se pusieron de pie y aplaudieron hasta que les dolieron las manos. Pedro y Myrtelina, hicieron varios saludos en su dirección. En un momento en que la luz llegó al lugar más oscuro del entresuelo, Pedro vio a un hombre vestido de etiqueta blanca que les miraba sin aplaudir. Tenía el pelo rojo como el achiote y la cara dura como un ladrillo. No era la primera vez que lo veía. En su viaje a Aguadilla, donde estuvo en el Hotel María, el Colorao iba en un automóvil que precedía al séquito del comandante Kenney.

Más tarde Pedro se acercó al grupo de Winship guiado por los mozos. Ocupaban una mesa especial en la terraza que miraba al fuerte San Cristóbal. Al verlo, la Sombra Funesta hizo varias alabanzas en voz alta: *You were wonderful, my boy!*, *A beautiful dancer, isn't he? Well done! I knew we could count on you!*. Y cuando Pedro estuvo cerca de él, le dio un abrazo con muchas palmadas en la espalda y un beso en un cachete. Los del grupo sonreían y también le daban palmadas de parabién al bailarín.

Como resultado de la nueva situación de la isla y sin quererlo, Miguel Torres regresó a una clandestinidad que, en principio, lo ponía en una posición antagónica con algunas de sus creencias. A pesar de ser falangista, justificaba parte de su nuevo trabajo porque no comulgaba con los alemanes ni con el nazismo. Mitigaba también su cargo de conciencia el que no era antisemita ni racista. Ahora espiaba a todo el que llegaba al puerto de San Juan y a los otros mercaderes cuyos negocios los ponían en contacto con extranjeros. Escuchaba las conversaciones de los que venían a comprarle y llevaba un minucioso diario con sus nombres y las cosas que decían que consideraba sospechosas. Lo guardaba en su pequeñísimo despacho en el mismo escondite en que lo hizo Cabrera: detrás de un angosto anaquel de vinos con una balda falsa que abría y acomodaba la bitácora. La primera vez que la abrió -instruido por Cabrera y en presencia de Pedro- encontró un mensaje mecanografiado en un sobre dirigido a él: «Sabemos quién eres».

Desde ese momento en adelante presentía que lo observaban agentes del Ejército o la Marina estadounidense dondequiera que estuviera. Sentía menos libertad que la que tuvo rodeado de enemigos y arriesgando la vida en el Madrid rojo. Conocía más gente que nunca antes en su vida, pero muchos lo conocían sin él saberlo. Su notoriedad lo incomodaba, máxime ante su nueva profesión de espía gubernamental. Sólo podía confiar en Pedro y las Alcalá y en Don Mariano, que no estaba enterado de la nueva situación de su sobrino político. Para que no sospechara, don Mariano firmó como codeudor en la hipoteca del negocio, pero una vez que estampó su firma, el documento desapareció sin rastro y sin consecuencias. De vez en cuando le decían que el negocio iba bien o mal, o más o menos, para que se preocupara y se sintiera partícipe del estado de su deuda.

Miguel llevaba una amistad muy cordial con su mentor el doctor Antulio Rosado, que continuó a pesar de distanciarse de los quehaceres médicos, y a través de él conoció a muchos galenos prominentes de San Juan. Algunos tenían afinidades con Luis Muñoz Marín y su deseo de llevarle servicios de salud al pueblo desamparado de los campos y los arrabales. De otros percibió el espíritu anexionista que caracterizaba al partido Unión Republicana, de Rafael Martínez Nadal -presidente del Senado e íntimo de Winship-, y el pensamiento de Miguel Ángel García Méndez y el de Antonio R. Barceló -muerto a las pocas semanas de que los Alcalá llegaran a la isla-, de ver al país convertido en un Estado de la federación de Estados Unidos.

Miguel consideró poco probable que los estadounidenses quisieran que una isla tan pobre fuera Estado pero, como extranjero, pensó que era irresponsable compartir sus opiniones, de la misma forma que no quería ni a rusos ni alemanes dándolas sobre lo que sucedía en España. Asimismo pensó improbable que, ante las acciones tomadas por el ejército en relación a la fortificación de Puerto Rico como punto de vigilancia del Caribe, las peticiones de estadidad o independencia fueran a ser escuchadas. De hecho, le resultaba evidente que la persecución de los nacionalistas era mayormente por motivos militares, no por sus aspiraciones idealistas e impracticables de independencia. Se basaba en que otros menos dogmáticos que los nacionalistas, y que también profesaban esa idea, no los perseguían con tanto ahínco. Los visos militares de los cadetes nacionalistas hacían que los políticos y las autoridades los compararan con las de los grupos derechistas de Europa, algo que tenía a los norteamericanos inquietos y moralmente indecisos, pues no les convenía, aunque fueran exageradas las comparaciones, ese tipo de manifestación en sus territorios.

Dejaba sus informes (que extraía del diario que llevaba), escritos a máquina en un pliego de papel cebolla que siempre doblaba de igual forma para que cupiese en un lata de trufas vacía que ponía en la balda de enlatados junto a otras casi gemelas (esta tenía una mancha de líquido en la etiqueta), todos los miércoles justo a las doce menos tres minutos del mediodía. Un minuto después entraba el americano que vio Pedro la noche del baile y que trabajaba en la reserva naval de la Puntilla, y le decía «*Hello, how are you Mr. Torres*», recogía la lata, la sustituía por una vacía idéntica, y le pagaba cinco dólares a Miguel, quien depositaba el dinero en la caja registradora y quitaba la engañosa lata hasta el próximo intercambio. A esa hora del día casi nunca había nadie en la tienda, pues todos en San Juan comenzaban a almorzar; además, Miguel cerraba sus puertas un poco después hasta la una y media.

La mayor parte de las veces el gringo, de pelo más rojo que un festín de azafrán y semblante serio y desagradable, como una pared áspera, venía vestido de caqui con camisa de manga larga, pantalones largos y capacete de tela del mismo color. Otras veces vestía pantalón blanco tipo bermudas con camisa y calcetines del mismo color, que le llegaban hasta la pantorrilla, atuendo que hacía resaltar las miles de pecas de su cara y de cada milímetro de su piel. Pocas veces iba de *seersucker* azul y blanco con corbata azul marino oscuro. El que no supiera sus antecedentes militares lo hubiese tomado por un turista recién arribado en el *SS Borinquen*, el *SS Coamo* o en uno de los *Clippers* Pan American que llegaban todos los días. No sabía su nombre, pero en una de las dos ocasiones que lo vio de lejos, oyó a alguien llamarle Rusty, lo que le pareció muy acertado. Ahora veía de cerca aquellos ojos azules tan claros y tan húmedos , y le parecía que en cualquier momento iban a rodar por sus mejillas hechos líquido, dejando al descubierto las cuencas en su calavera. Otras veces lo imaginaba como un monstruo rojo que en las órbitas vacías de sus ojos llevaba el ácido más frío y quemante. Era uno de los pocos que, durante su larga carrera de enfrentamientos con los hombres peores y más viles, mantenía a Miguel en guardia. Algo terrorífico y siniestro vivía agazapado en lo más profundo de aquella masa de pecas, y detrás de esos ojos.

Pedro González tampoco bajaba la guardia. Su inglés había mejorado tanto que ya podía intervenir en conversaciones haciendo comentarios acertados y, de vez en cuando, un chiste. Pero poco de lo que acontecía en Fortaleza era propicio a la broma. Winship y Orbeta estaban enfrascados en algo que él aún no había descubierto qué era. No habían vuelto a mencionar a Miguel y en el baile lo saludaron pero no compartieron con él casi nada; sin duda, ahora veían a su cuñado como un empleado o agente con quien era mejor no confraternizar, particularmente en situaciones sociales. Desde diciembre, Pedro escuchaba comentarios sobre las maniobras que en los meses de enero y febrero llevaría a cabo la Marina en el Caribe, pero no captó la gran importancia del asunto hasta ahora que entendía mejor el lenguaje y participaba de algunos de los intercambios entre Winship y el personal militar. Su presencia era requerida cuando era necesario coordinar el futuro viaje del comandante Kenney a Punta Borinquen, y quedó claro que su conocimiento de las leyes españolas vendría como anillo al dedo en su papel de asesor del Gobernador cuando el Fiscal General preparara los documentos de expropiación de los terrenos de Aguadilla y otros lugares necesarios para la fortificación de la isla. Se rumoreaba que uno de estos sería Isla Grande, un gran predio de tierra al sur del islote que forma la antigua ciudad de San Juan y la conecta por dos puentes que cruzan la Laguna del Condado, punto estratégico para el acceso al resto de Puerto Rico.

Varios días después de resuelto el caso del «francés a la parrilla», en otra de las innumerables reuniones en que se discutía el itinerario de Kenney y los posibles lugares de visita, Pedro escuchó, por primera vez que pudiera recordar, una referencia al *Fleet Problem XX* de boca de uno de los capitanes navales de la Puntilla. Lo anotó en su libreta y lo subrayó varias veces pues le recordaba algo que en el momento no sabía qué era. Unos minutos después hizo su entrada el coronel Orbeta al salón y Pedro se dio una palmada en la frente según venía a su memoria la sonrisa simpática del capitán de detectives Alcides Pérez, su colega en la investigación.

Poco antes del baile de carnaval y a pesar de los llamados enérgicos y cáusticos de la Pasionaria a la resistencia, el gobierno republicano se resquebrajaba ante el avance imparable de los nacionales. A mediados de febrero, el Consejo Helvético reconoció al gobierno de Franco. Según pasaban las páginas del almanaque se fueron añadiendo los reconocimientos de Rumanía, Venezuela y Bolivia. Los ánimos se hallaban en la fosa más profunda de la desesperación cuando a San Juan llegó la noticia de la muerte del poeta Antonio Machado en Coulliure, Francia, en donde se había exiliado. Mariano Alcalá organizó ese miércoles 22 de febrero una lectura de sus poemas en la Universidad de Puerto Rico, y en Yauco, en la sala del Hotel María, el poeta trascendentalista Francisco Lluch Mora leyó con voz triste pero firme varios poemas de Machado, cuya muerte puntualizaba la locura de la guerra fratricida y enfatizaba la pérdida por exilio de otros poetas, escritores y educadores que habían dejado la Península, tales como Juan Ramón Jiménez, Pedro Salinas, Jorge Guillén, Federico de Onís y Sebastián González que, en un momento u otro durante su exilio, vivirían una parte de sus vidas en Puerto Rico. El golpe más grande a las pocas esperanzas que aún restaban sin marchitarse en el jardín de los más optimistas llegó cuando en los últimos días de febrero Francia, Gran Bretaña y Lituania reconocieron la España nacional de Franco y se hizo evidente que Estados Unidos caminaba en esa misma dirección. Para otros -para muchos en Puerto Rico, incluyendo a Miguel Torres y a Winship-, el triunfo nacional se recibía con beneplácito, ya que no era otra cosa que la detención del avance del comunismo, la derrota del anarquismo y la victoria de los valores más fundamentales del hombre, incluyendo la restitución de la Iglesia, la religión y las virtudes tradicionales.

Pero a pesar de la aparente aceptación del gobierno franquista por EE.UU., simbolizada por el regreso a Washington de Claude Bowers, su embajador en Madrid, no todos en Puerto Rico manifestaron abiertamente su regocijo ante los triunfos nacionales. Aún había en España tropas, tanques, cañones, ametralladoras y aviones alemanes. Y se había regado la voz que los norteamericanos temían una campaña expansionista bélica de los nazis, y que Puerto Rico iba a ser el sitio de concentración militar estadounidense más grande del Caribe, con miras a proteger las islas francesas de Martinica y Guadalupe, el acceso al canal de Panamá y evitar un posible acercamiento enemigo trasatlántico desde Dakar a Brasil. Ser abiertamente nacional, particularmente falangista, era prematuro y, seguramente, ingenuo. Era el momento para ser más yanqui que los propios yanquis, pensaron los Alcalá.

María Luisa e Isabel también recibieron, días antes del baile, las malas noticias del fallecimiento de su madre. Lloraron desconsoladamente y solas cuando el telegrama internacional llegó una noche en que Pedro y Miguel estaban en sus quehaceres de hombres de pueblo, comiendo en el restaurante La Mallorquina con unos amigos; los chicos dormían. Con la partida de este mundo de doña María Isabel terminaba el consorcio de gran amor y respeto mutuo que formó con don Ricardo Alcalá y que resultó en el núcleo familiar que, a pesar de estar desplazado de su entorno original, sobrevivía. Ricardo, María Isabel y las dos hijas se quisieron con la dependencia que trae la afinidad de espíritu y los intereses de la mente. Nunca envidiaron a nadie por cosas materiales. Su amor fue lo suficientemente grande como para permitirles a las hijas dejar atrás a la madre para salvar a sus hijos. Además, las Alcalá confiaban de tal forma en la capacidad de sus maridos que jamás dudaron del éxito de sus actividades con el gobierno de Winship y las fuerzas armadas de Estados Unidos. Sus hijos se criaban ahora en un ambiente protegido y privilegiado gracias a su origen, a sus padres y a las circunstancias que forzaron su emigración a Puerto Rico. Jamás habían imaginado la posición social que ocupaban en un lugar donde la simpatía y la hospitalidad de la mayoría se habían manifestado hacia sus vidas como una bendición celestial. Parecía como si estuviesen en el paraíso.

Ambas mujeres se comportaban con el aplomo social requerido para ser discretas al mismo tiempo que atentas y cálidas para ayudar a sus maridos. Su prudencia les permitía recibir información valiosa sobre la situación política y sobre los procesos económicos de la isla sin tener que adherirse a ningún bando ni a ninguna ideología y sin revelar el interés que esto tenía para ellas o sus maridos. Maria Luisa concentraba su atención en los comentarios y opiniones políticas, que la mayoría de las veces eran las mismas que expresaban sus maridos; Isabel agudizaba su concentración cuando se conversaba de negocios inminentes y futuros. Podían reproducir la información con gran detalle y precisión, pero comparaban entre ellas lo escuchado para cerciorarse de la certeza de lo que comunicarían a Pedro y a Miguel. Los matrimonios Alcalá eran espías que habían escapado el sitio de Madrid y que ahora estaban sitiados en un paraíso tropical, a su vez sitiado por los norteamericanos y por la historia.

Capítulo 32
Alumbrados; final de febrero-principios de marzo de 1939

Martinica, una isla llena del colorido de sus frutas y del atuendo de sus mujeres, era una de las colonias más famosas del Imperio francés porque en ella nació Josefina, la primera mujer de Napoleón. Allí, en la marina de Fort de France, una ciudad cosmopolita y tropical donde todos los días la lluvia lava las calles y los techos y riega la exuberante vegetación del parque La Savane, los bares son casi tan numerosos como las buganvillas. Los marinos, cuyos barcos anclaban en la bahía, se daban cita en alguna taberna para comer, beber y fornicar con las mujeres que frecuentaban los lugares, la mayoría prostitutas profesionales. Además, en las trastiendas de estos establecimientos se congregaban espías aficionados y profesionales en busca de información que les produjera un fajo de francos o, mejor aún, de dólares. Mucha de la información, o era tan rutinaria que la sabía todo el mundo, o lo suficientemente importante como para costarle la vida al que la poseyera, pues era como exhibir oro entre los maleantes y rufianes que pululaban, junto a la población pasajera mercantil, por esa parte de la ciudad. De vez en cuando la Sureté hacía redadas en busca de radioemisoras clandestinas, tanto en tierra como en los barcos, yates y otras embarcaciones en el muelle o en la bahía. En varias ocasiones se desarticularon por razones políticas grupos que retransmitían mensajes enviados por espías en el frente nacional español a Francia y también desde las islas a emisoras de la república, pero ese tipo de actividad estaba en decadencia y ahora la mayoría de las veces los mensajes se dirigían a embarcaciones y submarinos alemanes. Además, era constante el flujo de información directamente de los informantes a miembros encubiertos del servicio secreto alemán, no sólo en Martinica sino en otras islas como Guadalupe y Trinidad. A principios de enero los alemanes en Martinica habían recibido notificación de una gran operación que necesitaba la marina de guerra de EE.UU., para asegurarse de que su poderío naval controlara el Atlántico, el Caribe y las aguas vecinales de la gran curvatura del hemisferio occidental sur, particularmente las costas de Brasil. Lo sabía un marino español llamado Luis Anastasio Torrecilla, que era, además de espía, un dedicado al sadomasoquismo.

Lo averiguó de boca de un oficial de la Marina estadounidense con quien pasó varias noches en un viaje a San Juan. Torrecilla sólo sabía que se le llamaba a las maniobras *F.P. XX*, y así lo transmitió a un agente en un submarino cerca de las Islas Vírgenes inglesas, que a su vez alertó a otros en Panamá. Pero antes -como se le instruyó- dejó el mensaje dentro de un libro de Anatole France en la mesa número cinco de la *Biblithèque Shoelcher*, un edificio de gran belleza hecho de hierro y diseñado por el mismísimo Gustav Eiffel, ingeniero de la torre que lleva su apellido en Paris. Como no se sabía lo que querían decir todas las siglas, Torrecilla volvió a Puerto Rico en busca de más información, que recibió de la misma fuente y que llegó a transmitir un poco antes de caer en manos de Cabrera y sus secuaces, y terminar en la morgue.

Pedro González también descubrió a su debido tiempo que el *Fleet Problem XX* habría de ser la maniobra naval más grande de la Marina norteamericana desde 1934. Participarían en ella 134 embarcaciones, 600 aviones, 3.210 oficiales y 49.445 marineros de la Marina de Estados Unidos. Aunque su significado bélico no fue anunciado por razones diplomáticas, las maniobras tenían el fin de preparar el poder marítimo de la nación americana para enfrentarse a las fuerzas italianas y alemanas en caso de desatarse la guerra, a pesar de la profecía de que nadie en su sano juicio intentaría una invasión trasatlántica. Poco antes, una exhibición de las fuerzas navales norteamericanas tuvo lugar en aguas cercanas a Japón con el despliegue de la flota del Pacífico, que patrullaba ese espacio marítimo con gran recelo. Preocupado por las noticias de España, Italia y Alemania, el Presidente y Comandante en Jefe de las Fuerzas Armadas de Estados Unidos decidió llevar a cabo las maniobras como una demostración de lo que podría enfrentar cualquier enemigo. Franklin Roosevelt no perdía mucho el sueño pensando en los déspotas europeos, pues en noviembre de 1938 se sabía que una armada ítalo-alemana sólo sobrepasaba la norteamericana por tener más destructores y submarinos. Tampoco eso propiciaba la invasión de un ejército que tendría que cruzar el Atlántico antes de un ataque, aunque la posibilidad de que los alemanes usaran Dakar como punto de partida lo obsesionaba. De todos modos, la protección del Caribe y el acceso al canal de Panamá eran imprescindibles, y Roosevelt tenía el compromiso del ministro brasileño de Exteriores, Oswaldo Aranha, de que no había que preocuparse por su país: Brasil le daría todo su apoyo a Estados Unidos.

El *U.S.S. Nostromo*, un crucero liviano de unas 6.000 toneladas, acababa de cruzar el canal de Panamá rumbo al Caribe para a unirse a la flota Blanca, que en los juegos bélicos lucharía contra la Negra. Sus mástiles, cada uno junto a sus dos grandes chimeneas, lucían los banderines de su equipo y la bandera de Estados Unidos. Su capitán, William Falls, comenzaba a entrenar a sus hombres en los pormenores de los ejercicios y de sus posiciones para cuando se activaran las señales de ataque o defensa. Sus ocho baterías de dos cañones estaban ya capitaneadas por los artilleros. Falls decidió activar con balas blancas la batería a estribor, alterando su plan original de activarlas todas a la vez. Su lugarteniente dio la orden. La explosión dentro de la batería mató a doce hombres y abrió un hueco de unos seis pies cuadrados en la cubierta del recién bautizado crucero. Una búsqueda minuciosa demostró que se escondían otros cuatro aparatos explosivos, dos en las baterías de proa y dos en las de popa. Luego de informar por radio el suceso al resto de los barcos y de desactivar los dispositivos, un análisis de la situación dejó claro que instalaron los explosivos durante el paso del barco por el canal y que a bordo, tenía que haber un espía. Se comenzó una investigación mientras el capitán Falls siguió las órdenes de arribar al astillero en Norfolk, Virginia. Antes de llegar allí se metió en el calabozo a un suboficial de primera clase de nombre Peter Graves, que era de descendencia alemana y un declarado antisemita. Confesó que espías lo asistieron en su encomienda, quienes subieron a bordo durante la travesía del canal en Panamá para proveer de abastecimientos al *Nostromo*. El resto de la flota llevó a cabo una minuciosa búsqueda de posibles trampas explosivas, pero en 24 horas se determinó que el caso del *Nostromo* era una extraña advertencia del poder del espionaje y el largo brazo que las potencias europeas podían extender hasta el hemisferio americano.

A bordo del *U.S.S. Houston*, fue intensa y rigurosa la búsqueda de posibles bombas y otros artefactos explosivos, pues en el pesado carapacho del crucero iba de pasajero y observador directo de los ensayos de guerra el presidente Franklin D. Roosevelt, quien amaba profundamente el mar y la Marina de Guerra; era un amor que llevaba en la sangre, que estaba en sus genes, y que se había manifestado a través de distintas generaciones de su familia: cuatro Roosevelt habían tenido el alto rango de subsecretario de la Marina de EE UU, dos de los cuales -él y Teodoro- llegaron a ser Presidentes de su país. El Presidente decidió observar todos los detalles de los juegos que auguraban el establecimiento de una fuerza naval de proporciones masivas en el Caribe, semejante en poderío a la flota del Pacífico. Lo acompañaban en el *Houston* el Almirante Claude Charles Bloch, un chico del campo de Kentucky quien, gracias a su talento y diligencia, se desempeñaba como Comandante en Jefe de la flota estadounidense y el árbitro principal de los juegos navales, y el Jefe de Operaciones Navales de la Marina de Guerra, el Almirante William Daniel Leahy.

El suceso del *Nostromo* le confirmó a Roosevelt que la guerra en Europa no estaba tan lejos del hemisferio occidental como muchos creían, y que el espionaje crecía cada vez más alrededor de las Antillas. Se cernía sobre el Caribe y el canal la amenaza de los fascistas. Las comunicaciones recién recibidas de Washington por radio indicaban que los nacionales de Franco bombardeaban el Levante con impunidad. Madrid caería pronto, y se apostaba que el Caudillo se uniría a Hitler y a Mussolini. Roosevelt pensaba que no, pero aun sin Franco los otros dos constituían un enorme dolor de cabeza. La clave yacía en fortificar el punto norteamericano más oriental del Atlántico: Puerto Rico.

Las condiciones en la isla progresaban como las había visualizado. La revuelta nacionalista estaba controlada y sus líderes en la cárcel de Atlanta, lo que borraría de la mente de los políticos en el Congreso que un ejército fascista se congregaba en el patio trasero de la nación. Ahora faltaba un periodo de sosiego político junto a las reformas sociales que tenían que transformar el entorno del territorio para que se estabilizara por buen tiempo. Winship le parecía un hombre valeroso y capaz, pero nunca lo conoció bien y lo alarmaban las quejas del Secretario de lo Interior, Harold Ickes, de la asociación indebida del Gobernador de Puerto Rico con Rafael Martínez Nadal, conocido como el Caudillo -sobrenombre que, con las andanzas de Franco, no auguraba nada bueno- y el partido Unión Republicana. No existía la más mínima posibilidad de que se considerara la estadidad para la isla como quería el partido de Martínez Nadal, mucho menos la independencia, como quería Albizu Campos, aunque este último tema estaba lejos ahora. Se necesitaba un hombre que cambiara las actitudes del pueblo puertorriqueño hacia la gobernación y hacia la nación americana. Winship tenía el sentimiento del pueblo en su contra y sus relaciones con los intereses azucareros no contribuían a mejorar esa situación. Faltando algo menos de dos días para que el *Fleet Problem XX* terminase, y a pesar del disgusto ocasionado por el sabotaje del *Nostromo*, Roosevelt, alumbrado por la pequeña lámpara para leer, se quedó dormido en su litera seguro de que la fortificación de Puerto Rico le daría a Estados Unidos una envidiable posición estratégica militar. En su sueño temprano vio la persona idónea para suceder a Winship. A pesar de estar dormido, en su rostro se dibujó su sonrisa más especial.

La recapitulación de los resultados del *Fleet Problem XX* tuvo lugar en la isla de Culebra, municipio directamente al este de la isla mayor y parte del archipiélago de Puerto Rico. Los almirantes Bloch, Leahy, Andrews -que capitaneó los Negros- y Kalbfus, responsable de los Blancos en la falsa batalla, se sintieron complacidos de que su jefe máximo también lo estuviera. El éxito de las maniobras demostraba la habilidad de los oficiales y marinos y el buen estado de la mayoría de las embarcaciones, aunque se hacía evidente que era necesario reponer algunas y comenzar la construcción de nuevas naves equipadas con la última tecnología. Esa tarde, de vuelta a la cubierta del *Houston* que navegaba rumbo al oeste para bordear la costa norte de la isla principal, con su sombrero de tela blanca encasquetado hasta las orejas, una camisa Brooks Brothers azul haciendo juego con los pantalones de hilo con franjas en dos tonos de azul, de igual marca, calcetines del mismo color, así como los zapatos de lona con suela de goma, Roosevelt contempló las nubes que se formaban sobre el contorno de la isla y el contraste de su blancura con los azules profundos de la costa y el verde intenso de las colinas. Consideró una tragedia que los españoles hubieran dejado en estado de extrema pobreza una posesión tan bella y tan codiciada. Y peor aún, que desde la presidencia de William McKinley, el Gobierno de su país, en vez de desarrollar su propiedad, la había lanzado en el abismo de podredumbre y miseria que él y su mujer Eleanor habían presenciado en su visita a la isla en 1934. Además, al presidente Roosevelt le mortificaba que su primo Teodoro Roosevelt hijo, que había sido gobernador de la isla de 1929 a 1932, no hubiese hecho más de lo que hizo por Puerto Rico durante su mandato. Incluso las clases dominantes de allí eran también responsables de gran parte del infortunio que circulaba por las arterias de ese pueblo. Su prepotencia, su irresponsabilidad y falta de civismo se manifestaba en la explotación de los pobres y los desafortunados. Pensaba que su plan de militarización, que inevitablemente incluiría el desarrollo de carreteras y viviendas, traería mucha prosperidad, pero era necesario que el dinero llegase a un uso social amplio y no al bolsillo de los ricos. Pensó en sus esfuerzos cuando fue gobernador del Estado de Nueva York, los cuatro años que se iniciaron justo con la caída de la bolsa en 1929, y sabía que se requería algo similar en la isla. Tamborileó con sus dedos en el brazo de la butaca de mimbre, llamó a su *aide-de-camp* y le dijo que le pidiera al almirante Leahy que viniera a reunirse con él.

Ni tan siquiera de joven pareció joven William Daniel Leahy. Era el almirante favorito de Roosevelt: tenía gran juicio, sentido común e integridad. La amistad se extendía hasta los días en que el Presidente fue subsecretario de la Marina. Los matrimonios Roosevelt y Leahy compartían socialmente en Washington, y la confianza que tenía el Presidente en el almirante era absoluta. Leahy contemplaba su retiro el próximo junio, pero en el instante en que tomó asiento al lado de Roosevelt en la cubierta principal del *Houston* consideró que la vida cambiaba inesperadamente, como el poniente que se avecinaba sobre la popa del hermoso y pesado crucero. Según el sol chisporroteó las últimas gotas de su sangre anaranjada en el horizonte y la noche abrió su negra sombrilla llena de luceros, las luces de San Juan se encendieron en la distancia. Roosevelt, que hablaba de asuntos de gravedad, súbitamente señaló la ciudad distante con el dedo de la mano de su brazo extendido como quien recuerda que aún queda el postre por despachar, y dijo: «Bill, Winship quiere ceder su posición como Gobernador de Puerto Rico y quiero que lo sustituyas. Será algo temporal porque se avecinan cosas para las que requeriré tu ayuda». Una luna tres cuartos llena era como un foco de luz sobre el traje de gala blanco del almirante. La otra luz venía de la sonrisa irresistible del Presidente que, en el borde izquierdo de su boca, mordía una boquilla con un cigarrillo encendido.

Capítulo 33
Final y comienzo, marzo-abril de 1939

Domingo Marrero, con Paco Ortiz siguiéndole los pasos, llegó a la puerta del edificio que ocuparon los Alcalá y que ahora desierto bostezaba de soledad. Avisos clavados a las puertas indicaban que los pisos quedaban protegidos por la República. Estaba obsesionado con descubrir quiénes eran los que le habían tomado el pelo. Le quedaba por descubrir el rostro de Miguel Torres, alias Banderilla. Todos estos meses se había topado con un muro cuando solicitaba permiso para acudir al piso a buscar información: las negativas eran tajantes. Como ninguna investigación estaba en pie, no se justificaba que alguien estuviera buscando pistas. Ortiz sugirió ir y violar la puerta, lo que por poco le cuesta los galones de cabo que el ahora capitán del Servicio de Inteligencia Militar ayudó a gestionar por su labor en la investigación del polvorín, además, Ortiz fue ascendido básicamente por no revelar el fiasco de esa encomienda. Ambos tenían una leve idea de que Torres era alto, fornido y bien parecido, pero había que añadir al expediente policial su imagen. Una vez dentro del piso, las fotos en la pared proveyeron casi una biografía de Miguel Torres, desde su adolescencia hasta el año 1936 cuando entró en la clandestinidad. A juzgar por algunas, no siempre era tan fotogénico como su cuñado Pedro. «Es el tío de Valencia», dijo Paco Ortiz refunfuñando. Marrero repasaba en su memoria el sainete perpetrado por los dos en el «arresto» en el puerto de Valencia y tenía que usar toda su fuerza de voluntad para no gritar y maldecir a los dos hijos de la gran puta, los cabrones asesinos que se burlaron de él.

Sacó de su marco la mejor foto de Torres, una que evidentemente la había hecho un fotógrafo en un estudio. El rostro del asesino ocupaba casi toda la foto. En ella,

Miguel enseñaba su dentadura a través de una sonrisa que pocas veces mostraba. Sus ojos tenían un destello cruel que ensombrecían el intento de dulzura de su faz risueña. El fotógrafo lo hizo posar; la cámara reveló sus secretos. ¿Qué hacer sobre Banderilla?, se preguntó. Sabía la respuesta: nada; a la ciudad la dominaban cada vez más los quintacolumnistas.

A comienzos de marzo, Ana Pilar y Carmen María caminaban juntas hacia la escuela, cuyas averías habían sido reparadas y funcionaba casi como siempre. Según su costumbre, andaban con los brazos enlazados y bien abrigadas, pues aún el frío persistía sobre la ciudad cada vez más desolada y gris, a pesar de que se aproximaba la primavera. Al principio, el embarazo de Ana Pilar fue motivo de llantos por parte de sus padres, de regocijo de los padres de Carmen, y de celos de ésta. Pero todos fueron aceptando la situación y encomendando a Dios la salud de la madre y el niño. Lo de Ana Pilar era razón para celebrar ante los problemas que se cernían sobre Madrid en esos días. A las sugerencias del doctor obstetra Esteban Linares de que se añadiera en el expediente que Ana Pilar fue violada por un coronel rojo, todos pusieron el grito en el cielo. Poco a poco lo aceptaron, ya que les hizo ver la necesidad de que los nacionales no pensaran que la preñez era resultado de una relación amorosa con un comunista ateo. Al contrario, sería recompensada por su estoicismo y tomada como ejemplo viviente de las salvajadas del enemigo.

El primer sábado del mes, caminado cerca de las oficinas del SIM -cercanas a donde ocurrió la explosión y no muy lejos del colegio-, que bien conocía Ana Pilar, se toparon con alguien a quien ella había conocido fugazmente pero sin cruzar palabras, durante la estadía de Carmen María en el hospital. Era un médico que perdió un brazo en un ataque aéreo al Hotel Florida unos días después de la explosión del polvorín. Lo había visto varias veces en el solarium, donde ponían a los enfermos de larga duración a tomar el sol. Estaba acompañado de su primo el capitán Domingo Marrero, el cual había adelgazado casi diez kilos en los últimos ocho meses y parecía estar perdido dentro de su uniforme; éste las saludó quitándose el sombrero. Conversaron unos minutos antes de que los hombres las invitaran a tomarse un café.

—¿Cuántos meses tienes? —le preguntó Javier Blanco.

—Comienza el séptimo —respondió Ana Pilar sin alzar la vista de su taza.

—Pues se te ve muy lozana y muy guapa —dijo Marrero, sonriendo.

—¡Hombre! Eres muy zalamero, ¿no?

—Es verdad lo que dices, hombre —intercaló Carmen María—, pero es muy modesta la chavala.

—Pues el bebé ha de ser muy guapo, considerando a la madre —afirmó Marrero.

Ana Pilar se sonrió pensando en lo guapo que sería si se parecía a su padre. Pensó por un momento que la historia de la violación, a la larga, perjudicaría a su hijo.

—¿Y el padre? ¿En el frente? —preguntó Javier.

—Prefiero no hablar de él —respondió con la mirada fija en el tope de la mesa.

—Me pone nerviosa lo que ha de suceder dentro de poco con la llegada de los nacionales —comentó Carmen para alejar la conversación de un tema tan problemático.

—Pues sí. Nosotros mismos seremos objeto de represalias o castigos como la muerte, aún sin haber estado en política ni en mandos objetables —mencionó Javier—. Hemos trabajado como cualquier persona decente en tareas cívicas, yo como médico forense y Domingo como policía. Alguien tenía que hacer estas funciones en Madrid.

—No es que estemos temerosos. Ya lo hemos discutido entre nosotros, como primos carnales que somos. Pienso que no puede ser que los que regresen presuman que todos somos asesinos o comunistas. Ciertamente, nosotros no hemos matado a nadie. Por el contrario, llevé mis investigaciones al pie de la letra, cumpliendo con la ley tal y como existía antes de la guerra. Javier y yo hemos sido colaboradores en pesquisas policiales exigidas, con la mejor intención de esclarecer lo que, para el gobierno existente, era un delito. Tomen como ejemplo la explosión del polvorín en Lista. Desenterramos evidencias que indican que probablemente fue accidental.

Antes de que Ana Pilar pudiera decir algo, Carmen indicó que la explosión le causó varias heridas y que le fracturó un brazo en el colegio, por lo que tuvo que ingresar en el hospital de traumas.

—Pues no sé si recuerdas que allí estuve yo. Estaba en el quinto piso —explicó sonriendo Javier—; el mundo es pequeño.

—Yo, en el cuarto…

—Te vi en el solarium… —dijo Javier.

—No te conocí entonces por una vuelta del destino —interrumpió Domingo dirigiéndose a Carmen y mirando a Ana Pilar—. Me imagino que a ti también te hubiera conocido. Pero las entrevistas de los heridos las hizo mi colega, el teniente Pedro González. Deben haberlo conocido.

Las dos mujeres se miraron de reojo. Ana Pilar se puso una mano en su vientre distendido y arrugó su rostro fingiendo un espasmo. Pero era muy tarde porque Carmen no se contuvo y dijo que sí.

—No en balde nunca me lo dijo, el muy acaparador. Las quería sólo para él —respondió Domingo—, sorprendido de sí mismo ante la ausencia total de su timidez para decir cosas como estas.

—Lo que pudimos aportar fue muy poco —respondió Carmen sin titubeos—. Fuimos más bien, víctimas colaterales y, dentro de lo que fue esa tragedia, agraciadas. Otros murieron cerca de nosotros.

Mientras Carmen hablaba, los ojos de Domingo Marrero se posaban en Ana Pilar. Notó su incomodidad con el giro súbito de la conversación. También notó que su espasmo repentino desapareció de igual forma. No quedaba duda de que sabía más de Pedro González de lo que dejaba apreciar. ¿Por qué Pedro no las había mencionado? ¿Porque eran irrelevantes o porque sabían algo? Ahora recordaba algunas visitas que ambos hicieron a Javier, durante las que el Hermoso-la Garra se excusaba para «indagar sobre el suceso» y reaparecía mucho tiempo después. ¿Iba a ver a las amigas inseparables al cuarto piso? ¿Habría sido amante de Ana Pilar? El embarazo de esta mujer seria, sola y amable, ¿qué significaba?, ¿qué otra fechoría se le podía asignar a un irresponsable como Pedro González? Tenía que descubrirlo, aunque tuviera que recurrir a su condición de capitán del SIM. Además, le agradaba esta mujer. Le gustaban sus modales, su voz, su recato, su evidente inteligencia. Era guapa, pero no tanto como para que lo rechazara por su escasa figura, su rostro común y sus gafas. Domingo pensó que no estaba muy por debajo de ella.

—Aunque la investigación está cerrada, y las notas del teniente se perdieron, pues ha desaparecido o huido, es imprescindible que hable con ustedes formalmente y anote lo que conversaron con él. No es nada que las afecte. No hay nada que temer. Estaríais contribuyendo a completar el expediente de lo que ya está esclarecido. ¿Podéis venir el lunes a mis oficinas? ¿Habéis estado, no? A manzana y media de aquí, frente a la estatua del Marqués de Salamanca. ¿Eh?

La sonrisa de Domingo Marrero según presentaba su caso, y el asentimiento continuo del doctor Blanco mientras su primo hablaba, apaciguaron a las dos mujeres. Estos dos parecían honorables, sin fanatismos evidentes. Hombres decentes que cumplieron sus deberes con la República, no con los rusos o los comunistas. Se despidieron dándose besos en las mejillas como si fueran viejos amigos. Algo les dijo que se verían con más frecuencia de que lo que jamás hubieran imaginado.

Continuaron las conversaciones en la oficina de Marrero, que Ana Pilar reconoció como inmediata a la de Pedro. Al pasar por ella, multitud de recuerdos cruzaron por su mente ensombrecida por la vergüenza. Las manos de

Pedro, sus susurros, sus caricias y movimientos inesperados el primer día de su relación… Ahora muchos de estos pensamientos la llenaban de tristeza y de culpabilidad, no por haber sido su amante, sino por su hijo que tendría que vivir con la mancha doble del pecado original y su bastardía.

Marrero las entrevistó por separado y cuando le preguntó a Ana Pilar que si Pedro González significaba algo más para ella que un mero investigador policial, ella se echó a llorar. No tardó mucho la destreza del policía y su sincera compasión hacia la interrogada en provocar una exposición completa de las relaciones entre la lacrimosa mujer y Pedro González. El relato de los detalles de la búsqueda de Banderilla aclaró también el súbito viraje en el comportamiento de Pedro, la huida con su familia y la muerte de Diego Flores. Marrero se sintió satisfecho porque, a pesar de que le habían tomado el pelo, sus conjeturas eran correctas. En un instante, la voz de Ana Pilar perdió el titubeo que trae el llanto y con firmeza preguntó:

—Su cuñado fue responsable de la explosión, ¿no es así? No fue un accidente, que es lo que nos vendieron. Todos vivimos dentro de una mentira. Nos mienten las autoridades, los periódicos, nuestros amigos, nos mentimos todos. Yo he estado prisionera dentro de una mentira durante muchos meses y tengo que salir de ella.

En ese momento Marrero, que asintió a todas sus interrogantes, se enamoró perdidamente. Se levantó de su silla y se sentó junto a Ana Pilar con los codos descansando en los brazos de la butaca y los dedos de las manos entrelazados.

—Hay que tener cautela. No hables más de Pedro González, ni de Banderilla. Se dice que en pocos días comenzarán las capitulaciones con el gobierno de Franco en Burgos. Ya has escuchado que las grandes potencias como Francia y Gran Bretaña y hasta el Papa, reconocerán al Caudillo. Aquí la quinta columna controlará la situación.

Yo no pondré nada de esto en el expediente porque te perjudicaría y quisiera protegerte.

—¿A mí? ¿Por qué?, si poco me conoces.

—Por que me pareces simpática y encuentro lo que te ha sucedido vil y peligroso para ti y el infante.

—Tú no estas en posición de defender a nadie… eres un policía de la República.

—También se rumorea que este servicio ha de desaparecer en pocos días o semanas, antes de que lleguen los nacionales. No soy ni rojo ni socialista. No he matado a nadie. Además, tengo familia en el otro bando que espero, cuando termine esta plaga que ha arropado a nuestro país, que olviden y perdonen. No creo que corra peligro. Sí creo que te puedo proteger y te pido que me dejes hacerlo. No pido nada a cambio.

Ana Pilar miró de nuevo aquel rostro un poco redondo, las gafas de concha, la frente ancha gracias a sus entradas prominentes, y se fijó en la inteligencia y sinceridad de los ojos de un hombre que sentía que no la abandonaría. Como era su costumbre, tomó su decisión en ese instante.

Poco después, la sublevación del coronel Casado contra su propio gobierno republicano, representado por Negrín -que escaparía de España junto a la Pasionaria y el poeta Rafael Alberti, aunque en distintas direcciones-, pesó como el peñón de Gibraltar sobre la psiquis de los últimos optimistas madrileños. Más dañino para muchos fue el mensaje de agradecimiento a Franco por librar una lucha contra el ateísmo del recién electo papa Eugenio Pacelli, Pío XII, felicitación que circuló por el globo terráqueo, añadió el sello papal a la campaña nacional, y puso a la mayoría de los católicos a gritar «¡Viva España!». En esa nueva España, pensaron muchos, no se iba a poder ajusticiar a los Banderilla*s* de este mundo. La justicia andaría sin venda sobre los ojos por los campos llenos de cuerpos y, en vez de una balanza en sus manos, llevaría sólo una espada sangrienta.

Unos días después, poco antes de las bodas de Ana Pilar Martínez y Domingo Marrero, el SIM republicano, tal y como lo vaticinó el policía militar, fue desarticulado. Tras la caída de Valencia y Alicante, el nuevo papa Pío XII declaró nuevamente católica a España en un telegrama enviado al Generalísimo. El domingo 2 de abril, después de que Franco firmara en Burgos el Bando de la Victoria y de rendirse incondicionalmente el ejército republicano el día anterior, un ensordecedor repique de campanas de las iglesias ahuyentó las nubes y los fantasmas sobre Madrid y le puso punto final a la Guerra Civil española. El cese aparente de las miserias del fratricidio, el odio y la venganza, parecieron disipar las preocupaciones de los españoles, mas no por mucho tiempo. Sigilosas amenazas y nuevos emisarios de la muerte se cernían sobre el futuro de España, Europa y el mundo.

Capítulo 34
Invasiones

Poco sabían, los que lo leyeron por primera vez, que un poema vaticinara un destino y un futuro. Los últimos cuatro versos de *Panfleto,* aparecido en 1920, decían:

Yo soy panfletista de Dios
el agitador de Dios
y voy con la turba de estrellas y hombres hambrientos
hacia la gran aurora...

Su autor, Luis Muñoz Marín, presenció de primera mano la miseria del pueblo puertorriqueño en sus tempranas incursiones en la política. La política y la tinta de periódico corrían por sus venas. Su padre, Luis Muñoz Rivera, líder del Partido Autonomista y fundador del periódico La Democracia, participó en el desarrollo del Plan de Ponce, que proponía la autonomía administrativa de España para la isla. Su arrojo y su destreza política y comunicativa le llevaron, junto a una comisión, ante el líder liberal español Práxedes Mateo Sagasta, en marzo de 1895. En un día lluvioso y frío, lejos de la belleza del verdor tropical de la isla, belleza que enmascaraba la falta de libertad, el grupo político español aceptó los planteamientos presentados; en noviembre de 1897 Sagasta entregó la carta autonómica para Puerto Rico. El regocijo poco le duró a Muñoz Rivera quien, con la acción de Sagasta, se había convertido en Secretario de Estado y jefe de gabinete del recién formado Gobierno de Puerto Rico.

Otros más poderosos que él tramaban sus movimientos en el tablero de ajedrez del mundo en espera de la prosperidad que traería el nuevo siglo. La Guerra Hispano-norteamericana, perpetrada por las ansias de expansión imperialista de Estados Unidos, representadas por su presidente, William McKinley, y por la Marina de Guerra, en su secretario John D. Long y su subsecretario Teodoro Roosevelt, mutiló las aspiraciones de autodeterminación de Puerto Rico cuando el archipiélago puertorriqueño sucumbió a la invasión de tropas estadounidenses en julio de 1898. No bastó el ultraje a una isla pacífica e indefensa. Poco después, el Gobierno estadounidense impuso un bloqueo marítimo a la isla que amenazaba con sumirla aún más en la miseria. Como protesta, Muñoz Rivera fundó otro periódico, *El Territorio*, y, eventualmente, viajó a los Estados Unidos para interceder por el libre comercio entre la metrópolis y la isla. Luego de una breve estadía en Nueva York, donde fundó el periódico bilingüe *Puerto Rican Herald*, regresó a Puerto Rico, y con un nuevo partido de su cuño, el Unionista logró su elección a la Cámara de Representantes hasta que en 1910 se convirtió en el Comisionado Residente de Puerto Rico en la Cámara de Representantes del Congreso de Estados Unidos, una posición con voz pero sin voto.

Como sucede demasiadas veces con los hombres grandes y pequeños, el destino frustró el triunfo completo de Muñoz Rivera. A pesar de ser el principal responsable del Acta Jones, firmada el 4 de marzo de 1917, que le otorgaba la ciudadanía norteamericana a los puertorriqueños, y la creación en Puerto Rico de una legislatura bicameral basada en la estadounidense, Muñoz Rivera recibió la visita de «la Dama Negra» antes de que el Acta se convirtiera en Ley. Además, no todos celebraron una nacionalidad que surgía de la imposición militar de la invasión del 1898.

Ese trasfondo familiar alentó al joven periodista y bohemio poeta autor de *Panfleto*. Su inicial inclinación hacia las izquierdas no sorprendía. Cumplió 19 años con el comienzo de la revolución bolchevique. ¿Qué joven intelectual con conciencia y corazón resistió el impacto inicial de esos días que conmovieron al mundo? Además, antes y después de la revolución, estuvo expuesto a amistadas y contertulios inclinados a las ideas socialistas y adeptos al contenido del *Manifiesto comunista*. Mas su compromiso, como habría de descubrir poco a poco, era con el hombre oprimido, con el obrero explotado, con las desigualdades sociales y contra la injusticia. Fumador y bebedor empedernido y noctámbulo, profundizó en su idealismo hasta el triunfo racional de la decisión de poner en práctica sus inquietudes socialistas. Arriesgando poner en duda pública su lealtad a los ideales de su padre, ingresó al Partido Socialista Puertorriqueño ganándose así el sobrenombre de traidor de su estirpe; no tardaron en tildarlo de dipsómano, un alcoholismo -se decía- complicado por la locura.

Su coraza, sin embargo, era su intelecto, sus conocimientos y su convicción. Allí donde antes hubo el engaño velado para atraer o comprar un voto, Muñoz lo sustituyó con la sinceridad de su lucha contra la miseria y la explotación. Como resultado, en la campaña del Partido Socialista de 1920, en la que sus ojos se abrieron aún más a la realidad escueta del infortunio del puertorriqueño y su corazón se llenó de la necesidad de mitigar el dolor del hambre y la degradación de la pobreza ignominiosa, su voz llegó al oído de los desamparados, y los votos de ese partido se duplicaron por primera vez en muchos años.

Ahora en 1939, fundado su Partido Popular Democrático, el canto de sirenas del socialismo y el comunismo había enmudecido para él ante la necesidad del mayor bien para la mayor cantidad posible de personas. Los bolcheviques capitaneaban una revolución ya lejana que, como todas, estaba devorando a sus hijos. Otros rechazaban a sus invasores para modificar su estado social. En cambio, los puertorriqueños -pensó Muñoz- necesitaban la ayuda del invasor, y el invasor necesitaba a su vez percibir la tranquilidad de la racionalidad en un momento en que el mundo comenzaba a sufrir una gran convulsión, precedida por el aura de la siniestra Guerra Civil española, con sus visos bolcheviques y sus altas tonalidades fascistas. Era el momento oportuno para que la evolución intelectual que lo había conducido a su decisión de darle un nuevo giro a sus ideas independentistas se manifestara. No se podía optar en ese momento por ningún lance que hiciera pensar en Washington que los puertorriqueños repudiaban sus preparativos para defender al mundo de la amenaza del fascismo.

Hablar de la independencia le había traído situaciones inesperadas. Sí, en la jerarquía de su partido abundaban los que querían a Puerto Rico independiente y libre del yugo colonial, pero cuando la palabra afloraba en los labios del pueblo, no era con un idealismo intelectual, sino más bien con miedo a sus consecuencias, el temor de pasar de lo malo a lo peor, quizá de la miseria a la muerte. Lo percibió en reuniones, congresos y mítines.

Esa noche de marzo de 1939, cerca de la calle Fortaleza donde nació, a unos pasos del Palacio de Santa Catalina, haría el pronunciamiento que cambiaría la historia del país. Vientos del norte abanicaban la Plaza de Armas y la noche olía a salitre y a jazmín. Ante la multitud de escuchas que cubría el centro de la ciudad de San Juan y sus calles adyacentes, ante los que ocupaban los balcones de todos los edificios a la redonda, incluyendo a los Alcalá, Muñoz acuñó una frase que aún resuena en la isla: «El estatus político de Puerto Rico no está en *issue* en las próximas elecciones»; en otras palabras, un triunfo del Partido Popular Democrático no era un voto por la independencia. Como era obvio que tampoco lo era para la estadidad, los populares afirmarían el deseo de mejorar la isla y establecer lazos perdurables con la nación estadounidense. Por si quedaba duda, acto seguido pronunció con vehemente convicción: «Paz y orden en Puerto Rico y amistad permanente con el pueblo de los Estados Unidos». El susurro de la brisa en los árboles acarició la frase, que fue subiendo en intensidad según llegaba a su segunda mitad. El énfasis en «permanente» aumentó aún más, pero con gran suavidad, cuando dijo «pueblo», y la agudeza de su voz fue borrándose según se mencionó a los Estados Unidos. El ascenso del populismo muñocista y el albor del futuro Estado Libre Asociado puertorriqueño había comenzado.

Los Alcalá volvieron a comentar entre sí que era necesario seguirle de cerca los pasos a este nuevo líder. No existían dudas de su capacidad oratoria, su sinceridad y su profunda lealtad con el pueblo. Faltaban los resultados de las próximas elecciones para legitimar lo que era una suposición de la familia: un triunfo de los populares pondría a Muñoz en el Senado y en comunicación directa con Winship, si era que éste sobrevivía a los ataques en su contra desde Washington y de todos sus detractores en la isla.

Hacia mediados de abril el estudio Kenney recibía la aprobación de la junta nombrada por el Departamento de Guerra en Washington para expropiar más de 3.790 cuerdas de terreno antes cubierto por caña de azúcar en Punta Borinquén, cerca de la ciudad de Aguadilla. En septiembre de 1939, mientras las unidades *panzer* de Hitler marchaban sobre Polonia, complementadas por las bandadas de aviones *stukas* -que habían ensayado sus actuación en la Guerra Civil española-, completando el *blitzkreig* nazi sobre la patética nación, tropas y equipos comenzaron a llegar a Punta Borinquén a lo que sería, primero, *Borinquen Field*, y, luego, una de las bases aéreas más grandes del mundo: Ramey Air Force Base. Con el comandante Karl S. Axtater como su jefe, ya a finales del año llegaron a *Borinquen Field* 18 bombarderos B-18, muchos de los cuales, antes de este destino, hicieron escala en Camagüey, Cuba, gracias a los auspicios de Enrique Cabrera, agente del ejército estadounidense en la cercana isla y quien fuera el antiguo dueño del almacén de Miguel Torres.

Azuzado por los movimientos alemanes en Bohemia, Moravia, Checoslovaquia y el corredor polaco en abril de 1939, Mussolini envió sus tropas a Albania, amenazando así a Grecia y a Rumanía. Hacia finales del año, la Unión Soviética intentó infructuosamente anexionar a Finlandia, pero los bravos ciudadanos de ese país repelieron su ataque y, sin saberlo, alentaron la futura invasión del país soviético por los ejércitos de Hitler. La Segunda Guerra Mundial comenzaba con el celaje mortífero de las bombas y los aullidos de la humanidad.

TERCERA PARTE

Capítulo 35
Despedidas, abril-mayo de 1939

It's that goddamn socialist son-of-a-bitch Marcantonio —dijo monótonamente la Sombra Funesta al oír las últimas nuevas—. Ahora ha logrado aprovecharse de la presencia en nuestra política del borrachín de Marín. Son una escoria estos socialistas...

—Gobernador, me temo que las cosas andan mal —dijo su secretario mirando a Pedro González, que se mantenía en silencio en su butaca al fondo de la oficina de Winship—. Según la información de Washington...

—Le están prestando atención a un individuo que lo que desea es que se suba el salario mínimo en detrimento de las inversiones que mantienen a los campesinos... los jíbaros —interrumpió Winship sin cambiar el volumen o el tono de su voz.

—Yo sugiero que vaya a ver al presidente. Nuestros contactos en la Casa Blanca indican que Marcantonio le ha escrito varias cartas al presidente Roosevelt pidiendo su sustitución como Gobernador. Lo ha comunicado también en una circular a la Cámara de Representantes, donde está consiguiendo adeptos.

—Primero, busque a Ickes —dijo otro de los presentes—. Él también anda en esto, pues está en contra de los azucareros.

Winship hizo una pausa y se pasó la mano sobre sus mejillas rojas, casi púrpuras, y por sus ojeras ennegrecidas sobre las que acechaban sus ojos azules, que tenían la dureza del hielo de la Antártica. Se rascó con su dedo índice el bigote totalmente blanco una, dos veces, y se puso de pie.

—Mi reputación es demasiado importante para permitir que se vuelque sobre mí el *innuendo* y el chisme.

Quedó boquiabierto cuando un subalterno pidió permiso para interrumpir el pequeño cónclave y le entregó un telegrama en el que Ickes le pedía que fuera a Washington. Tuvo la suerte de que esa misma tarde volara el *Clipper* Pan American hacia la capital norteamericana; haría escala en Miami y estaría en Washington poco antes de la medianoche del próximo día.

El secretario de Asuntos Internos, Harold Ickes, era el supervisor directo de Winship y no lo quería para nada. Lo consideraba débil de carácter, con grandes intereses propios y, por lo tanto, acomodaticio con el gobierno de coalición de Rafael Martínez Nadal, y cómplice de los azucareros en su explotación de los trabajadores de Puerto Rico. El Gobernador de la colonia puertorriqueña, que intentaba persuadir al portavoz de la Cámara de Representantes de Estados Unidos -y padre de la famosa actriz Tallulah Bankhead-, William Bankhead, para eximir a la isla de la ley que aumentaba el salario mínimo por hora, para así incrementar las ganancias de los barones azucareros, recibió el máximo desdén por parte de Ickes, para quien sus actitudes eran la cúspide de la sinrazón, y del abuso y la explotación de un pueblo. Sin pensarlo mucho, luego de los saludos de rigor, Ickes, con gran satisfacción, le pidió a Winship la renuncia de su cargo. La discusión que se suscitó estuvo enmarcada en la tajante voz de Ickes, que en todo momento miró sobre sus gafas de alambre sin montura y con gran desprecio al antiguo general. Éste jamás alzó la voz mientras devolvía con creces el desdén que sentía por el burócrata de quien tantas veces habló, con gran menosprecio, con sus lugartenientes, los azucareros y la jerarquía de la coalición. Cuando Winship aludió a que apelaría directamente al Presidente, que lo había nombrado, en el rostro de Ickes se dibujó una sonrisa sarcástica, pues era evidente que el ex gobernador desconocía que, desde hacía unos meses, había sido destituido por Roosevelt.

El 12 de mayo de 1939, con la destitución de la Sombra Funesta como Gobernador, se cerró el capítulo más represivo y sangriento del coloniaje estadounidense en Puerto Rico. Durante cinco años, bajo el mandato de un hombre de sangre fría que repudiaba a los que no consideraba de su alcurnia, el pueblo sufrió persecuciones y represiones por manifestar aquello en lo que creía: que Puerto Rico era libre. Winship consideró que se le hacía una gran injusticia por su defensa del embate de unos amotinados fascistas contra su país, y contra la estabilidad de una colonia que era tan fundamental para la defensa del hemisferio ante la codicia expansionista de los fascistas europeos. Echaría de menos la cercanía del mar de Puerto Rico -tan azul y límpido-, el verdor de las siembras de caña coronadas por el púrpura dorado de sus guajanas, sus momentos de esparcimiento en el campo, el aire salobre que se respiraba en las mañanas desde la azotea de la Fortaleza, la elegancia inagotable de los paisajes del atardecer, las fiestas esplendorosas a las que tanto se acostumbró, pero, sobre todo, le dolía no participar más de lleno en el desarrollo de una fortaleza en la isla, digna de las fuerzas militares de su país. Winship vio su sombra funesta dispersarse ante el arco iris de Muñoz; junto a los aduladores de las clases adineradas puertorriqueñas, había opacado durante un buen tiempo el brillo de la libertad en la isla.

La decisión de Roosevelt de escoger otro militar y, dada su edad, seguramente conservador, fue motivo de críticas en la isla y en los periódicos estadounidenses, pero el nombramiento del almirante Leahy era irreversible y del agrado de Ickes. Mediaba en su nombramiento la imperiosa necesidad de la estabilidad política de la isla y la promoción de los programas de justicia social que eran necesarios para lo primero. A pesar de que Leahy no simpatizaba con los ideales de Muñoz Marín y sus antecedentes como periodista de izquierdas y poeta bohemio, luego que se dio a conocer en la isla, muchos pensaron que si hubiera estado presente en la Plaza de Armas la noche del discurso de «el estatus no está en *issue*» y de «Paz y orden en Puerto Rico y amistad permanente con el pueblo de los Estados Unidos», seguramente hubiera quedado convencido del plan muñocista, y habría votado por él.

DESDE LA NAVIDAD DE 1938, bajo el toldo encubridor del invierno y la crisis republicana, los miembros de la quinta columna en Madrid cruzaban impunemente las líneas de guerra en los frentes: al oeste, en la Ciudad Universitaria y la Casa de Campo; al este, cerca de Teruel, y al norte, próxima a Segovia. La confraternización con las tropas nacionales era intensa y acercaba cada vez más al poder a los espías dentro de los límites madrileños. Se hizo posible también la entrada de agentes alemanes a Madrid, que practicaban lo aprendido en la Gestapo y la SS como personal policial del Tercer Reich.

Jacinto Villa, antiguo colega de Miguel Torres alias Banderilla, iba y venía por Madrid a su gusto. Así conoció a su amante, Luis Anastasio Torrecilla, dado como él al sadomasoquismo, y muerto a manos de los agentes al servicio de Enrique Cabrera. Fue Villa quien le habló del *Dragon Rapide* y presenció el tatuaje de la versión «quimérica» en el vientre de su compañero. A través de Torrecilla, Villa entró en la compañía de alemanes y otros nacionales cuyo mayor pasatiempo eran las orgías sadomasoquistas. Las llevaban a cabo con gran discreción en pueblos ya estabilizados bajo el control nacional o en pisos de la ciudad que protegían los quintacolumnistas disfrazados de milicianos. El grupo estaba constituido, además, por los espías más diestros y más hábiles de la red que se esparcía por toda España. Tanto fue así, que Torrecilla fue escogido para la misión de las Antillas. Tuvo gran éxito. Se enteró de los detalles del *Fleet Problem XX* y planificó la explosión en el *Nostromo* antes de caer víctima del señuelo sexual que le tendieron en Puerto Rico. Aun quedaba la herencia de su desarrollo de un método para comunicarse con los submarinos en aguas caribeñas, secreto que compartía con Villa y éste con su nuevo querido, Ullrich, un teniente alemán que hablaba español con gran soltura y era brutal en sus juegos sexuales. Con gran pesadumbre, Jacinto estaba resignado a perder al teniente, pues en mayo de 1939 España comenzó a despedir a las tropas alemanas, iniciándose su repatriación.

Unos días antes de la disolución del SIM, Marrero le propuso matrimonio a Ana Pilar, quien, con la determinación de proteger a su hijo, aceptó con cariño pero sin mucha pasión. Luego de ponerse de acuerdo con su futura mujer, y de recibir la bendición de Carmen María, acudió con su primo, y sus futuros suegros a la oficina del doctor Linares. El obstetra recibió jubiloso la noticia del casorio y la adjudicación del retoño a tan distinguido joven como lo era Domingo Marrero. Por primera vez vieron al médico sonreír, aunque con mesura. En su oficina, asegurándose de que lo escuchara su enfermera, Linares les prometió un sacerdote escondido que conocía para oficiar la boda. No había tiempo que perder y el sacramento se llevaría a cabo en su piso. Él y «su compañera» -pero inmediatamente se corrigió: «mi mujer», frase que no había empleado en más de tres años- servirían de testigos.

Ante los consejos de Domingo Marrero, Javier Blanco, Paco Ortiz y los pocos que trabajaban en sus oficinas que no huyeron a Valencia, abandonaron sus uniformes y comenzaron a resguardar los documentos de su oficio en ropas civiles. Tan pronto pudieron, Domingo y Javier contactaron a su prima Dolores Carrillo Blanco, que se había trasladado a Burgos al inicio de la guerra, y enviaron allí comunicaciones a su primo segundo, que formaba parte de la policía militar nacional. No hubo respuesta.

Una semana después, Marrero fue detenido junto a otros quince miembros de su oficina del SIM, incluyendo a Paco Ortiz, y custodiados en el edificio de sus oficinas convertidas ahora en centro temporal de detención. Javier Blanco fue llevado desde su casa al mismo lugar, por su participación en la investigación del polvorín.

La desesperación de sus mujeres y sus recién adquiridos familiares fue desgarradora, pero ellos esperaban esta acción, aunque no sabían las consecuencias que podría tener. Cuál sería su sorpresa cuando al día siguiente el capitán Ezequiel Carrillo Blanco, primo segundo de ambos, acompañado de un grupo de seis soldados con rifles, llegó a donde estaban. Los gestos del capitán estuvieron calculados para que comprendieran que era mejor por el momento no revelar su parentesco. El visitante mantuvo una seriedad alarmante durante toda la visita, que se produjo frente a otros detenidos, y habló como si lo hiciera con todos a la vez.

—Señores, vengo de parte del Consejo de Reorganización a examinar vuestros antecedentes. Es indispensable contar con su cooperación para que todos puedan marcharse a sus casas lo antes posible —dijo con tono autoritario, pero visos alentadores—. Es necesario que sus expedientes estén en la oficina de la planta baja con la prontitud que debe caracterizar a un grupo que estaba encargado de la seguridad en la otra España. Ya hemos comenzado el análisis de los empleados rutinarios. Sólo queremos ver los del personal de rango, comenzando con los cabos. Todos los oficiales deberán abrir sus escritorios y sus archivos para una inspección minuciosa de todos los documentos que hay en ellos. Desde este instante, se prohíbe terminantemente la destrucción del más mínimo papel. Hablaré con cada uno de ustedes durante las próximas horas para que me den vuestra versión de sus funciones. Si hay dudas, este es el momento de aclararlas.

—¿Se sabe cuánto tardará todo esto? —preguntó Javier Blanco, a modo de entablar contacto con su primo, que no le había dirigido nada más que una mirada.

—Pienso que poco. Dependerá de vosotros.

—Mi mujer dará a luz dentro de poco —añadió Domingo, con las mismas intenciones de Javier.

—No os preocupéis —respondió secamente el capitán—. Esperamos hacer nuestro trabajo a cabalidad y con rapidez.

En menos de dieciséis horas la lista de prisioneros estaba preparada con las recomendaciones sobre el destino de los hombres. El Caudillo demostró una gran curiosidad por los resultados de la pesquisa en esa oficina del SIM, pues estaba fascinado e impresionado con la labor del famoso quintacolumnista Banderilla, responsable de la explosión del polvorín de Lista. Sus hazañas, según fueron transmitidas por Queipo de Llano, eran asunto de leyenda, y de algún modo debían insertarse en la historia de la gran avanzada nacional hasta la capital, y de los sucesos venideros. Sabía que el cuñado de Banderilla era socialista, pero aun a eso sobreponía la intachable labor del quintacolumnista. El confesor del Generalísimo, José María Bulart, como era a menudo el caso con otros oficiales de la seguridad militar, recibió la visita del influyente capitán Carrillo Blanco, del servicio de Inteligencia, quien le dio explicaciones sobre la lista que le entregaba. Bulart escuchó con gran atención.

Al otro día, después de una cena en la que el Caudillo alertó a su cuñado, Ramón Serrano Súñer, de la necesidad de castigar todo pecado e intento de violar la moral católica durante la ocupación soviética de gran parte de la patria, Bulart le trajo la lista preparada por Carrillo Blanco. Mientras tomaba café, el Generalísimo fue poniendo al lado de cada nombre una inicial. Puso tres «C» de conmutación o exculpación y doce «E» de ejecución. Los fusilados jamás supieron qué mal habían cometido. Sin saberlo, Domingo Marrero salvó a Paco Ortiz por los informes que antes de la desaparición del SIM preparó dando fe del repudio de Paco de los comunistas y los rusos; Domingo Marrero y Javier Blanco se salvaron porque, en el último momento, Dolores Carrillo Blanco intercedió por sus primos favoritos, a quienes les tenía gran cariño desde sus días infantiles. El capitán Carrillo Blanco sostuvo hasta el penúltimo momento que los hubiese fusilado por tan sólo haberse quedado rodeados de rusos y rojos.

El 19 de mayo, un viernes de cielo transparente y de aires dulces que bajaron de la sierra, Domingo, su mujer y el bebé de Pedro González, Manuel Marrero Martínez, Javier y su novia Carmen María, presenciaron en la Castellana -ahora denominada Avenida del Generalísimo- el desfile de 120.000 soldados ante un templete que, incluyendo la guardia de marroquíes con turbantes blancos y capas con brillo, que eran los guardaespaldas de Franco, no tenía nada que envidiarle al trono de Myrtelina I en el Carnaval Ponce de León. El Caudillo vestía de general, luciendo camisa azul de la Falange y boina roja carlista. Los primos y sus acompañantes, ante la euforia por el despliegue militar, no se sorprendieron por los vítores de «¡Viva Alemania!», al paso de la Legión Cóndor, encabezada por el coronel von Richthofen. Dos manzanas más abajo, al otro lado de la avenida, Jacinto Villa saludaba triste al tosco teniente Ullrich Frick, que marchaba orgulloso a la cabeza de su patrulla, con paso de ganso y lágrimas de despedida cuajándose en sus ojos.

Capítulo 36
Arribos, mayo-septiembre de 1939

Una negrita pizpireta oriunda del pueblo de Loíza, que siempre parecía estar recién bañada, luciendo ropas almidonadas y despidiendo aroma a lavanda fresca, ayudaba a las Alcalá con los niños los viernes por la noche y los sábados. Felicita Acasio llevaba a Antoñito y a José María primero a su clase de piano, y luego a las de dibujo y pintura. Les ayudaba a cruzar la calle, los esperaba, les compraba helado en la plaza de Colón, los llevaba a ver las vitrinas de González Padín, iban a Mirabal a ver a los soldados de plomo y, más tarde, hasta el almacén en la Marina. Con el pretexto de que Isabel necesitaba «distraerse de sus labores pedagógicas», Miguel la convenció para que acudiese al negocio los sábados por la mañana a ayudarle con los libros y las cuentas. Don Mariano Alcalá pensó que la decisión era otra muestra de la solidaridad entre su sobrina y Miguel, y así se lo hizo saber a todas sus amistades que desayunaban con él los sábados en La Bombonera, y a los que tomaban el *vermouth* por las tardes en la Casa de España. Miguel necesitaba otro par de oídos en el almacén para llevar a cabo su misión, pues se llenaba el lugar de marineros de guerra, marinos mercantes, aviadores y soldados de todos los rangos, además de un nutrido grupo de clientes que, como los otros parroquianos, venía, desde tan lejos como Río Piedras, a comprar frutas, vegetales, enlatados, dulces, vino y todo tipo de comestibles.

Ese sábado de mayo, víspera del Día de las Madres en la isla, Miguel no pudo disimular su asombro cuando *El Colorao* Rusty llegó al almacén vestido de civil con su traje de *seersucker* gris, violentando su tan ensayado plan de visitas. La expresión de su rostro debió de delatar su súbita molestia ante la visita inesperada porque Isabel se le acercó para indagar si algo le sucedía, pero ésta enmudeció al ver el cuello lleno de pecas y el pelo rojo del gringo, de espaldas a ellos ante la balda de trufas, caviar y otras golosinas caras, y se alejó de su marido. «*Hello, how are you, Mr. Torres*», dijo *el Colorao* como era su costumbre al entregarle la lata de trufas y pagarle. Lo que no esperaba Miguel era que dijo sin mirarle: «*It is a beautiful and newsworthy day. Thank you very much!*», y salió del almacén.

Hubo que esperar hasta las tres de la tarde, hora prevista para cerrar esa víspera de la fiesta de las madres, para digerir lo acontecido. El mensaje pedía una reunión con los contactos militares a las once de la noche ese mismo día en la barra Luna al lado del cine Tres Banderas, situada en la calle inmediatamente al norte y paralela a la del almacén. La nueva frase: «*It is a beautiful and newsworthy day*», era otro mensaje. Isabel y él le dieron numerosas interpretaciones, pero recordaron un consejo de Ricardo Alcalá que vino al pelo: «Ante un acertijo hay que pensar primero en lo más obvio, si no se complicará más». Al llegar a la casa, buscaron página por página todas las noticias en *El Mundo* y *El Imparcial* de ese día. Dos noticias les llamaron la atención: una, sobre la visita de los Reyes de Inglaterra a Canadá; la otra, que llegaría a principios de la semana entrante el primer barco español bajo bandera de la España nacional desde que había comenzado la guerra en la Península. La primera relucía por las posibles implicaciones de la salida de los reyes en momentos tan difíciles (¿Vendrían a exilarse para protegerse de una invasión alemana?); la segunda era notable por los elementos que podían estar a bordo del buque, pues un desembarco prolongado no era imposible ahora que estaba reconocido el gobierno franquista. Dada la proximidad temporal de la potencial amenaza de esta segunda posibilidad, Miguel llegó a la conclusión de que era esa la notoria noticia del día a la que aludía *El Colorao*.

Dejaron a los chicos dormidos bajo el cuidado de Felicita Acasio. Antes de salir a la calle cada uno de los hombres se armó. Miguel se aseguró de que su

Astra 400, que llevaba en la sobaquera, no levantara su chaqueta; Pedro, de que su *Star*-«Sindicalista» estuviera bien escondida en la pistolera del tobillo. María Luisa, que había aprendido de su abuelo materno el manejo de revólveres y pistolas, se había encargado de mantenerlas limpias y listas para cualquier momento. A eso de las nueve y media, los dos matrimonios caminaban por la calle Allen hacia la Fortaleza, tomándose su tiempo para detenerse en las vitrinas que aún ofrecían regalos para las madres. La luna había decidido que esa noche no iba a salir: entre los nubarrones, sólo algunos luceros titilaban en lo alto. La brisa era agradable pero ya presagiaba la llegada de días más calientes. Por todos lados se veían hombres uniformados, casi todos en grupos de cuatro o cinco, otros en pareja con mujeres y algunos oficiales con sus esposas, que eran fáciles de reconocer pues la mayoría eran rubias naturales o de bote, hablaban inglés y vestían trajes de algodón con diseños de fauna o flora tropical, y topes con tirantes. Estas parejas salían o entraban a los establecimientos más elegantes y caros, pero coincidían con los visitantes en sitios como el Restaurant-Bar Palm Beach, la barra del Hotel Borinquen, el Latin Lounge y muchos otros, incluyendo el Marina Bar, donde debía personarse Miguel a las once.

Al llegar a la Calle del Cristo, los cuatro miraron hacia Fortaleza, cuyas paredes estaban bien iluminadas con luces que decían «Feliz día de Madres», y caminaron hasta la capilla en que termina la calle. Los alrededores y el Patio de las Palomas estaban llenos de parejas de paisanos y de mujeres con sus marinos o soldados, algunos de ellos puertorriqueños. En un momento dado, Pedro vio un sombrero panamá entre la muchedumbre y pensó que dentro de él iba la cabeza de Alcides Pérez, pero lo perdió de vista y se olvidó de ello. Bajaron por Tetuán y continuaron la curva de la muralla de la ciudad según se va hacia la cárcel de La Princesa. Al llegar frente al edificio del Banco Popular, cruzaron San Justo y Recinto Sur hasta las escalinatas del Correo de San Juan; titubearon; volvieron a bajar las escaleras y caminaron por la acera hacia el Tres Banderas en la calle Comercio. Corroboraron así que un soldado y un marino, acompañados por un hombre en ropa de civil, los seguían desde poco después de haber salido de sus casas.

En la esquina de Tanca con Recinto Sur escucharon las campanas de la catedral dar las once de la noche. Miguel se despidió de su mujer y su cuñada que continuaron con Pedro hacia sus casas. Poco después, Miguel estaba dentro del Marina Bar, donde tuvo que empujarse entre los parroquianos para desplazarse. Una *Wurlitzer* multicolor amplificaba *Amapola* en la voz de Tito Guízar. Los mozos que servían las mesas balanceaban en la mano con el brazo estirado sobre las cabezas de la muchedumbre las bandejas llenas de botellas de cerveza y cubalibres. Miguel se abrió paso lentamente hasta el fondo del bar. La mayoría de los soldados y marinos iban acompañados por mujeres; él era uno de los pocos civiles en el lugar y uno de cuatro hombres con chaqueta. Dos de ellos estaban sentados en una mesa pequeñísima en la esquina cerca del pasillo que iba a los retretes. Nunca los había visto pero, de pronto, del pasillo emergió *el Colorao*. Llevaba puesto un sombrero de ala ancha gris oscuro como su traje que dificultaba ver bien su rostro. Arrastraba dos sillas que colocó entre los dos hombres sentados, que también llevaban sombrero. Miguel se sentó en una de ellas.

—Escucha bien pues lo que diga no lo volveré a repetir —dijo en perfecto español uno de los hombres que no conocía—. En el *Corinto,* que arriba el miércoles, llega un conocido tuyo, Jacinto Villa. Ha trabajado contigo pero no podemos darnos el lujo de que te descubra. Hemos invertido mucho en ti. Sabe que andas por aquí, pero no exactamente dónde. Tiene un contacto que está hospedado en el Hotel Rialto, aquí cerca, en Tanca abajo, un tipo alemán que viaja con pasaporte chileno y que sospechamos es un agente nazi. Pasará su tiempo con él antes de regresar al barco…

—¿Sí? ¿Y…? —respondió Miguel secamente.

Al escuchar el nombre de Jacinto Villa, Miguel entendió que se trataba de alguien que podía entorpecer todo lo que había adelantado al irse de Madrid. Ya la guerra había terminado. No tenía ahora que ocuparse de nada más que de su mujer, su hijo y su familia. Jacinto no significaba nada para él. No iba a arriesgar su pellejo y su futuro por nadie del pasado.

—Tiene que estar de vuelta en el barco antes de la medianoche. Antes del toque de queda.

—¿Qué quieren que haga?

—No debe encontrarte —dijo el otro hombre que había permanecido en silencio, escudriñándolos a todos y mirando las parejas en la pista, que parecían una masa estática de cuerpos arrullados por la música del bolero que cantaba Toña la Negra— Y, si te encuentra, no debe poder contárselo a nadie. Me imagino que me entiendes.

—Tampoco puede ser algo obvio —dijo el que le dio instrucciones

—*No fuck ups, Mr.* Torres —dijo *El Colorao. This is where you get your stripes.* ¿Me entiendes, señorito?

—Sepan que tres hombres me siguieron hasta aquí —dijo Miguel, como si lo que le habían comunicado no tuviera la más mínima importancia.

Sus acompañantes se miraron entre sí. Ahora todos volvieron la cabeza y los ojos hacia los cuerpos apiñados frente a ellos y en cada esquina disponible del salón. *El Colorao* se puso de pie. Lo único que veía sin obstáculos era los barman detrás de la barra y el pequeño entrepiso del lugar donde, en una de las mesas, se besaban y apretujaban dos soldados con sus parejas, dos mujeres entradas en carnes. Sus ojos se congelaron al mirar el espejo detrás de la barra: reflejado en él vio la figura de un marino que tenía una pequeña cámara en sus manos, y que estaba de pie en uno de los escalones que subían al entrepiso. Se levantó lentamente y, sin decir nada, comenzó a abrirse paso entre el gentío; los otros hombres lo seguían. El marino de la cámara miró hacia donde estaba *el Colorao* y con gran rapidez empujó a los que le rodeaban y desapareció por la puerta de entrada. A sus perseguidores les tomó tal vez un par de minutos llegar adonde había estado el fotógrafo. Miguel fue el último en alcanzar la acera, justo cuando un automóvil *Buick* se acercaba muy despacio. Al verlos, los dos ocupantes del vehículo, un civil (que conducía) y un soldado, aceleraron su marcha y desaparecieron hacia los muelles, no sin que Miguel reconociera que eran dos de los que los habían seguido unas horas antes; el marino fotógrafo sería el otro miembro del trío.

Los alrededores de la entrada del bar y la calle Comercio estaban prácticamente desiertos. Los noctámbulos que no estaban en el Marina se habían ido a los bares de las calles Allen, San Sebastián y Sol. Se dividieron en dos parejas, y caminaron por la acera en dirección opuesta. Uno de los agentes, el más bajo de los tres, llegó hasta el zaguán del teatro Tres Banderas y les hizo señas a los otros para que se acercaran. En el suelo, más allá del portón, con una pierna doblada bajo su cuerpo inerte, yacía el marinero de la cámara (ésta no estaba a la vista ni se encontró en una búsqueda relámpago alrededor del cadáver), que mostraba una mancha de sangre sobre el lado izquierdo del pecho que se extendía por el uniforme. ¿Quién lo mató?, dijo *el Colorao,* sin esperar respuesta. Miguel lo intuía.

—*Are the boys due?* —preguntó *el Colorao* sin inmutarse.

—Sí. Se supone que estén aquí justo a las doce y media… —dijo, el hombre bajito, pero se detuvo, pues la luz de los focos de un automóvil le iluminó la cara—… ahí están. Al minuto.

—Teniente —dijo *el Colorao* sin perturbarse mientras se dirigía a uno de sus hombres—, encárgate de esto. Y que no haya rastro. Hay que ver quién es… y quiénes son los acompañantes. *I have an idea, pero we need* prueba, ¿me entiendes?

El otro hombre le hizo señas al automóvil negro que

se acercó y se estacionó en la calle frente al lugar donde estaba el marino muerto. Los dos hombres del automóvil, que también vestían de civil, se bajaron. Al ver el cadáver, uno regresó al coche y trajo un saco de hule negro; a las órdenes por señas del teniente, se acercaron al cuerpo, lo levantaron, lo introdujeron en el saco, subieron la cremallera y metieron el bulto en el asiento trasero.

—*This ain't no sailor* —dijo el que lo levantó por los pies—. Tiene zapatos con adornos y el pantalón es de tela de hilo. No es uniforme oficial.

—*Good job!* —respondió el teniente—. Sigan el método dos.

Se volvió hacia el otro agente que le dio a Miguel la noticia de Villa y le ordenó que se marchara en el auto. El teniente Worthington y *el Colorao* sacaron pequeñas linternas de pilas que llevaban en el bolsillo y se cercioraron de que no hubiese manchas de sangre en el pavimento del zaguán. Una última búsqueda de la cámara fue infructuosa. Caminaron con Miguel, todos en silencio, hasta la esquina de Tanca y San Justo. De ahí, *el Colorao* siguió calle abajo por Tanca. El teniente anónimo y pequeño tomó a Miguel por el codo, lo dirigió hacia la calle Allen y le dijo:

—El muerto y los del *Buick* son agentes al servicio de los nazis. Sabemos que simpatizas con Franco, pero él, aunque lejos y victorioso, va a tener problemas serios en decidir entre Hitler y Mussolini o nosotros. Tú no tienes ese problema. No tienes mucho que escoger. Sólo nos tienes a nosotros. Además, en cualquier momento podemos exponerte y dejar que algunos de los falangistas de mierda que viven aquí en esta isla se enteren de quién eres, y que has traicionado la causa haciéndote pasar por hombre de centro y socialista. No lo pasaría muy bien tu familia inmediata cuando se sepa ese detalle. Estos no son los republicanos y los rusos ignorantes con quienes batallaste en Madrid. Vas a tener que usar todo tu talento y tu inteligencia. Estos son de la Gestapo, al menos, entrenados por ellos. Son fatales... como las víboras. No sabemos cómo se enteraron de lo de esta noche, pero sugiere que sus tentáculos llegan más lejos de lo que sabíamos. O alguien... —pero no completó la frase.

Habían llegado frente al edificio en el que los Alcalá ocupaban los tres departamentos en la tercera planta, donde se toparon con varios grupos de marinos y soldados, algunos borrachos y vociferantes, que querían exprimir el fruto de su licencia en tierra hasta la última gota. Miguel se volvió y encaró al teniente.

—Teniente, no me tome por tonto —dijo en voz baja pero firme—. Dígale a Rusty, o como sea que se llame su jefe, y sepa usted que, por lo menos por ahora, soy de USA, y aquí estoy. Yo haré mi trabajo, pero no toleraré amenazas, mucho menos a mi familia. No le tengo miedo a la muerte; viví con ella durante tres años y me he acostumbrado a su rostro.

Dio la vuelta y entró al vestíbulo del edificio. Subió a su piso y, al meter la llave en la cerradura de la puerta, Pedro abrió la de él, se acercó y lo abrazó. ¿Estás bien?, le dijo al oído, y lo abrazó con más fuerza cuando lo escuchó responder que sí.

En el Hotel Rialto, los ruidos y los gemidos en la habitación 309 alarmaron al huésped del cuarto contiguo, que los oía a pesar de que lo separaba una pared de bastante espesor en este edificio de ladrillos del siglo XIX. En el segundo piso, en la habitación inmediatamente debajo, se sentían crujir los muelles de la cama en el 309, y por las hendiduras del piso se filtraban algunas exclamaciones incomprensibles en un lenguaje que no entendía la pareja de mediana edad que trataba de conciliar el sueño. Las exclamaciones y los gemidos continuaron hasta después de las diez y media, cuando el silencio llenó la pensión. Más tarde, sólo el breve chirrido de los goznes de la puerta del 301 se hizo sentir al abrirse. De la habitación a oscuras emergía el cuerpo adolorido y saciado de Jacinto Villa. En el pasillo se confundió en un abrazo con el alemán

Ullrich Frick, que horas antes había seguido a los Alcalá por las calles de San Juan vestido de soldado americano.

Villa salió del hotel y caminó hacia Recinto Sur, primero titubeando pues los tragos y la sesión con Ullrich lo tenían despistado. Miró al cielo y sonrió al ver tantas estrellas. Al llegar a la esquina, divisó a los lejos la estación del ferrocarril. Sabía que al sudoeste de esa estructura estaba su barco, y fue en esa dirección fumándose un cigarrillo. Cerca de la escalerilla, presentó sus papeles al grumete y al guardia de seguridad marítima. Caminó por babor hasta la primera puerta por la que entró al pasillo que daba a los camarotes. Le sorprendió que todo estuviera tan oscuro, cuando de las tinieblas salió una figura vestida de negro que le quedó muy cerca.

—¿Qué haces aquí, Jacinto?

—¡Banderilla! ¿Cómo te has enterado? Iba a comenzar a buscarte por la mañana… El barco zarpa mañana por la tarde hacia Cuba… y ¿qué forma de recibir a un amigo es esta, hombre? La guerra ha terminado. Somos los ganadores. Ya no tenemos que escondernos, eh.

—Pues, sí. Pero yo tengo una nueva vida aquí en Puerto Rico. Hice ya lo que tenía que hacer por la patria.

—Hombre, pero qué dices, ahora es cuando hay que hacer mucho. El Generalísimo se ha de reunir con el Fürher, y te aseguro que tendremos la mitad del Mediterráneo bajo nuestro control, lo que asegura nuestra posición en África, si es que no tenemos más.

—¿Y Gibraltar?

—Y Gibraltar. Ya es hora de que se vayan los ingleses.

—¿Y qué es lo que buscas aquí?

—Estoy en una misión para establecer un punto para los submarinos del *Reich*. Ya tenemos contactos en Martinica y Trinidad para asegurarnos el control del Caribe. Además, con el tesoro podremos comprar a muchos. Una vez caiga Francia, ocuparemos Martinica y Guadalupe. Mi contacto en estos sitios es un tío que admirarás por su disciplina y capacidad. Estará en San Juan hasta mañana. Es un alemán que estuvo con nosotros en Madrid los últimos meses.

Te seguía la pista la otra noche para advertirte sobre los norteamericanos. Lo hubieses conocido si no te hubieras ido con tu asqueroso cuñado rojo.

¿A qué tesoro se refería?, pensó Miguel mientras miraba fríamente a su antiguo secuaz. No tenía tiempo para reflexiones, y con la rapidez de un celaje le clavó en el cuello un punzón que llevaba en su mano derecha desde que comenzó la conversación.

La empuñadura estaba justo contra la piel, a la izquierda de la manzana de Adán del hombre; la punta de acero del estilete sobresalía cerca del ángulo de la mandíbula y la oreja derecha. Jacinto levantó la mano izquierda y agarró la muñeca de la mano que sostenía el arma, mientras con la otra trataba de tocarse el cuello como si no supiera con exactitud dónde estaban la herida. Con su izquierda, Miguel torció el brazo del atónito falangista, que emitía sonidos guturales incoherentes y tosía con un sonido como si hiciera gárgaras, y lo desprendió de su mano al mismo tiempo que movía agitadamente el mango del punzón. El herido soltó el brazo de su oponente, que había sostenido durante unos segundos, mientras sus ojos se ponían en blanco y comenzaba a parpadear aceleradamente. Una sombra púrpura comenzó a formársele en el cuello y a alzarse desde el punto de entrada del arma hacia la cabeza. Jacinto, que ahora estaba sostenido en pie únicamente por el punzón que aguantaba Miguel, soltó una bocanada de sangre que corrió por su barbilla, su cuello y su pecho. El cuerpo de Jacinto tenía la laxitud que antecede a la muerte, cuando Miguel lo llevó hacia la puerta que daba a estribor. El punzón, aún clavado en el cuello, oscilaba cuando le venía al cuerpo con escasa vida una contracción del pecho. Banderilla miraba de vez en cuando a ambos lados del pasillo, asegurándose de no tener testigos. A su derecha estaba la puerta del camarote de Villa, que Miguel abrió con una llave. Entró, lo recostó en la litera y sacó del cuello con gran lentitud el punzante acero. Con un pedazo de tela negra que llevaba en un bolsillo hizo presión en el punto de entrada del arma para evitar que se derramara sangre en el suelo. Aguantó la tela sobre la herida durante un rato y miró su reloj pulsera: faltaban dos minutos para la medianoche. La hemorragia había sido, como esperaba, interna. La sangre se acumuló en los tejidos alrededor del cuello, e inundó y ocluyó la tráquea, provocándole la muerte por asfixia al antiguo cómplice de Banderilla. Le quitó la chaqueta al muerto y la colgó en el pequeño armario del camarote, tomó todo el dinero de la billetera, puso el cadáver en un costado, lo cubrió hasta el cuello con la sábana y le cerró los ojos. La espalda de quien en parte concibió la explosión del polvorín estaba hacia la portilla, cuya cortinilla Miguel descorrió para que por ella se pudiera ver, desde la cubierta de estribor, el cuerpo recostado. Puso la llave de Jacinto sobre una mesita que también se podía divisar por la portilla. Sacó una caneca de ron del bolsillo trasero de su pantalón, con el que bautizó al muerto y bendijo el camarote hasta que no quedó una gota en la botella, que colocó en el suelo, visible desde la escotilla. Salió y cerró la puerta con el duplicado de llave que llevaba.

Era sobre la medianoche y habían retirado la escalerilla. Sigilosamente llegó a la popa, se quitó las alpargatas y ató una a cada uno de sus brazos, y comenzó a descender, colgado de brazos y piernas, por una de las amarras del barco hacia el muelle desierto y oscuro. A mitad del camino se descolgó y se dejó caer. Su cuerpo entró al agua casi sin hacer ruido, y al abrir los brazos, las alpargatas impidieron que se hundiera más de lo esperado. Aún sumergido se las puso y nadó con gran destreza unos diez metros hasta emerger debajo del muelle, donde se agarró por un instante a una varilla de hierro que sobresalía del muro, y que el oleaje lamía con gran insistencia. Continuó nadando con cautela hasta alcanzar una escalera de madera que bajaba de un pequeño atracadero de veleros y goletas. Comenzó a subir por ella. Casi en el último escalón se topó con un brazo que le ofrecía ayuda. Era

Pedro González, que lo recibió con una sonrisa y con un impermeable que le puso sobre sus hombros. Entraron en un automóvil en el que esperaba María Luisa. De surgir algún inconveniente, su testimonio probaría que habían estado tomando vino cerca del Fortín San Jerónimo desde las diez de la noche. Una vez en el auto, la frase de Jacinto Villa sobre «el tesoro» que ayudaría a la causa franquista, comenzó a darle tumbos en el cerebro, pero decidió que no quería pensar en eso ahora, que mañana sería otro día.

Que Jacinto Villa era cadáver se descubrió cuando el barco estaba a una distancia que volver a Puerto Rico no tenía sentido. De primera intención, que el camarote despidiera un hedor a licor y estuviera cerrado con llave, llevó a la conclusión que el ocupante se había excedido en su consumo de ron en tierra boricua. Pero pasado casi un día, entraron al camarote e, inmediatamente que el médico de a bordo examinó el cuerpo, indicó que era un asesinato y que había que notificar a las autoridades del puerto. Como no se encontró dinero en el camarote, un grumete encargado de limpiarlo fue acusado y arrestado por el capitán. Pero su físico no era el de quien hubiese podido cometer un crimen de esa violencia contra alguien más corpulento; una extensa investigación no pudo probar nada contra el hombre, y se le dejó en libertad. En La Habana se le practicó una autopsia al cuerpo ante los ojos vigilantes de Enrique Cabrera, que era íntimo del jefe de la policía de Fulgencio Batista. El policía, gracias a un pago mensual de mil pesos cubanos que provenían del ejército norteamericano, mantenía a Cabrera al tanto de cada movimiento del presidente cubano y de quiénes venían de los Estados Unidos a visitarlo. El muerto exhibía magulladuras, cardenales, mordiscos y golpes en todas las partes de su cuerpo excepto en los brazos y el rostro. En el abdomen tenía un tatuaje que por su desfachatez encolerizó y asqueó a Cabrera, aunque ya había visto otro similar: un avión mitad dragón con cola en serpentina que señalaba a los genitales enormes, que ahora no le servían para nada al muerto. Recordó el dibujo en el cuerpo del «francés a la parrilla». Incluyó una descripción del hallazgo en un mensaje que envió al comandante Rusty O'Toole en Puerto Rico, donde una pesquisa conducida por la policía bajo el mando de Orbeta, no reveló nada sospechoso sobre el asunto. Nadie en el muelle sabía qué había sucedido y no existían testigos que hubiesen presenciado algún incidente fuera de lo común la noche antes de que el *Corinto* zarpara. Para disponer de él, al cuerpo de Villa se le practicó el método dos: fue descuartizado y recortado en pequeñas piezas corpóreas que pudieron haber pasado por buenas presas en una carnicería, y se lanzaron al mar en un lugar de la bahía de La Habana frecuentado por manadas de tiburones, y otros predadores marinos.

El capitán Ullrich Frick, que había cumplido varias asignaciones de espionaje en Puerto Rico, no supo de la muerte de su querido Jacinto hasta casi una semana después del suceso. Lloró sin consuelo durante dos días y estuvo enfermo otros dos, deprimido y desengañado. Por su estado de ánimo, su aparente displicencia, y el fracaso de su misión en San Juan, recibió un regaño de su nuevo jefe en Guadalupe, sede de una de las redes de espías nazis del Caribe. El alto y fornido capitán, recién llegado a la isla, era intransigente y amedrentaba a todos con su rostro siniestro en el que relucía una cicatriz que comenzaba en la frente y cruzaba el ojo y cachete izquierdo. Poco a poco, según Ullrich, fue conociendo mejor a su capitán, se le desaparecieron sus síntomas depresivos, y se olvidó de Jacinto Villa.

El 24 de agosto, luego de unas espléndidas vacaciones con su familia en una playa en Delaware, el almirante Leahy regresó a Washington para comenzar un intenso periodo de instrucción sobre los problemas del país que iba a gobernar. Leahy no era, como muchos de sus antecesores, un ignorante sobre la región a la que se dirigía. Estuvo en Cuba durante la batalla de Santiago, y en Panamá, Nicaragua, Veracruz, Haití, Santo Domingo e Islas Vírgenes, a lo largo de los 22 años que siguieron a la Guerra Hispano-norteamericana, lo que lo hacía un experto sobre la historia de la intervención estadounidense en el Caribe. Pero sí era ignorante respecto a la historia política de Puerto Rico. Sin embargo, se percató de inmediato de que le esperaba un entorno complejo sobre el que pesaba la sinrazón del fanatismo adulador de las clases altas, y el deshecho estado de una población sumida en la miseria y el abandono, y casi sin esperanzas de poder emerger de esas profundidades. Debía establecer alianzas que le ayudaran a evitar la violencia política en la isla que, según Winship, surgía mayormente de los nacionalistas. Tenía además que suprimir el sentimiento profascista -minimizado por Winship- que profesaban en secreto algunas élites, y desarrollar las defensas en la isla como ya se había acordado. La condición mundial así lo aconsejaba pues se precipitaba inexorablemente hacia la conflagración: en el lejano Oriente los japoneses acrecentaban su campaña expansionista en China, comenzada en Manchuria en 1932, y Hitler amenazaba con invadir Polonia de un momento a otro. Sus logros, además, los tendría que alcanzar sin saber español y desconociendo la idiosincrasia de los puertorriqueños. Además, iba a Puerto Rico con el temor de perder su vida a manos de un «loco revolucionario».

Pero a su llegada el 9 de septiembre, vestido con levita y chistera y acompañado de su rolliza esposa Louise, quedó deslumbrado por la cálida acogida de que fueron objeto, y por la belleza y elegancia de las damas allí presentes. La prensa fue muy cordial con el nuevo Gobernador quien, desde el muelle de desembarco, se dirigió directamente al templete provisional erigido frente al Capitolio para juramentar su cargo. El tiempo que Leahy -hombre del siglo XIX que participaría durante su vida en muchos de los grandes acontecimientos del XX- duraría en la gobernación de Puerto Rico, lo auguró la brevedad de su discurso, cuya lectura le tomó seis minutos. La ironía de que un marino de guerra viniera a gobernar una isla que era botín de guerra del movimiento expansionista e imperialista de un país determinado a jugar el papel de primer galán de la gran democracia del globo, y bajo la consigna del liberalismo del Nuevo Trato, no se le escapó a ninguno de los Alcalá, que aplaudieron con entusiasmo acomodaticio el mensaje que prometía que la única consideración del nuevo ocupante del cargo era «el bienestar de Puerto Rico».

Capítulo 37
Guerra declarada; septiembre de 1939

Después de la invasión de Polonia el 1 de septiembre, días antes del arribo de Leahy a Puerto Rico, la guerra en Europa se propagó como la luz en el ojo de un escorpión bajo la inmisericorde consigna del *Blietzkrieg* y la locura fanática del *Heil Hitler!* Las campañas bélicas alemanas buscaban vengarse de la humillación sufrida en la Primera Guerra Mundial y, en el proceso, adquirir una expansión territorial que le diera a su país la posibilidad de establecer una hegemonía política, cultural, alemana y aria, sobre los pueblos ocupados. A pesar de la declaración de neutralidad por parte del presidente Roosevelt, Estados Unidos tenía en sus manos el problema del Caribe y el canal de Panamá, la sombra de un ataque desde Dakar en el Senegal, y la presión de Inglaterra, a través de Winston Churchill, para que ayudase a combatir el monstruo nazi.

La exhibición de armas no se circunscribió a los países en guerra. A pesar de que Leahy no encontró una manifiesta antipatía en el pueblo puertorriqueño ni por Estados Unidos, ni por él, se rodeó de guardaespaldas con ametralladoras y muchos encubiertos, cuyas órdenes, de conocimiento público, eran las de matar a cualquiera que hiciera el menor gesto de atentar contra su persona. Pero esta estrategia preventiva evolucionó en la mente del Gobernador y, paulatinamente, fue abandonando el despliegue de guardaespaldas armados, aunque nunca se pudo deshacer completamente de los encubiertos que le seguían a todas partes.

Poco después de arribar, viajó por toda la isla acompañado de su señora Louise y seguido de cerca por un séquito que incluía al doctor Garrido Morales, Comisionado de Salud, y a Pedro González como ayudante especial, traductor y, por órdenes de Leahy, encargado de sostener buenas relaciones con las familias adineradas. El gobernador rechazaba la hospitalidad de los ricos por temor a incurrir en conflicto de intereses, y necesitaba a alguien que mediara esas situaciones que podían ser embarazosas: en el camino de Mayagüez a Ponce le fue fácil enviarle una nota habilidosa que preparó Pedro a don Arturo Lluveras, millonario ex alcalde de Yauco, rechazando con mil gracias su cordial invitación a pernoctar en su hogar, para, en cambio, hospedarse en el Hotel María, que estaba a dos casas de la mansión de los Lluveras.

Llegaron a eso de las cinco de la tarde y María Capriles los hospedó en la habitación más espaciosa y fresca de la primera planta, gran parte de la cual era su casa. Luego de ducharse el almirante y bañarse la señora Leahy, subieron al comedor acompañados del doctor y Pedro González para cenar con otro distinguido visitante que también se hospedaría allí esa noche. Pedro había saludado efusivamente a doña María preguntándole además por su hija Josefa y su nieto Gini; ella se los señaló en la plaza frente al Hotel -que para deleite del matrimonio Leahy llevaba el nombre de Jorge Washington-donde el chiquitín de los rizos rubios corría riéndose mientras lo seguía la criada y lo observaba su madre. Desde el balcón saludó a Josefa quien, advertida por su madre, le devolvió el saludo pero controlando que no se destacara su entusiasmo al verlo.

Estaba aún Pedro González en el balcón cuando dos automóviles algo destartalados y polvorientos se detuvieron frente al hotel. Era el otro notorio huésped que esperaba doña María y a quien recibió con gran deferencia y júbilo, no por él sino por su padre, don Luis Muñoz Rivera, de quien ella y su difunto esposo fueron admiradores. Luis Muñoz Marín emergió del auto con su sombrero en una mano y en la otra una colilla de cigarrillo que parecía ser parte de su atuendo. Vestía traje de dril blanco con una corbata azul y gris que era demasiado corta para su estatura y su porte, y terminaba muchas pulgadas por encima de su cinturón. Sus ojos eran brillantes pero tristes, y estaban rodeados por unas ojeras heredadas de su madre y enfatizadas por la falta de sueño y el exceso de preocupación. Su bigote era más negro que su pelo negro y su rostro parecía contrariado pues no era dado a sonreír mucho porque, según se decía, tenía muy mala dentadura.

María Capriles le presentó a Pedro González, quien se confesó su admirador al darle la mano a Muñoz, y a un lugarteniente del político, Rafael Cordero, ávido nuevo seguidor del Partido Popular Democrático. Sara Huertas, la camarera principal, llevó a Muñoz a una habitación que quedaba directamente sobre la de los Leahy en la segunda planta y a Cordero a una pequeña, al fondo de la misma planta.

A las seis estaban sentados a la gran mesa isabelina de caoba y cedro: Leahy, en una cabecera, con su mujer a su diestra y Pedro González a siniestra. En la otra estaba Muñoz con Cordero a su izquierda y el doctor Garrido Morales, que había acompañado al Gobernador para darle su opinión sobre el estado de salud de la isla, a su derecha. Era el segundo encuentro entre Muñoz y Leahy desde que éste arribara a la isla. El almirante reconoció al líder político de inmediato como un hombre brillante y hábil que estaba por llegar a su madurez (tenía 41 años) y a su pináculo político; mas no comulgaba con sus tendencias socialistas extremas ni con sus ideales separatistas.

Los arreglos florales de la mesa impresionaron a la señora Leahy que, con apetito estimulado por el largo viaje desde Mayagüez, tomó la crema de tomates, apio, tamarindo y yautía preguntándoles a todos de qué estaba hecho aquel manjar delicioso cuya fragancia y gusto jamás había probado. Hubiese tomado más, pero el lomo de cerdo mechado, acompañado de patatas salteadas con pequeñas cantidades de queso roquefort y puestas al horno, emitía un aroma que llenaba de regocijo la mente y los sentidos.

Además, estaba acompañado de una fuente de arroz guisado con pimientos morrones y pequeñísimos trozos de jamón y cebolla que, mezclados con la salsa del lomo y con las patatas, daban al paladar tal placer que debiera estar prohibido. Las exclamaciones de los comensales eran de gozo con cada bocado y cada sorbo, primero del champán Dom Perignon '32 que acompañó la crema, y, luego, el borgoña Chateau Bensse del '30, que se sirvió con el lomo. Fue tan delicioso el banquete que Muñoz no fumó hasta que llegaron a la mesa el café y el postre.

Estimulada por el Dr. Garrido y Muñoz, Louise Leahy ofreció sus comentarios generales de las impresiones de su viaje hasta el momento y genuinamente confesó estar horrorizada por las condiciones de vida de la mayoría de los habitantes de la isla, a lo que Muñoz le recordó la escandalosa actitud de los gobiernos anteriores de ignorar la situación de los arrabales.

—Mi querida señora Leahy —dijo Muñoz con su voz profunda, matizada por sus años de fumador, bebedor y bohemio— no podría estar más de acuerdo con su postura. Es una aberración social que tantos puertorriqueños, ciudadanos americanos, como usted bien sabe, vivan en las condiciones que usted describe. Por eso tenemos que comenzar por devolverles su dignidad a estos pobres hombres y mujeres.

—Creo que es cierto lo que dice el señor Muñoz, querida —intercaló el almirante—, por eso hay que mejorar los sistemas básicos de la isla. También hay que mejorar todas las actividades económicas de la Administración para la Reconstrucción de Puerto Rico, muchas de las cuales han sido infructuosas e ineficaces.

—Particularmente las de la Central Azucarera Lafayette —mencionó Pedro González suavemente. Es el caso que comencé a explicarle ayer, señor Gobernador.

—Sí, es definitivamente algo que hay que estudiar con detenimiento y decidir si vale la pena invertir en ese proyecto o en algo más fructífero y prometedor... como la planta de cemento, del que tanto se ha de necesitar para la construcción de hogares.

—El problema también estriba en las pobres instalaciones de salud —dijo el doctor Garrido—. Usted vio que las que hay son pobres, carentes de materiales y, francamente, sucias.

—Es deprimente que gente enferma tenga que asistir a hospitales como esos, ¿no es así, querida?

—¿No hay participación de la comunidad? —Louise Leahy inquirió.

—Son muy pobres y muchos están tan hambrientos y necesitados que no pueden darse el lujo de servir de voluntarios —respondió el doctor.

—Me alegra, señor Gobernador, que usted tenga en mente el bienestar de Puerto Rico, tal y como dijo en su discurso —expresó Muñoz—. Hasta ahora, los líderes de los partidos han pedido ayudas a su oficina para respaldar los intereses de patronos ausentes y explotadores de la industria de la caña y no han resguardado al pueblo de la corrupción que representa la venta del voto, que es lo más indigno que se le puede hacer al hombre en una democracia.

—Me he percatado de que lo único que quieren los políticos es pedirme cosas que beneficien a sus partidos y, por lo tanto, a sus campañas políticas.

—No ha sido ni será mi caso, almirante. Lo único que pido para este pueblo es que usted prometa que en las próximas elecciones no se le intimidará cuando vaya a las urnas y no se le chantajeará para que venda su voto por dos dólares o un par de zapatos. Lo que yo le pido es que usted proteja los colegios electorales para que no haya violencia dirigida por turbas que quieran entorpecer el proceso más preciado del hombre, el libre derecho al voto.

María Capriles, que hacía unos minutos había entrado al comedor con una botella de Armagnac para ofrecerle a los huéspedes, quedó transfigurada por las palabras del político poeta. No podía negar que era hijo de su padre y de su madre Amalia, pensó. Y se sentó a escuchar la conversación. Leahy, mientras tanto, tomó un sorbo de su copa y se volvió hacia Pedro González.

—González tiene la encomienda de coordinar mis órdenes al respecto con el coronel Orbeta, que es un hombre de gran valentía y amante del orden disciplinado. Le puedo prometer, señor Muñoz, que se respetará la ley y habrá tranquilidad y sosiego el día de los comicios.

—Seguiré al pie de la letra su orden, señor Gobernador —afirmó Pedro—, y lo mantendré informado a usted, señor Muñoz, de todas mis gestiones, y le prometo que este proyecto tendrá mi dedicación absoluta. Me escapé de la anarquía que reinaba en mi país y he aprendido que la ley es lo que sostiene la vida de las grandes repúblicas. Puede contar conmigo siempre.

Doña María tomó un sorbo del poco Armaganc que se había servido, que casi excedía su límite de consumo de alcohol en un mes, y pensó que Pedro el Hermoso, aunque en parte lo que quería era congraciarse, estaba siendo sincero por primera vez en su vida; además, sintió que acababa de presenciar algo histórico: una declaración de guerra -de parte del administrador yanqui y solicitada por Luis Muñoz Marín- a la corrupción electoral que campeaba por su respeto en Puerto Rico desde que ella tenía uso de razón.

Algo aún más notable ocurrió aquella noche. En la sobremesa, que duró hasta un poco más de las nueve de la noche, la insistencia de Muñoz en no tocar el estatus de Puerto Rico en las elecciones, particularmente de que no se interpretara que un voto para su partido era un voto por la independencia, trajo suspiros de sosiego al almirante y a su esposa, y uno muy profundo a María Capriles quien, como gesto de celebración, apuró las tres gotas de Armagnac que quedaban en su copa.

Capítulo 38
Mujeres, fin de 1939

Ana Pilar Martínez de Marrero había encontrado en su marido un hombre como nunca pensó que pudiera existir. Cariñoso, considerado, caballeroso, brillante y, ¡qué amigo de sus amigos! Luego de varios meses de angustias y presentimientos de que aún no estaban a salvo, el primo Carrillo Blanco se presentó a verlos. Cuando le abrió la puerta de su piso en la primera planta, vio que le acompañaban soldados con sus rifles, que permanecieron de guardia en el vestíbulo. Ana Pilar pensó en lo peor. Ezequiel la saludó serio como una tapia, frío como el agua de la sierra.

—¿Dónde está? —dijo, atropellando las palabras según salían de su boca.

—Buen día, capitán, ¿pasa algo?

—No. De hecho, tengo buenas noticias —sentenció lleno de satisfacción al darse cuenta del efecto de terror que infundía en la mujer—. Vamos a necesitar sus servicios.

—¿Qué me dices? Me parece justo y atinado. Es un gran policía. Un tío de mucho fósforo… brillante…

—Sí. ¿Pero es leal?

—¿Cómo puedes dudarlo? Tuvo la posibilidad de irse con el gobierno a Valencia y, desde allí, como muchos tantos, adonde quisiera. Esperó aquí haciendo su trabajo, pese a que intuía que podía perecer. Su rectitud es inquebrantable.

—Me hablas de su carácter. Yo lo que quiero saber del primito es cómo ha de respetar los programas del Caudillo. Quiero saber lo que hay en esa cabeza privilegiada que prefirió permanecer rodeado de rojos y comunistas en vez de pasarse a la España de la patria.

—No sé la respuesta, capitán. Pero pienso que no es el único que actuó de esa forma. Esta ciudad vibraba con muchos que, a pesar de no ser herejes comunistas, arriesgaron sus vidas, o la perdieron, por no dejar Madrid al albedrío de los rusos. Como investigador, Domingo estaba cumpliendo la ley, que es lo que ahora ha de desear el Generalísimo. Los que le rindan su lealtad tienen que cumplir y hacer cumplir la ley, sin anteponer sus propios intereses. Mi marido es un hombre llano y leal.

Ezequiel la miró sin rencor por primera vez. La mujer había sido elocuente en defensa de su marido y evitó todas las trampas inherentes al tipo de apelación que acababa de someter.

—¡Vaya! Tendremos que usarte en el programa de reconciliación ideológica de los huérfanos que han dejado estos canallas. El Caudillo ha de tomar esta patria y llevarla a pináculos que jamás se han soñado desde el tiempo de los virreinatos en América. Habrá que laborar más que nunca. Se necesitará hacer lo que sea para salir del atolladero en que las andanzas de los rojos han dejado a España. Pero mi profecía es que ni los tiempos de Isabel y Fernando, ni los de Felipe II en su momento más deslumbrante, alcanzaron la gloria que ha de tener la patria en los primeros veinticinco años del Caudillo. Todo estará enmarcado en el respeto que se le debe profesar a la Iglesia, y los valores que estuvimos a punto de perder regirán una vez más.

—Le aseguro, capitán, que dentro del marco que acaba de esbozar mi marido hará una gran labor en lo que se le pida.

—Pues, bien… pero, ¿dónde está? Quiero escucharlo de sus labios.

Las voces de los soldados en el vestíbulo llevaron a Carrillo Blanco a abrir la puerta: vio a Marrero cuestionando la presencia allí de militares. Parado ante la barandilla de la escalera, el capitán les gritó a los soldados que dejaran pasar a su primo. Ana Pilar exhaló un suspiro de tranquilidad sin que cambiara la expresión de amabilidad que llenó su rostro desde la llegada del militar. Lo que no sabía Ana Pilar era que la primera misión de su marido iba a ser muy peligrosa.

La conversación entre Carrillo Blanco y su primo segundo Domingo Marrero llegó a una conclusión feliz. A pesar de que Marrero sería degradado a teniente —una venganza de su primo—, dirigiría una de las oficinas de la policía secreta encargada de investigar «acciones contra la Patria, incluyendo robos del patrimonio nacional, y el terrorismo de cualquier tipo». Su mujer lo convenció de que era poca la diferencia entre estas funciones y las que había desempeñado para la República. Además, le hizo ver que su nuevo cargo era una forma de protegerla a ella y a su hijo.

El fin de la Guerra Civil trastocó la condición emocional de Isabel Alcalá. Menos austera en su pensamiento y más ingenua que su hermana en su percepción de los estragos del nacionalismo español y lo que significaba para los sobrevivientes de la República, no dejaba de pensar en sus padres y en Madrid. Sin embargo, su año en Puerto Rico le parecía un sueño lleno de recuerdos que emanaban del mar en cuyo fondo yacía la medalla de su padre. Sus remordimientos venían de una visión de lo que pudo haber sido de no haber emigrado. Se imaginaba a Miguel en una posición de prestigio en el nuevo mundo del franquismo, admirado como era por Queipo de Llano y el Generalísimo. Simultáneamente recordaba con espanto la explosión del polvorín y que estuvo abandonada por su marido durante más de dos años. Su turbación estaba aún más acentuada por la presente situación de su familia como espías de las fuerzas armadas de Estados Unidos. Su ansiedad se acrecentó cuando, luego de una reunión ordenada por *el Colorao* en la cafetería de González Padín, Miguel fue notificado de que tendría una misión junto a agentes del gobierno franquista. Iba a requerir su ausencia de Puerto Rico y estaba calificada como de alto riesgo. No le dirían, hasta el momento oportuno, de qué se trataba ni a dónde iría. Presentía algo muy azaroso en la encomienda a su marido, pues le advirtieron que nadie, en particular Pedro González, se podía enterar del viaje.

—Me exigió que guardara absoluto silencio —susurró Miguel cuando, en contra de las exigencias del *Colorao*, se lo comentó a su mujer—. Tienes que callarlo. Ni una palabra a María Luisa. ¿Me entiendes? Presiento que es algo muy serio. Me darán instrucciones una vez comenzado el viaje, que no sé si es por mar o por aire.

—Debes ir preparado para lo peor —respondió preocupada Isabel—. Pero quizá no sea tan complejo como te lo imaginas.

—Ya sabes lo que pasó la última vez… Me topé con una manada de espías nazi y un marino muerto… Y no tendré el respaldo de Pedro en esta ocasión.

—Aún no entiendo cómo lo sabes… que fue él… lo del falso marinero… ¿se lo has preguntado?

—No se ha presentado el momento oportuno. Pero ¿quién si no él? Lo que sí me he preguntado es ¿por qué? Alguien se llevó la cámara del individuo. ¡Joder! ¿De qué se trata?

—Los retrató. Con eso podía divulgar lo que haces y quiénes son tus contactos.

—Tienes razón, es lo más obvio. El Colorao especuló que eran nazis y yo sé que lo eran. Me lo confirmó Jacinto, que también lo era… como te acordarás, nos seguían ¿Me estaba protegiendo a mí el asesino? Fuera como fuese, ¿por qué no ha pasado nada? Pienso que hay algo más allá que aún no comprendo.

—Es tiempo ya que le preguntes a Pedro, ¿no?

Por la mente de Isabel pasó un pensamiento que como navaja de Albacete cortó la maraña de dudas que albergaba: la película en la cámara del marino no solo tenía las fotos de su marido *el Colorao y* todos los involucrados en lo que estuviera tramando O'Toole y, posiblemente, también la del asesino.

Por la mañana, un sábado al mes, María Luisa supervisaba a Felicita Acasio mientras limpiaba el piso de Mariano Alcalá. Los tres pisos de los Alcalá estaban en la misma planta, lo que facilitaba el trabajo de María Luisa. Don Mariano dejaba instrucciones exactas de lo que quería: principalmente que no tocaran sus papeles ni sus libros en el despacho, pero también de limpiar con mucho cuidado las fotografías que poblaban la superficie de una hermosa mesa de caoba con patas en trípode, colocada en la sala. Eran de su mujer o de los dos juntos, y las adoraba como si fueran iconos religiosos. Las dos mujeres aprovechaban que don Mariano dedicaba el día a sus tertulias, que comenzaba con el grupo del desayuno a las nueve en La Bombonera y se extendía hasta eso de las once, cuando el segundo grupo se reunía a almorzar en La Mallorquina. Daba tiempo para que Felicita dejara todo inmaculado. María Luisa, entretanto, iba y venía a su piso a contestar o hacer llamadas telefónicas, llevar a cabo pequeñas tareas que se había impuesto en la cocina, o a leer los trabajos de sus estudiantes en la Escuela Modelo.

Ese día las voces del gentío en la calle Allen llegaban a sus oídos como una sinfonía de altibajos naturales acompañados de los ruidos de los autos, la música en radios lejanas, las campanadas de la catedral, los pitos de los barcos en la bahía, los graznidos de gaviotas errantes, y el canturreo de las palomas en las azoteas. Ese concierto urbano tranquilizó a María Luisa que, sentada en su butaca favorita, cerró los ojos durante un rato. Estaba a punto de quedarse dormida cuando Felicita irrumpió en la sala.

—¡Doña María Luisa! —dijo exaltada y con su rostro acongojado—. Venga corriendo. Venga… fue un accidente… ¡Dios mío!

—¿Qué es? ¿Qué sucede, mujer? —exclamó María Luisa, según entraba junto a la preocupadísima sirvienta al piso de su tío.

—Estaba detrás de las colchas viejas… no se supone que eso estuviera ahí. ¿Quién se lo iba a imaginar? A lo mejor no se ha roto…

Al entrar al pasillo que iba a la recámara de don Mariano, vio que estaba abierta la puerta del armario en que se guardaban las toallas, la ropa de cama y unas grandes colchas que hacía muchísimo tiempo no se usaban. María Luisa miró al suelo desde el cual una cámara fotográfica la miraba como si fuera un cíclope cínico y amenazante.

Capítulo 39
Cámara oscura. Finales de 1939

Ni una palabra de esto a nadie, ¿me has oído? Ni a don Mariano, y mucho menos a don Pedro. Júramelo.

—A nadie. Se lo prometo por mi virgencita. No fue mi culpa. No sé qué hacía ahí.

—Lo sé, mujer, lo sé. Pero sabes lo meticuloso que es don Mariano, y no queremos que se enfade, ¿verdad?

—Si. No. A nadie.

Y con eso la negrita bajó la cabeza y continuó su trabajo. Al rato, canturreaba versos de algunas de las canciones populares del día, como si nada hubiera pasado.

María Luisa tomó la cámara y, en la cocina, buscó una bolsa de papel, en donde la guardó cuidadosamente. Buscó el lugar más recóndito en la alacena y, detrás del saco de arroz y el de habichuelas, ocultó su nuevo secreto.

Esa noche, luego de que José María se fuera a dormir, María Luisa no se sorprendió cuando Pedro le dijo sin motivo alguno: «Habrá guerra en Europa». Y sin esperar que María Luisa respondiera, continuó:

—Pienso que Miguel habrá de regresar a España. Franco está entronizado y a Miguel, ausente y anónimo, se le considera un héroe de la quinta columna. Además, representa ahora un eslabón con Estados Unidos.

—De acuerdo. Lo que está pasando a nuestro alrededor da fe que los gringos no podrían quedarse afuera de una guerra durante mucho tiempo. En algún instante se repetiría lo del '17. En cuanto a Miguel, lo que me apenaría es separarme de mi hermana y mi sobrino.

—Se habla cada vez más de la base aérea en Aguadilla, la base naval en Ceiba, y la defensa de la costa de Venezuela y Brasil… lo de Dakar y, por supuesto, del canal también —dijo Pedro, esquivando el tema de sus cuñados.

—Miguel no tiene escrúpulos, Pedro…

—Sólo un poco menos que yo.

—No es lo mismo. Lo de Calvo fue algo singular, fue un gesto político de los que se vienen haciendo a través de la historia con diferentes resultados, dependiendo quién resulte victorioso. Por un instante estuviste en el sector triunfante. No sé si te arrepientes cuando piensas en ello… —dijo sin esperar respuesta—. Lo de Miguel fue un asesinato masivo de gentes inocentes, y tu argumento de que todo está permitido en la guerra sólo es válido cuando las fechorías las hacen otros, no cuando es alguien de tu propia familia. Es difícil quererlo a ratos y maldecirlo en otros. Si lo defiendo —y lo he hecho— es por mi hermana y su hijo. Tú bien lo sabes.

—Nunca lo he conversado con Miguel porque lo quiero más que a un hermano. Sí, yo… tú también, María Luisa, hemos matado. ¿Es algo en lo que piensas? Para mi todo lo que ha sucedido es un accidente de la época en que vivimos. Nuestra participación estuvo justificada por las circunstancias. Miguel y yo pudimos habernos matado el uno al otro de no haber sido por el respeto y el amor que nos une. Y por ustedes, que son el centro de nuestro universo.

María Luisa lo miró como hacía mucho que no lo hacía. De súbito vio en él al hombre de quien se había enamorado y a quien había dejado de querer por su frío objetivismo intelectual, y su maniqueísmo. Le molestaba también que usara mal sus atributos físicos como arma social y política. Ahora lo miraba como a un personaje de un drama a quien podía olvidar cuando bajara el telón, o como a un galán de cine que en una película representa a un héroe y en otra a un maleante, pero que uno lo quiere de todos modos. Pensó hablarle de la cámara, pero se contuvo. Era demasiado pronto para esa revelación.

Iba a decir algo cuando Miguel, acompañado de Isabel, llamó a la puerta. Pedro ofreció vino y se sentaron cerca del balcón, con las puertas entreabiertas. Tomaron unos sorbos y se percataron de que poco a poco desaparecían los ruidos de la calle.

—¿Tienes tú la cámara? —le preguntó Miguel a Pedro sin preámbulos.

—¿Cuál cámara?

—La del falso marinero. El tío en el zaguán del Tres Banderas.

—No sé a qué te refieres, querido…

—De los tres individuos que nos siguieron el domingo en la noche, el vestido de marinero me siguió hasta el Luna y tomó fotografías que pueden en cualquier momento usarse para delatar mi conexión con el ejército y con *el Colorao* y meternos, por lo menos a mí, en un follón. Lo hallamos muerto de un balazo en el corazón en el zaguán entre el Luna y el Tres Banderas. La cámara que llevaba no apareció por ningún lugar. Quien se lo cargó la debe tener… y es evidente que no fue ninguno de los que estaban con *el Colorao* pues ellos estaban alarmados por el asunto.

—Siento decirte que no fui yo, cuñado… Ni me lo cargué ni tengo la cámara.

—Entonces, ¿quién ha sido, qué ha sido de la cámara?— preguntó sin dirigirse a nadie en particular.

—La tengo yo —dijo María Luisa—. Pero está vacío el cacharro. No tiene película.

Isabel, Miguel y Pedro intercambiaron miradas de asombro y los seis ojos se posaron en lo poco que aún se veía del rostro de María Luisa, que al inclinarse hacia delante en su butaca lo ocultó tras la cortina que formaba su cabello. Se enderezó y se puso de pie. La copa de vino amenazó con derramarse, pero la mujer la manejó con gran destreza según se quitaba el cabello de su rostro.

—No me miren de ese modo— dijo María Luisa—. No me cargué al tío. Alguien puso la cámara en el armario de ropa de cama de tío Mariano. He estado el día entero pensando que habías sido tú, Pedro, el que la había puesto allí. Me tomó por sorpresa cuando traté de sacar el rollo para sólo encontrar que no había ninguno.

—Pero, ¿por qué lo hiciste, con qué propósito? —musitó Miguel.

—Quería saber qué llevaba, quería saber qué secreto nuevo nos habría de atar más a todos estos líos y mentiras que hemos estado viviendo. Iba a llevarlo a revelar a Matías. Lo siento mucho, mucho.

Se volvió hacia Pedro y, bajando aún más la voz, le preguntó si era él el responsable de haber puesto allí la cámara. Pedro, que había permanecido en silencio durante toda la conversación, la miró con un gesto que distorsionó su boca; cambió su mirada, primero a Isabel y luego a Miguel antes de dar dos pasos firmes, sus dos brazos casi en alto, hasta encararse con María Luisa, tomarla por los hombros y darle una sacudirla. Pero este gesto, que dejo atónitos a sus cuñados, fue muy breve. La mueca en el rostro de Pedro se tornó en sonrisa leve, a través de la cual sentenció:

—Alcides Pérez la puso allí. Él mató al falso marinero. ¡Es el espía en la comandancia!

Capítulo 40
Indecisión, finales de 1939

Por qué Alcides Pérez iba a proteger a Miguel, al *Colorao* y su séquito, y luego dejar la cámara en casa de un pariente de Miguel? Y, ¿qué había hecho con el rollo? ¿No debió dárselo al *Colorao* si lo que quería era proteger al grupo? Por otro lado, todo lo que necesitaba hacer era exponerlo y lanzar la cámara al mar. Además, Miguel dio fe de que ninguno de los del grupo del *Colorao* sabía quién era el falso marinero ni qué perseguía con sus acciones. Por el contrario, se mostraron alarmados con el asesinato, que los tomó por sorpresa. Podía ser que Alcides trabajaba por sí solo y que no estuviera protegiendo a O'Toole. Todos estuvieron de acuerdo con las alternativas, aunque Miguel se inclinaba hacia lo segundo: que Alcides trabajaba para otro grupo. La patraña entera podía ser un mensaje a Pedro, y si la intención era que Pedro guardara un secreto, Pérez no contó con la singular relación que unía a los Alcalá. El mensaje parecía ser: ahora tú tienes la cámara y yo los negativos y en ellos están retratados los que estaban con tu cuñado en el tugurio. Se lo puedo divulgar a quien me convenga. Sé dónde viven y cómo entrar cuando quiera. Era una advertencia. ¿Pero, qué efecto quería provocar Alcides con ella? ¿Cuál era la solución al acertijo? Además, ¿cuáles eran sus consecuencias? No eran raras las veces que don Mariano Alcalá dejaba la puerta sin cerrojo. La noche del incidente en el bar, a Pedro le pareció ver entre la muchedumbre cerca de la capilla del Cristo el sombrero panamá que era parte de la personalidad de Alcides. No le hubiese sido difícil al detective acercarse a la Mallorquina, ver allí a don Mariano, venir al edificio de los Alcalá, y dejar la cámara en el piso del profesor, que era más vulnerable y, además, evitaba toparse con una de las mujeres. Y para asegurarse que la encontraran, dejó la cámara en un sitio obvio.

Ninguna de esas especulaciones, sin embargo, tenían tanto significado para Miguel como el secreto de su nueva asignación. Intuía que el viaje que Jacinto Villa iba a hacer a Cuba tenía que ver con la misión que *el Colorao* le advirtió que pronto emprendería y que de alguna forma estaba relacionada con «el tesoro» que mencionó Villa. Sin expresarlo, pensó que a lo mejor el mensaje de Pérez, si es que era un mensaje, iba destinado a él. Me está enviando un mensaje a mí, a quien en realidad no conoce. ¿Por qué? ¿Y cuál es el mensaje?

Recostados en su lecho, le dijo a Isabel:

—La misión tiene que ver con algo valioso... un tesoro...

—No sé de qué me hablas.

—*El Colorao* está involucrado en algo para los gringos que tiene que ver con dinero o algo valioso que no sé lo que es. La misión tiene que ver con eso. Estoy seguro. Villa, que resultó ser un nazi, también estaba involucrado de alguna forma. Yo no conozco al detective Pérez, pero si es un espía, tal y como dice Pedro, no está del lado del *Colorao*. Éste se sorprendió de verdad cuando el falso marino nos retrató, y presiento que en la cámara del marino está la figura del asesino. Si fue el detective quien lo mató, pues la de él. Pero si Pérez es un espía dentro de la comandancia, ¿para quién espía? ¿Para Orbeta? ¿Para la Marina o el Ejército?

Pero ahí se detuvo Miguel, y se puso de pie como si un resorte se hubiese disparado. Isabel tenía las manos en su rostro compungido; sus ojos parecían los de un animal atrapado.

—Es una trampa, Isabel. Alcides Pérez puede que sea espía y pienso que espía para Orbeta y la policía y tal vez los americanos. *El Colorao* está llevando a cabo algo de lo que Orbeta y Winship, ahora Leahy, sospechan. ¿No te parece que tiene sentido que sea esto del tesoro? Es también evidente que Pedro no está al tanto. La información del supuesto tesoro puede haber llegado de

Washington al Gobernador, que aún no tiene con Pedro la relación que éste tenía con Winship.

—Miguel, ¡han matado a un hombre en pleno San Juan! ¡Un espía! Es algo inusual en esta ciudad e indica la seriedad del asunto y la desfachatez de los involucrados. Ese tipo de situación sólo la produce el fanatismo ideológico y la avaricia. Tú eres ahora un peón de estos bandos. ¿Quiénes son? ¿Izquierdistas? ¿Franquistas? ¿Comunistas? ¿Gringos del ejército norteamericano? ¿Avaros y mercenarios tras una fortuna?

—*El Colorao* y sus secuaces los llamaron nazis... Pero se te quedó una posibilidad en tu lista: puertorriqueños anti-americanos... nacionalistas o independentistas.

—¿Qué más da, Miguel? ¿Qué más da? Tú te puedes valer por ti mismo, pero recuerda que está Antoñito, que eres la luz de sus ojos —dijo, con una lágrima en cada mejilla—. Vuelvo y te repito: Madrid era tu tablero, tu escenario, tu mundo; las tinieblas y el anonimato eran tu guarida. Aquí estás al descubierto. No tienes el mismo control de tus acciones.

A la mente de Isabel regresaron las imágenes de la carnicería que había sido la explosión en el Polvorín y de sus ojos fluyeron más lágrimas, y de entre sus manos sobre su boca, ahora emanaron algunos gemidos y sollozos que trataba de contener para no despertar a Antoñito. Una visión se repetía ante sus ojos, que ahora veían a Miguel rodeado del halo de la poca luz reflejada en sus lágrimas, sonriendo sobre un montón de cadáveres y balbuceando «¡Viva España!», y Franco condecorándolo por su fechoría.

Miguel se metió en la cama para consolarla. La abrazó fuertemente contra su pecho y, según lo hacía, sintió una desilusión profunda. Sintió que la sangre se agolpaba en su corazón, y lo que parecía una ráfaga de neblina empañó su mente. No le importaba vivir o morir, no le importaba nada más que el futuro bienestar de su hijo. No sentía nada más. Lo que llamaban amor le pareció en el instante un concepto más bien que un sentimiento. Tenía más apego al futuro de España y la recuperación de los valores perdidos durante tres años de intervención rusa y comunista que a su vida. Pensó también en el único otro varón, además de su hijo, a quien había querido sin exigencias; y temió por la vida y el futuro de Pedro en esta trampa en que habían caído, en esta isla paradisiaca en la que también se engendraban la traición y la mentira. Una de las más grandes traiciones era la complacencia ante la intervención americana a lo largo de 40 años. Si España necesitó de una guerra civil para reponerse, ¿qué podría hacer una pobre isla a la deriva?

Ezequiel Carrillo Blanco llamó «primo» a Domingo Marrero por segunda vez en casi diez años al notificarle su mandato. Marrero sintió la ambivalencia aprisionarlo cuando escuchó la palabra que lo reclamaba, no tan sólo como pariente de un franquista, sino como su nuevo colaborador. En la palabra primo yacía la complicidad de su persona y de su mente. No tenía otra ideología que la libertad y la justicia, pero había sacrificado parte de su integridad en beneficio de la mujer que amaba, y por salvar su pellejo. La sangre que compartía con su primo no mejoraba su afecto a lo que representaba el militar ni lo acercaba a la ideología que dominaba ahora en su entorno. Quería, sin embargo, la recuperación para España, y no se iba a desviar de esa ruta que, para él, era el salvoconducto a la felicidad de su nueva familia. A pesar de la familiaridad expresada por su primo, él le respondió llamándole capitán.

—Domingo, sucede que hay una misión especial que Serrano Súñer y yo, con la anuencia del Generalísimo, queremos que capitanees.

—Recuerde, señor capitán, que he sido degradado a teniente.

—No te pases de listo, eh primo, que aún te tienes que probar y definir —dijo Carrillo Blanco secamente, echándole un mirada punzante a Marrero. Pero la mirada fue tornándose más suave y de súbito el rostro del capitán exhibió una sonrisa socarrona en los labios que, inesperadamente, soltaron una carcajada.

—¡Veo que tienes los cojones de los Blanco, teniente! Me parece que hemos hecho la decisión correcta en mantenerte vivo para que ayudes a reconstruir España. Si haces esto bien te prometo que volverás a tu antiguo rango. Pero no creas que serás mi igual. Yo seré coronel si triunfas como espero que lo hagas. Domingo Marrero se quitó sus gafas y con el pulgar e índice se frotó el puente de la nariz.

Las instrucciones del capitán y la razón para su misión le sorprendieron. Jamás hubiese pensado en una artimaña tan singular con miras a prevenir y tratar de resolver un futuro problema internacional. Por primera vez pensó conscientemente que, después de todo, se explicaba bien por qué Francisco Franco había llegado a ser uno de los generales más jóvenes de la larga historia de los ejércitos de Europa y por qué, a pesar de tantos posibles candidatos, era él el Caudillo.

Lo maquiavélico del plan dibujó en el rostro del capitán una sonrisa de enorme satisfacción. Se estaba felicitando por su participación en el plan, aunque dejó claramente expuesto que había sido idea del Caudillo, perfilada por él y Serrano Súñer. Como Marrero no estaba en posición de cuestionar esto, concluyó que era cierto y no una intención de su primo de congraciarse más de lo que estaba con el Generalísimo.

A fines de mayo había zarpado desde Boulogne hacia Veracruz, el *Vita*, un barco mercante con un tesoro de alhajas y oro que había sido confiscado por el Gobierno republicano a simpatizantes nacionalistas al comienzo de la guerra. Estaba escondido en fardos que llevaban azúcar sin refinar que dificultaba su detección. Hacía meses que el *Vita* anclaba en Cuba, esperando la llegada de un yate al cual se transbordaría el tesoro para llevarlo a México, donde se destinaría a sostener al gobierno republicano en el exilio. El título al tesoro lo tenía Indalecio Prieto -quien había sido uno de los más destacados miembros del Gobierno republicano-, que se hallaba en Chile en la toma de posesión del nuevo Presidente de esa república, y que recibiría en Veracruz el cargamento. El secreto del contenido de los fardos, que al principio sólo el capitán del yate sabía, ahora circulaba sin obstáculos entre los servicios de inteligencia. Los agentes de la Abwehr (el servicio de inteligencia militar alemán) y la Gestapo habían notificado al gobierno franquista que habían descubierto que fuerzas clandestinas asaltarían el yate para apoderarse del tesoro. A pesar de la necesidad del dinero y el oro, Franco no quería causar un episodio que fuera a inflamar a los americanos en su contra -tenía las manos llenas con Stalin, Hitler y Mussolini-. De modo que concluyó que lo mejor era dejar que el tesoro llegara a México a las manos de Prieto. Esto intensificaría las peleas de los líderes republicanos en el exilio -ya había agrias discusiones entre la Pasionaria, Negrín y Prieto- y expondría la paradoja que era la lucha interna de un grupo de socialistas-comunistas por un tesoro adquirido ilegalmente y en violación de los derechos de ciudadanos honestos.

Al momento la opinión mundial estaba en contra de la Unión Soviética, que había intentado invadir Finlandia y que, según Franco, era responsable de más de un millón de asesinatos en la España republicana. La misión de Marrero era asegurase de que el tesoro completara su travesía de La Habana a México. No estaba claro quiénes intentarían robarse el tesoro, pero fuera como fuese, Marrero tenía que evitarlo a toda costa. Tenía órdenes que, de ser necesario, matara a los piratas. Lo acompañarían en su viaje su aún leal ayudante Paco Ortiz, y Florencio Hernández -sargento de información secreta del héroe de la batalla del Ebro, el general Yagüe-, que era uno de los que había recibido las comunicaciones de la Gestapo. Era un iracundo silencioso, y no tenía piedad: había matado a cientos, muchos de ellos con sus propias manos. Era escalador de montañas y no existía muralla o muro que le impidiera el paso.

Capítulo 41
La misión, finales de 1939

Pedro González se olía que algo importante estaba sucediendo. La atmósfera en Fortaleza estaba caldeada y la hacía peor el vaho del calor inusitado que se sentía, a pesar de ser principios de diciembre. Leahy y su mujer habían decidido vivir en el pabellón de los invitados en vez de en los aposentos destinados al gobernador en el Palacio de Santa Catalina. Era, en parte, para evitar las fiestas que habían caracterizado la administración Winship, pero también para distanciarse de los empleados, ya que en la mentalidad naval del Almirante las relaciones se hacían a base del rango de las personas. De modo que Pedro no había podido penetrar muy bien las capas de secretos establecidos por un gobernante que, además, de momento a momento, temía por su vida y así lo expresaba a cada instante. Pero las visitas constantes desde finales de noviembre de Orbeta, oficiales del ejército y la marina, a quienes Pedro no conocía, sin que hubiera un motivo interno en la política puertorriqueña, le indicaban que algo complejo estaba sucediendo o estaba por suceder. Pensó buscar en el escritorio de Leahy algún documento que le diera una pista de lo que intuía y tenía un plan esbozado para ello cuando, un día en que aún después de las nueve de la noche laboraba traduciéndole unos papeles al Gobernador, oyó voces que pasaban por el Salón de los Espejos en dirección a la terraza, e inmediatamente reconoció la presencia de Orbeta y de Alcides Pérez. Era evidente, por lo que decían, que Leahy los esperaba.

Tuvo que irse a su casa pensando de qué tema se trataría en la visita de Orbeta y, en particular, qué hacía allí el detective Pérez, presunto asesino y espía. No tuvo que esperar ni pensar mucho, pues a la mañana siguiente le sorprendió la llamada, por primera vez desde la llegada del nuevo Gobernador, para tomar una taza de café con él. Luego de algunas frases amistosas, el Gobernador entró de lleno en el asunto que le inquietaba.

—*I have excellent reports on your* lealtad y servicios a la gobernación a pesar de la situación difícil del anterior titular. Todos me dan buenas opiniones de su capacidad intelectual, su discreción y conocimientos sobre inteligencia militar. Su comportamiento en el viaje por la isla con el Dr. Garrido fue ejemplar. Estoy impresionado por su buena presencia y sus dotes sociales. El capitán Orbeta, además, da fe de sus ejecutorias en el caso del espía de los *Fleet Problem XX*; su perspicacia puede haber salvado muchas vidas pues, aunque no se encontró nada más peligroso que lo sucedido en el *Nostromo,* el asunto nos demostró la vulnerabilidad de este hemisferio a las fuerzas malditas del terrorismo. *Evil can hide anywhere, Mr. González* —enfatizó el almirante Leahy.

—Lo sé, Gobernador. Lo he palpado a través de mis propias experiencias en Madrid contra un enemigo que usted, como norteamericano, sólo ha percibido a distancia. El terrorismo y la quinta columna son una maldición. Estoy seguro de que usted y el presidente Roosevelt se percatan de que lo ocurrido en España es una mera muestra de la ambición de los nazis. Y si me lo permite, con profundo respeto, le pido que mantenga la mirilla puesta en cualquier actividad que tenga el más mínimo aroma del expansionismo fascista alemán e italiano.

—Lo que me han dicho de usted es verdad. Comparto sus creencias. Sin embargo, es necesario que también entienda que su lado en España representa un extremo inaceptable en América para el Presidente y para la mayoría de los ciudadanos norteamericanos. Una cosa es la democracia y otra son las acciones de los comunistas y un Stalin tras bastidores. Usted está al tanto, me imagino, de las atrocidades que ha cometido y de sus verdaderas intenciones, me refiero a Stalin. Por otra parte, tenemos indicios de que los franquistas siguen aún demasiado cerca de los nazis.

—Pues sí, Gobernador. No soy un ideólogo comunista, *sir*. Mucho menos fascista. Más bien comulgo con muchas de las ideas liberales del Nuevo Trato y con las bondades de la democracia. Estoy a su disposición para ayudar a este país. Mis lealtades con el Gobernador Winship se referían a su posición, a su cargo, no a sus métodos o ideas extremistas. Espero que usted así lo crea y lo perciba.

—*Well put, Mr. González!* Su capacidad para exponer su posición y ser maleable en sus creencias es señal de gran madurez personal y política. Voy al grano.

Leahy mordió un pedacito de pan que reposaba en el platillo de losa de la vajilla Limoges -provista por la Marina de Estados Unidos- con la que habían habilitado la mesa, y tomó con parsimonia un sorbo de la taza de café con leche, que era tan pálido como su traje de dril amarillento. Masticó lentamente sin quitar su mirada del rostro de Pedro.

—*We have a situation, Mr. González. We need* su ayuda. Sabemos que nos ayudará por muchas razones. También quiero que entienda que, pase lo que pase, haremos lo que sea para que no se sepa que lo está haciendo por mandato de la gobernación, lo que quiere decir de la alta jerarquía de Washington.

—Diga usted cómo puedo ayudar, señor Gobernador.

—Es usted mejor de lo que *I have been told*. ¿No quiere saber si hay algo en esto para usted y los suyos? Eso me impresiona tanto que le diré que habrá una recompensa significativa, pase lo que pase. Lo felicito y agradezco su lealtad. Esta es la situación. Lo que le digo no se lo he dicho yo ni tendrá prueba para sustentarlo, ni ha de comentarlo con su familia, de la que nos haremos cargo de pasarle algo a su persona.

Y procedió a explicarle lo que sucedía, y qué tendría que hacer para tratar de impedirlo.

DOMINGO MARRERO, acompañado de Paco Ortiz y Florencio Hernández, abordó en el aeropuerto de Madrid-Barajas un cuatrimotor oficial que lo llevó a Lisboa, de allí a las Azores y de esas islas a La Habana. Iban con pasaportes nacionales y con cédulas que los identificaban como industriales y comerciantes representando al nuevo Gobierno de España. Arribaron por la tarde del 8 de diciembre, día de la celebración de la Purísima Concepción. Los recibieron miembros del Gobierno y un grupo de patrocinadores franquistas, emigrantes españoles que habían estado del lado de Franco durante la guerra y que, aunque desconfiaban de la influencia de Fulgencio Batista detrás del Presidente cubano y de sus flirteos con los comunistas, sabían que Batista era proamericano.

Una vez instalados en sus habitaciones, todos se reunieron en la de Marrero, quien miraba a la bahía, y con sus binoculares militares divisaron el *Vita,* que reposaba de forma plácida y humilde entre otras embarcaciones en el mar, que en ese momento tenía muy poco oleaje. Unos metros más al sur, una marina con embarcaciones de varios tamaños relucía con la ostentación de sus dueños que, ya de vuelta de sus aventuras pesqueras, le daban la espalda al sol moribundo que teñía el horizonte con colores similares a los tragos y aperitivos que apuraban en los predios del club de yates. Un gran yate de madera y metal se destacaba bastante cerca del *Vita*. Llevaba las banderas de Cuba y de la República española, y su presencia y nombre, *María Cristina*, delataba que había sido propiedad de la realeza. Tenía unos cincuenta metros de largo y llevaba tanto mástiles como chimenea. Hernández hizo unos apuntes de sus observaciones, incluyendo la hora: era un poco más de las seis de la tarde.

Cambiaron sus trajes por ropa oscura de faena con chaquetas negras de cuero liviano y botas negras con suelas de goma, y salieron del hotel y caminaron hasta la marina. Una vez allí, se toparon con Juan Ayala, uno de los hombres que los habían recibido en el aeropuerto. Los llevó hasta un muelle en el que estaba anclada una lancha de unos diez metros, con motores potentes. Ayala y Pepe José, capitán de la lancha, los recibieron a bordo, donde les ofrecieron una cena fría de ensalada de langosta, camarones, ostras y almejas. Hablaron de cómo llegar al *Vita* o al yate, según fuera necesario. Pepe José sacó un papel con apuntes que comparó con el de Florencio. Comprobaron que el yate había aumentado de peso: su línea de flotación estaba más cerca de sus barandillas. Era evidente que el traslado de la mercancía se había completado durante las horas que tuvieron para cenar y hacer sus planes. El borde rojizo del horizonte contrastaba con el color púrpura de la noche, ese color que a veces acompaña el atardecer en el campo castellano. Dos grandes nubes tapaban intermitentemente la luna llena.

Según quitaba las amarras de la lancha y los otros tres hombres continuaban dentro de la embarcación discutiendo su estrategia, Pepe José escuchó el ruido de un avión. Alzó la vista y lo vio amarar más allá de donde estaba anclado el *Vita* y no muy lejos del yate. Encendió los motores de la lancha y se dirigió lentamente hacia la *María Cristina*. La lancha arrastraba otra de goma azul oscuro que parecía fundirse con el color del agua de la bahía. Todos salieron a cubierta, se miraron entre sí y se pusieron los cinturones de balas con pistoleras que les había suministrado Pepe José, y se cercioraron que funcionaran bien sus pistolas automáticas. En dirección hacia la marina venía la barcaza de la *María Cristina* con unos diez hombres, que constituían la tripulación del yate, rumbo a pasar un buen rato en tierra. Ayala sacó de una funda de lona una escopeta de cañones recortados y Pepe José un rifle de gran poder, con mirilla. En el lado del timón, un sostenedor de metal servía para poner el rifle en posición y darle el equilibrio y la estabilidad necesarios.

Según se acercaban a la *María Cristina,* Pepe José disminuyó la marcha de los motores y se detuvo a unos diez metros de la popa del yate. En un momento en que la embarcación se movió, se divisó la punta de las alas y uno de los flotadores del avión anfibio: «No hay tiempo que perder», dijo Florencio.

Ya muy cerca del yate, con la lancha anclada, Marrero, Paco, Florencio y Ayala subieron a la lancha de goma y fueron remando hacia el yate, mientras Marrero y Florencio continuamente divisaban con sus binoculares la cubierta. A escasamente dos metros del yate, Paco Ortiz vio por primera vez a un marino con una escopeta custodiando la cubierta a babor. Según su información, quedaban en el yate el centinela, un alférez y el capitán. Siguieron remando bajo la oscuridad que otorgó momentáneamente una de las grandes nubes tropicales, hasta estar junto al yate, cuya barandilla estaba a un par de metros sobre sus cabezas. Florencio lanzó uno de sus ganchos con soga y tiró de él para cerciorarse de que estaba fijo en el borde de la embarcación. Mientras Pepe José arrimaba más la lancha de goma, Florencio subió al yate con la destreza de un gato. Una vez a bordo, vio que el centinela estaba tomando la curva de estribor. Llegó hasta la escalerilla más cercana a la lancha de goma y la bajó. En pocos momentos Marrero y Paco subieron a bordo.

Capítulo 42
Abordaje, diciembre de 1939

Los tres hombres bajaron al salón principal del yate. Los pasillos estaban a media luz; el de un costado del salón, oscuro; por ése, se acercaron a una de las ventanillas del comedor. Pudieron ver a tres hombres desconocidos: uno era pelirrojo y pecoso, y por su hablar entendieron que era americano; el otro era un hombre rechoncho con acento asturiano, pero con frases caribeñas entrelazadas en su hablar. Hablaban con el capitán del barco y con otro hombre, del que sólo veían las piernas, que se limitaba a hacer sonidos de asentimiento. En la mesa ante ellos había botellas de Bacardí y de Scotch, y botellas de agua de soda y Coca-Cola. Hablaba el capitán:

—Mi responsabilidad está limitada a llevar este cargamento a Veracruz. No tengo ninguna otra orden que me desvíe de esa ruta. Ya he esperado casi siete meses en Guadalupe la orden para llegar hasta aquí y este maldito encuentro. Joder, soy lobo de mar, no sirena varada.

—No se queje mucho, capitán —dijo Cabrera—, que su remuneración es bastante adecuada, según entiendo. Aunque este cargamento está ahora en aguas de Cuba, en poco tiempo, en un abrir y cerrar de ojos, estaremos en aguas de Estados Unidos. Es adonde nos han indicado que debemos dirigirnos.

—Aquí tienes tus *papers and your orders*, mi capitán — dijo *el Colorao* señalando un sobre grueso lleno de papeles—. Ahora esto le pertenece a los *United States of America. I hope you understand.* Ya viste los papeles. Todo está *very clear*, quereimos *that you make our* trabajo simple, amigo.

—Bueno, bueno. Estas órdenes están en inglés y no estoy seguro…

—Pero, ¿a qué le temes, capitán? De hecho gracias al amigo Rusty aquí has conseguido que se te dé un bono, por los inconvenientes que puedas haber tenido. Además, piensa que estás mucho más cerca de los cayos de la Florida que de Veracruz.

El capitán miró a Cabrera, al *Colorao* y al otro hombre que hasta ahora permanecía en silencio. Se rascó la barba frondosa que ocultaba finas facciones y una quijada inferior débil, se quitó la gorra y se alisó el cabello. «Bueno, vamos a buscar los documentos de viaje para cambiarlos», dijo. Fue a la caja fuerte que se escondía sobre la barra del salón y la abrió. Al darse la vuelta tenía una pistola automática en su mano izquierda.

—¿Quién coño se creen que soy? No soy un pelma que nació ayer. Hubo tiempo de sobra para que se me avisara cualquier cambio de plan y no ha sido así. Lo que hay en ese cargamento lo he de defender con mi vida si es necesario. Ahora quiero que bajen a su botecito y vuelvan al avión en que llegaron y se marchen antes de que llame a la policía marítima para que los venga a arrestar por piratería. El único que puede cambiar mi destinación es don Indalecio.

No pudo terminar la oración pues un tiro de la pistola con silenciador de Rusty *el Colorao* le traspasó el cráneo al capitán. Se desplomó sin pausa, como un saco de vegetales blandos. Su escaso cuerpo no hizo mucho ruido y quedó al pie del bar.

Miguel y Cabrera se miraron y el último recalcó que había que subir a bordo a Worthington, que estaba en el avión y sustituiría al capitán para la travesía a Cayo Largo. Rusty se lamentó de que el capitán hubiera puesto resistencia ante la oferta de más dinero. Miguel, por fin se expresó:

—No entiendo. Si este cargamento es de Estados Unidos, ¿por qué vamos a los cayos y no de vuelta a Puerto Rico y se lo entregamos a la Marina o al Ejército? Este es un botín español y le pertenece a los españoles. Ustedes dos no tienen ningún derecho a él.

El Colorao levantó su pistola hacia Miguel cuando irrumpieron en el salón Marrero, Florencio y Ortiz. *El Colorao* cambió su blanco de Miguel a los asaltantes desconocidos, y sus primeros disparos dieron en un hombro y el pecho de Florencio; *el Colorao* O'Toole se incorporó de su silla y, con el impulso, corrió a una de las puertas de salida. Cabrera sacó su revólver de la tobillera, pero no fue lo suficientemente ágil: un tiro de Domingo lo alcanzó y lo tumbó al suelo. Quiso volver a disparar, pero Ortiz disparó dos veces y el mortalmente herido Florencio, una, y Cabrera quedó muerto en el acto. Ortiz se volvió, y al ver a Miguel, exclamó: «¡Joder, es Banderilla!» Marrero se volvió y, junto a Paco, miró atónito al prófugo del polvorín. Todos se quedaron paralizados como si la escena del puerto de Valencia se estuviera reponiendo ante una nueva audiencia en un teatro. Miguel reconoció a los dos hombres pero no hizo gesto alguno de atacarlos.

—¡No dispares, no dispares! —le dijo Marrero a Paco, sin saber en el momento por qué. Casi al instante dijo—: La guerra ha terminado.

Pero un disparo sordo que entró por una de las ventanillas abiertas hizo que Miguel se llevara las manos a la cabeza antes de desplomarse.

Los dos hombres se volvieron para buscar al *Colorao*. Llevaba zapatos de goma y no se sentía hacia dónde se alejaba. Ambos reaccionaron yéndose detrás de este nuevo enemigo. Al ir a subir las escaleras se toparon con otra sombra de su pasado: ante ellos, estaba Pedro González, apuntándoles con su pistola. No pareció sorprenderse al verlos y con la mayor sangre fría preguntó que dónde estaba Miguel. Le dijeron, y siguieron escaleras arriba. Era imposible que Pedro no se hubiera topado con el gringo, de modo que retrocedieron hacia donde habían venido. Vieron a Pedro entrar al comedor, pero siguieron por los pasillos que bordeaban el salón del capitán, en busca del americano. En segundos se encontraron ante otra escalera que subía a cubierta; ascendieron con cautela y, una vez en cubierta, se movieron con sigilo hacia la proa. Dos metros más adelante vieron al centinela dormido sobre una *chaise longue*: había celebrado con Bacardí el traspaso de la mercancía. No se había enterado de nada.

Se dieron vuelta y vieron la forma de un hombre que corría a estribor hacia la proa del barco. Corrieron tras él y, al llegar a la punta del yate, escucharon el sonido amortiguado de un disparo de pistola con silenciador que le hacía *Colorao* a alguien que en cuclillas se protegía tras los botes salvavidas. *El Colorao* ahora los apuntaba a ellos dos desde donde estaba trepado en el puente. Se dieron por muertos hasta que el sonido de un disparo reverberó discretamente de los cristales: el fornido cuerpo del americano se desplomó y se fue deslizando poco a poco como una sierpe hasta yacer sobre la cubierta. El tiro le había traspasado el corazón y dejó una pequeña mancha de sangre en su uniforme de militar. Marrero y Paco miraron hacia su izquierda y vieron incorporarse a un hombre bajito vestido de negro que manejaba un revólver *Colt* como el de los vaqueros de las películas. Alcides Pérez había demostrado nuevamente su puntería.

Pérez se identificó como agente secreto del ejército de Estados Unidos, guardó su revólver y se acercó lentamente para enseñarles a los españoles las credenciales que llevaba en una tarjeta plástica que colgaba de un cordón alrededor del cuello. Los dos españoles también presentaron sus identificaciones y condujeron a Pérez adonde estaban Pedro y Miguel. Torres estaba inconsciente pero vivo; su cabeza descansaba en la falda de Pedro González, sobre una toalla que había estado antes colgada en el bar. La bala lo había herido en un ojo. Había sangrado bastante de la herida, pero la hemorragia se había contenido con la compresión que le aplicaba su cuñado con la toalla.

Era necesario trazar un plan que explicara lo sucedido. No podía dejarse evidencia alguna de que Alcides Pérez y Pedro González habían estado en mar o tierra cubana sin que se suscitara un incidente que echara a perder la misión. La tripulación del submarino en que habían llegado a

Cuba controlaba ahora el avión anfibio, del que habían sacado bajo arresto al teniente Worthington, a quien llevarían como prisionero a Puerto Rico. El plan Cabrera-O'Toole de robarse el tesoro lo desconocían Miguel y el piloto del avión anfibio que, bajo órdenes del comandante del submarino, alzó vuelo de regreso a Puerto Rico. El cuerpo del *Colorao* fue llevado al submarino y su muerte se explicaría sin revelar que era un espía. Las órdenes del gobierno español eran de deshacerse de cualquier baja de su grupo, de modo que el cuerpo de Florencio Hernández salió al Caribe por un lanzatorpedos, y sirvió de alimento a los peces en el Canal de la Mona.

La pistola de Rusty terminó en manos del cuerpo de Cabrera que, de esa forma, se convirtió en el asesino póstumo del capitán del yate. Junto a Marrero y Paco Ortiz, Miguel Torres fue trasladado a un hospital de La Habana con el nombre de Florencio Hernández, y con un pasaporte español que así lo comprobaba. En el hospital se certificó que había perdido su ojo derecho como espectador inocente de un tiroteo entre «amigos» durante una visita al yate *Maria Cristina*. La investigación de las autoridades portuarias comprobó la historia.

Domingo Marrero, como representante del Gobierno de España, puso al alférez Ramírez (que estuvo dormido en su camarote durante la batalla a bordo) a cargo de la misión, y le entregó un documento que le otorgaba un permiso tácito del nuevo gobierno para conducir la *María Cristina* a su destino. Los cuerpos de los hombres que se habían «matado uno al otro», el capitán y Cabrera, fueron entregados a las autoridades policiales de La Habana, y el crimen catalogado como uno «pasional», una discusión de borrachos, seguramente sobre asuntos de faldas y dinero. Las autoridades policiales y el médico forense -sobornados de antemano por el Ejército y la Marina de Estados Unidos- se hicieron los de la vista corta sobre el hecho de que los cuatro disparos que llevaba el cuerpo de Cabrera provenían de armas distintas. Sí les llamó la atención, aunque lo descartaron como algo irrelevante, que cerca del cuerpo de Cabrera se había encontrado un pequeño dibujo de un avión y el nombre *Dragon Rapide* escrito bajo el biplano.

Se había descubierto la participación de Rusty O'Toole y Enrique Cabrera como contraespías y traidores gracias a las pesquisas de Orbeta y del detective Alcides Pérez, que en la investigación del «francés a la parrilla» había encontrado información que revelaba el plan de los nazis para arrebatarle un «tesoro» a republicanos españoles, pero que alguien en Puerto Rico iba a tratar de adelantárseles. Pérez, que era espía bajo el comando de Trimmell y Orbeta, siguió al *Colorao* durante varios meses y, junto al servicio de Inteligencia naval, interceptó mensajes en clave entre el gringo, Cabrera y Worthington, el teniente que amenazó a Miguel Torres la noche del episodio del falso marino. La información cayó también en manos de agentes de Abwehr y la Gestapo en Guadalupe, que habían reclutado a Jacinto Villa para que fuera a Cuba, hiciera contacto con acólitos de Hitler, y se incautara del *María Cristina.* Pero el plan se frustró por la intervención inesperada de Miguel Torres, que eliminó a Villa en el *Corinto*, no sólo porque sabía demasiado y lo había puesto en un aprieto, sino por haber insultado a su cuñado.

Alcides Pérez también contribuyó a descarrilar las intenciones de los alemanes al ultimar al falso marino -que también era agente de la Abwehr- que trasmitiría las fotos de los que irían a Cuba a recibir al *María Cristina,* para que no les permitieran ni tan siquiera arrimarse al yate. Las órdenes eran matarlos antes de que partieran de Puerto Rico, que eran la intenciones del trío que siguió a Miguel y al Colorao hasta el Marina Bar.

Las autoridades cubanas despacharon el asunto tal y como se esperaba: rápidamente y con una eficiencia proporcional al pago del soborno. Bajo un sol espléndido colgado de un cielo azul añil y sobre un mar de igual color, la *María Cristina* zarpó hacia Veracruz al siguiente día con un tesoro de casi cuatro millones de dólares en joyas y oro. Una vez en México, Indalecio Prieto, que había arribado de Santiago de Chile dos días antes de la llegada del yate, convenció al presidente mexicano Lázaro Cárdenas de que tenía el título para el contenido de la embarcación y mostró un documento -nunca se supo si auténtico-, que lo atestiguaba. La recién nacida Junta de Auxilio a los Republicanos Españoles o JARE, logró enviar con el dinero que recibió del cargamento a más de 150,000 refugiados que languidecían en campos de concentración en Francia, a muchos países hispanoamericanos, principalmente a Argentina y México. Sin embargo, tal y como lo intuyeron Franco y Roosevelt, el escepticismo mundial sobre grupos de comunistas relacionados con la Unión Soviética y la infructuosa invasión rusa de Finlandia neutralizó cualquier efecto propagandístico de la movida republicana, y las noticias sobre el JARE pasaron a las páginas internas de los periódicos, y salieron de la mente de los lectores, que se olvidaron del asunto.

Capítulo 43
Conversaciones, diciembre de 1939

En el instante en que Marrero vio a Pedro González temió más por sus emociones que por la amenaza que a su vida representaba la pistola con silenciador del *Colorao*. Intuyó que la presencia en el yate de Miguel Torres, Banderilla, y de Pedro González, la Garra, auguraba complicaciones imprevistas de grandes proporciones. Su primo Ezequiel Carrillo Blanco no tenía idea de la participación de estos en el caso *Vita*. En Madrid, las referencias a las hazañas de Banderilla entre los de alta jerarquía en el Gobierno eran frecuentes y comentadas con reverencia. Pocos, sin embargo, podían constatar con autoridad que Banderilla era Miguel Torres. Ahora que la guerra había terminado, un héroe de la quinta columna, desaparecido, tal vez en América, era motivo de leyendas. Por esa razón, frente a Pedro González con Banderilla mal herido en sus brazos, como si fueran una *pietá* caribeña, Marrero decidió que no estaba en sus manos castigar a ninguno de los dos, pensó, de hecho, que Banderilla podía contribuir a sacar España del hoyo en que se había sumido por la guerra, también pensó que a lo mejor nunca tendría la oportunidad que tenía ante sí para aclarar ciertas cosas:

—Lo menos que esperaba era encontrarlos aquí —dijo—. Les ha llegado el momento…

—Marrero, queda poco tiempo. La guerra se acabó y el mundo ha cambiado. Yo no soy nadie, pero Miguel es ahora un gran español.

—¿Quién es Miguel Torres? Y tú, Pedro, ¿quién eres tú? ¿Qué hacen aquí?

—Es la vida la que hace, es ella la que determina nuestras acciones, Domingo. Ahora, ahora… defiendo a España y a mi familia desde Puerto Rico. Miguel también. Pero la vida augura que él podrá regresar cuando quiera a posiciones de envergadura y yo no. No puedo volver a

España por buen tiempo. No mientras esté Franco. Pero fíjate lo que hemos logrado hoy con la ayuda de, ni más ni menos, los americanos: hacer cumplir los deseos de dos de los hombres más poderosos del mundo, Roosevelt y Franco, para ayudar a la patria.

—¿Y por qué no lo pensaste así antes?

—No seamos hipócritas, por favor. Tú no eres ni has sido otra cosa que un acomodaticio. Igual que yo.

—No lo niego. Por eso estoy vivo y por eso los he dejado vivir a ti y a Miguel. Yo ahora trabajo para los que no hace mucho, tanto tú como yo, llamábamos asesinos. Ahora todos lo somos, los de un bando y otro. Y seguimos matando… ahora con el beneplácito de gobiernos reconocidos: Estados Unidos, por la gracia de Dios, y España, por la gracia de Dios y de Franco.

—Piensa, Marrero, que lo importante ahora es estar vivo para nuestros hijos.

—En mi caso, también lo estoy para el tuyo.

—¿Dé qué hablas? ¿A qué te refieres?

—¿Recuerdas a Ana Pilar?

—¿Cómo sabes de ella? Es una mujer a quien quise mucho, a mi manera.

—Pues ahora la quiero yo como debe de ser. Es la luz de mis ojos. Y el chaval que le dejaste en sus entrañas también.

—¿Qué? No seas cruel, Marrero.

—Es tu hijo al que crío. Se parece a ti, pero ya me encargaré de que no sea como tú, después de todo sólo conoce un padre, que soy yo. No pensé nunca que te pediría algo, pero si hay algo que puedes hacer por mí, es no regresar nunca más a España. Ayuda a tu patria como lo haces ahora: desde lejos.

—No sabía nada sobre el niño, Marrero.

—Y de saberlo, ¿qué hubieses hecho? ¿Hacerla abortar? ¿Dejar tu mujer y casarte con ella? ¿Reconocer a tu hijo?

—Sabes que no soy normal. No tengo las inclinaciones emotivas de otros. Eso me ha servido para poder sobreponerme a este brazo y a esta mano malhechos. ¿Qué quieres que te diga? No, no se lo hubiese dicho a mi mujer. No, no me hubiese quedado en Madrid para estar pendiente de una criatura que tiene una vida por delante y acortar la mía. Quieres saber si soy un monstruo. Pues sí. Pero no tan maldito como para despreciar a mi familia. Es a lo que me debo, Domingo. Si tú has decidido criar a mi hijo como tuyo, te lo agradezco, pero no voy a sufrir por ello. Es asunto tuyo. Y puedes estar seguro de que no haré jamás reclamo alguno de lo que ha sido tu decisión. Es tu hijo y tu mujer. Es algo que siempre respetaré.

—Quiero que entiendas que esto no nos une en un secreto entre amigos, eh. Los secretos atrapan y suelen cobrar alquiler a aquellos que los habitan. Al fin y al cabo es así. No dejes que éste ocupe demasiado espacio en el armario de tus otros recuerdos. Olvídate de que existimos.

—Queda poco para que tenga que irme de aquí. No puede haber el más mínimo rastro de que aquí estuvimos Pérez y yo. Te me escapo nuevamente, como en Valencia. Pero te pido que cuides de Miguel. Lo quiero como si fuera mi hermano y es el tío de mi hijo… y del tuyo. Alguna vez puede que se necesiten tú y él. Nunca se sabe en qué momento alguien puede hacernos daño o vengarse de uno, pero es bueno saber a quién acudir cuando se necesita ayuda, cuándo hay que protegerse de la maldad y la envidia. Recuérdalo, Marrero. Pídele ayuda a Ana Pilar, quien tiene perspicacia e inteligencia de sobra. Te ha tocado la lotería.

Poco después Pedro y Alcides Pérez abordaban el submarino; el mar insaciable se tragó la embarcación. Marrero supervisó el traslado a tierra del inconsciente Miguel Torres, que bajo el nombre de Florencio Hernández y como representante del Gobierno de la nueva España, recibió la mejor atención posible en el Hospital Universitario de La Habana bajo el cuidado de dos discípulos del famoso oftalmólogo español Ramón Castroviejo, instalado en Nueva York desde 1927. Los dos médicos cubanos hicieron que sus técnicos trabajaran sin cesar hasta prepararle el ojo de vidrio que Miguel tendría que lucir.

Banderilla no dio señales de emoción alguna al dársele la nueva. Pensó en todas las cicatrices que llevaba y determinó que las merecía, pero que se las había ganado. Ningún dolor estaba proscrito para su cuerpo. Todo, excepto la muerte, le parecía posible. Tuvo la impresión que de alguna forma Dios lo había protegido y lo seguiría protegiendo, que estaba a favor de su faena contra los comunistas anticristos. Había perdido la mitad de su visión, pero aún le quedaba la otra para leer las nuevas páginas de la historia de España. Una España en la que viviría como Dios manda con su familia.

Lo que su mujer pensaba que era una trampa del destino -estar en Puerto Rico como peón de los yanquis- no era otra cosa que una bendición, un premio por sus hazañas a favor de la restauración de Dios y la Iglesia en España. Puerto Rico podía ser el nuevo vínculo entre Europa y América, siempre y cuando sostuviera los valores de la nueva España, valores que lo haría un paraíso. Eran los valores que él y su familia representaban y en los cuales insistirían.

Dos días después Marrero se presentó en su habitación. El ojo vendado de Miguel incrementaba la expresión amenazante de su rostro. Marrero miró el regalo que le traía al enfermo, un pequeño libro mal envuelto y atado con un cordón. Se lo entregó sin decir palabra. Miguel le quitó el cordón y el papel de estraza: era un ejemplar de prosas y poemas de José Martí.

—Martí. Este es uno de esos tíos que nos odiaba. Es una de las razones por las cuales perdimos el imperio

—Todos fuimos culpables de eso. No tratábamos muy bien a nuestros súbditos ni a nuestras colonias.

—Lo que digas. Ya da igual... Me acuerdo más o menos de tu cara, pero no de cómo te llamas.

—Soy Domingo Marrero Blanco. Pertenecía al SIM. Soy policía. Nada más. Te perseguí desde Madrid a Valencia buscándote para hacerte fusilar.

—¿No crees que es muy tarde para eso?

—Por eso no dejé que Ortiz te matara. Era su intención. Me lo ha dicho. Pero el mundo ha cambiado. Y aunque Ortiz es un hombre de pasiones comunes, no es tonto, eh. Se ha dado cuenta de lo que significaría a nuestro regreso el haberse cargado a Banderilla. No te lo tengo que decir: has pasado de ser un asesino a ser un héroe. Estuviste desde el principio en el bando correcto. Estar en el lado que triunfa otorga laureles especiales, nada que no supiéramos desde los tiempos de la antigua Roma.

—¿Cómo has sobrevivido? Eres rojo.

—Ya te he dicho que soy policía. Es lo que siempre he sido. Además, lo hago muy bien. Y tengo familia en altos puestos.

—¡Ah! Por fin llegamos a la verdadera explicación. Es lo que nos salva, Marrero. La familia. La protección que nos podemos dar los que compartimos la misma sangre, aunque sea una gota. Es lo que hará grande de nuevo a España.

—Comienzo a entenderlo. No era sólo Ortiz, yo también te hubiera puesto ante un pelotón de fusilamiento. Ahora tengo que purgar de mí el odio y la venganza, pero no lo hago por ti. Tengo una familia a quien amo y no quiero contaminarla con mis ansiedades. Aunque parezca un lugar común y una mierda, el amor…

—Exactamente, Marrero, el amor. Todo lo que uno hace, si lo hace por el amor de Dios y con su bendición, está justificado. Todo lo que he hecho tiene su origen en mis creencias de que Dios vela por España y por los españoles de forma especial y preferente. Mi estadía en Puerto Rico corrobora su protección. Hay un grupo a quien Él otorga la capacidad de gobernar sobre los menos agraciados, sobre los menos inteligentes, sobre los desgraciados que han escuchado el canto de sirenas del socialismo y el comunismo.

—A mí nunca me ha dicho tanto. De hecho, nunca le he visto ni se ha comunicado conmigo.

—Pero sabe de ti, Marrero. Si no, estarías muerto en una fosa llena de rojos y comunistas y de esa escoria que son los anarquistas. ¿No te das cuenta de ello? ¿Tienes familia?

—Sí, mujer y un hijo.

—¿Se parece a ti?

—Más a la madre que a mí.

—¿Qué edad tiene?

—Meses.

—Buen tiempo para comenzar a enseñarle respeto por Franco y por España.

—No vine aquí para pedirte consejos de cómo criar a mi hijo. Quiero que sepas que, por un informe telegráfico y una llamada transatlántica, he recibido órdenes de ofrecerte volver a España. Serrano Súñer y el Generalísimo te quieren para ser el segundo comando de la nueva división de Inteligencia militar.

—Tendré que discutirlo con mi familia, pero me parece que ya era tiempo de que dijeran algo.

—No quieren hacer mucho ruido mientras estés en suelo americano. Aún no se ha esclarecido de qué lado vamos a quedar en lo que se avecina.

—Podría dar mucha información de lo que sucede en Puerto Rico, que ha de ser un punto estratégico si EE UU es arrastrado al conflicto. Quiero que entiendas que no soy nazi. Que se vayan a tomar por el culo los alemanes; fuera de España con ellos. Lo mismo con el ravioli Mussolini y los italianos. Espero que el Caudillo así lo vea.

—No tengo autoridad para darte a escoger. Sí te repito que, una vez en Puerto Rico, lo pienses. Lo pienses bien. No sé cuánto durará la oferta. No sé si han pensado en la alternativa de una función a favor de la patria en Puerto Rico. Me parece buena idea. Pero no decido nada.

—Mi cuñado y yo ocupamos posiciones envidiables en el gobierno y la sociedad puertorriqueña. Nuestras mujeres también. Podríamos ser de gran utilidad a la patria.

—Así se lo dejaré saber a mis superiores. Es un milagro que estés vivo. Cuando estés listo, la Marina de EE UU te recogerá en submarino en algún punto que no se sabrá hasta el último momento. Las autoridades pertinentes te llevarán al lugar. No tienes nada de qué preocuparte. González ha hecho los arreglos.

—Es mi mejor amigo y más que un hermano.

—Además, es el padre de mi hijo. No tengo tiempo para explicarte. Dile a él que te cuente. Como tú, es un canalla Pedro González. Adiós. A lo mejor, hasta la vista. Lee bien a Martí, si es que lees.

El rostro de Miguel se fue relajando hasta perder la expresión de poder y desdén que exhibió con Marrero. No entendía bien lo de Pedro, pero lo que sí entendía lo hacía sentir defraudado con su cuñado. Marrero salió de la habitación con la conversación retumbándole en su mente, sobrepuesta en la imagen del rostro del maldito Banderilla, y pensó que debió haber dejado que Ortiz se lo cargara.

Isabel lloró durante varias horas al recibir las noticias de Miguel. Pedro trató de consolarla explicándole que lo había dejado en buenas manos. Que así había sido lo corroboraron en 24 horas, pues a través de las comunicaciones con la Inteligencia de la Marina de Estados Unidos, se le informó a Pedro que Miguel regresaría pronto.

Tanto Orbeta como Leahy estaban encantados con el desenlace de la misión. Había sido resuelto un problema que traía trastornada a la Marina y a la Gobernación desde mucho antes de la partida de Winship. Además del teniente Worthington, dos civiles fueron arrestados en Cayo Largo por participar del complot para apropiarse del tesoro español. Las contribuciones de Alcides Pérez, Miguel Torres y Pedro González permanecerían anónimas, pero serían remuneradas. Los tres gozaban ahora de la confianza absoluta de la policía, el ejército, la marina y la gobernación. Pérez, sin embargo, no había actuado por ninguna de esas instituciones; quería estar seguro de que no habrían nazis en su país. Tenía más que suficiente con los americanos, a los que había que sacar de la isla cuando llegara el momento oportuno.

Pedro González consideró las complejidades de ser espía, y llegó a la conclusión de que nada de lo que ocurría en su vida era totalmente cierto. La vida parecía ser una fantasía tejida alrededor de cada uno por un serie de mentirosos que se congregan a su alrededor.

Le dijo a su mujer:

—Todo es una maraña de mentiras. Todo. Nada es exactamente como se piensa y las palabras no pueden controlar su significado. Una vez dichas se convierten en otra cosa. Esta conversación que transcurre en este instante la recordaremos de forma distinta dentro de unos minutos y de otra forma en unas horas o unos días. La verdad no existe.

—No es que no exista la verdad, Pedro. Pero la única verdad es lo que tienes delante en el instante de reconocer la realidad. Y la realidad sólo existe en lo que ven tus ojos en un momento dado. Ahora, aquí mismo, tú eres la mía y yo la tuya. Lo que decimos dura el breve tiempo en que captamos nuestros mensajes y deseos. Lo demás es parte de lo que llamamos *vida*, algo que vamos formando y cambiando según nos conviene. Cuando estamos lejos unos de los otros, en realidad no existimos. Somos la realidad de otros lugares y de otras personas.

—Así es. La guerra, ¿qué fue eso? ¿Qué diablos fue eso? ¿Qué ha conseguido, sino borrar la memoria colectiva de los que murieron y viciar la de los que hemos sobrevivido? Lo que hemos conseguido, más que otra cosa, es vivir con fantasmas.

—Piensa, por ejemplo, que eso es Miguel: el fantasma de un pasado que ya no existe. Tú mismo eres un fantasma de algo que sucedió en tu vida, en nuestras vidas, y que recordaremos a nuestro modo. El pasado lo escribirán otros. Lo poco que podemos hacer es intentar que el futuro que hemos ideado -ya te lo he dicho antes- sea tan compartido por nosotros tres que nos ayude a llegar a quedarnos en esta orilla, en este paraíso en el que el sol brilla sobre nuestro hijo.

—Sobre nuestro hijo. Sobre mi hijo.

Y la palabra «hijo» dio varias vueltas en su mente y, sin él saberlo, en la de María Luisa, dando tumbos y golpes contra sus cráneos, como algo aprisionado que quería escaparse.

Capítulo 44
Decisiones. Principios de 1940

El regreso de Miguel a Puerto Rico auguraba el fin del enfermizo 1939, cuyo pronóstico fatal estaba asegurado: le quedaban trece días de vida. El decimotercer día antes del comienzo de 1940, un *Packard* negro se dirigía al almacén Cabrera. En él Miguel, el capitán Trimmell, a quien Pedro conoció durante el caso del «francés a la parrilla», y otro representante de los servicios de Inteligencia de la Marina de Guerra de Estados Unidos, le dieron las últimas instrucciones al español. Miguel presentó un informe con gran lujo de detalles, y, ahora, le hacían las últimas preguntas necesarias, una serie de indagaciones redundantes que aseguraban la veracidad del relato. Por supuesto, ya tenían en su poder las declaraciones de Pedro y Alcides Pérez que corroboraban la narración de Miguel desde que los dos subieron a bordo del *María Cristina*.

El auto se detuvo frente al almacén. Al apearse y despedirse de sus acompañantes con tan sólo un gesto de la cabeza, Miguel alcanzó a ver una luna fantasmal que aún flotaba sobre la bahía de San Juan esa mañana. La transparencia y fugacidad del satélite lo hizo consciente del finísimo vendaje blanco sobre su ojo derecho que dejaba entrever y por ahora protegía el ojo de vidrio creado por los técnicos del Instituto Oftalmológico de la Universidad de La Habana. Desde su hospitalización, sentía que era otra persona, algo que había percibido conscientemente por primera vez en su conversación con Domingo Marrero. Se sentía vulnerable por primera vez en su vida. Pensó en Isabel, en el porvenir de Antoñito. Las palabras de Marrero lo convencieron de que sólo en España podría la familia sobrevivir a lo que se avecinaba. Ya no existía para él un enemigo definido como los rojos o los anarquistas. El mundo estaba dominado por la inconsistencia y el único lugar en el que podía asegurarse la virtud de la disciplina y las metas precisas que necesitaba para encauzar su vida era en el terreno que ahora gozaba del mandato de Francisco Franco, el Caudillo. Allí su familia inmediata tendría ventajas que ahora gozaba únicamente por su papel de espía de los yanquis. España sería el otro paraíso.

En el corto tiempo desde que heredó el almacén del recientemente difunto Francisco Cabrera y le había servido a la Marina de Guerra de EE UU, había acumulado cerca de cincuenta mil dólares, que junto a lo que ahora podría reclamar Isabel de la cuenta Suiza de su padre, vivirían como ricos en Madrid. Ahora sólo restaba dejarle saber a su familia que le tocaba regresar. Le dolía saber que Pedro tenía un hijo que era el producto del engaño. Se sintió defraudado hasta que a su mente regresó la imagen de la mexicana con quien compartió un momento de lo que para él era la locura promiscua que reinó en Madrid durante la guerra. Sin embargo, jamás cuestionó su acción terrorista del polvorín ni los muchos que mató por ser rojos o republicanos de otras izquierdas. Esas muertes las había justificado hacía mucho tiempo.

En el almacén esperaban su mujer y su hijo, don Mariano Alcalá, María Luisa, Pedro y José María. Tuvo que mover su cabeza hacia la derecha para ver bien a su hijo, que estaba en el extremo izquierdo del grupo. Reconocía que tenía que hacer esos movimientos para obtener una vista panorámica de un lugar o un salón, en particular si era pequeño. Los fue abrazando uno a uno, y cuando se inclinó para alzar a su hijo y abrazarlo, unas lágrimas rodaron por su mejilla izquierda, algo que no había sucedido desde hacía mucho tiempo. Al llegar a su mujer, la vio rodeada de sus libros, yendo a misa los domingos y algunos otros días de la semana, y conversando con los muchos que necesitarían reeducarse y echar a un lado las malas enseñanzas de tres años de influencia roja. Él tendría su puesto en el servicio de Inteligencia y no tendría que ocultarse jamás. Otros se ocultarían de él.

Isabel presintió que lo que le había sucedido en Cuba era más que un accidente (la versión que se les dio a todos los que eventualmente indagaron sobre el vendaje y el ojo de vidrio) y recibió con gran resignación la posibilidad de dejar atrás a su hermana, a su sobrino y al tío Mariano. ¿Pero no era parecido a lo que podía haber sucedido cuando María Luisa decidió abandonar Madrid sin ella? Ella se hubiera quedado atrás con su pobre madre, su marido y su hijo; pero jamás hubiese aprendido lo que en esta pequeña isla. Su mente se abrió a los conflictos más allá de los de España. Había aprendido de los juegos de poder que se llevaban a cabo en esta preciosa y pobre isla colonizada. Ahora entendía que, cuando les llega la hora, aun los más pequeños tienen luneta en el teatro en que transcurre el drama del mundo. Sin embargo, por mucho que le interesara el destino puertorriqueño, la motivaba más el de los españoles. Además, su hijo era español y tendría un mejor futuro en su tierra bajo la protección de los valores fundamentales que fueron el faro que guió a sus padres.

Al abrazar a Pedro y ver su sonrisa, aquella que especialmente guardaba para él y que nunca usaba para nadie más, Miguel le perdonó sus debilidades, le perdonó su ocasional irresponsabilidad, le agradeció el haber ido a Cuba y salvarle la vida. En este momento se percataba que así era: Pedro le había salvado la vida. Estaba de regreso a Puerto Rico por esa única razón. Los yanquis y su gobierno querían salvaguardar el tesoro de los republicanos por motivos políticos y les importaba un bledo su vida. La ironía de lo ocurrido en el yate fue el descubrimiento de que Domingo Marrero transitó de republicano a nacionalista con ayuda de sus familiares los Blanco, y que ahora cuidaba de un infante que era producto de la misma sangre que compartía su hijo Antoñito con José María. La vida era sólo un dolor en la cabeza del destino.

Al abrazar a Pedro le dijo al oído: «Te quiero más que nunca». «Y yo a ti», respondió Pedro.

Para los nueve años que tenía, José María González era un chico más alto que el promedio y ya se vislumbraba que sería tan guapo como su padre, con la ventaja de que no tenía ningún defecto físico. Todos en San Juan lo conocían de vista y de nombre. Hasta los limpiabotas y los barrenderos lo saludaban cuando se acercaba a la Plaza de Armas a lustrar sus zapatos Buster Brown. Y las dependientes de la farmacia Colonial y Matías Photo Shop, los almacenes González Padín y la tienda Mirabal, lo llamaban y le daban besos y le decían lindo y le daban más besos. Los guardias en la Fortaleza le permitían entrar en los jardines de la mansión ejecutiva donde se sentaba a mirar los barcos que entraban y salían de la bahía. Le gustaba muchísimo verlos según pasaban cerca de Isla de Cabras, y mucho menos verlos anclados en la marina cerca del almacén de su tío.

A veces lo acompañaba su primo carnal Antoñito, que también tenía muchos admiradores pero que, como su padre, era más serio y recatado. Sin embargo, su sonrisa incrementaba su hermosura. Como su primo, era más alto y fornido que el promedio de sus compañeros. Los dos primos eran muy inteligentes y estaban entre los mejores estudiantes de la Escuela Modelo. Tanto en la escuela como en misa los domingos los dos primos eran el blanco de las miradas de las niñas que iban de la mano de sus padres. Cuando otros varones les hacían burlas y les llamaban mariquitas por ser hermosos, los primos se volvían feroces, y en más de una ocasión les dieron bofetadas a los groseros. Pero eran caballerosos, zalameros y sabían cómo comportarse con los adultos, de modo que, ante la evidencia de que eran los otros los que se entrometían con ellos, siempre salían airosos de sus escaramuzas. Varias personas, sin embargo, detestaban la ascendencia de las españolitas y sus familias y, por lo tanto, despreciaban en silencio a los chicos.

¿De dónde salía el dinero de estos refugiados?, se preguntaban a pesar de que se sabía que don Mariano Alcalá era un hombre, si no rico, acomodado, y que el exitoso Almacén Cabrera era de la familia. Era en verdad una pregunta retórica ya que ninguno de los Alcalá demostraba otra cosa que no fuera recato y modestia en el vestir y en su modo de vivir. Siempre iban bien vestidos a las muchas fiestas de sociedad en casas privadas o en clubes como la Casa de España y el Casino de Puerto Rico, en el nuevo Normandie, y durante la gobernación de Winship, en Fortaleza, pero no eran ostentosos, y no hablaban nunca de dinero.

Era por esto que muchos envidiosos no los querían y habrían hecho cualquier cosa por hacerles la vida imposible. Peor era para otros el hecho de que parecieran simpatizar más con las ideas de Muñoz Marín que con la unión permanente con Estados Unidos, a pesar de trabajar con los norteamericanos. ¿Cómo era posible tal contradicción? ¿Qué sabían estos refugiados acerca de lo que pasaba en Puerto Rico? También, les incomodaba que, porque tenían acento español, la gente se creía que sabían algo especial. Era todo pura labia, en particular el viejo Alcalá con su hablar complejo y sus referencias pedantes a filósofos, historiadores y poetas; eso que lo dejara para los intelectuales liberales de la Universidad.

Como no se atrevían hacerle frente a los Alcalá, algunos molestaban a los dos españolitos. Sobre todo había un político, senador, que cuando se encontraba o se cruzaba con uno de los niños en ambientes sociales, le decía cosas tales como: «No sé cómo viviendo en Puerto Rico no conoces las cosas nuestras. ¿Cuándo vas a aprender a hablar como un puertorriqueño?» Al principio José María -a quien iban dirigidas las diatribas la mayoría de las veces, porque era el mayor- no respondía, pero le enfurecía que la impertinencia fuera acompañada de carcajadas. Después de varias veces de escuchar lo mismo, José María le respondió un día: «Cuando usted aprenda a hablar español».

El tipo se indignó, pero no podía contar lo sucedido sin incriminarse, de modo que se dio a la tarea de vengarse del chico. En una fiesta de cumpleaños en Miramar en que los niños, incluyendo a su hijo de diez años, jugaban parchís e iba ganando José María, se les acercó, y con voz ficticia y melosa les ofreció traerles limonada, pero le dio a una de las esquinas del tablero que descansaba sobre una pequeña mesa y todas las fichas cayeron al suelo. Todos los niños se decepcionaron, excepto el hijo del senador quien, junto a su padre, comenzó a reírse.

Más tarde, cuando los adultos terminaban su almuerzo en una mesa en el patio de la casa, en el instante en que el senador se ponía de pie, José María, aparentando un accidente, le volcó encima el pocillo de café que el hombre bebía. Pidió excusas contrito y aparentando estar muy arrepentido. Sus padres lo regañaron, pero los demás insistieron en que había sido un accidente que podía haberle sucedido a cualquiera. El senador refunfuñó y dijo malas palabras, pero su mujer lo llevó del brazo lejos del grupo.

El anfitrión insistió en que se pusiera una de sus camisas, pero el senador no quiso oír nada de lo que decía y se retiró de la fiesta. Cuando su auto estaba cerca de la esquina casi al final de la manzana en la que se ubicaba su casa, lanzó otro carajo, ahora muy fuerte, y dijo que se cagaba en la madre de los españoles, las españolas y los mariconcitos españoles. A lo que su mujer, descendiente de españoles, dijo.

—¡Jo! ¿Qué tiene que ver lo sucedido con nosotros, guapo?

El incidente, al fin y al cabo, a todos les pareció jocoso, y se rieron del senador y su pataleta. José María se rió por dentro y a nadie le dijo lo que en realidad había sucedido. A su mente infantil vino la imagen de su padre pegándole un tiro en la cabeza a Diego Flores en el piso en el que vivieron en Madrid, y entendió por primera vez lo que es la venganza.

Domingo Marrero hizo su informe del operativo *Vita-*Habana al capitán Carrillo Blanco, quien quedó muy complacido de la ejecutoria de su primo. Después de todo no podía negar su descendencia de los Blanco y, por lo tanto, su capacidad. Ramón Serrano Súñer, ahora el hombre más poderoso de España después de su cuñado el Generalísimo, ordenó el ascenso de Domingo Marrero a capitán y, por si las moscas, perdón absoluto de «cualquier imputación maliciosa contra un gran español que se había dedicado a hacer cumplir la ley durante el caos que fue la República». Franco mismo le envió una carta de su puño y letra en la que reiteraba su respaldo al perdón y le notificaba que, gracias a su ejecutoria, también había hecho teniente coronel a su primo Ezequiel Carrillo Blanco. Le daba también gracias a Marrero por haberse comunicado con Miguel Torres, uno de los más grandes héroes de la quinta columna, cuyo regreso esperaba con ansias para poder poner ese gran hombre en el sitial que se merecía.

Ana Pilar escuchó el relato del encuentro con Miguel, alias el Misterioso, y con Pedro, alias la Garra o el Hermoso, sin demostrar emoción alguna. En el pasado, el sólo pensar en el nombre de Pedro la hacia temblar de emoción y, muchas veces, luego de haber hecho el amor con su amante toda una tarde, tendida en su cama en la oscuridad de su aposento y antes de dormirse, buscaba debajo de las cubiertas sus partes íntimas y se masturbaba. Ahora, la mención de Pedro era como el sonido de las campanadas del mediodía: uno sabe lo que quieren decir y ya no las cuenta. Su presencia estaba en algún sitio recóndito de su cerebro, pero era una visión de sensualidad más que un sentir emocional. Era como si lo que acudía a su mente fuera una película que uno ha visto tantas veces que se puede distraer en las mejores escenas sin perder el hilo de la trama.

Marrero la miraba con insistencia y se quitaba y se ponía las gafas tratando de ver su reacción. Aún sentía que el encanto de Pedro era tan grande para Ana Pilar que él sólo representaba la salvación de un momento. Estaba pensándolo cuando ella tomó su rostro entre las manos y le dijo:

—Te quiero a ti. No hay nadie más en mi corazón, nadie más que tú. El hijo que nos acompaña, nos acompaña a ti y a mí. No hay nadie más. Sus abuelos se harán viejos y desaparecerán y nos tendrá solamente a nosotros y a nuestros otros hijos, si es que vienen. No he tenido un solo momento de duda de que nuestro encuentro fue providencial.

—Yo te adoro Ana Pili y sé que podremos criar bien a nuestro hijo a pesar de su herencia. Miguel, alias Banderilla, volverá a España pronto. Ni tenemos que ver con él ni con nadie más. Yo le trataré, cuando sea necesario, como parte de mi trabajo en la policía militar; no me queda otro remedio. Pero jamás volveremos a ver por aquí a su cuñado, ni tenemos que saber de su vida. Sí te confieso que tal vez cometí un error: le dije al padre el secreto de nuestro hijo. No creo en secretos melodramáticos. Es lo que es y me parece justo que lo sepa. La sangre no llama: los vínculos familiares se forjan a base de las relaciones y de experiencias compartidas; y la paternidad no es algo que otorga un pedazo de papel, hay que vivirla y sentirla.

—Cuando llegue su momento habrá que explicárselo a Manu. ¿No crees?

—Ah, tal vez sería lo justo —dijo ella, y lo calló con un beso.

PEDRO GONZÁLEZ Y MARÍA LUISA se sentaron en la sala luego de que José María se fuera a dormir. Sintonizaron la radio RCA de onda corta que Miguel e Isabel les regalaron en las Navidades y escucharon en silencio primero la BBC y luego Radio Berlín, seguido de la NBC de Nueva York. Las noticias giraban todas alrededor de la declaración de guerra el tres de septiembre de Inglaterra a Alemania, a raíz de la invasión de Polonia, acción que había animado a los comentaristas a predecir invasiones a otros países de Europa. La incertidumbre no partía de si habría o no guerra sino, más bien, de cuándo comenzaría. Los candidatos para caer eran los países escandinavos o bien los Países Bajos, que encabezaban las apuestas por su proximidad a Alemania. Casi seguro esto conllevaría una incursión contra Francia, que se creía a sí misma invulnerable gracias a la Línea Maginot, una red de fortificaciones en la frontera noreste entre los dos países.

—Es un disparate lo de la Maginot —dijo Pedro.

—¿Por qué lo piensas así?

—Toda la línea mira hacia Alemania y las armas están fijadas en los fortines de mampostería y acero. No tiene defensa alguna contra un ataque por la retaguardia.

—Los alemanes tendrían que pasar las Ardenas. ¿No es así?

—¡Exactamente! Debieras estar en Inteligencia… bueno, me olvidaba que lo estás…

—Lo estamos, Pedro, lo estamos.

—Vi a Domingo Marrero en La Habana —intercaló súbitamente.

— ¿El policía del que te escapaste en Valencia?

—El mismo. Me dijo algo que tengo que decirte.

Se levantó y apagó el transmisor.

—Mientras estaba en la investigación del polvorín conocí a una mujer…

—Y te la tiraste como has hecho con tantas otras. No quiero oír tus *pecadillos* sexuales. Me dan igual, anda. Ni tan siquiera puedo decir que notara algún cambio en tu comportamiento hacia mí. Estoy hablando de nuestras intimidades.

—Hay algo más. Tiene un niño.

María Luisa, que lo había mirado intensamente desde que comenzó la conversación, hubiese querido que su mirada entrara en el corazón de aquel hombre para ver qué habitaba allí. No se sintió defraudada ni enfadada. Lo primero que pasó por su mente se lo preguntó:

—¿Es una cualquiera? ¿Una miliciana?

—No, María Luisa. Es una mujer decente y buena. Tanto es así que Marrero se ha casado con ella.

—Te fugaste tú y el policía termina prisionero del bastardo. Hay cierta ironía en eso.

—Mucha. Pero… no te burles de mí. Marrero es un hombre recto e inteligente. La debe querer mucho.

—«La», ¿tiene nombre?

—Se llama Ana Pilar. Es maestra. Será buena madre y Marrero buen padre. Se ha sacado la lotería el chaval que… ya no es bastardo, María Luisa.

—Tú también eres buen padre. Pudimos haberle dado un hermano a José María.

—Aún hay tiempo.

María Luisa no contestó a la insinuación, pero la enterneció que Pedro lo pensara. Se le acercó y le dio un beso en la boca.

—Eres un hijo de puta irresistible. Además, no has hecho nada que no hiciera San Agustín.

Y comenzó a frotarlo entre las piernas, primero muy despacio y luego con un poco más de vigor, según sus lenguas se iban entrelazando.

El almirante Leahy, gobernador de la isla de Puerto Rico, terminó de leer el informe del operativo *Vita*-Habana y la carta que lo acompañaría a manos de Franklin D. Roosevelt, a través del secretario de Interior, Ickes. Una brevísima sonrisa se dibujó en sus finos labios mientras firmaba el documento. Estaba muy complacido con la actuación de los encargados del operativo. Era irónico que los Estados Unidos, el único país industrializado del globo que no tenía un servicio de Inteligencia internacional en esos momentos, dependiera de dos españoles y un puertorriqueño para llevar a cabo una misión que evitaría repercusiones de gran impacto internacional.

Puso los documentos en un sobre Manila y este en el cartapacio de cuero con candado en el que completarían su viaje. Abrió con una llavecita que llevaba en una cadena en el bolsillo de su chaleco otro cartapacio con candado que estaba en su escritorio. Rasgó el sobre que tenía el sello del Presidente de EE UU y sacó el pliego que escondía.

Leyó la carta de Roosevelt dos veces, como si la fuera a memorizar. Un veterano de guerra como él sintió el frío de lo que se avecinaba. De acuerdo con el Presidente, había que acelerar el desarrollo de las fortificaciones en Puerto Rico pues la MI-6, el servicio secreto inglés encargado de operaciones internacionales, tenía información de que los nazis preparaban la invasión de Francia y los Países Bajos. Los asesores de Roosevelt y él mismo entendían que Inglaterra no podría contener por sí sola el relámpago alemán; llegaría el momento en que Estados Unidos no podría mantener su neutralidad. La misiva especificaba que el general George Marshall, recién nombrado Jefe del Ejército norteamericano, vendría a la isla para, junto al Gobernador-Almirante, planificar los últimos detalles del desarrollo de Aguadilla, Ceiba, Cayey, Tortuguero, Salinas y Guaynabo. La MI-6 también alertaba que operaban en el Caribe muchos espías entrenados por la Abwher, la Inteligencia militar alemana. Era necesario tener gran cautela con los preparativos de las fuerzas armadas en la isla.

Leahy se levantó de su asiento y puso la carta en una caja fuerte disfrazada por unos paneles con adornos que estaba en una estantería de libros, a unos pasos de su escritorio. Mientras giraba la agarradera de la caja protectora advirtió que no era de los puertorriqueños de quienes debía protegerse.

Capítulo 45
Truenos y relámpagos. Mayo de 1940

En abril de 1940 Luis Muñoz Marín se presentó en el número tres de la Avenida Miramar en Santurce, para conocer a un amigo de la familia de Julio César y Consuelo Torres, dueños de la amplia casa que le abrió sus puertas. La dueña de la casa les preparó una merienda y los dejó solos para que compartieran sus opiniones sobre el estado político y social de la isla.

Alto, elegante, de ojos claros y sonrisa parca, con un poco de sobrepeso y una mente ágil y analítica, Antonio Fernós Isern era un galeno distinguido. Graduado de la Universidad de Maryland, era escritor de artículos médicos y un intérprete preciso y profundo de lo que sucedía en su país.

Al final de la conversación, Muñoz y Fernós quedaron aliados. Coincidían en lo que había que hacer: deshacerse del abuso latifundista, acabar con la pobreza, mejorar la salud del pueblo, mejorar la educación, eliminar el analfabetismo, reformar los pueblos de la isla con mejores instalaciones sanitarias e iniciar una reforma de la vivienda, que comenzara por la eliminación de los arrabales. Estaban convencidos de que las inversiones militares que se avecinaban beneficiarían a la isla y traerían un auge económico, parte del cual podría ser empleado en muchos de los programas que tendrían que implantar. Acordaron también fijar las relaciones con Estados Unidos en un marco de colaboración que permitiera llevar a cabo un desarrollo conveniente para la metrópoli, pues traería mucho sosiego a una sociedad enferma y explotada. Entendían que la ciudadanía norteamericana, concedida a los puertorriqueños en gran parte por las gestiones del padre de Muñoz, Luis Muñoz Rivera, llevaría a la muerte a los puertorriqueños conscriptos que participaran en la guerra, que ambos pensaban que era inevitable. Quedaban por delante las elecciones de noviembre. Las apuestas estaban totalmente en contra del recién fundado Partido Popular Democrático y de su lema «Pan, Tierra y Libertad» bajo el perfil de un hombre con la pava con letras en rojo sobre un fondo blanco: la sangre del campesino y su familia.

De esa reunión también trascendió que, ante el problema global que se avecinaba, el tema de la independencia no se tocaría. Hubiese sido, pensaban, como azuzar un nido de avispas negras en el patio de los norteamericanos. Con los nacionalistas de Albizu neutralizados, el tema separatista era inoportuno y presentaba riesgos desconocidos. Llenos de optimismo y determinación prepararon, junto a otros destacados puertorriqueños, una campaña política que para ellos equivalía a un ataque contra la complacencia y la injusticia.

A PRINCIPIOS DE 1940 otros dos hombres se sentaron a planificar el futuro de su patria. Francisco Franco Bahamonde y su cuñado Ramón Serrano Súñer, un abogado de gran talento y adversario confeso de los republicanos -quienes mataron a sus dos hermanos y a muchos de sus amigos-, acordaron que con el fin de la guerra vendría el fin de las ideologías contrarias. Desaparecieron por la fuerza anarquistas, socialistas, comunistas, separatistas vascos y catalanes, y la ideología nacional comenzó a unificar a los carlistas, los monárquicos, la Falange -cuya influencia habrían de controlar a la larga-, la Iglesia y el ejército, bajo la consigna de una sola España comprometida con los valores del catolicismo, la familia y la patria. Sin embargo, ninguno de esos grupos recibió dispensas especiales.

Franco, con la parsimonia que supuestamente caracteriza a los gallegos, usó efectivamente toda oportunidad que se le presentó durante la campaña para mantenerse arriba sin arriesgar su vida. Ningún general del siglo XX descubrió tan bien la necesidad de entender la política del contrincante como lo hizo el Generalísimo. Franco, además, usó la política como una de sus armas de guerra más importantes. Previó que destruir España no era conveniente, a pesar de que pudo haberlo hecho. Su paciencia en los sitios de Madrid y de Barcelona permitió que se conservaran dos ciudades que, a pesar de los daños que sufrieron, no fueron aniquiladas hasta sus cimientos como pudo haber ocurrido. Su paciencia también le ayudó a salir de sus enemigos cercanos. Al saber que tras sus espaldas el general Queipo le llamaba «Paca la culona», se las arregló para alejarlo de su lado, y dejarlo fuera de su Gobierno. Otros enemigos no tuvieron tanta suerte como Queipo, y sus destinos terminaron ante los pelotones de fusilamiento.

Aunque más tarde ayudó por un tiempo a los alemanes con bases aéreas y submarinas y con la División Azul en la invasión de la Unión Soviética en 1941, mantuvo a España alejada de la Alemania de Hitler y de la Italia de Mussolini, y libró al país de la guerra europea, luego mundial, que desató el Eje (Alemania, Italia y Japón) sobre el globo. Su meta principal era levantar el nivel de vida de España modificando su economía y controlando las pasiones y los exabruptos que caracterizan a las provincias del país. Lo único que concedió fue que los alemanes continuaran sacando del suelo español hierro y otros metales para su uso en la guerra.

El Generalísimo estableció su independencia, y por ende la de España, cuando en una reunión concertada en Hendaya entre él y Hitler, hizo esperar al Führer media hora porque estaba durmiendo la siesta. A pesar de la pataleta del alemán, el Generalísimo completó su descanso sin interrupciones. Fue la última vez que se vieron. De nuevo, triunfó la atrevida paciencia gallega sobre las fuerzas de la ira teutónica.

Un grupo de oficiales en el alto mando de la Wermacht -las fuerzas armadas alemanas- secretamente odiaban a los nazis, así como lo que representaban. Querían evitar el intento expansionista de Hitler, para lo cual enviaban desde Berlín las noticias de cualquier preparativo que sugiriera que se aproximaba la invasión de Francia. Hans Hausamann, quien era el segundo al mando de la Inteligencia suiza, decidió hacerle llegar estas noticias a los ingleses a través de un coronel checo, conocido entre otros espías por el sobrenombre de «Tío Tom», que operaba en Suiza. Aunque la noticia más importante que trasmitió llegó dos días antes, las Inteligencias belga, inglesa y holandesa hicieron caso omiso, y el 10 de mayo de 1940 Alemania desató contra sus nuevas víctimas la Operación Caso Amarillo, en la que intervinieron dos mil quinientos aviones, bombarderos, paracaidistas, carros armados, tropas masivas, tanques y artillería mediana y pesada. El ataque los tomó por sorpresa y en unos días los alemanes burlaron la Línea Maginot y penetraron las fronteras de Francia, Luxemburgo, Bélgica y Holanda.

El *Blitzkrieg* -la guerra relámpago- que caracterizó las primeras ofensivas de la Segunda Guerra Mundial, se estableció como un nuevo plan de ataque en la jerga bélica.

Capítulo 46
1940. Vichy

A principios de junio Francia estaba a punto de caer, y con el héroe de la Primera Guerra Mundial, el mariscal Phillipe Pétain como primer ministro, el Gobierno francés huyó de París a Burdeos. Pétain pidió un armisticio que trajo consigo la creación de un Estado político en el pueblo de Vichy, adonde por muchos años habían ido los franceses a tomar baños y a beber las aguas de sus manantiales. La política de Vichy era colaboracionista con los nazis, pero al mismo tiempo, en su jerarquía había muchos miembros que albergaban un repudio silencioso hacia los alemanes, rechazo que era la consecuencia de siglos de escaramuzas, batallas y guerras entre las dos naciones. Además de los franceses, tanto los alemanes como los italianos de Mussolini firmaron el armisticio con el nuevo gobierno en Vichy.

Curiosamente, la política interna de este gobierno híbrido e hipócrita estaba basada en la eliminación de la democracia y el regreso a un sistema conservador en el que predominarían lo tradicional, católico y rural, en el cual no cabrían judíos, izquierdistas, comunistas ni extranjeros. Era, sorprendentemente, muy parecido a lo que existía en España, con la salvedad de que, por la distancia física, la colaboración con los nazis no era tan estrecha en el Estado franquista.

Esta similitud no pasó inadvertida para el almirante y gobernador de Puerto Rico William Leahy, a quien el presidente Roosevelt, una vez firmado el armisticio y creado el gobierno de Vichy, eligió como embajador para representar allí al Gobierno de Estados Unidos. Las gestiones del servicio secreto norteamericano, que recién habían comenzado a raíz del asunto del *Nostromo* en el canal de Panamá, junto a las actividades en Francia de operativos de MI-5 -el servicio de contrainteligencia británico-, identificaron a un sujeto que sabían que estaba recogiendo información para los alemanes en Vichy y que vinculaban con el desarrollo de un operativo dirigido a las colonias francesas en el Caribe, desde Dakar.

El conde Robert de Chamartin se había distinguido por sus acciones anticomunistas en la Guerra Civil española y era ahora el agente alemán 318. Se necesitaba alguien que pudiera contactarlo, hacerse pasar por un espía alemán en la oficina del embajador americano, y transmitirle información fraudulenta al conde, a cambio de la buena información que tuviera. ¿Quién mejor que Miguel Torres?, pensaron Leahy y Trimmell. Hablaba español, francés, alemán e inglés. Ellos sabían que había servido en el bando de Franco, en la quinta columna, pero lo habían dejado venir a Puerto Rico con la intención de usarlo como señuelo. Todo hasta ahora había salido bien. Lo que había hecho en contra de los comunistas en España estaba justificado para la Marina de Guerra. Además, dejándolo venir a Puerto Rico habían salvado a una familia talentosa que estuvo involucrada en asuntos en su país que nada tenían que ver directamente con América.

Trimmell le haría los planteamientos necesarios a Miguel, cuyos ingresos ascenderían a treinta mil dólares anuales, sin contar con los que tenía asegurados con el almacén, sitio de captación de información sobre la sociedad y la política puertorriqueñas. La ejecutoria de Miguel y su familia había sido ejemplar.

Cuando Miguel se reunió con Trimmell, le confesó lo único que no había contado en su declaración del caso *Vita*-Habana: que querían su regreso a Madrid para que ocupara un alto puesto en el servicio de Inteligencia de la nueva España. Lo dijo sin temor ni pena, como si se tratara de haber olvidado dar los buenos días a un cliente del almacén.

El rostro de Trimmell adquirió un color violáceo y con las dos manos dio puñetazos en la mesa a la que estaban sentados en una oficina en el Palacio Rojo, frente a la Fortaleza.

—*Who the fuck do you think you are, you cock sucker, mother fucker? What were you going to do, escape? Get on a goddamn boat and sail to Spain? I know you're a tough cookie, but I will have you on a platter anytime, you son of a bitch!*

El militar se puso de pie y volvió a dar otro puñetazo en la mesa. Miguel estaba impávido y lo miraba con recelo, a la expectativa. No llevaba sus botas con el punzón de Banderilla. La última vez que se las puso, para ir a Cuba, no pudo usar su arma predilecta. Trimmell iba y venía por la pequeña oficina. De súbito, Trimmell se le encaró y comenzó a reírse a carcajadas.

—*You're a lucky fuck, Torres! This is perfect!*

El plan de Trimmell le pareció genial al mismo Miguel. Se facilitaría su regreso a Madrid para que allí se uniera al servicio secreto y se le pediría una concesión especial al servicio de Inteligencia militar a través del embajador norteamericano, para destacarlo en Vichy como ayudante especial del embajador Leahy. Miguel le haría ver a su superior, que sería Carrillo Blanco, que iba de doble espía para mantener al Gobierno español informado de todo paso que dieran los aliados que pudiera perjudicar al Gobierno franquista y, en particular, de cualquier posible agresión bélica o económica contra España. Esta sería la verdadera razón para aceptar la propuesta, ya que Estados Unidos aún se mantenía neutral en los conflictos europeos. Leahy había pedido la colaboración de Miguel debido a su labor con la Marina de Guerra en Puerto Rico, en particular en el caso *Vita*-Habana. Además, su presencia allí duraría seis meses, después de los cuales podría regresar a Madrid con su familia, ya que no se esperaba que Leahy estuviera mucho más tiempo que ese.

Cuando Carrillo consultó el plan con su primo Domingo Marrero, a este le pareció una tarea difícil, pero sabía que se necesitaba la sangre fría de Miguel Torres para llevarlo a cabo. Además de recibir información y jugar un poco en el campo del poder internacional, Franco tenía otros motivos. Andaba a la caza de republicanos españoles que tildaba de asesinos y que se habían refugiado en Francia al terminar su guerra. Se sabía que muchos estaban en el sur, pero ahora escondidos, dada la persecución de Vichy contra las izquierdas y los comunistas.

Las fiestas de despedida del Gobernador Leahy y su mujer Louise a principios de 1941 fueron muchas y extensas. En casi todas estuvieron los Alcalá, como colectivamente se les llamaba a los González y Torres con sus mujeres, hijos, y don Mariano. No se dijo nada de que Miguel iba a volver a España, sino de que iba a Francia como ayudante especial del nuevo embajador.

En una interesante maniobra de Pedro, consiguió que el almacén pasara ahora a sus manos. Lo manejaría con María Luisa y dos nuevos empleados. Vendría desde Fortaleza a su negocio dos veces al día para asegurarse de que todo andaba bien. Su contrato en Fortaleza era con la Marina de Guerra y fue modificado apropiadamente para satisfacer sus deseos. Luego de varias negociaciones, la Marina accedió a pagarle a Miguel un sueldo anual por dos años equivalente a lo que perdería por no ser ya dueño del almacén y, además, a pagarle la misma cantidad anual a Pedro el Hermoso por manejar el almacén. Los cuñados eran ahora ricos y poderosos.

El día de la partida de los Torres, José María lloró la ida de su primo y amigo, Antoñito; Isabel fue un mar de lágrimas en los brazos de María Isabel, que dejó caer algunas, y Mariano Alcalá contuvo con gran esfuerzo las suyas. Miguel y Pedro se abrazaron brevemente sin decir nada, y luego de separarse por un instante, volvieron a hacerlo con gran fuerza y grandes palmadas en la espalda, aún en silencio. Los Torres dejaban atrás muchos amigos y recuerdos gratos de una isla que les había servido de salvación cuando menos se lo esperaban. El avión los llevaría a Nueva York, desde donde zarparían a Southampton, Inglaterra, y de ahí en avión a Madrid, donde estarían tres semanas acondicionando su piso, poniendo en orden el inventario que de sus pertenencias rescató el nuevo gobierno de manos de la República, y recibiendo instrucciones de Carrillo Blanco y de los especialistas en contraespionaje entrenados en Francia e Inglaterra antes de la guerra. Al rato de partir, se desató una ráfaga de truenos y relámpagos sobre el aeropuerto de Isla Grande, y enormes gotas de lluvia levantaron sobre San Juan el vaho del verano que dormía sobre el asfalto de las pistas de aterrizaje y las carreteras.

El Gobierno de Estados Unidos alquiló para los Torres una casa en Vichy cerca de la pequeña mansión art déco que era la embajada y el hogar de Leahy y su esposa. Pronto los Torres se involucraron en la vida social del pueblo y en la maraña política del gobierno colaboracionista. Representaban muchas veces al embajador, que asistía a las funciones, pero se quedaba poco tiempo en ellas. Todos espiaban a todos; no se podía confiar en nadie, y toda información necesitaba corroborarse minuciosamente. Miguel e Isabel habían tenido buen entrenamiento en Puerto Rico, donde los chismes, la exageración y el carácter de las personas dotaban a los acontecimientos de un significado fuera de la realidad, que tenía que ser descifrada después de echar a un lado los trapos que colgaban de la verdad. Sus instintos se fueron agudizando de tal forma que se olía de lejos quiénes estaban en busca de información, y así se preparaban para darles la que se merecían. Los Torres odiaban a los nazis y confiaban poco en los agentes del gobierno de Vichy, a pesar de que muchos de ellos también odiaban en silencio no solo a los nazis, sino a los alemanes.

En las funciones oficiales había un enjambre de espías, algunos secretos y otros tan evidentes que lo único que les faltaba era el antifaz. Entre ellos se movían agentes de la Abwehr, el servicio de Inteligencia alemán, del

Buró Central de Inteligencia y Acción, que favorecía la Francia Libre y la Resistencia de De Gaulle, del servicio de Inteligencia inglés, de la Gestapo, de la SD sistema de inteligencia de la SS, y una larga lista de agentes de los gobiernos representados en Vichy. Pero las instrucciones de Miguel eran las de contactar al conde de Chamartin y averiguar qué asuntos mantenían ocupado en Vichy a este verdadero profesional, y si había algún plan relativo al Senegal. Gracias a informes de la Inteligencia británica se sabía de la amistad del conde con un grupo de espías allegados a la comandancia del general Maxime Weygand, que se desempeñaba como alcalde de las colonias francesas del África del Norte, para Vichy. Weygand era antinazi y los alemanes lo tenían en la mirilla, y además sospechaban (aunque no era cierto) que estaba reorganizando las fuerzas francesas en el norte de África para un contraataque.

La elegancia de Miguel no pasó inadvertida para nadie. La cicatriz en el ángulo externo del ojo derecho que brevemente llegaba al pómulo y acentuaba el ojo de vidrio, le añadía un aire misterioso a su figura. De vez en cuando enfatizaba el hecho de la falta de un ojo con un parche o un monóculo de cristal negro. Siempre iba bien vestido y acicalado, y en las fiestas llevaba frac o etiqueta; su estatura y esbeltez lo hacían destacar en las actividades sociales. Añadido a eso, la simpatía de Isabel hacía de los Torres una pareja muy atractiva. Fue inevitable que el conde, una vez que lo conoció, gravitara hacia ellos.

Tenían tanto en común que le fue fácil ganarse la confianza del conde, que era conde de verdad y no un farsante. Aunque entendían que el fascismo era el único antídoto contra la Unión Soviética y el comunismo, no comulgaban con el extremismo nazi; creían en el catolicismo y los valores tradicionales; consideraban que el gobierno era para que los privilegiados le hicieran ver al pueblo el camino a seguir. Estaban de acuerdo en que el pacto entre Hitler y Stalin era un disfraz político en el que la sagacidad del alemán trascendió el problema ideológico para no tener a Inglaterra y a la Unión Soviética en contra, simultáneamente.

Miguel habló con Chamartin sobre Puerto Rico (le pareció que era tema neutral y exótico) y, curiosamente, resultó que un corso pariente de la familia materna del conde había emigrado a Puerto Rico muchos años atrás y cosechaba café. Habían perdido todo contacto con el tal Antoine Chesari. Miguel pintó a Muñoz Marín como uno de los políticos de más magnetismo que hubiese visto y como un ejemplo de la élite intelectual que busca hegemonía social y política, para luego ser un guía para el pueblo. Chamartin pensó que era un planteamiento peculiar el de Miguel, retratar a un socialista intelectual y populista como un prestidigitador de cuyo sombrero democrático sale la paloma de la justicia y la libertad. Pensó que lo que decía Miguel indicaba que «Pan, Tierra y Libertad» como «Liberté, Fraternité et Egalité» era un instrumento para llegar a otras metas. Así le parecieron los beneficios que Muñoz esperaba de la militarización de Puerto Rico. Según el conde, las acciones de Muñoz hacia los americanos no eran distintas a lo que Franco le había extraído a los alemanes e italianos con la Guerra Civil. El desarrollo militar de Puerto Rico le interesó tanto, que Miguel se aseguró de no darle ninguna información de importancia.

Convenció al conde de su gran simpatía por Berlín y de que estaba dispuesto a hacer mucho por el porvenir de Europa. No tardó Chamartin, en la única reunión que mantuvieron solos en la terraza del Ayuntamiento de Vichy, en ofrecerle una recompensa a cambio de información proveniente de la embajada. Miguel comenzó periódicamente a intercambiar documentos de algunos movimientos de los aliados, pero que eran inconsecuentes y suministrados en la embajada por los norteamericanos y el servicio de inteligencia británico. Le pasaba al conde en microfilm documentos de asuntos tales como la visita de dignatarios norteamericanos o comunicados de intercambios entre Estados Unidos e Inglaterra en cuanto a la producción de material de guerra que, aunque eran ciertos, resultaban básicamente inocuos, pero se recibían en Berlín con tanta anticipación que la Abwehr estaba encantada con la labor del conde.

Los intercambios se hacían durante ocasiones sociales para que no hubiese sospechas de que él era la fuente del conde quien, aunque tenía inclinaciones ideológicas claras, era espía profesional a cambio de paga. Como tal, nunca revelaba la procedencia de los informes. Tenían pitilleras idénticas donde en un compartimento secreto llevaban el microfilm: el conde le pedía un cigarrillo a Miguel, quien le daba su pitillera haciéndose el distraído. Chamartin se la echaba al bosillo y pasado un rato le pedía excusas a Miguel por haberse quedado con ella y le devolvía la suya. En el compartimento secreto de la que le devolvía, un papel indicaba la cantidad de francos que le habían depositado en su cuenta en Suiza, de acuerdo a lo que se pensaba que valía la información, que nunca fue menor de quinientos francos. O, sencillamente, intercambiaba las pitilleras en su bolsillo y le devolvía la suya en la que vendría el próximo microfilm en el siguiente encuentro. Nunca se encontraron en ningún otro lugar que no fuera en las fiestas diplomáticas, ni jamás se hablaron por teléfono durante los primeros dos meses y medio de haberse conocido. Ninguno de los dos contaba con que sucediera lo inesperado.

El Dr. Franceschi corroboró que María Luisa estaba encinta. La noticia fue celebrada por todas sus amistades y conocidos. Sus compañeros en Fortaleza compartieron con Pedro como si ya fuese padre, y hasta el nuevo Gobernador le estrechó la mano y dictaminó: «*Well done, Mr. González, well done!*»

El negocio del almacén iba mejor que nunca; Pedro y María Luisa escuchaban con detenimiento e informaban a la Marina de las conversaciones que les parecían relevantes, pero ya no existía en el ambiente la sensación de amenaza que siempre permeó los encuentros con *el Colorao*. Durante los últimos meses de su mandato, Leahy había prohibido las reuniones del servicio de Inteligencia dentro de Fortaleza. Además, excluyó a Pedro de las reuniones de militares, en particular la que tuvo lugar cuando el general George C. Marshall visitó la isla. Ahora, un agente de Trimmell almorzaba periódicamente con Pedro en La Mallorquina o merendaban en La Bombonera, y lo ponía al día de los asuntos necesarios para sus funciones como espía, algunos de ellos eran dichos en voz baja, pero el resto de la conversación podía ser escuchado por los que los rodeaban, pues parecía más bien un intercambio de opiniones sobre asuntos globales. Sin embargo, siempre había un mensaje escondido que Pedro tenía que descubrir. Ese día el mensaje puso a temblar a Pedro.

—Hay evidencias de que el gobierno de Vichy comenzará a arrestar a los extranjeros, en particular a los judíos, para deportarlos o entregárselos a los nazis. No creemos que esto signifique ningún peligro para tus cuñados ni para nuestra embajada, donde trabajan varios judíos de Brooklyn. Te lo digo para que estés tranquilo si escuchas o lees algo desagradable. Como sabes, está acordado que tu cuñado no habrá de comunicarse directamente con ustedes. Sus cartas son enviadas a su dirección en Madrid donde se revisan y se depuran. Las recibirán con unas semanas de retraso. Es una de las exigencias que nuestra embajada en Madrid le ha permitido al gobierno franquista.

—¿No puedes decirme al menos que están bien cuando nos veamos?

—No creo que eso represente un problema. Te lo prometo.

—Gracias

—Hay otro asunto delicado.

—Dime

—Hitler intentará la «Operación León Marino»: la

invasión de Inglaterra, lo más seguro desde Francia. Si expande su control de Francia a Vichy, África puede jugar un papel importante…

—Dakar…

—Exactamente, Dakar. Tal vez nada de esto ocurra, pero la posibilidad de que la guerra cruce el Atlántico no es descabellada. Aunque Brasil nos haya prometido una alianza, sabemos que está infestado de agentes y de simpatizantes nazis.

—El lejano Oriente no se pinta mucho mejor. Japón está haciendo sonar su sable y desarrolla al máximo sus fuerzas armadas, incluyendo su flota.

—Queremos que sintonices las estaciones de onda corta y que nos dejes saber si escuchas algo de esta región que parezca sospechoso. Martinica, Guadalupe y Trinidad son, como sabes, colmenas de espías. No dejes pasar por alto nada, por trivial que te parezca. Ten los oídos abiertos para cualquier referencia al canal de Panamá.

—Así lo haré.

—De más está decirte que sé que vas a ser padre de nuevo. Te felicito.

Se levantó y puso en la mesa un billete de cinco dólares que sacó de uno de los bolsillos del pantalón y le dio una palmada en el hombro. Se puso su sombrero que estaba sobre una silla, bajó los escalones de los arcos abiertos del restaurante, y se fue calle abajo.

Pedro analizó la conversación y descifró que Miguel iba a tener algo que ver con Dakar y la «invasión a Inglaterra». Por un momento le dio envidia el no estar en Vichy en el ajo del asunto, pero en un instante cambió de parecer. Lo que hacía en Puerto Rico era lucrativo y protegería a su familia. Además, no se había sentido en peligro desde la aventura del *Vita*-Habana. Desde entonces su vida se había transformado. Se percató de que su corazón latía muy despacio.

A la delegación de la embajada norteamericana en Vichy la recibieron en el aeropuerto de Tánger en Marruecos los oficiales del mando del general Weygand, y llevaron a sus integrantes al cuartel. Allí fueron objeto de una ceremonia de presentación de armas y de un *briefing* sobre las operaciones francesas en el norte de África. Esa noche a Miguel y los dos *attachés* militares de Estados Unidos, los esperaba una pequeña recepción y cena en el palacio real. Entre los invitados estaba el conde Robert de Chamartin que, según trascendió, era representante oficial de la oficina de Pétain. Ninguno de los que acompañaba a Miguel lo conocía, y el conde se hizo como que acababa de conocer a Miguel. Solo había diez personas en la cena, pero una era un senegalés con uniforme de capitán militar francés -como era de esperarse-, al que Chamartin no perdía de vista. Mantuvieron una conversación *tête-a-tête* casi continua, que terminó al comenzar la cena. Los comensales hablaron entre sí y limitaron sus comentarios a asuntos superficiales de la situación africana, de las posibilidades de guerra en Europa, y, una vez agotados los temas militares que podían discutir públicamente, del efecto del arte indígena del continente negro sobre los cubistas y expresionistas. Tanto el conde como el senegalés demostraron su erudición sobre el tema y sus planteamientos fueron lo suficientemente interesantes como para que Miguel prestara atención a lo que resultó ser una clase sobre las influencias del arte primitivo sobre el moderno.

Casi a medianoche regresaron al Hotel Metropol donde se hospedaban y cada uno se fue a su habitación. En la oscuridad, como era su costumbre, Miguel se quitó su chaqueta, la corbata y cambió la camisa de vestir por la negra de su pijama. Aún llevaba puestas sus botas favoritas. El balcón de Miguel daba directamente a los hermosos jardines del hotel, donde una vegetación exuberante y frondosa, alimentada por un sistema de irrigación que sólo los árabes suelen diseñar, hacía alarde de su belleza, a pesar de las condiciones geológicas y climatológicas que los rodeaban. Miguel salió al balcón a fumar y comenzaba a pasearse cuando la visión de una figura que se dirigía al extremo oeste del jardín lo detuvo. Impulsivamente apagó el cigarrillo y siguió al hombre ocultándose entre el follaje. Se mantuvo a buena distancia del sujeto: era el senegalés.

En el balcón a oscuras de la última habitación de ese costado del hotel, el francés esperaba al africano. No intercambiaron palabras pero sí portafolios.

El militar tomó una ruta distinta a la que usó para llegar al *rendevouz* pero aún así pasó a unos diez metros de donde se escondía Miguel. Una vez que desapareció en el interior del hotel, por la entrada que había más allá de una piscina que adornaba el patio, Miguel se dirigió a la habitación del conde. Lo veía -a través del cristal de la puerta y la cortina transparente que se suponía que dieran privacidad al aposento-, sentado en su cama, de espaldas a donde él estaba, mirando a la luz de la lámpara de la mesa de noche lo que parecían ser planos.

Giró el pomo de la puerta: no tenía el pestillo puesto. La abrió lentamente y se adentró en el cuarto, y cuando estuvo muy cerca del conde, le dijo:

—*Bon soir, Robert.*

—*Merde!* —dijo el francés, sobresaltado por la súbita aparición de su colega espía, y según se ponía de pie, miró una automática que estaba sobre el gavetero.

Miguel se colocó rápidamente entre el hombre y el gavetero.

—Soy yo, Robert. No hay necesidad de esto —y tomó la pistola y la guardó en una de las gavetas.

—Me has dado el susto de mi vida, Miguel. ¿Qué haces aquí?

—Te he dado mucha información, Robert. Tú a mí muy poca o ninguna, y quiero saber qué te trajo el capitán… de Dakar, ¿no? Dijo que era de Dakar y es senegalés, de modo que te debe haber traído algo verdaderamente importante.

—Has cruzado a un terreno que no te corresponde.

Berlín ha pagado mucho por esto…

—Sólo quiero que me digas de qué se trata. Berlín no sólo le pagó al capitán sino a ti. No quiero lo que te pertenece pero esta información la puedo vender yo también. Lo que sea lo van a apreciar los ingleses.

Ya cerca del conde, que ahora estaba de pie, Miguel miró con más detenimiento lo que resultaban ser los planos de la red de fortificaciones en Dakar. Iba a decir algo cuando el conde movió súbitamente su brazo hacia el cuerpo del español. Miguel hizo un movimiento rápido y desvió hacia abajo el brazo de su atacante, pero el puñal del conde le alcanzó el muslo. La punta de la hoja penetró la piel y llegó a los músculos. A pesar del dolor, Miguel agarró con su mano izquierda la muñeca del conde y de un tirón la torció de modo que el francés quedó de espaldas a él, que continuaba retorcíendole el brazo, provocándole pequeños gemidos al condenado.

—*Au revoir, Robert. C'est votre temps de voir le diable.*

El punzón de Banderilla entró hasta su empuñadura por la espalda al nivel de la cintura y cerca de la espina dorsal del francés. Banderilla lo sostuvo allí moviendo la empuñadura hacia arriba y hacia abajo. Lo sacó rápidamente y volvió a adentrarlo varias veces con gran fuerza debajo de las costillas del lado derecho. El estilete crujía según traspasaba los tejidos del hígado y los riñones. Robert no tuvo tiempo ni tan siquiera de quejarse. Miguel sostuvo el cuerpo inerte durante unos momentos, lo arrastró unos pasos y lo colocó en una butaca. Le pareció cómico que el rostro del espía no tuviera expresión alguna y que sólo el párpado derecho estuviera cerrado. «Una pena. Teníamos grandes afinidades», pensó.

Los *attachés* de la embajada y el servicio secreto británico se deshicieron del cuerpo del conde. El desierto terminó siendo su tumba. Un médico a sueldo del servicio británico curó a Miguel, pero debido al daño que sufrieron unos nervios, con el tiempo, su pierna se atrofió un poco y mantuvo una ligera cojera desde entonces.

La información entregada por Miguel era exactamente lo que se necesitaba. Era la razón para su contacto con el conde. Se sabía que habría de estar en Marruecos, pero los servicios de Inteligencia aliados querían comprobar que ya podían prescindir de Miguel. Su labor había terminado.

Los planos de Dakar le fueron bien pagados. En septiembre de 1940 se usaron para un ataque por parte de las fuerzas gaullistas de la Francia Libre, en colaboración con los ingleses, para apoderarse del puerto de la ciudad para prevenirse de los alemanes y los franceses de Vichy. La incursión, sin embargo, fue infructuosa. Los problemas de los nazis en la guerra fueron complicándose con su ataque sorpresa a la Unión Soviética, y descartaron la idea de una invasión del hemisferio occidental desde África.

Leahy en particular quedó complacido por la tenacidad y la determinación de Miguel Torres. Además, admiraba mucho a Miguel y a su mujer Isabel, a ésta, por su soltura social y el respaldo que siempre le daba a su mujer Louise. Durante el resto de su vida los citaba como ejemplo del agradecimiento que le tenían a Estados Unidos los emigrantes, en particular aquellos que cruzaban los mares para vivir en la democracia.

Capítulo 47
Conclusiones. 1941

De vuelta en Madrid, a Miguel y su familia los trataron con suma deferencia. En un ágape para celebrar su nombramiento en el Servicio de Inteligencia militar conocieron, entre otros, a Serrano Súñer, al ministro de Relaciones extranjeras, al conde general Gómez Jordana, al cardenal Segura, arzobispo de Sevilla, y a Nicolás Franco, hermano del Caudillo. El Generalísimo, acompañado de su mujer, Carmen, lo condecoró como un gran héroe de la patria por sus acciones en la resistencia contra la Unión Soviética y el comunismo.

Con sus bienes materiales devueltos y su piso remodelado, Miguel usó la fortuna que había acumulado en Puerto Rico y en su misión en Vichy, más el dinero que reclamó a Suiza —adonde viajó varias veces durante su estadía en Francia—, para adquirir terrenos en las afueras de Madrid, con la bendición de sus jefes y el Caudillo. Algunos terrenos los compró a nombre de sus sobrinos José María y Ricardo y su cuñada María Luisa Alcalá, con el dinero que ésta también tenía en Suiza. Solamente en Majadahonda y sus alrededores, los Torres y los Alcalá adquirieron unas mil hectáreas de terreno, así como otros no muy lejos del aeropuerto de Barajas. Muchos de sus conocidos, bastante celosos por las riquezas de este «indiano», criticaban su «gran estupidez» de querer ser dueño de tanto encinar.

Vivieron en su amplio piso hasta fines de los años sesenta, pues se construyeron un chalé magnífico, lujoso y enorme, rodeado de pinares y de una alta valla con portón eléctrico en el Parque Conde de Orgaz, camino al aeropuerto.

Su hijo Antoñito, su mujer y tres niñas, viven en Mallorca donde tienen propiedades para el veraneo y son dueños de dos hoteles manejados por la red Meliá. Son dueños, además, de una exitosa agencia de viajes con oficinas en Suecia, Noruega, Alemania e Inglaterra.

Miguel echaba de menos a su cuñado y a sus sobrinos y, a pesar de todo, las intrigas de Puerto Rico. También echaba de menos lo que en su memoria le parecía su existir paradisíaco en la isla. Allí se convenció de que las ideas conservadoras en el mundo hispano son herencia española y que sin ellas el hemisferio occidental sur sería una jungla de salvajes que habría que volver a domar.

Una tarde de abril en 1970, volvía don Miguel, como ahora le decían, de comer con algunos amigos no muy lejos de su chalé. Por algún motivo el portón no se abría con el control remoto y se apeó de su Mercedes a llamar para que le abrieran, cuando dos jóvenes, una chica y un chico, se le acercaron montados en una moto. Se volvió hacia ellos cuando se aproximaron y le preguntaron: «¿Es usted don Miguel Torres?»

Dijo que sí con casi una sonrisa que quedó fija en su rostro al desplomarse con ocho balas en el cuerpo que, de las bocas de pistolas con silenciador de los dos jóvenes, salieron como brasas del infierno y le agujerearon la vida.

—¡Que el diablo lo cuide! —dijo el varón, y, según partían en la moto, sacó del bolsillo de su chaqueta de cuero un papelito que tiró sobre el cuerpo.

Era el dibujo del *Dragon Rapide*.

Poco después, ETA -el grupo revolucionario vasco-, reivindicó el asesinato. Hacía tiempo que lo tenían marcado por sus actividades en contra del grupo y por el hecho que sus asesinos etarras eran nietos de una de las víctimas inocentes de la explosión del polvorín. Aunque muchos reconocieron en el *Dragon Rapide* una referencia a Franco y a sus fechorías, nadie le prestó mucha atención al papel. Pero el general Domingo Marrero, que leyó la noticia donde se mencionaba el hallazgo, alzó la vista del periódico y le dijo a su mujer Ana Pilar:

—Las ha pagado por fin el maldito Banderilla.

—¿De qué hablas, papá? — le preguntó su hijo

Manuel, un joven alto y apuesto, que vivía con su mujer inglesa y dos chicos en Londres, ahora de visita en Madrid, y que acababa de entrar en la sala.

—Nada, es algo que sucedió durante la Guerra Civil y que aún no termina. No tiene mucha importancia ni afecta tus quehaceres en el mundo de las finanzas. Te aseguro que a tus jefes de *Lloyds* no les interesaría.

—¡Vaya, papá! No me trates como a un chaval. No creas que no sepa muchas cosas de la guerra. Pero también entiendo que son asuntos desagradables. No me tienes que decir nada. Respeto tu posición en esto.

Les dio un beso a los padres según aparecían en la sala su mujer y sus hijos. Iban a bajar al Retiro a comprar helados.

DESPUÉS DE TERMINADA la Segunda Guerra Mundial, la Marina de Guerra de EE UU continuó pagándole una cantidad mensual a Pedro González por mantener los ojos y los oídos abiertos e informarle de lo que le pareciera importante, pero la Guerra Fría entre la Unión Soviética y EE UU se representaba en otro teatros, y al terminar la guerra en Corea le anunciaron que ya no eran necesarios sus servicios. Pedro, María Luisa y don Mariano Alcalá se convirtieron en dueños oficiales de la propiedad y el negocio. El Almacén Cabrera era muy exitoso y generaba buenas ganancias para la familia, pero ni don Mariano, ni Pedro y María Luisa querían estar atados a él. Lo vendieron por más de cien mil dólares a los dueños de *Plaza Provision*, que traían a la isla un concepto de supermercados en los que se vendía de todo, pero querían las conexiones de importación de los Alcalá sin la competencia de sus relaciones y sus simpatías.

DON MARIANO ALCALÁ RECIBIÓ veinticinco mil dólares por la transacción. Estaba ya mayor y quería dedicarse sólo a escribir. No debía ni un centavo, y sus libros de texto le producían un ingreso constante que, aunque poco, lo ayudaban a mantener la vida social que llevaba con sus amigos en el Viejo San Juan. Su fama como intelectual comprometido creció cuando, durante el conflicto de Corea, en medio de la Guerra Fría, publicó una serie de ensayos en el *New York Times,* y en español y en otros idiomas a través del mundo, en los que repudió la doctrina comunista totalitaria y los actos extremos llevados a cabo en su nombre. Su traducción al inglés del teatro de Calderón de la Barca le valió el Pulitzer del año 1951 e invitaciones a Princeton, Yale y la Universidad de Pensilvania. Ya Harvard le había dado un grado honorífico por su obra, en particular, por su libro sobre la influencia de *El Quijote* en la novela norteamericana del siglo XIX y lo que iba del XX. Como lo había jurado en público, nunca volvió vivo a España: murió en Puerto Rico en 1962. Luego de la muerte de Franco en 1975, trasladaron sus restos a Madrid, según rezaban sus últimos deseos.

LUIS MUÑOZ MARÍN fue la principal figura política de Puerto Rico desde 1940 hasta 1972. La isla tuvo un desarrollo sin precedentes con su plan estratégico llamado «Manos a la obra». Muchos consideran que nadie ha sido en realidad su heredero político, y los principios que juramentó por el bien común se resquebrajaron y se han ido perdiendo, en parte, porque la única ilusión del puertorriqueño, como parece ser la de todos los habitantes del globo, es el dinero. Su entierro fue apoteósico, aunque una versión desordenada y un poco más pequeña que el de Victor Hugo en París.

MARÍA LUISA CONTINUÓ dando clases intermitentemente en la Escuela Modelo y luego en El Perpetuo Socorro. Comenzó a estudiar, con Pedro a su lado, libros sobre la bolsa e inversiones y, luego, de economía y finanzas. Leyó a Keynes con gran atención y lo releyó muchas veces. También estudió a Malthus y Adam Smith. Reconoció que por primera vez compartía un interés profundo con su marido que no fuera el sexo y su amor por los hijos. Su compenetración con la economía y su firmeza como negociadora e inversionista le vinieron muy bien cuando tuvo que manejar las finanzas de la familia, aunque contó con la ayuda periódica de su hijo mayor.

En El Perpetuo Socorro dirigió la temprana carrera académica de su hijo José María, quien, al completar sus estudios de alta escuela a los 16 años, por sus talentos, y con alguna ayuda de los amigos de su tío abuelo don Mariano, lo aceptaron en la Universidad de Pensilvania a estudiar economía en Wharton. Su brillantez fue evidente desde el principio y se graduó como el primero de su clase. De ahí pasó a hacer su doctorado en Economía en la Universidad de Chicago, donde se codeó con los grandes economistas de esa institución. Sus condiscípulos no le querían mucho. No era antipático, pero sí lo encontraban distante y combativo. Además, su atractivo físico era, junto a su intelecto, objeto de mucha envidia. Con sus maestros la cosa fue distinta: los deslumbró con su capacidad y su simpatía. Al graduarse, le llovieron las ofertas de las empresas financieras y de consultoría; pero aceptó un puesto de profesor asistente en Harvard, desde donde mantuvo contacto estrecho con Puerto Rico. Sus publicaciones y sus modificaciones de las teorías keynesianas sobre el papel del gobierno en los altibajos de la inflación y la depresión económica, llamaron la atención de John Kenneth Galbraith y del presidente Kennedy. Se le consideró para dirigir la oficina de la Reserva Federal, pero por sus simpatías con el socialismo y la antipatía de sus enemigos, no lo llegaron a nombrar. Sus libros sobre teoría económica son textos famosos a través del mundo y le proveen derechos económicos continuos a su sucesión; entre ellos los más populares fueron: *Economy for Beginners* y *Supply-side and Trickle-down Economy for Dummies*, favoritos de todos los estudiantes de Economía del globo, que lo volvieron más rico que sus padres. Se declaró puertorriqueño desde que tuvo diez años, y fue consultor del Gobierno de Puerto Rico hasta 1972. Vivió con su mujer puertorriqueña Elena Rivera, a quien conoció en Filadelfia, en el edificio en el Viejo San Juan en el que vivieron sus padres, sus tíos y su tío abuelo y que, al fin y al cabo, compraron sus padres en su nombre. Su fama lo llevó a ofrecer seminarios de economía y mercadeo a grandes firmas en las ciudades más importantes del mundo.

Al final de uno de ellos en Londres, se le acercó un joven que físicamente parecía más su hermano que Ricardo, su hermano menor, y le preguntó:

—¿Hablas español?

—Por supuesto…

—Me llamo Manuel Marrero y trabajo para *Lloyds*.

—Te felicito. Es un gran firma… y legendaria.

—Me dice el amigo que me acompañó, que me parezco a ti.

—Tienes mucha suerte —dijo José María con una carcajada.

—Y tú, ni se diga. Porque si me parezco a ti, te pareces tú a mi —de lo que ambos se rieron.

—¿Te ha gustado el seminario?

—Mucho. Ha sido brillante. Tú fama está justificada.

Conversaron un rato más y se despidieron dándose abrazos fraternales -como si se hubieran conocido toda la vida-, e intercambiaron tarjetas de presentación. Poco después, en una de sus visitas a sus padres, Manuel Marrero les preguntó si eran familia del famoso economista José María González. Hubo un silencio breve en el que se miraron. Contestaron que no al unísono.

—Pues, ¡joder!, parece hermano mío.

José María nunca volvió a ver a su hermanastro, pues murió en un accidente automovilístico en la carretera de La Coruña durante una visita que hizo a Madrid en 1996 para ver a su madre María Luisa.

Durante los preparativos para la filmación de la película

The Proud and the Profane, con Deborah Kerr y William Holden, llegó a Puerto Rico un grupo de camarógrafos en busca de lugares especiales en donde filmar. Venía con ellos un fotógrafo contratado por Paramount Pictures en Nueva York para las fotos de promoción, quien vio a Pedro González en La Mallorquina y pidió retratarlo; en una sesión improvisada al momento en el exótico salón del restaurante, le tomó varias fotografías que envió a una agencia de publicidad con la que tenía contrato. Pedro no tenía ningún lado malo: la cámara lo adoraba.

La agencia no tuvo ningún problema en vender su imagen y contrató a Pedro, cuyo narcisismo no le permitió pasar por alto la oferta. A pesar de que no lo necesitaba, quedó impresionado con el dinero que ganaría y pasó a ser uno de los modelos principales y exclusivos, primero de los trajes Palm Beach, luego de Brooks Brothers. A los 45 años su belleza física le había conseguido una nueva carrera. Para las sesiones fotográficas de BB, como le decía a su nuevo patrono, viajó con María Luisa, y a veces con los niños, a Nantucket y Cape Cod, a Nueva York, Filadelfia, Miami, Chicago y Los Ángeles.

Ganó mucho dinero, pero con las ventas de algunas de las propiedades que a nombre de su mujer y su cuñada había comprado Miguel y que ahora vendían con grandes ganancias en España y Puerto Rico, más el dinero que habían acumulado, esto representaba más bien una diversión pasajera. La agencia y el público lo echaron de menos cuando al cabo de tres años dio por terminada su carrera de modelo. En ese mundillo muchos hombres le hicieron insinuaciones sexuales, pero él prefirió, cuando María Luisa no podía acompañarlo, acostarse con las modelos que muchas veces compartían con él las sesiones fotográficas. Sólo en una ocasión en la que un modelo muy joven y sensual lo acompañó a una toma, sucumbió a los encantos de alguien de su propio sexo. Todos estaban bebidos, casi borrachos. Él, que siempre se cuidaba del alcohol, bastante. El joven entró con él a su habitación con el pretexto de ayudarlo. Pedro se quitó la chaqueta y se tiró sobre la cama. El joven se sentó a su lado y comenzó a estimularlo a través de los pantalones. Pedro no prestó resistencia y, finalmente, permitió que le practicara una felación. Al otro día exigió del director que bajo ningún concepto el muchacho volviese a ser partícipe de ninguna de sus sesiones.

Fue después de ese incidente que decidió abandonar esta nueva carrera. A partir de entonces, Pedro González fue perdiendo interés en casi todo. Tenía dos preocupaciones: manejar su dinero y sus propiedades, y para sorpresa de su mujer, comenzó a leer con gran ahínco la obra del tío Mariano. Desde su casa iba al Banco Popular en Recinto Sur a ver los informes en el *ticker tape* de la Bolsa. Sus inversiones eran conservadoras, pero su cartera creció un promedio de casi un 5% cada año durante los diez años que la manejó, antes de entregársela a un corredor profesional. Eventualmente, la cartera se convirtió en el fideicomiso que, junto a las propiedades, dejó muy acomodados a sus descendientes.

La obra de don Mariano era ahora la base para su nueva visión del mundo y el trampolín de su nueva conversación, que giraba sobre el arte, la literatura y el cine. Los temas políticos de Puerto Rico le parecían soporíficos, de modo que no conversaba sobre ello nada más que con María Luisa. La única solución que veía para la isla era la independencia, pero no quería escuchar el lloriqueo y falta de confianza propia de muchos que insistían que traería el caos al país.

Iba al cine Rialto casi todas las tardes, no importaba que ya hubiese visto la película, para ver los filmes de von Sternberg, Lubistch, Hitchcock, Houston, Sturges y Hawks. Con la técnica de síntesis narrativa que tanto le intrigaba del cinema y las observaciones literarias de don Mariano, fue puliendo un sentido crítico que ya existía en él y se manifestaba en su insistencia en los detalles y la perfección. Hacía tiempo que estaba escribiendo un ensayo sobre cómo la política económica influía sobre la dinámica del comportamiento entre las clases sociales de

Puerto Rico, a las que conocía bien: desde el residente del Fanguito hasta la llamada aristocracia criolla. Una de sus teorías se basaba en el dicho: «la revolución devora a sus hijos». Vislumbraba que aquellos a los que Muñoz sacó de la pobreza, irían al fin y al cabo en su contra: nadie desea que le recuerden su pasado y, mucho menos, si quieren sepultarlo donde jamás se lo echen en cara.

Su mundo de acción se comenzó a achicar con la llegada del gobernador Rexford Tugwell, ideólogo del Nuevo Trato de Roosevelt, después de la partida de Leahy. Pedro y el gobernador no simpatizaron y las dos personalidades chocaron en el silencio del respeto externo que se profesaron durante un par de meses antes de que Pedro dejara de trabajar en Fortaleza. A pesar de que tuvo unos años de aparente felicidad mientras estuvo de modelo, algo faltaba en su vida.

La noticia del asesinato de Miguel lo sumió en una depresión profunda. Comenzó a tomar coñac por las noches y luego a todas horas, dejó de socializar y a quedarse en la casa con sus libros y los balances de sus muchas inversiones. De vez en cuando pensaba en cómo sería su hijo con Ana Pilar, pero era consciente de que nunca lo vería; no podía herir a María Luisa con ese asunto. El piso del Viejo San Juan se convirtió en una prisión en la que los recuerdos se ocultaban en las sombras que al atardecer oscurecían su estudio. Las horas en las que el ruido de la calle enmudecía lo sumían en la soledad y su memoria iba a gran velocidad desde el asesinato de Calvo Sotelo hasta la muerte del *Colorao*. No podía deshacerse de esas visiones a pesar de que no se arrepentía de nada.

Engordó, se fue poniendo calvo; su nariz se ensanchó, sus ojeras parecían bolsas de celofán desechado, y su labio inferior se había engrosado y a veces colgaba lo suficiente para dejar ver sus dientes que una vez fueron perfectos, ahora mal cuidados. Muchos que fueron sus amigos o tuvieron bastante contacto con él, ahora no lo reconocían o pretendían no reconocerlo si se lo encontraban por la calle. Una noche, al ponerse su pijama, en la penumbra del aposento se vio en el espejo y le pareció que estaba en sus profundidades, en un nuevo mundo lleno de sombras que desconocía, se miró su brazo contrahecho y comenzó a gritar como un loco. María Luisa lo apaciguó hasta que se quedó dormido. A los pocos días del incidente, el hermoso Pedro González, alias la Garra, sufrió un derrame cerebral masivo que apagó la llama que aún ardía en su corazón: el amor por España, por la isla paraíso que lo cobijó durante muchos años, por su familia y por Miguel Torres.

Portland/Ponce/Louisville/Atlanta/Isla Verde
julio 1988-diciembre 2010

Índice

Primera Parte

Segunda Parte

Tercera Parte